EVA SEIFERT

Ein isländischer Frühling

EVA SEIFERT

Ein isländischer Frühling

ROMAN

blanvalet

Sollte diese Publikation Links auf Webseiten Dritter enthalten, so übernehmen wir für deren Inhalte keine Haftung, da wir uns diese nicht zu eigen machen, sondern lediglich auf deren Stand zum Zeitpunkt der Erstveröffentlichung verweisen.

FSC www.fsc.org MIX Papier | Fördert gute Waldnutzung FSC® C014496

Klimaneutral* Druckprodukt ClimatePartner.com/14044-1912-1001

Penguin Random House Verlagsgruppe FSC® N001967

1. Auflage
Originalausgabe 2023 by Blanvalet
in der Penguin Random House Verlagsgruppe GmbH,
Neumarkter Str. 28, 81673 München

Dieses Werk wurde vermittelt durch die Literarische Agentur
Thomas Schlück GmbH, 30161 Hannover
Umschlaggestaltung und -motiv: www.buerosued.de
DK · Herstellung: sam
Satz: Uhl + Massopust, Aalen
Druck und Bindung: GGP Media GmbH, Pößneck
Printed in Germany
ISBN 978-3-7341-1134-1

www.blanvalet.de

Für meinen Mann

Juni 1949

Kalt pfiff Ulrike der Wind an Deck der *Esja* entgegen, und sie zog ihren dünnen, geflickten Mantel enger um sich. Sie trug einen dicken Pullover darunter, trotzdem fror sie. Doch es war ihr lieber, an der frischen Luft zu stehen, als unten in der stickigen Kabine zu hocken. Dort stand ihr alter, abgestoßener Koffer, der beinahe ihren ganzen Besitz enthielt. Dieser verfluchte Krieg hatte ihnen alles genommen. Das Haus, fast all ihr Hab und Gut, den Gemischtwarenladen ihres Vaters. Ihren Vater. Und ihre Zukunft.

Das war doch kein Leben mehr in diesem zerstörten Land! Überall Trümmer und Asche – noch immer. Dann die neue Währung, die langsam, aber sicher ihre letzten Ersparnisse auffraß. Ihre Mutter, die verzweifelt dafür kämpfte, ihre Kinder durchzubringen. Sie selbst, die jeden Tag stundenlang in der Schlange gestanden hatte, um Lebensmittelmarken zu ergattern oder ein Brot. Gut, dass sie wenigstens noch ihren kleinen Garten hatten, der ein paar Kartoffeln abwarf, Kohl, Johannisbeeren, Rhabarber und Bohnen.

Unwillkürlich schüttelte Ulrike den Kopf. Nein, das wollte sie alles nicht mehr. Diese triste, bedrückende Atmosphäre, die Menschen, die nur noch mit hängenden Schultern und gebeugten Köpfen umherliefen. Die Leere in den Blicken der heimkehrenden Männer. Dieser Hunger. Ihre Träume, die zerplatzt waren. Sie hatte studieren wollen. Ihr Vater hatte immer gesagt, dass sie klug war und es weit bringen könnte. Das alles war nun vorbei.

Als sie einige Monate zuvor die Anzeige des Isländischen Bauernverbands in den *Lübecker Nachrichten* gesehen hatte, hatte sie sofort gewusst, dass sie diese einmalige Chance ergreifen wollte. *Arbeitskräfte in Island für die Landwirtschaft gesucht – befristet auf ein Jahr. Kost und Logis frei*, hatte sie gelesen und sofort reagiert. Ganz egal, wohin, nur raus, nur weg hatte sie gewollt.

Und nun stand sie hier, an Bord des knarzenden und von den Wellen des Nordatlantiks hin- und hergeworfenen Dampfers. Sie lächelte in sich hinein. Dafür, dass Sommer war, war es zwar eiskalt, aber es konnte einfach nur besser werden als zu Hause.

»Hier bist du«, hörte sie da eine zarte Stimme neben sich.

Es war Lore, die sich ebenfalls auf die Anzeige beworben hatte, so wie alle weiteren Menschen an Bord, von denen die überwiegende Mehrheit Frauen waren.

Sie alle wollen nur fort aus Deutschland, genau wie ich.

Ulrike und Lore teilten sich mit zwei weiteren Frauen eine Kabine. Lore, mit vollem Namen Eleonore von Schwanitz, hatte einen weiteren Weg hinter sich als Ulrike. Sie kam irgendwo aus Ostpreußen, von einem großen Gutshof, aber viel mehr hatte sie ihr noch nicht von ihrer Heimat erzählt. Nur noch, dass sie ganz allein war. Sie sprach ohnehin sehr wenig und war so dünn, dass ihr Mantel um sie herumflatterte wie der einer Vogelscheuche.

Ulrike hatte Lore zum ersten Mal gesehen, als sie das Schiff in Hamburg betreten hatten. Die junge Frau mit den langen braunen Haaren, die jetzt vom Wind zerzaust wurden, trug ein zartrosa Kleid unter ihrem Mantel, das ihre schmächtige Statur noch zerbrechlicher wirken ließ. Sie war ein paar Meter vor ihr die Gangway hochgelaufen, als sich eine robuste Matrone mit einem vollgepackten Seesack an ihr vorbeigedrängelt hatte, vermutlich in der Hoffnung, eine der besseren Unterkünfte zu ergattern. Lore war gestrauchelt und hätte fast ihren Koffer verloren. In dem Moment war Ulrikes Beschützerinstinkt geweckt worden, und sie hatte Lore unter ihre Fittiche genommen, so wie sie es zu Hause mit ihren kleinen Geschwistern zu tun gepflegt hatte. In den Tagen der Überfahrt hatten sie beide sich, obwohl sehr unterschiedlich vom Wesen, miteinander angefreundet.

»Wie geht es dir?«, fragte Ulrike sanft und hielt ihren Arm so, dass Lore sich unterhaken konnte.

»Etwas besser.«

Ulrike betrachtete Lore prüfend. Sie war noch immer bleich, aber nicht mehr aschfahl wie noch ein paar Stunden zuvor, als sie selbst die Kabine verlassen hatte. Wie die meisten anderen Passagiere an Bord, war auch Lore seekrank geworden. Und zwar derart heftig, dass sie völlig außer Gefecht gesetzt worden war und alles, was an Essbarem in den vergangenen Tagen den Weg in ihren Körper gefunden hatte, wieder erbrochen hatte. Ulrike hatte Lore die ganze Zeit beigestanden. Als die neue Freundin eingeschlafen war, hatte sie die enge und von Schweiß und anderen Ausdünstungen müffelnde Unterkunft verlassen und war an Deck geeilt. Stundenlang war sie auf und ab gegangen, hatte die frische Luft genossen, tief den salzigen Duft des Meeres in sich aufgesogen und über die Wellenberge hinweg auf den Horizont geschaut, um die drohende Übelkeit, die auch bei ihr immer wieder aufkommen wollte, zu unterdrücken. Sie hatte kaum geschlafen, seit sie an Bord waren, war vollkommen erschöpft und doch freudiger Erwartung. Ein seltsames Gefühl.

»Eben hat ein Matrose angekündigt, dass Island bald in Sicht kommen müsste«, erwähnte Lore. Ulrike kniff die Augen zusammen, um vielleicht einen ersten Blick auf die Insel zu erhaschen, die für das nächste Jahr ihr Zuhause sein würde, doch sie konnte nichts entdecken. Kein Wunder eigentlich, schließlich hatte sie schon die ganze Zeit übers Meer geschaut und außer dunkelblauem Wasser, weißen Schaumkronen und grauem Himmel nichts gesehen. Jetzt fiel ihr nur auf, dass die See ruhiger war als noch wenige Stunden zuvor. »Er sagte was von *steuerbord*, glaube ich.«

»Wir müssen auf die andere Seite!«, rief Ulrike gegen den Wind. Sie kannte sich ein wenig mit der Seemannssprache aus, schließlich war sie an der Küste aufgewachsen. Jetzt zog sie ihre noch etwas unsicher gehende Freundin mit sich, vorbei an vielen anderen Passagieren, die sich ebenfalls nicht unter Deck aufhalten mochten, in Richtung Brücke. Auf der Steuerbordseite der *Esja* standen noch mehr Menschen an der Reling, doch sie fanden ein Plätzchen. »Da, da ist die Insel!« Ulrike spürte Aufregung in sich aufwallen, als sie etwas am Horizont entdeckte, das aus der Distanz wie ein kleiner graublauer Felsen im dunklen Meer wirkte. »Das muss sie sein.« Einen Moment schwiegen sie ehrfürchtig, jede in ihre Gedanken versunken. »Was uns wohl dort erwartet?«, fragte Ulrike dann.

Denn außer dass dieses Island eine Insel im Atlantik war, bis vor ein paar Jahren zu Dänemark gehört hatte und schon seit Ewigkeiten Handel mit Lübecker Kaufleuten trieb, wusste sie nichts über Land und Leute.

Lore zuckte mit den Schultern. »Das ist mir ganz gleich. Ich will nur endlich irgendwo ankommen.« Sie atmete tief durch. »Und in Ruhe gelassen werden.«

Irritiert sah Ulrike zu der Freundin hinüber, deren Blick starr auf das felsenartige Gebilde in der Ferne geheftet blieb. Lore sagte nicht viel, aber wenn, waren manchmal Aussprüche dabei, die schwierig zu deuten waren. Sie muss viel Schlimmes erlebt haben, dachte Ulrike zum wiederholten Mal und betrachtete das blasse Geschöpf neben sich genauer. Lore war sicherlich einmal eine schöne jungen Frau gewesen, *vor alledem*. Ihre feinen Züge waren noch zu erkennen trotz der eingefallenen Wangen, trotz der grauen Schatten unter den großen braunen Augen, trotz der vernachlässigten Haare. Die schmale kleine Nase reckte sich scheinbar stolz in die Welt, Lores aufrechte Haltung stammte sicherlich von vielen Jahren preußischer Erziehung, die ihr nicht einmal Flucht und Heimatlosigkeit, Hunger und Angst, Armut und Verlust ihrer Liebsten hatten austreiben können. Und dennoch wirkte es, als könnte sie sich jeden Moment in Luft auflösen. Sie schien so hoffnungslos, hilflos, beinahe kindlich. Kaum zu glauben, dass Lore mit ihren einundzwanzig Lenzen drei Jahre älter war als sie selbst.

Gegensätze ziehen sich an, sagt man ja, das trifft auf mich und Lore in jedem Fall zu, überlegte Ulrike. Sie dunkel, ich blond – na ja, halbwegs – und blauäugig. Sie von adliger Herkunft, ich eine klassische Bürgerliche und Spross einer Kaufmannsfamilie. Sie zurückhaltend, ja beinahe schüchtern und gelegentlich ein wenig spöttisch, ich offen und fröhlich …

»Wir könnten uns langsam bereit machen, meinte der Matrose«, unterbrach Lore Ulrikes Gedanken. »Ein paar Stunden noch, dann legen wir an.«

»Bald sind wir in unserer neuen Heimat«, freute sich Ulrike und umarmte die Freundin überschwänglich.

»Ruhig, ruhig, sonst wird mir gleich wieder übel.«

Ulrike ließ Lore los. »Hat dein Matrose noch was gesagt?«

»Er ist nicht *mein* Matrose«, gab Lore zurück. »Aber er hat mir einen Zwieback und eine Tasse Kaffee gebracht.«

»Wie bitte? Das ist aber nett von ihm.«

»Ja, schon.« Lore zuckte mit den Schultern. »Gehört wahrscheinlich zu seinen Aufgaben.«

»Das glaube ich kaum«, widersprach Ulrike.

»Er sagte, es heißt *brauð* und *kaffi* auf Isländisch, Brot und Kaffee.«

Ulrike war verblüfft. »Ihr habt euch ja richtig unterhalten!« Unglaublich, ihre zurückhaltende Freundin schien einen Verehrer zu haben. »Habt ihr Deutsch gesprochen oder Englisch?«

»Er kann ein bisschen Deutsch.«

»Wie praktisch«, meinte Ulrike grinsend, was ihr einen strafenden Blick von Lore einbrachte. »Wie heißt er denn eigentlich?«, fragte sie schnell.

»Keine Ahnung.«

»Wie, ihr habt euch nicht einander vorgestellt?«

»Nein. Warum sollten wir?«

Ulrike schüttelte fassungslos den Kopf. »Na, weil ihr euch unterhalten habt.« Sie musste Lore unbedingt unter Menschen bringen, wenn sie erst mal in ihrem neuen Zuhause angekommen waren. Sie wusste ja überhaupt nicht mehr, wie man sich in Gegenwart anderer Menschen benahm! Hoffentlich waren sie nahe beieinander untergebracht. »Gut, Fräulein von Schwanitz, wie dem auch sei. Folgen wir dem Rat des netten namenlosen Matrosen und packen unsere Siebensachen. Und dann machen wir uns ein bisschen hübsch, bevor wir von Bord gehen. Die Isländer sollen doch schließlich einen guten ersten Eindruck von uns bekommen. Und der Matrose dich nicht so schnell vergessen!«

Sie lachte, als Lore ihr spielerisch einen Knuff versetzte, hakte sich bei ihrer Freundin ein und zog sie mit sich unter Deck.

1. Teil

1

»Meine Güte, Matteo, stehst du jetzt endlich auf? Es ist schon zwanzig nach sieben!«, rief Katharina durch die einen Spaltbreit geöffnete Badezimmertür in Richtung Kinderzimmer.

Sie war gerade aus der Dusche gestiegen und rubbelte sich eilig mit dem Handtuch ab, während ihre schulterlangen Haare tropften und feine Rinnsale auf ihrer Haut hinterließen. Musste es denn jeden Morgen so hektisch sein? Nie hatte sie genug Zeit, um mal in Ruhe zu duschen oder gar vernünftig zu frühstücken. Ihr eiliger Blick fiel durch das Fenster nach draußen, wo es noch finster war. Der Februar war nicht gerade ihr Lieblingsmonat: bis weit in den Morgen dunkel, am Spätnachmittag schon wieder und dazwischen die meiste Zeit grau.

»Ja, ja«, kam es genervt aus Matteos Zimmer zurück.

Oh, wie sie dieses »Ja, ja« hasste! Es bedeutete alles Mögliche: von »mache ich demnächst« über »mache ich vielleicht« bis zu »hab ich gerade keine Lust zu, mache ich wahrscheinlich gar nicht«.

»Du willst doch wohl auch noch frühstücken und dann nicht den ganzen Weg zur Schule rennen müssen!«, brüllte sie über den Lärm, der nun aus der Küche kam, hinweg, während sie versuchte, ihren BH zu schließen. Doch ihre Finger waren zu fahrig und die Haut zu feucht, sodass sie wieder ein paar wertvolle Sekunden verlor.

»Hannes, frühstückst du schon?«, fragte sie nun in Richtung Küche und schlüpfte, auf einem wackligen Bein stehend, in ihre weiße Hose.

»Hm«, kam es zurück.

Ihr älterer Sohn war morgens schon immer muffelig gewesen, aber in letzter Zeit war er noch wortkarger geworden. Ganz im Gegensatz zu seinem Bruder, der gerne redete wie ein Wasserfall.

»Deckst du bitte noch eine Müslischüssel für Matteo? Er schafft es sonst nicht.«

»Soll er halt früher aufstehen«, hörte sie Hannes murren, registrierte dann aber erleichtert, dass er ihrer Bitte nachkam, was das Öffnen und – zu geräuschvolle – Schließen der Schranktür verriet.

Irgendwann fällt bestimmt mal das Glas aus der Vitrine, dachte sie, sagte aber nichts. Es brachte nichts, sich aufzuregen, erst recht nicht in solch hektischen Momenten. Wahrscheinlich würde es bei ihr selbst mal wieder nur für einen schnellen Kaffee reichen, und sie musste ohne einen einzigen Bissen im Magen bis zur Mittagspause durchhalten. Oder zwischen zwei Patientinnen mal schnell einen Keks oder Schokoriegel naschen, wenn sie es gar nicht mehr aushielt.

Wenn die Jungs morgens endlich fertig und aus dem Haus waren, war es auch für sie höchste Zeit loszufahren. Sie war Gynäkologin in einer Gemeinschaftspraxis, und die ersten Patientinnen standen um acht Uhr auf der Matte. Wie sehr sich Katharina doch schon wieder auf das Wochenende freute, wenn sie einigermaßen ausschlafen und entspannt in den Tag gleiten konnte. Zum Glück war schon Freitag. Da konnte sie nachmittags früher Feierabend machen und mit ein bisschen mehr Ruhe all das erledigen, was eben so zu tun war: einkaufen und Wäsche waschen und die Jungs dazu bewegen, ihre Zimmer aufzuräumen, für die Schule zu lernen oder im Haushalt mitzuhelfen.

Katharina seufzte und fuhr sich mit der Bürste durchs Haar, das nach dem Waschen mal wieder furchtbar verknotet war. Am Abend feierte ihre Mutter ihren fünfundsechzigsten Geburtstag, für einen Friseurbesuch vorher würde die Zeit nicht reichen. Zu den freitagnachmittags zu erledigenden Dingen gehörte zu ihrem Bedauern nämlich auch die Kutschiererei zum Fußballtraining. Ihre Söhne spielten im Verein – wegen ihres Alters aber natürlich nicht in derselben Mannschaft –, und sie musste sie hinfahren und später wieder abholen.

Erneut entfuhr ihr ein Stoßseufzer. Wie sehr sehnte sie sich danach, dass die zwei alt genug wurden, um selbst zum Sport, zu ihren Verabredungen oder wohin auch immer fahren zu können und sie endlich mal wieder ein wenig mehr Zeit für sich selbst hatte. Andererseits kam schon jetzt manchmal eine gewisse Wehmut in ihr auf, wenn sie daran dachte, dass es schon bald so weit sein würde, dass ihre Jungs eigene Wege gingen. Etwas Zeit war es aber noch bis dahin, sie waren erst sechs und acht Jahre alt.

Sie warf einen schnellen Blick in den Spiegel und band ihre dunkelblonden Haare zu einem lockeren Dutt zusammen. Im Aussehen kam sie nach ihrem Vater, hatte dessen braune Augen und die spitze Nase geerbt, auch sein rationales Wesen. Jede Entscheidung wurde sorgsam abgewogen, nur nie die Kontrolle verlieren. *Ach, Papa.* Obwohl er sehr unternehmungslustig und gesellig gewesen war, hatte er doch klammheimlich stets Angst davor gehabt, die Zügel mal locker zu lassen.

Und ich bin genauso. Warum eigentlich?

In dem Moment schob sich ein Kopf durch die Badezimmertür, und Tobias schaute herein. Er hatte kurzes braunes Haar und braune Augen wie sie, die immer eine gewisse Wärme ausstrahlten, ein Ausdruck, den sie gleich hinreißend gefunden hatte, als sie sich bei einem seiner Auftritte vor dreizehn Jahren kennengelernt hatten. Es war der Geburtstag einer Mitstudentin gewesen, deren damaliger Freund ein Kollege von Tobias war. Er hatte sie einander vorgestellt. Nach dem Gig hatten sie sich unterhalten – für den Rest des Abends. Katharina hatte erstaunt festgestellt, dass sie noch nie derart gut mit einem Mann hatte reden können. Mehr war nicht passiert, aber sie hatten Handynummern ausgetauscht. Sie hätte damals im Leben nicht für möglich gehalten, dass diese Begegnung in einer Beziehung münden würde. Schließlich musste man dafür *madly in love* sein, oder etwa nicht? So war das doch immer in Romanen und Filmen …

Ein Irrtum, wie Katharina inzwischen begriffen hatte. Tobias hatte nicht lockergelassen. Und bei jeder Verabredung hatten sie sich immer noch viel zu erzählen gehabt. Irgendwann waren auch bei ihr Gefühle aufgekommen, und aus der Freundschaft war Liebe geworden. Diese gemeinsame Basis des Miteinander-reden-Könnens hatte sie beide in den vergangenen Jahren schon über manch schwierige Situation gerettet.

Er ist noch immer ein hübscher Mann, registrierte sie voller Zuneigung, besonders, wenn er so frisch rasiert ist und dieses hellblau karierte Hemd trägt.

»Kati, mein Schatz«, sagte Tobias und kam ganz herein. »Ich muss los.« Er strich ihr eine vorwitzige Haarsträhne aus dem Gesicht. »Gut siehst du heute wieder aus.« Liebevoll blickte er sie an, ihre Laune besserte sich sofort.

Sie gab ihrem Mann einen Kuss und ließ ihre Wange sanft an seinem herrlich glatten Kiefer entlanggleiten. »Mmh, du riechst gut«, sagte sie genießerisch. Tobias stellte seine Tasche ab, nahm sie in die Arme und drückte sie fest an sich. Er fuhr mit der Hand sanft über ihren nackten Rücken und verharrte dann auf ihrem Po. »Ich wünschte, wir könnten jetzt und hier weitermachen«, murmelte er und liebkoste ihre Halsbeuge.

»Das wäre schön«, gab sie zurück.

Doch sie war nicht ganz bei der Sache, zu viele Dinge schossen ihr durch den Kopf, die Hektik des Tages hatte sie längst wieder erfasst. Eine Weile standen sie noch aneinandergeschmiegt im Bad, bemüht, für ein paar Sekunden die Geräusche um sich herum zu ignorieren, das Klappern in der Küche, Matteos Schimpfen, weil er einen Socken nicht anbekam.

Dann löste sich Tobias von ihr. »Ich muss …« Bedauernd zuckte er mit den Schultern.

Katharina nickte. »Vielleicht haben wir am Wochenende mal ein bisschen Zeit für uns. Wir sollten meine Mutter herbitten und ins Kino oder essen gehen. Nur wir beide.«

»Ja, das wäre schön«, murmelte Tobias zustimmend, doch höchstwahrscheinlich würde daraus mal wieder nichts werden, schließlich stand ein Fußballturnier an und am Samstagabend außerdem noch ein Auftritt von Tobias' Band.

Er spielte seit seiner Jugend Kontrabass, seine Jazz-Combo Seven Sons war für die Feier eines fünfzigsten Geburtstags engagiert. Wie so oft würden sie und Tobias sich die Klinke in die Hand geben, sie sah sich selbst schon den gesamten Nachmittag in irgendeiner muffigen Sporthalle des Umlands verbringen. Tobias gab ihr noch einen Kuss und griff nach seiner Tasche.

Er war schon fast aus der Badezimmertür, als ihr noch etwas einfiel. »Vergiss nicht, dass wir heute Abend pünktlich bei meiner Mutter sein müssen!«

Tobias nickte. »Ich sehe zu, dass ich nicht zu spät zu Hause bin.«

Katharina kam spontan eine Idee. »Vielleicht könntest du dann mit Hannes zum Training fahren …« Das wäre fantastisch, dachte sie und überlegte schon, was sie in der so gewonnenen Zeit alles schaffen könnte, obwohl sie ahnte, dass es nicht dazu kommen würde.

Tobias wiegte den Kopf. »Das wäre dann um vier? Ich weiß nicht, ob ich das schaffe. Und dann muss ich ja auch noch für den Auftritt morgen proben …«

Es war so klar gewesen … Ohne dass sie es beeinflussen konnte, zog sich Katharinas Magen zusammen. Immer blieb alles an ihr hängen.

»Ist gut«, brachte sie müde heraus.

»Dann bis später.«

Tobias verließ eilig das Bad. Wahrscheinlich vor Angst, dass ich mit weiteren Aufgaben kommen könnte, wenn er nicht rechtzeitig den Absprung schafft, kam es Katharina in den Sinn. Enttäuscht ließ sie sich auf den Badewannenrand gleiten.

»Der verdammte Alltag bringt uns noch um«, murmelte sie und fühlte sich mit einem Mal fürchterlich erschöpft.

Doch das Tief hielt nicht lange an, denn plötzlich erscholl ein Klirren aus der Küche, gefolgt von lautem Gebrüll ihrer beiden Söhne. Irgendetwas war wieder mal zu Bruch gegangen. Die Jungs konnten einfach nicht friedlich zusammen frühstücken, sie mussten immerzu miteinander kabbeln. Hastig schlüpfte sie in ein weißes Shirt und eilte in die Küche, um für Frieden zu sorgen. Sie würde wieder mal in letzter Minute in der Praxis sein, so viel war sicher.

Bärbel stand im Bad vor dem Waschbecken, als es an der Haustür klingelte. Vor Schreck ließ sie das Seifenstück fallen, mit dem sie sich gerade einschäumen wollte. Sie bevorzugte feste Seife immer noch gegenüber diesen Flüssiglotionen aus den Spendern. Und sie bevorzugte es ebenso, ihre morgendliche Wäsche so zu verrichten, wie sie es als Kind gelernt hatte. Altmodisch eben. Nicht nur schnell unter die Dusche zu springen, wie die jungen Leute es heutzutage taten.

»Mist!«, schimpfte sie, versuchte, das glitschige kleine Ding zu erwischen, entschied sich dann aber anders und griff nach einem Handtuch.

Ganz kurz wollte sie nach ihrem Mann rufen, da fiel ihr ein, dass das nicht mehr ging. Bärbel hielt einen Augenblick inne und sah in den Spiegel, sah ihre grauen Haare, die zu einem akkuraten, schulterlangen Bob geschnitten waren, nun aber wirr in alle Richtungen abstanden. Für einen Moment war es, als spürte sie Werners Hand auf ihrer Schulter, ja, beinahe glaubte sie, sein markantes Gesicht mit der spitzen Nase und dem weißen Henriquatre-Bart im Spiegel zu erblicken. Mit dem nächsten schrillen, nun ungeduldig wirkenden Klingeln verschwand Werner.

Bärbel seufzte, während sie sich notdürftig abtrocknete und nach ihrer Brille griff. Nun sprang auch noch Gustav kläffend an ihr hoch, um sie darauf aufmerksam zu machen, dass etwas im Haus passierte. Als hätte sie es selbst nicht bemerkt.

»Sei still, ich hab's schon mitbekommen«, versuchte sie ihren schwarzen Terrier zu beruhigen.

Dies war wieder einer der Momente, in denen sie ihren Mann schmerzlich vermisste. Wie schön wäre es, wenn er jetzt die Handwerker hereinlassen könnte. Wie schön wäre es, wenn er vor einer Woche beim Installateur angerufen hätte, als die Heizung urplötzlich ausgefallen war – und das mitten im Winter. Bärbel war sich sicher, dass Werner einen früheren Termin ergattert hätte. Er hätte es bestimmt durchgesetzt, dass das vermaledeite Ding nicht ausgerechnet am Geburtstag seiner Frau repariert wurde. Wenn er die Heizung nicht sogar selbst wieder in die Gänge gebracht hätte. Schließlich war er nicht nur leidenschaftlicher Meeresbiologe, sondern auch Heimwerker gewesen. Und wie wunderschön wäre es erst, wenn sie und Werner sich gleich zu einem gemütlichen Frühstück in ihre Küche setzen und die Klempner ihre Arbeit machen lassen könnten. Ihren Geburtstag feiern – so, wie sie es am liebsten getan hatten: gemächlich in den Tag starten und anschließend zu einem Ausflug aufbrechen, wandern gehen, mit den E-Bikes die Umgebung erkunden oder vielleicht sogar mit Bertie, ihrem Wohnmobil, für ein paar Tage wegfahren, einfach irgendwohin. Sie waren wohl das gewesen, was man ein glückliches, unternehmungslustiges Paar im besten Alter nannte, und ausgerechnet jetzt, da auch sie die Rente durchhatte, war es damit vorbei.

»Nie wieder«, murmelte Bärbel traurig.

Dies war ihr Geburtstag und der zweite, den sie ohne Werner verbringen musste, und nun zerrten die Handwerker sie in aller Herrgottsfrühe aus ihrer Morgenroutine. Dabei hatte sie noch so viel zu erledigen für die Feier am Abend, wenn ihre Kinder und Enkel zum Geburtstagsessen vorbeikommen würden. Ihr war gar nicht nach Feiern zumute gewesen, doch Benjamin und Katharina hatten darauf bestanden. Sie fürchteten wohl, ihre Mutter könnte vereinsamen. Sie hatte sich breitschlagen lassen und nun verfluchte sie sich innerlich dafür. Warum hatte sie die Familie nicht in ein Restaurant eingeladen oder einen Partyservice beauftragt?

Es klingelte ein drittes Mal, diesmal ausdauernd. Gustav bellte lauter, was Bärbels Nerven nicht gerade beruhigte. Eilig warf sie sich ihren Morgenmantel über und schlüpfte in ihre Schlappen. Während sie durch den Flur hetzte, warf sie einen Blick auf die Wanduhr in der Küche. Kurz vor sieben, du meine Güte! Wollten die Handwerker nicht erst um halb acht kommen? Noch im Gehen versuchte sie mit fahrigen Fingern, den Bademantelgürtel zu schließen. Schnell noch durch die Haare …

»Schönen guten Tag, Firma Mälzer«, begrüßte sie ein Mann mittleren Alters in schwarz-roter Arbeitskleidung geschäftig. »Hermann mein Name, das ist mein Kollege Franzen.« Er schlug seinem Begleiter, einem jungen Mann mit Pickeln im Gesicht, kräftig auf den Rücken. Wahrscheinlich ein Azubi, dachte Bärbel. »Und in Ihrer Wohnung ist es kalt?«, fragte Herr Hermann. »Die Heizkörper werden nicht warm?«

»Hm«, erwiderte sie. »Kommen Sie herein. Sie kommen etwas früher als erwartet.«

»Wir sind halt von der schnellen Truppe.« Herr Hermann lachte dröhnend.

Wenn Sie beim Arbeiten genauso schnell sind, ist ja alles prima, dachte Bärbel.

Mit ihren dicken Stiefeln stapften sie über das Parkett, das Bärbel am Tag zuvor erst gesaugt und anschließend poliert hatte, direkt ins Wohnzimmer.

Herr Hermann betrachtete den ersten Heizkörper mit einem fachmännischen Blick, er drehte am Thermostat, dann am Gewinde dahinter. »Scheint nicht an den Heizkörpern zu liegen. Wär ja auch komisch, wenn alle gleichzeitig defekt wären. Wenn Sie mich mal bitte zu Ihrer Heizungsanlage führen würden?«

Bärbel nickte ergeben und schritt den beiden voran in den Keller. Hoffentlich wurde das hier keine größere Sache.

»Hier ist unser Heizungsraum.«

Bärbel schaltete das Licht an, das immer einen Moment brauchte, bis es seine volle Helligkeit erreichte. Werner hatte hier vor Jahren eine Energiesparlampe eingebaut, die einfach nicht den Dienst quittieren wollte. Na ja, so oft musste sie ja nicht in den Heizungskeller.

»Ist nicht besonders hell hier«, brummte Herr Hermann sogleich. »Junge, hol mal die Arbeitsleuchte aus dem Auto«, brüllte er seinem Kollegen zu, der oben im Flur, dem Klappern nach zu urteilen, mit Werkzeug hantierte.

Es folgte ein Schlurfen und das Öffnen der Haustür. Herr Hermann kniete sich hin, fing an, an den Reglern zu drehen und sich die Muffen anzusehen. Dann klopfte er gegen das Manometer.

»Brauchen Sie noch etwas?«, fragte Bärbel, um ein gutes Verhältnis bemüht. Wer wusste schließlich, wie lange die beiden bleiben mussten. »Einen Kaffee vielleicht?«

»Im Moment nicht, danke. Gerne aber später, wenn wir Pause machen.«

»Gut.« Bärbel nickte. »Sie finden mich oben, wenn etwas sein sollte.«

Auf der Treppe kam ihr der Azubi entgegen, mit hochrotem Gesicht und der Leuchte in der Hand. Er trat höflich zur Seite, um Bärbel vorbeizulassen.

In Erdgeschoss angekommen, schloss sie die Badezimmertür hinter sich und zog sich schnell an, so fühlte sie sich um einiges wohler und eher bereit, den Unwägbarkeiten des Tages entgegenzublicken. Etwas ruhiger ging sie in die Küche, setzte Kaffee auf. Gustav scharwenzelte um ihre Beine herum.

»Jetzt warte noch einen Moment, mein Kleiner, vielleicht bleiben die beiden gar nicht so lange. Dann drehen wir unsere Runde, wenn sie wieder weg sind.«

Ihr Terrier schien sich damit fürs Erste zufriedenzugeben und tappte zurück zu seinem Körbchen im Flur. Schließlich war es selbst für ihn noch ein bisschen früh.

Bärbel stellte einen Teller mit Brot, Butter und Marmelade auf den Esstisch aus Pinienholz in der Küche, den sie und Werner von einer ihrer ersten Wohnmobilreisen in die Toskana mitgebracht hatten. Sie hatte ihn bei einem kleinen Antiquitätenhändler entdeckt und ihn einfach nicht stehen lassen können. Auch wenn sich die anschließende Rückreise im Camper mit der sperrigen Tischplatte im Gang einigermaßen speziell gestaltet hatte. Immerhin hatten sich die Beine abschrauben lassen, und sie hatten ihn gut nach Hause transportieren können. Sie liebte das Möbelstück, das Wärme und Leben ausstrahlte und bestimmt einige Geschichten zu erzählen gehabt hätte, wenn es sprechen könnte. Auch ihr Wohnmobil könnte von einigen Abenteuern berichten, doch es stand nun seit zwei Jahren ungenutzt im Carport. Sie hatte Bertie seit Werners Tod nicht mehr angerührt. Ohnehin war immer Werner gefahren.

Nachdenklich ging sie zur Haustür und zog die Zeitung aus dem Briefkasten, lief dann zurück in die Küche.

Wie lieblos, stellte sie traurig fest. Keine Blume stand auf dem Tisch, keine frischen Brötchen verbreiteten ihren köstlichen Duft wie sonst an solch besonderen Tagen, es gab keinen Kuchen und keine Kerze, die mit ihrem wärmenden Licht das Februardunkel hätte erhellen können. Werner hätte all das besorgt, um mir ein Lächeln ins Gesicht zu zaubern, dachte sie beklommen.

»Du bist jetzt eine Witwe, Bärbel Beckmann, find dich damit ab«, sagte sie und ließ sich auf einen der vier Stühle fallen. Auf einmal wurde sie von Unruhe ergriffen. »Nein«, sagte sie energisch und erhob sich erneut. »So trübsinnig kann es heute ja wohl nicht weitergehen. Komm, Gustav, wir machen unsere Morgenrunde doch jetzt schon. Und bringen uns leckere Brötchen mit.«

Neugierig hüpfte der Terrier aus seinem Körbchen und ließ sich die Leine anlegen. Bärbel schlüpfte in Winterstiefel und Jacke. Bevor sie das Haus verließen, ging sie noch mal zu den Handwerkern in den Keller.

»Können Sie schon sagen, woran es liegt?«, fragte sie vorsichtig.

»Die Ölbrennerdüse war dicht. Wir haben sie ausgetauscht. Mein Kollege prüft oben noch mal, ob alle Heizkörper warm werden.« Er erhob sich schwerfällig und ließ den Schraubenschlüssel in seine aufgeklappte Werkzeugtasche fallen.

»Aha, das ist ja prima«, entgegnete Bärbel nur.

Was bitte war eine Ölbrennerdüse?

»Wollten Sie weg?«, fragte Herr Hermann.

»Ja«, antwortete sie, »der Hund muss raus. Sie sind dann sicher gleich fertig, richtig?«

Rasch setzte sie ihren strengen Lehrerinnenblick auf, der in ihrer aktiven Zeit in der Schule noch jeden in die Schranken gewiesen hatte.

Herr Hermann nickte. »In fünf Minuten.«

»Solange können wir noch warten«, erwiderte Bärbel, während der Klempner emsig seine Sachen zusammenräumte. Sie stieg die Treppe wieder hoch und ließ sich auf die Bank an der Garderobe sinken. Gustav setzte sich vor sie und sah sein Frauchen erwartungsvoll an. »Gleich, Gustav, gleich.«

Bärbel tätschelte ihm beruhigend den Kopf, was er mit einem aufgeregten Schlecken an ihrer Hand quittierte. Nicht zum ersten Mal fragte sich Bärbel, was sie ohne diesen kleinen Gesellen, der immer freudig mit dem Schwanz wedelte, wenn sie in seiner Nähe war, bloß täte. Er sorgte dafür, dass sie regelmäßig rauskam, sich mit fremden Menschen unterhielt. Dinge, die ihr seit Werners Tod unermesslich schwerfielen.

Als sich die Handwerker kurz darauf verabschiedeten, drehte sie erst mal im ganzen Haus die Heizkörper voll auf. Es sollte schön warm sein, wenn sie und Gustav zurückkamen.

Juni 1949

»Nun komm schon!«

In aller Seelenruhe packte Lore ihr weniges Hab und Gut zusammen, was Ulrike schier in den Wahnsinn trieb. Sie war längst fertig mit allem und stand in ihrem besten Sommerkleid und mit geflochtenem, ordentlich hochgestecktem Zopf neben dem Bett, auf dem ihr gepacktes Köfferchen und der alte Mantel lagen.

Sie hatten sich an der Waschschüssel, die sich in der Kabine befand, so gut es ging, frisch gemacht. Nun wartete sie darauf, sich um Lores Haar zu kümmern, das dieser vollkommen egal zu sein schien. Endlich schloss die Freundin ihren Koffer und setzte sich aufs Bett.

»Es kann losgehen«, sagte sie widerwillig.

Ulrike strich Lore sanft über die braunen Strähnen, wie sie es bei ihren kleinen Schwestern Annelie und Mathilde immer gemacht hatte. Kurz überkam sie Sehnsucht nach den beiden Mädchen und ihrem Bruder. Friedrich war der Jüngste und in diesem Jahr sieben geworden. Als sie an ihre Mutter dachte, schossen ihr Tränen in die Augen, die sie schnell wegblinzelte.

Mama.

Wie sie wohl zurechtkam mit den drei Kleinen? Wann würde sie ihre Familie wiedersehen? Ein Jahr, es ist nur für ein Jahr, rief Ulrike sich innerlich zur Räson. Außerdem sind sie ohne dich besser dran, ein Maul weniger zu stopfen. Und du wolltest doch immer neue Länder kennenlernen!

Energisch begann sie, Lores Haare zu bürsten, trennte die Vorderpartie ab, um sie aufzuzwirbeln und gekonnt festzustecken, sodass man die Haarnadeln nicht sah. Sie nahm die Haare am Hinterkopf zusammen, schlug sie mehrmals um und steckte sie ebenfalls fest. Dann besah sie sich ihr Werk. Ja, das stand ihrer Freundin doch eindeutig besser als die langen Zotteln. Ulrike konnte sich nicht vorstellen, dass Lore früher derart nachlässig mit ihrem Äußeren umgegangen war.

Ulrike bemerkte, wie eine der beiden anderen Frauen sich die Lippen nachzog und die überschüssige Farbe anschließend mit einer Serviette abtupfte, die sie achtlos beiseitewarf. Sie hat einen Lippenstift, dachte Ulrike beeindruckt.

Lore legte die Hand auf die Tolle über ihrer Stirn, dann erhob sie sich und blickte sich im Spiegel an. »Sieht schön aus«, sagte sie anerkennend, »du bist sehr geschickt.« Für einen Moment stellte Ulrike sich vor, wie die schmächtige junge Frau früher gelebt hatte, wie sie schöne Kleider getragen und die Haare nach der neuesten Mode getragen hatte, erkannte die feine Dame von einst. Dann wandte Lore sich ruckartig um. »Aber ich brauche das alles nicht. Du solltest so etwas tragen.«

Wieder einmal war Ulrike irritiert. »Du bist älter als ich«, erwiderte sie lächelnd, woraufhin Lore abwinkte.

»Viel Glück euch«, wünschten die beiden anderen Frauen in dem Augenblick.

Ulrike bemerkte, dass draußen schon ein ziemlicher Trubel herrschte, als sie die Tür öffneten. »Danke, euch auch«, erwiderte sie und huschte, sobald sie die Kabine verlassen hatten, zu dem kleinen Tischchen mit der Leuchte, neben der die Serviette lag.

»Komm, jetzt machen wir uns noch schnell den Mund wie die beiden. Und dann lass uns auch gehen!«

Sie stellte sich vor den Spiegel und versuchte mit mäßigem Erfolg, das Rot von dem Tuch auf ihre Lippen zu drücken.

Lore beobachtete sie kritisch. »Das ist doch ekelig.«

Ulrike zuckte mit den Schultern. »Was will man machen? Ich möchte auch ein bisschen hübsch aussehen, wenn wir gleich von Bord gehen.«

Lore zog eine Augenbraue hoch, sagte aber nichts weiter.

»Jetzt du.« Sie hielt Lore die Serviette hin, als sie mit dem Ergebnis halbwegs zufrieden war.

Die schüttelte jedoch den Kopf. »Nein, das mache ich nicht. Die Zeiten sind vorbei. Das bin ich nicht mehr.«

Sie nahm ihren Koffer und drängte sich an Ulrike vorbei in den Gang. Ulrike folgte ihr nachdenklich.

An Deck herrschte bereits dichtes Gedränge, doch Ulrike bahnte sich geschickt einen Weg durch die Menge – in der einen Hand fest ihren Koffer haltend, mit der anderen Lore hinter sich herziehend – und ergatterte für sie beide tatsächlich einen Platz an der Reling.

»Du, sag mal, wie viel Uhr ist es eigentlich?« Es musste längst später Abend sein, doch es war helllichter Tag.

»Zehn.« Lore schaute auf ihre feine goldene Armbanduhr, die sie offenbar trotz der Kriegswirren hatte retten können und niemals ablegte.

»Was? Es müsste doch viel dunkler sein um diese Zeit«, rief Ulrike überrascht. Sie blickte in den Himmel, der von weißgrauen Wolken bedeckt war, wodurch weder Sonne noch Mond oder Sterne zu entdecken waren.

»Im Sommer geht in Island die Sonne gar nicht unter, habe ich gehört.«

»Hat dir das auch dein Matrose erzählt?« Mit schelmischem Lächeln sah Ulrike die Freundin an. »Das ist ja verrückt!« Sie war zunehmend gespannt auf dieses seltsame Land, das so hoch im Norden lag.

Schweigend schauten Ulrike und Lore auf die Insel. Ein paar bunte Häuschen waren hinter dem Hafen von Reykjavík, der isländischen Hauptstadt, auszumachen, weiter weg Berge, ein riesiger Vulkan. Sonst gab es nichts.

»Wo sind denn die Bäume?«, fragte Lore.

Ulrike beschaute noch einmal genauer die Landschaft, doch auch sie konnte keine entdecken. »Gibt es hier etwa keine?«, fragte sie ungläubig zurück.

»*Hæ!*«, rief da jemand unter ihnen. Und immer wieder: »*Hæ! Hæ!*«

Ulrikes Blick folgte den Rufen, und sie entdeckte mehrere kleine Boote, in denen junge Männer saßen, die den Passagieren zuwinkten. Mit großen Augen sahen Lore und sie sich an.

»Was wollen die von uns?«, fragte Lore hörbar ängstlich.

»Vielleicht sind sie genauso gespannt auf uns wie wir auf sie«, antwortete Ulrike, und im Gegensatz zu ihrer Freundin erfüllte sie diese Aussicht mit unbändiger Freude.

Sie sehen uns nicht als Feinde, als Nazis, dachte sie glücklich. Wenn alle Isländer so freundlich sind, kann es hier ja nur gut werden.

Plötzlich ertönte eine Schiffsdurchsage. Wegen des Knisterns und Knackens im Lautsprecher bekamen sie nicht alles mit. Doch dann ging ein Raunen durch die Menge und sie kam in Bewegung.

»Was ist los?«, fragte Ulrike die Frau neben sich.

»Wir sollen zurück in die Kabinen gehen, wir dürfen erst morgen von Bord«, erwiderte diese schulterzuckend. »Es soll wohl erst noch eine ärztliche Untersuchung geben, bevor man uns ins Land lässt.«

»Ich kann jetzt unmöglich ins Bett gehen und schlafen«, sagte Ulrike, als die Frau weggegangen war. »Ich bin viel zu aufgeregt.«

»Außerdem haben wir bereits gepackt«, ergänzte Lore und blickte auf ihren Koffer hinunter. »Ich bleibe bei dir.«

»Danke.« Ulrike freute sich und legte den Arm um die Freundin. Dann winkte sie den jungen Männern zu, die nun Geldmünzen aufs Schiff warfen. »Warum in aller Welt tun die das?«

»Ist hier vielleicht Sitte, wenn man jemanden begrüßt.«

Sie wussten es nicht, wussten praktisch gar nichts über dieses Land und seine Gepflogenheiten. Aber das macht nichts, dachte Ulrike glücklich. Wir sind endlich da.

Noch lange standen sie und Lore und viele andere Mitreisende an der Reling, sahen auf die Männer in ihren Kähnen hinunter und in die nicht dunkel werden wollende Nacht hinaus.

Früh am nächsten Morgen wurde die Gangway ausgefahren, und nach und nach verließen die ersten Passagiere die *Esja*. Ulrike trat aufgeregt von einem Fuß auf den anderen. Doch es dauerte noch eine ganze Weile, bis sie und Lore an der Reihe waren. Sie wurden von einer Krankenschwester in Empfang genommen, die sie in eine

Seitenkabine führte. Die anschließende Untersuchung war kurz und unspektakulär, und dann durften sie endlich von Bord gehen.

Ulrike konnte es gar nicht erwarten, isländischen Boden unter den Füßen zu haben. Unten an der Gangway stand ein Matrose, sie bemerkte, wie er lächelte, als er Lore entdeckte.

Sie stieß ihre Freundin an. »Guck mal, ist das etwa der nette Mann, mit dem du dich gestern unterhalten hast?«

Lore sah nur kurz auf. »Ja.«

»Er scheint sich zu freuen, dich wiederzusehen«, bemerkte sie, doch ihre Freundin zuckte nur mit den Schultern.

Ulrike konnte das nicht deuten: War Lore nur unsicher oder gleichgültig? Sie wirkte ständig, als wäre ihr alles egal. Lag es am Krieg? Hatte Lore Dinge erlebt, die sie derart hatten abstumpfen lassen? Ulrike hatte das bei Nachbarn erlebt und Bekannten, die nach dem Krieg nur noch ein Schatten ihrer selbst waren. Aber wollte man nicht gerade dann leben, wenn man all das überstanden hatte? Lieben, fröhlich sein?

Als sie bei dem Matrosen angekommen waren, hielt er Lore – wie er es bei allen Frauen machte – die Hand hin, um ihr beim Übergang von der Rampe zum Kai zu helfen. Doch den anderen hatte er nur einen guten Aufenthalt gewünscht, bei Lore hielt er inne. Er ließ ihre Hand einfach nicht los, als sie auf dem Kai stand, sodass sie ihn anschauen musste.

»Geht es Ihnen wieder besser?«, hörte Ulrike ihn in gebrochenem Deutsch fragen.

Er war ein stattlicher junger Mann mit einem markanten Gesicht und freundlich dreinblickenden Augen. Und er hatte ganz offensichtlich Gefallen an ihrer Freundin gefunden. Ulrike fand ihre Vermutung bestätigt und lächelte in sich hinein. Man könnte es ganz sicher schlechter treffen.

»Ja.« Lore runzelte die Stirn. »Danke«, schob sie hinterher.

Sie wollte weitergehen, doch der Seemann dachte nicht daran, sie ziehen zu lassen.

»Bitte, wie heißen Sie?«, fragte er, und Ulrike sah ihm an, dass ihn diese Frage viel Überwindung gekostet hatte. »Ich bin Jón«, ergänzte er eilig, »Jón Gunnarsson.«

»Lore«, erwiderte sie nur, dann wurde die Menge hinter ihr ungeduldig, jemand schob sich an ihnen vorbei. Jón gab Lores Hand frei.

»Mit vollem Namen heißt sie Eleonore von Schwanitz«, steckte Ulrike ihm mit einem Augenzwinkern, als er auch ihr die Hand reichte, um ihr auf den Kai zu helfen. »Wir sollen irgendwo im Süden untergebracht werden …«

Und damit fand sie sich schon in dem Gang wieder, der sich zwischen den Reportern und Fotografen, die sicherlich für die isländische Tageszeitung arbeiteten, gebildet hatte.

»Du meine Güte, was für ein Aufgebot«, sagte Lore kopfschüttelnd. Ihr war die Aufmerksamkeit sichtlich unangenehm, denn sie beschleunigte ihre Schritte, genauestens darauf bedacht, niemandem zu nahe zu kommen. »Du hättest es ihm nicht sagen müssen«, schickte sie über die Schulter hinterher. »Ich bin nicht hergekommen, um ein Techtelmechtel anzufangen.«

In einer kleinen Baracke zeigten sie ihre Papiere vor und wurden erneut genauestens gemustert.

»Als wären wir auf einem Heiratsmarkt«, murmelte Lore. Ulrike nickte amüsiert, die Frau neben ihr kicherte.

»Was meint ihr wohl, warum wesentlich mehr Frauen als Männer auf der *Esja* waren?«, erklärte sie fröhlich. »Sie zeigen schon ein ordentliches Interesse an uns, die isländischen Männer.« Sie zuckte mit den Schultern. »Könnte schlimmer sein«, ergänzte sie augenzwinkernd.

Lore zog die Augenbrauen hoch, und auch Ulrike war verdattert. Sie wollte hier ein Jahr lang arbeiten, mal rauskommen, ein bisschen Geld verdienen, aber sich doch nicht verkuppeln lassen!

Mit ihren Reisedokumenten war alles in Ordnung, und sie verließen die Baracke wieder. Hinter der Hafenanlage war es nicht viel ruhiger, aber die Leute, die hier standen, um einen Blick auf die Neuankömmlinge zu erhaschen, waren zurückhaltender. Hier hielten sich auch viele Frauen und Kinder auf, alle wirkten gut genährt und gekleidet. Ulrike entdeckte kleine bunte Häuschen, die sich wie an Schnüren schmale Straßen entlanghangelten. War das alles? Die Hauptstadt wirkte sehr klein, viel kleiner als Lübeck, die stolze Hansestadt, mit ihren – ehemals – prächtigen Bürger- und Speicherhäusern an der Trave, dem stattlichen Holstentor und den hohen Kirchtürmen. Aber sie hatte ja auch noch nicht allzu viel gesehen. Sie brannte darauf, die Stadt und dieses unbekannte Land genauer zu erkunden.

Bevor sie in die bereitstehenden Busse stiegen, hielt Ulrike einen Moment inne. Sie ließ die anderen *Esja*-Passagiere an sich vorbeiziehen und sog die klare isländische Luft tief in sich ein. Das war er nun also, der Inselstaat im Nordmeer. Ihre Heimat für die kommenden zwölf Monate. Ihr ganz eigenes Abenteuer.

»Komm endlich!« Nun zerrte Lore sie hinter sich her. »Sonst bekommen wir keinen Platz mehr nebeneinander im Bus.«

Ulrike folgte der Freundin ungewohnt schweigsam. Sie hätte gerne noch mehr Eindrücke in sich aufgesogen, aber das musste warten.

Sie wurden zu verlassenen Baracken der Briten am Hafen gebracht, die zu einem provisorischen Hotel umfunktioniert worden waren. Dort sollten sie die folgende Nacht verbringen. Man hatte eine Art Kleiderkammer eingerichtet, aus der alle Ankömmlinge sich bedienen konnten.

Sie wussten, dass wir bettelarm sind, und haben für uns gesammelt!

Ulrike war gerührt und mochte sie schon jetzt, die Isländer. Sie stockte ihren Vorrat an warmer Kleidung auf, denn sie hatte längst bemerkt, dass die Sommertage in Island nicht annähernd so warm waren wie in Lübeck. Wie mochten da erst die Winter aussehen? Ihre eigenen Sachen würden mit Sicherheit nicht ausreichen!

Anschließend schlenderten sie und Lore durch Reykjavík – tatsächlich ein nur kleiner Ort mit wenigen Lebensmittelgeschäften und einem Café. Auffällig war, dass die Jugendlichen viel selbstbewusster, fröhlicher und auch fortschrittlicher wirkten. Eine andere Welt. Ulrike kam sich altbacken vor mit ihrem hochgesteckten Zopf, noch am Abend nahm sie sich eine Schere und schnitt ihn knapp über den Schultern ab. Sie drehte sich vor dem Spiegel im Schrank des winzigen Zimmers, das sie sich mit Lore teilte, hin und her. Es gefiel ihr, wie sich ihre nun kürzeren Haare aufbauschten. Ihre Locken hatte sie immer als lästig empfunden und durch Flechten zu bändigen versucht, aber nun mochte sie sie. Zum ersten Mal in ihrem Leben. Ihr Gesicht wirkte viel ausdrucksstärker. Sie schmunzelte. Sagte man nicht, dass, wenn sich im Leben einer Frau etwas veränderte, man dies an ihrem Haarschnitt sah? Genauso ist es, befand Ulrike, ein Neuanfang mit Haut und Haar.

Am nächsten Tag ging es endlich weiter. Ulrike und Lore saßen dicht gedrängt mit zwei weiteren Frauen in einem Auto, ein Fahrer sollte sie auf ihre Höfe bringen. Mehr als dass sie in Suðurland – einer Region im Südteil der Insel – eingeteilt waren, hatte man ihnen bei der Bewerbung nicht gesagt. Sie hatten allerdings ein kleines Handbuch über Island bekommen, das einen Abschnitt mit einem Wörterbuch Isländisch-Deutsch enthielt. Es lag auf Ulrikes Schoß, doch sie konnte jetzt nicht hineinsehen. Ihr Blick war gefesselt von der Landschaft, die an ihnen vorbeizog, sie war an Kargheit nicht zu überbieten. Noch nie hatte sie so eine Gegend gesehen. Rechts und links der holprigen Straße – gerade mal ein besserer Schotterweg – befanden sich nur graubraune Gesteinsfelder, seit sie Reykjavík verlassen hatten, hin und wieder ein niedriger Berg. Wovon leben die Menschen hier?, fragte sie sich. Hier war doch nichts.

Als sich das Auto auf eine Anhöhe gearbeitet hatte, hielt der Fahrer, ein junger Mann, am Straßenrand an. Eine weite Ebene erstreckte sich unter ihnen.

»Hveragerði.« Er zeigte in die Ferne, und sie reckten alle die Hälse. Tatsächlich, unter ihnen lag ein Dorf, mehr eine Ansammlung von Häusern, ein paar Landwirtschaftsbetriebe gab es anscheinend auch. Die Ebene war grün, ganz anders als der Landstrich, den sie zuvor passiert hatten. Und man konnte das Meer sehen! Ulrike konnte ihr Glück kaum fassen. Der Fahrer zeigte nun weiter nach links, wo es dampfte. »*Hverir*, das sind heiße Quellen«, erklärte er stolz in gebrochenem, aber verständlichem Englisch.

Neugierig wandten sich alle zum linken Fenster, um dieses Phänomen in Augenschein nehmen zu können.

»So was habe ich noch nie gesehen …«

Ulrike staunte ehrfürchtig, sie sprach ebenfalls Englisch, damit auch der Fahrer sie verstand. Sie empfand es als unendlich erleichternd, dass die Isländer, die sie bisher getroffen hatte, Englisch sprachen, und sie die Sprache auch ein bisschen beherrschte. Ihr Vater hatte es immer für wichtig gehalten, dass seine Kinder eine gute Bildung erhielten und Sprachen erlernten. Kein Wunder, er war schließlich ein Geschäftsmann gewesen und Lübeck durch gute Handelskontakte schon zu Hansezeiten eine weltoffene Stadt. Das hatte jedoch ein jähes Ende genommen, als die Nazis die Macht ergriffen hatten.

Ach, Papa … Warum das alles?

Noch in den letzten Kriegstagen, im März 1945, hatte Hans Petersen sein Leben an der Front lassen müssen. Bereits drei Jahre zuvor hatte Lübeck im Bombenhagel gebrannt. Die gesamte Lübecker Altstadtinsel hatten britische Bomber dem Boden gleichgemacht – und somit ihr schönes Haus an der Trave auch. Nur das Ladenlokal im Erdgeschoss war stehen geblieben. Und in diesem einen Raum hatten sie seitdem gehaust. Es war ein Wunder gewesen, dass sie und ihre Familie in der Bombennacht nicht zu Hause gewesen waren. Sie waren zum Bruder ihrer Mutter nach Schönberg, das etwa zwanzig Kilometer östlich von Lübeck lag, aufs Land gefahren. Das hatte ihnen mit großer Sicherheit das Leben gerettet. Sie hatten von dort aus die Explosionen gehört und den Feuerschein über ihrer Heimatstadt gesehen. Ein Anblick, den sie niemals vergessen würde. Ulrike blinzelte eine Träne weg und konzentrierte ihre Aufmerksamkeit wieder auf das Hier und Jetzt.

»Achtung, die Quellen sind wirklich sehr heiß!«, warnte der junge Mann. »Aber man kann ein gutes Bad nehmen, da, wo sich das heiße Wasser mischt mit dem kalten Wasser aus dem Fluss.«

Er lachte, als er in ihre vier ungläubigen Gesichter sah. Ein warmes Bad, direkt aus der Natur? Darauf war Ulrike nun besonders gespannt. Er steuerte das Auto wieder auf die Straße und fuhr weiter.

Direkt am Ortsrand von Hveragerði wurde eine ihrer Mitfahrerinnen, Louise hieß sie, abgesetzt. Sie hatte während der Fahrt erzählt, dass sie gelernte Gärtnerin war, und so war es nicht verwunderlich, dass sie vor einem Betrieb von zwei Männern in Empfang genommen wurde. Ulrike sah lange Felder mit Reihen von Kohlköpfen und anderen Pflanzen, die sie nicht identifizieren konnte. Der Fahrer holte Louises Gepäck aus dem Kofferraum, und die junge Frau ging mit den Männern ins Haupthaus, ohne sich noch einmal umzudrehen.

Danach kamen sie über eine stattliche Brücke, die einen reißenden breiten Fluss überspannte.

»Ölfusá«, erklärte ihr Fahrer und zeigte auf den Strom.

Er hatte sich ihnen vorgestellt, doch sein Name hatte so fremd geklungen, dass Ulrike ihn nicht richtig verstanden hatte. Überhaupt schien Isländisch ganz anders zu sein als Deutsch. Allein die seltsam aussehenden Extrabuchstaben …

Wenig später hielten sie ein weiteres Mal, diesmal an

einem flachen Gebäude, das aussah wie ein kleines Lebensmittelgeschäft. Neben dem Eingang standen ein paar Milchkannen. Es schlossen sich etliche Häuser an. Dieser Ort schien größer zu sein. Vielleicht war er so etwas wie das Zentrum dieser Gegend. Hier konnte man sich bestimmt wohlfühlen.

»Wie heißt der Ort?«, fragte Ulrike.

»Selfoss. Wichtig. *Kaupfélag*. Hier kann man einkaufen. Auch eine Molkerei ist hier.«

Ulrike nickte versonnen und betrachtete die Siedlung umso genauer. Weit konnte es jetzt nicht mehr zu Lores und ihrem Hof sein, wenn sie hier einkaufen würden. Doch damit irrte sie sich. Sie folgten noch eine ganze Weile der Straße, vorbei an endlos scheinenden Wiesen. Immer weniger menschliches Leben war zu entdecken, nur hin und wieder passierten sie einen Bauernhof oder einen Abzweig, der auf eine Behausung schließen ließ. Dafür wirkte die Landschaft nun etwas sanfter und der Boden fruchtbarer als zu Beginn ihrer Fahrt. Auf einer lang gestreckten Weide, die zu keiner Seite von einem Zaun umfasst war, entdeckte Ulrike eine Pferdeherde. Waren das etwa Wildpferde?

»Schau mal«, rief sie Lore zu, deren Augen sich sehnsüchtig weiteten.

»Ponys«, stellte Lore fest. »Die sehen niedlich aus mit ihrer langen, dichten Mähne und dem flauschigen Fell …«

»Keine Ponys«, kam es vom Fahrer, der vehement den Kopf schüttelte. »Beste Pferde sind das. Sie leben nur hier«, sagte er.

Fragend sahen die Frauen sich an. Das sollten richtige Pferde sein, die es zudem nur hier gab?

Lore zog die Augenbrauen hoch und blickte ein wenig

spöttisch drein. Ulrike wurde aus der Freundin nicht recht schlau. Mal war sie schüchtern wie ein kleines Mädchen, dann wieder kehrte sie die Gutsherrin heraus.

»Kannst du reiten?«, fragte Ulrike Lore leise.

»Selbstverständlich. Wir hatten Trakehner. Edle, elegante Pferde. Wir konnten nur zwei Tiere auf der Flucht mitnehmen, haben unseren Wagen gezogen.« Lore senkte die Stimme ebenfalls. »Mit den anderen haben die Russen dasselbe gemacht wie mit den Menschen, die sie noch in den Dörfern erwischt haben.« Mit leerem Blick sah sie aus dem Fenster. »Sie haben sie abgeschlachtet. Oder mitgenommen.«

Ulrike bemerkte, dass der Fahrer im Rückspiegel nach hinten sah. Ob er den Stimmungswechsel im Wagen mitbekommen hatte?

»Ihr reitet?«, fragte er.

Minna, die zweite ihrer Mitfahrerinnen, und sie selbst schüttelten den Kopf, Lore erwiderte nichts, blickte nur stumm aus dem Fenster.

»Sie reitet«, antwortete Ulrike an ihrer statt und zeigte auf ihre Freundin, denn sie wollte nicht unhöflich sein.

»Gut.« Ihr Fahrer nickte zufrieden. »Ihr könnt es alle hier lernen.«

Sie hielten an einer Kreuzung, an der Minna mit ihrem Koffer das Auto verließ, sie wurde von einem wartenden Pferdewagen abgeholt. Lore und Ulrike klammerten sich aneinander.

»Hoffentlich haben sie uns nahe zusammen untergebracht«, flüsterte Lore.

»Bestimmt. Schließlich sind wir die beiden Letzten in diesem Wagen.«

Sie kamen an einen weiteren Fluss, etwas schmaler

als die Ölfusá, jedoch führte über diesen nur eine wacklige Brücke aus rostigen Metallpfeilern und nicht sehr vertrauenerweckenden Holzbohlen. Ulrike schickte ein Stoßgebet gen Himmel, dass ihnen niemand entgegenkam. Unter ihnen jagte das Wasser brodelnd und schäumend über Stromschnellen, die Bohlen knarzten bedenklich. Der Fahrer brachte den Wagen jedoch ruhig und sicher ans andere Ufer.

»Þjórsá«, sagte er lachend, als er ihre vor Angst geweiteten Augen im Rückspiegel sah.

»Th-jors-au.« Ulrike versuchte, den Namen des Flusses zu wiederholen, was ihr nur ein Grinsen von vorne einbrachte.

»Euer Fluss ist das. Ihr wohnt in der Nähe.«

»Werden wir dicht beieinanderleben?«, fragte sie den Mann.

»Auf Nachbarhöfen.«

»Wir sind Nachbarn? Das ist ja wunderbar!«

Ulrike fiel Lore in die Arme. Doch ihr begann zu dämmern, dass Nachbarschaft in Island möglicherweise nicht das Gleiche bedeutete wie in Deutschland, wenn sie die Entfernungen zwischen den Höfen so betrachtete. Egal, sie würde ihre Freundin mehr oder weniger bei sich haben.

Unendlich scheinende Wiesen in allen Grüntönen wechselten sich ab mit vereinzelten Ackerflächen. Manchmal entdeckte Ulrike ein paar Schafe oder auch die kleinen Pferde. Auch Bäume sah man inzwischen dann und wann – fast nur Birken. Die meisten dienten als Umfriedung von Gehöften, vermutlich auch als Windschutz. Denn der Wind blies unablässig, man konnte ihn sogar ums Auto heulen hören.

»Kaum Feldfrüchte«, murmelte Lore, »überall nur Gras. Für Heu wahrscheinlich. Hier und da ein paar Kartoffel- und Rübenpflanzen. Fast kein Getreide. Der Boden scheint nicht viel herzugeben.«

Ulrike folgte Lores Blick zu den versprenkelten Feldern. Zum ersten Mal, seit sie in Island angekommen waren, wurde ihr bewusst, dass sie nur sehr wenig von Landwirtschaft verstand. Sie waren ab und zu bei den Großeltern auf dem Hof in Schönberg gewesen, den inzwischen der Onkel mit seiner Familie weiterführte, aber da hatte sie dann mit den kleinen Kälbern gespielt oder Eier eingesammelt und auch mal beim Melken geholfen. Sie konnte wahrlich nicht von sich behaupten, es zu *können*. Und sie hatte sich vorgenommen, auf einem Bauernhof zu arbeiten … Was hatte sie sich nur dabei gedacht? Sie wurde von einer Unsicherheit erfasst, die sie von sich gar nicht kannte.

»Hattet ihr Gemüse bei dir zu Hause?«, fragte Ulrike ihre Freundin, um sich abzulenken.

Lore antwortete nicht sofort, blickte nur stumm aus dem Fenster. Als Ulrike sich schon wieder abwenden wollte, sprach sie doch noch, aber ohne aufzusehen.

»Wir hatten große Felder, viel größer als die Ackerflächen hier. Vor allem Getreide: Weizen, Hafer, Gerste … sanfte grüne Hügel, prächtige Gutshäuser mit Säulen vor den Eingängen und Stuck über den Fenstern. Lange Alleen mit knorrigen alten Bäumen, die zu ihnen hinführten …« Lores Kopf sank gegen das Fenster, es schien, als träumte sie. Ruckartig setzte sie sich jedoch wieder auf, strich sich eine Strähne, die sich aus ihrem Haar gelöst hatte, aus dem Gesicht. »Egal«, sagte sie tonlos. »Vergangenheit, vorbei. Sehen wir in unsere Zukunft.«

Doch Lore wirkte nicht, als ob sie ihre Zukunft freudig erwartete, sondern eher, als ob sie sie über sich ergehen lassen würde.

»Hör mal ...«, setzte Ulrike an, denn sie hatte das Gefühl, der Freundin unbedingt noch etwas mitgeben zu müssen, bevor sich ihre Wege vorerst trennten. Und tatsächlich bogen sie genau in dem Moment von der Straße auf einen Feldweg ab. Nun schaukelte der kleine Wagen noch mehr hin und her. »Ich weiß, dass du von zu Hause flüchten musstest, ich kann mir vorstellen, dass das entsetzlich war. Sehr vielen Menschen ist im Krieg Schreckliches geschehen. Wir haben auch alles verloren.« Sie hielt inne, strich Lore sanft über den Arm. »Aber jetzt geht es aufwärts, bestimmt. Gib dir und diesem Land eine Chance! Bisher sind alle sehr nett und zuvorkommend zu uns gewesen. Lass nicht die Schatten der Vergangenheit dein Leben bestimmen.«

Eine steile Falte bildete sich auf Lores Stirn, sie schien zu überlegen, nickte, straffte die Schultern. »Wahrscheinlich hast du recht, Fräulein Petersen. Ich werde versuchen, zu vergessen und neu anzufangen.«

Sie lehnte sich an Ulrikes Schulter, und so fuhren sie weiter. Auf den letzten Metern wären sie beinahe noch eingenickt, hätte sie nicht ein Schlagloch ordentlich durcheinandergeschüttelt.

»Helvíti«, fluchte ihr Fahrer und verlangsamte das Tempo.

Das Wort hieß Hölle, das hatte Ulrike schon gehört und sich übersetzen lassen.

Ulrike öffnete die Augen wieder. Zu ihrer Rechten erstreckte sich ein See, und vor ihnen kam auf einer leichten Anhöhe ein Bauernhof in Sicht, der aus drei Gebäuden bestand, die hufeisenförmig angeordnet waren. Sie richtete sich auf, als sie langsam die Auffahrt hinauffuhren. Das linke Gebäude war das größte, es schien das Wohnhaus zu sein. Daran schloss sich im rechten Winkel ein länglicher Flachbau an, vermutlich ein Stall, ganz rechts befand sich anscheinend die Scheune, denn davor stand ein hölzerner Heuwagen. Das Ensemble war mit gelbem Wellblech verkleidet, rote Rahmen zierten die Fenster des Wohnhauses, die ebenfalls roten Dächer leuchteten in der vorsichtig hervorblitzenden Sonne. Es schien sich an die dahinter liegenden Felsenhügel anzuschmiegen. Der Hof wirkte ein wenig in die Jahre gekommen, aber gepflegt.

»*Velkomin* auf Guðmundarstaðir«, sagte ihr Fahrer. »Das ist dein Zuhause für das kommende Jahr, Ul-ri-ke.«

Er hat Schwierigkeiten, meinen Namen auszusprechen, bemerkte sie belustigt. Wobei sie sich seinen Namen ja überhaupt nicht hatte merken können. Wie unangenehm. Egal, sie würde den Mann ja höchstwahrscheinlich nie mehr wiedersehen.

Dann hielt er an, stieg aus und öffnete die Tür auf Ulrikes Seite. Mit steifen Beinen von der langen Fahrt kletterte sie aus dem Wagen. Sie hatte gehofft, dass dies *ihr* Hof sein würde, als sie zum ersten Mal einen Blick auf ihn hatte werfen können, und konnte sich nun nicht sattsehen. Zum Glück tat ihr auch der Himmel einen Gefallen, er schob die grauen Wolken immer mehr zur Seite. Von der Anhöhe schien der Blick endlos. Er glitt über flaches grünes Land bis zum Meer, das sich in der Ferne erahnen ließ. Langsam drehte Ulrike sich um sich selbst, die Hand zum Schutz über den Augen vor dem ungewohnt hellen Licht. Die Wolken wurden vom Wind in einer rasend schnellen Geschwindigkeit über sie hergetrieben. Weiter hinten erkannte Ulrike einen Fluss. Ob es der mit dem unaussprechlichen Namen war, den sie zuvor überquert hatten? Irgendwie scheinen auf Isländisch alle Namen schwierig auszusprechen zu sein, überlegte sie. Hoffentlich würde sie es schaffen, diese Sprache zu erlernen! Vom Flussufer zog sich eine Hügelkette hinter dem Hof entlang, die unten am See abflachte. Dahinter schloss sich ein weiterer See an. Und ganz, ganz weit weg erhob sich vor dem nun klaren hellblauen Himmel ein stattlicher dunkler Berg, auf dessen Gipfel es weiß leuchtete.

Schnee. Jetzt im Juni!

»Die Hekla«, erklärte ihr Fahrer. »Ein Vulkan. Er ist 1947 zuletzt ausgebrochen.«

»Ich wohne in der Nähe eines Vulkans?«, wiederholte Ulrike ungläubig. »Eines derart aktiven noch dazu?«

Mit einem Mal wirkte die Gegend gar nicht mehr so idyllisch wie noch einen Moment zuvor. Auch Lore sah sich erschrocken um. Ulrike fürchtete, dass sie am liebsten direkt die Heimreise antreten würde.

Ihr Gegenüber hingegen grinste. »Die Hekla bricht nicht oft aus. 1913 das vorletzte Mal.« Ulrike rechnete schnell nach, während er auf den hinteren Autoreifen stieg, um ihren festgeschnürten Koffer vom Dach zu holen. Er nahm auch Lores herunter und stellte ihn in den inzwischen frei gewordenen Kofferraum. Das war ein Abstand von über dreißig Jahren. Irgendwie beruhigte sie das nicht im Geringsten. »Wir merken, wenn sie unruhig wird, keine Sorge. Komm«, er nahm Ulrikes Koffer und bedeutete ihr, zum Haus zu gehen. »Es ist schön hier.«

Nun war also der Moment des Abschieds von ihrer

Freundin gekommen. Den Tränen nahe, umarmten sie sich.

»Wir sehen uns bald wieder, ganz bestimmt«, sagte Ulrike.

Lore nickte. »Alles Gute dir«, flüsterte sie.

Wieder machte Ulrike sich Sorgen um ihre zierliche Gefährtin. Hoffentlich kommt sie zurecht, dachte sie.

»Dir auch«, erwiderte sie und gab ihr einen Kuss auf die Wange.

Der nette Fahrer begleitete sie zur Haustür, wohl weil sie, im Gegensatz zu Louise und Minna, von niemandem empfangen wurde. Aus den Augenwinkeln sah sie, wie Lore wieder ins Auto stieg. Ganz verloren wirkte sie.

»Warum hat der Vulkan einen Frauennamen?«, fragte Ulrike.

Der Mann verstand kurz nicht, doch dann trat wieder das verschmitzte Lächeln in sein Gesicht, das er im Laufe der Fahrt schon so oft gezeigt hatte.

»In Island sind alle Vulkane weiblich.«

Er zwinkerte ihr zu, und Ulrike konnte nicht verhindern, dass sie von seiner guten Laune angesteckt wurde. Es steckte ein wahrer Schelm in ihm.

Schade eigentlich, dass er gleich mit Lore weiterfahren wird.

Als sie bei der Haustür angekommen waren, die im selben Rot gestrichen war wie das Dach und die Fensterumrahmungen, öffnete er einfach die Tür und trat ins Innere, ohne eine Einladung zum Hineingehen abzuwarten. Unschlüssig blieb Ulrike im Eingang stehen. Ihr Begleiter rief etwas auf Isländisch in den leeren Raum, woraufhin sich eine Tür an der gegenüberliegenden Wand öffnete und eine gebeugt gehende ältere Frau in farbenfroher Tracht – rotes Leibchen über weißer Bluse und rot-blau karierte Schürze über einem schwarzen Rock – hindurchtrat. Hat sie sich für mich so schick gemacht?, überlegte Ulrike und kam sich mit einem Mal schmuddelig vor in ihrem lange nicht gewaschenen, viel zu leichten Sommerkleid und dem geflickten Mantel.

»Das ist Aldís«, stellte der Fahrer Ulrike die Frau vor, deren langes graues Haar zu einem Zopf geflochten war. Er hing über ihrer linken Schulter. Ihre dunkelbraunen Augen betrachteten Ulrike aufmerksam, aber freundlich.

Dann folgte die Gegenvorstellung mit einem Fluss isländischer Wörter, aus denen sie nur ihren Namen erkannte. Ulrike reimte sich zusammen, was der Mann zu der alten Frau gesagt haben musste: Ich muss weiter, ihre Freundin wird schon sehnsüchtig erwartet. Man sieht sich.

Er hob die Hand zum Gruß und ging, ohne sich noch einmal umzuschauen, zum Auto. Ulrike sah dem Wagen, der eine Staubwolke hinter sich herzog, nach, bis er auf den Feldweg eingebogen und hinter der nächsten Biegung verschwunden war. Sie winkte ihrer Freundin nach, bis sie sie nicht mehr sehen konnte.

Aldís nahm Ulrikes Arm und bedeutete ihr mit einer Handbewegung, mit ins Innere des Hauses zu kommen. Sie atmete tief ein und aus, bevor sie eintrat. Nun würde ihre Zeit in Island wirklich beginnen.

2

»Was machen wir bei Oma?«, krähte Matteo aufgekratzt auf der Rückfahrt vom Fußballtraining.

»Geburtstag feiern«, erwiderte Katharina, denn da sie die Frage an diesem Tag schon gefühlt zweihundert Mal beantwortet hatte, brachte sie keine Ruhe mehr für weitere Erklärungen auf.

Sie war direkt nach ihrer letzten Patientin um ein Uhr zum Einkaufen und von dort aus nach Hause gedüst, obwohl in der Praxis noch jede Menge Schreibkram zu erledigen gewesen wäre. Im Supermarkt hatte sie eine fertige Lasagne erstanden, die nur schnell in der Mikrowelle aufgewärmt werden musste, und einen abgepackten Salat für das Gewissen. Auch den Fußballnachmittag hatte sie gut hinter sich gebracht, jetzt war allerdings die Luft raus. Sie war erst Mitte dreißig und trotzdem ständig erschöpft. Irgendetwas musste sich ändern. Ja, sie war Ärztin, sie wusste, dass ihr Sport guttun würde. Aber sich dazu aufzuraffen nach einem langen Arbeitstag war eben nicht einfach. Zum Glück hatte die Praxis mittwoch- und freitagnachmittags geschlossen, und die Jungs waren an den anderen Tagen in der Nachmittagsbetreuung der Schule. Von dort wurden sie entweder von ihr oder Tobias oder auch mal von ihrer Mutter abgeholt. Letzteres war vor allem an Montagen der Fall, wenn die Praxis Abendtermine anbot und sie häufig genug erst um neun nach Hause kam.

Sie hatte von Tobias die Nachricht erhalten, dass er es nicht früher schaffte – das hatte sie bereits bemerkt. Angeblich war zu viel zu tun in der Arbeit. Super, auch das Geburtstagsabendessen bei ihrer Mutter würde also eine ganz knappe Nummer werden. Nun musste sie mit den Jungs allein zu Hause den Kampf austragen, sie nach dem Duschen in einigermaßen vorzeigbare Kleidung zwängen, die selbstverständlich nicht auf viel Gegenliebe stieß, und darauf hoffen, dass sie sich nicht wieder mit irgendwas bekleckerten oder stritten, während sie sich selbst fertig machte. Dafür parkte sie die beiden vor der Playstation, was ihr wiederum ein schlechtes Gewissen verursachte.

Als sie sich anzog, vibrierte ihr Handy. Eine Nachricht von Tobias.

Hab noch ein wichtiges Telefonat mit Pittsburgh. Komme direkt zu Bärbel. Love u. T.

Unweigerlich fiel ihr Blick auf ihre Armbanduhr. Es war sechs Uhr. Der Arme! Und das an einem Freitagabend. Aber seine Firma arbeitete mit Unternehmen in den USA zusammen, und da betrug die Zeitverschiebung fünf Stunden. Was sollte man machen? In einer halben Stunde wurden sie bei ihrer Mutter erwartet, höchste Zeit loszufahren. Eilig legte sie Make-up auf, ein wenig Mascara und Lippenstift, das musste reichen. Bärbel war eine Seele von einem Menschen, aber Unpünktlichkeit konnte sie nicht ertragen. Sie machte sich oft selbst darüber lustig, meinte dann, dass sie als Lehrerin wohl zu viel mit Zuspätkommern zu kämpfen gehabt hatte.

Sie scheuchte die Jungs, die sich nur nörgelnd von ihrem Playstation-Spiel trennten, ins Auto und fuhr los.

»Kommt Ben auch?«, fragte Hannes, als sie in die Straße bogen, in der ihre Mutter wohnte.

Die Jungs liebten ihren Onkel. Kein Wunder, ihr Bruder war für jeden Quatsch zu haben. Er war zwar drei Jahre älter als sie, wirkte aber manchmal selbst noch wie ein Kind. Sie bewunderte ihn heimlich dafür, dass er sich von nichts und niemandem stressen ließ. Andererseits konnte sie oft genug nicht nachvollziehen, wie wenig er das Leben ernst zu nehmen schien.

»Ja«, antwortete sie, während sie nach einer Parklücke suchte. »Es ist doch Omas Geburtstag, da kommen wir alle.« Ihr Elternhaus stand in einer kleinen Straße mit viel altem Baumbestand. Sie konnte sich erinnern, dass es hier früher, als sie noch ein Kind gewesen war, kaum Autos gegeben hatte, sie hatten oft auf der Straße gespielt. Mittlerweile war das ganz anders. »Guck mal, Ben ist schon da«, sagte sie, als sie den etwas zurückgesetzten zweistöckigen Backsteinbau mit den weißen Fensterläden, in dem sie aufgewachsen war, passierten und sie das Mountainbike ihres Bruders entdeckte.

Es war mit zwei dicken Schlössern am Treppengeländer neben der Haustür befestigt. Ben erledigte beinahe alle Wege mit dem Rad. Wie sich mal wieder gezeigt hatte, war das durchaus von Vorteil.

»Cool, dann können Ben und ich endlich mal wieder Fußball spielen«, freute sich Matteo.

»Na, ganz bestimmt nicht heute«, widersprach sie.

Schließlich entdeckte sie doch noch eine winzig kleine Parklücke ein ganzes Stück hinter dem Haus ihrer Eltern. Mühsam rangierte sie hinein. Kaum stand der Wagen, stürmte Matteo schon los und Hannes ihm hinterher – natürlich ohne die Autotür hinter sich zu schließen.

Warum nur lernen meine Söhne nicht, die Türen zuzumachen?, fragte sich Katharina und holte den Geschenkekorb, gefüllt mit exquisiten Delikatessen aus dem Feinkostladen im Ostertorviertel und einem Gutschein für zwei für ein Wellnesswochenende aus dem Kofferraum. Tobias und sie hatten sich überlegt, dass Bärbel entweder eine Freundin mitnehmen oder aber mit ihr, Katharina, fahren könnte. Sie hoffte, ihre Mutter würde sie auswählen, denn sie würde einen Kurzurlaub von zu Hause mit Massagen, Sauna, Spaziergängen und gutem Essen sehr genießen. Ächzend schob sie den Henkel des schweren Korbs über einen Arm. Einen Karton mit Wein klemmte sie unter den anderen. Diesen Wein trank ihre Mutter besonders gerne, und sie hatte sie gebeten, für die Feier welchen mitzubringen, da sich direkt neben ihrer Praxis ein Weinhandel befand. Derart beladen schleppte sie sich zum Haus. Bis sie dort ankam, hatte ihr Jüngster schon längst Sturm geklingelt.

»Hey, Großer«, freute sich Ben, der die Tür geöffnet hatte, und wirbelte seinen Neffen um sich herum. Katharina musste einen Schritt zurücktreten, um keine Beine abzubekommen. Auch Gustav flitzte aufgeregt kläffend und schwanzwedelnd auf sie zu. »Und noch Größerer.« Ben klatschte ihren Älteren mit einer lässigen Geste ab. Zu schade, dass er keine eigenen Kinder hat, dachte sie wieder einmal. Er konnte so gut mit ihnen umgehen. Aber so, wie es aussah, würde sich daran nichts mehr ändern. Bei Ben hielt keine Beziehung lange genug, um etwas Ernstes zu werden. Ihn schien das nicht zu stören. »Hallo, Schwesterherz«, begrüßte ihr Bruder sie, und sie umarmten sich, so gut es mit vollgepackten Armen ging.

»Schön, dich wiederzusehen«, sagte sie, während Ben ihr den Karton mit den Weinflaschen abnahm.

Als sie in die Wohnung trat, lag ein ungewöhnlicher

Duft in der Luft, vermutlich orientalisch. Es waren exotische Gewürze, aber Katharina konnte sie nicht zuordnen. Ihre Mutter probierte gerne mal etwas aus, bevorzugt Rezepte, die sie auf den gemeinsamen Reisen mit ihrem Vater kennengelernt hatte.

»Was kochst du?«, fragte sie, nachdem sich alle begrüßt und Bärbel beglückwünscht hatten. Den Korb stellte sie erst mal zur Seite. Mit dem Geschenk wollte sie warten, bis Tobias da war. »Etwas Indisches?«

»Nein, was Afrikanisches«, entgegnete ihre Mutter, während sie selbstvergessen in einer Soße rührte. »Genauer Marokkanisches.«

»Wie kommst du denn darauf?« Katharina überlegte eilig, wann ihre Eltern mal in Afrika gewesen waren.

Sie hörte Ben und Matteo lachen und quietschen, die zwei hatten sich gleich nach der Begrüßung der Oma ins Wohnzimmer verzogen und gingen dort offenbar ihrer Lieblingsbeschäftigung nach: toben. Hoffentlich ließen sie die Einrichtung heil. Hannes hatte es sich am Küchentisch bequem gemacht und naschte aus einem Schälchen mit Weihnachtssüßigkeiten, das ihre Mutter wohl noch irgendwo stehen gehabt hatte. Sie überlegte, ihn darauf hinzuweisen, dass sie gleich aßen, ließ es dann aber. Stattdessen strich sie gedankenverloren über den Tisch. Den hätte sie auch nicht in der Toskana zurückgelassen. Nur dass Tobias und sie kein Wohnmobil hatten, mit dem sie den Tisch hätten transportieren können.

»Ich hatte mal Lust darauf«, erklärte Bärbel, während sie den Blick konzentriert auf den brodelnden Eintopf in dem großen Topf gerichtet hielt und hin und wieder rührte oder etwas Gewürz zugab. »Das da ist *Harira*«, sie nahm einen Teelöffel, hielt ihn in den Topf und ließ

Katharina probieren, »eine Suppe aus Kichererbsen und Linsen, die gibt es als Vorspeise.«

»Mmh, lecker«, sagte Katharina, und ihr lief das Wasser im Mund zusammen.

Ihre Mutter nickte zufrieden. »Im Ofen schmort die Tajine, allerdings im Römertopf, weil ich das entsprechende Gefäß nicht besitze. Das ist im Wesentlichen Hühnchen auf Gemüse. Dazu gibt es Couscous«, sie zeigte auf eine abgedeckte Schüssel, die neben dem Herd stand. »Zum Nachtisch hab ich Orangensalat gemacht und *Mahalabia.* Das ist eine Art Milchpudding, der mit Rosenwasser verfeinert wird. Die Schälchen stehen im Kühlschrank.« Bärbel ahnte wohl, dass in ihr eine gewisse Panik aufstieg, weil sie befürchtete, dass das alles ihren Söhnen zu exotisch sein könnte, denn sie ergänzte: »Und für die Jungs habe ich noch Eis, wenn sie den Nachtisch nicht mögen.«

»Mama, da hast du dir viel zu viel Arbeit gemacht!«

»Ich mach das doch gerne, Schatz, das weißt du doch. Ich freue mich, wenn das Haus mal wieder voll ist.«

Und ich mal nicht allein bin, schwang da mit.

Katharina bekam gleich ein schlechtes Gewissen. »Tut mir leid, dass wir nicht öfter …«

Bärbel fasste ihre Tochter am Arm. »So war das nicht gemeint, Kati. Ich weiß doch, dass ihr viel um die Ohren habt.«

»Aber du fühlst dich manchmal einsam …«

Ihre Mutter zuckte mit den Schultern. »Ich kann mich einfach noch nicht so recht dran gewöhnen, dass Papa nicht mehr da ist. Manchmal denke ich, dass er gleich um die Ecke kommt. Oder es fühlt sich an, als würde er neben mir auf dem Sofa sitzen und eine seiner Fachzeitschriften über Meeresbiologie lesen. Oder heute Morgen hätte ich ihm beinahe aus dem Bad zugerufen, dass er die Handwerker reinlassen soll.«

»Das tut mir so leid, Mama.« Katharina umarmte ihre Mutter und drückte sie fest an sich. »Es ist ja auch noch nicht lange her …«

»Es ist der zweite Geburtstag ohne ihn.« Bärbel löste sich von ihrer Tochter, rieb sich über die Augen. »Ich frage mich ab und zu, ob ich verrückt werde. Ich müsste doch längst besser damit klarkommen.«

»Das musst du nicht. Und es ist alles normal so, da bin ich mir ganz sicher. Jeder Mensch trauert anders, und du hast immerhin den Großteil deines Lebens mit Papa verbracht. Das kann man nicht einfach so für beendet erklären.«

»Wahrscheinlich hast du recht.« Ihre Mutter wandte sich wieder ihrer Suppe zu und kostete selbst noch einmal. »Findest du, da fehlt noch was?«

»Nein. Ich finde sie perfekt.«

In dem Moment klingelte es an der Tür.

»Das ist euer Papa«, sagte Bärbel an Hannes gewandt. »Könntest du bitte die Tür öffnen?«

Augenrollend erhob sich ihr Sohn.

»Er ist oft schlecht gelaunt in letzter Zeit«, erklärte sie, als Hannes im Hausflur verschwunden war.

»Vielleicht bedrückt ihn etwas«, überlegte Bärbel. »Oder es ist das Alter. Er kommt langsam in die Vorpubertät …«

»Ja, es ist nicht zu fassen, dass er schon acht ist. Eben war er doch noch mein kleines Baby.«

»Tja, die Zeit rast.«

Tobias erschien in der Küche, gab seiner Schwiegermutter einen Kuss auf jede Wange. »Bitte entschuldige die Verspätung. Ich musste noch ein paar wichtige Dinge vor dem Wochenende im Büro klären.«

»Kein Problem. Du kommst genau rechtzeitig, gerade ist alles fertig.«

»Da bin ich froh.«

»Es gibt etwas Marokkanisches«, ergänzte Katharina.

»Warst du mit Werner mal in Marokko?«

»Wir haben dort unsere Flitterwochen verbracht. Ist also schon ein paar Jährchen her.«

»Ach, stimmt! Hatte ich ganz vergessen«, erwiderte Katharina. Ihre Mutter lächelte verträumt, es wirkte einen Augenblick lang so, als wäre sie zurück an dem Ort vor vierzig Jahren, an dem sie diese Köstlichkeiten kennengelernt hatte. Tobias begrüßte sie mit einem flüchtigen Kuss, dann kam Matteo aus dem Wohnzimmer gerauscht und nahm seinen Vater in Beschlag. Ihm folgte Ben. »Soll ich schon mal den Tisch decken?«, fragte sie.

»Hab ich schon.« Ihre Mutter deutete auf das Esszimmer, das sich an die Küche anschloss.

Katharina warf einen Blick auf das Lieblingsservice ihrer Eltern. Seit sie denken konnte, wurde es bei Feierlichkeiten aus dem antiken Büfett im Esszimmer geholt.

»Habt ihr das Service eigentlich auch aus Marokko mitgebracht?«, fragte sie.

»Nein«, antwortete ihre Mutter, und es wirkte, als würden ihre Gedanken sie nun noch weiter wegtragen. »Kurz nach unserer Hochzeit waren wir auf einem Kunsthandwerkermarkt, der einmal im Jahr in meiner Schule veranstaltet wurde, ich war dort ja schon im Referendariat. Mir ist der Stand mit den farbenfrohen und prächtigen Töpfereien gleich ins Auge gestochen. Ich habe mich mit der Handwerkerin unterhalten, ihre Arbeiten waren einfach umwerfend. Sie sprach gebrochen Deutsch, und ich habe sie gefragt, wo sie herkam. Daraufhin erzählte sie mir, dass sie aus Island stamme, aber eine deutsche Mutter habe. Sie war etwas jünger als ich, Anfang zwanzig, und seit einiger Zeit in Deutschland. Sie wollte die Heimat ihrer Mutter kennenlernen, war bereits ein wenig herumgereist und hatte ein paar Kurse und Lehrveranstaltungen in Keramik an der Kunsthochschule belegt. Ihr Name war Ellen Arnarsdóttir, sie war gerade auf dem Sprung nach Marokko, weil sie einen Mann von dort kennengelernt hatte und ihm in sein Land folgen wollte. Die ganz große Liebe offenbar.« Sie nahm den Topf mit der Suppe. »Kommt, lasst uns anfangen. Ich erzählte beim Essen weiter.«

Alle gingen ins Esszimmer.

»Ich sitze neben Ben«, rief Matteo, rannte um den Tisch herum und ließ sich auf einen Stuhl fallen. Den Platz neben sich blockierte er mit beiden Armen.

»Ich will auch bei meinem Onkel sitzen«, maulte Hannes.

»Dann nimm du auf der anderen Seite neben ihm, am Kopfende, Platz«, schlug Bärbel vor.

Hannes warf seinem Bruder einen triumphierenden Blick zu, was dieser mit einer herausgestreckten Zunge quittierte.

»Benehmt euch, Jungs«, mahnte Tobias und schaute Katharina mit hochgezogenen Augenbrauen an.

Ja, so ist der Alltag mit den beiden, dachte sie und zuckte hilflos mit den Schultern. So aufgedreht sind sie, obwohl sie vorher Fußballtraining hatten. Sie und Tobias setzten sich gegenüber von Ben und Matteo, ihre Mutter würde ihren Stammplatz am anderen Kopfende einnehmen. Ben schenkte den Erwachsenen Wein und den Kindern Limo ein, während Bärbel noch im Stehen die Suppe verteilte und mit je einem Petersilienblatt garnierte, das Matteo sogleich angewidert zur Seite schob.

Mit dem Finger.

»Matteo«, zischten Tobias und Katharina wie aus einem Mund, was ein Lachen bei den anderen Anwesenden hervorrief.

Bärbel setzte sich und erhob ihr Weinglas. »Schön, dass ihr heute bei mir seid und meinen Geburtstag mit mir feiert.«

Alle prosteten sich zu, die Feiertagslimo in den Gläsern der Jungs schwappte gefährlich. Sie konnten gar nicht damit aufhören, über den Tisch gelehnt miteinander anzustoßen.

»Wenn sie Blödsinn machen können, sind sie ein Herz und eine Seele«, raunte Tobias Katharina zu.

»O ja«, antwortete sie und nahm einen Schluck von ihrem Rotwein. »Mmh.« Sie konnte verstehen, warum es der Lieblingswein ihrer Mutter war.

»Auch wenn jemand fehlt«, ergänzte Bärbel.

»Er ist da«, widersprach Katharina, »ganz bestimmt.« Eine Weile genossen sie ihre Suppe schweigend. »Du wolltest doch von dem Geschirr und dieser Töpferin erzählen«, sagte sie dann.

»Richtig.« Ihre Mutter legte ihren Löffel am Tellerrand ab und tupfte sich mit der Serviette den Mund ab. »Ellen hat mich vom ersten Moment an beeindruckt. Ihre Lebenseinstellung und ihr Mut, einfach nach Afrika zu ziehen. Natürlich bin ich schon immer gerne gereist, aber einen derart großen Schritt hätte ich niemals gewagt … Ihr versteht, was ich meine?« Alle nickten. »Wir hatten gerade das Grundstück hier gekauft, in der Nähe der Uni, wo Werner damals schon eine Stelle als Wissenschaftlicher Mitarbeiter hatte, wollten bauen. Das war alles so, wie ich es mir immer gewünscht hatte. Im Vergleich zu Ellen kam ich mir ein bisschen spießig vor, aber ich hätte nicht tauschen mögen.« Ihre Mutter trank einen Schluck, und Katharina dachte nach. Sie hätte es wahrscheinlich ähnlich empfunden. Einerseits angezogen und fasziniert von dem freien, unabhängigen Leben, das Künstler zu führen schienen, noch dazu im Ausland, andererseits nach Sicherheit und einem festen Platz im Leben strebend. Bärbel sprach weiter: »Trotz unseres unterschiedlichen Denkens, vielleicht auch deswegen, haben wir uns gleich gut verstanden. Wir sind aus dem Reden kaum noch rausgekommen. Und Werner mochte Ellens Keramikarbeiten genauso sehr wie ich.« Bärbel schwenkte versonnen den Wein in ihrem Glas. »Wir dachten erst, es wären Einzelstücke.«

Sie nahm einen weiteren Schluck aus ihrem Glas, stellte es ab und hob ihren Suppenteller von dem sich darunter befindenden Essteller. Gedankenverloren strich sie über das Dekor.

»Aber das war nicht so«, stellte Ben fest.

»Nein. Ellen hatte Fotos dabei, die das komplette Service zeigten. Es befand sich in ihrer Werkstatt, einem kleinen Ladenlokal in einer Seitenstraße im Steintor, wo sie auch wohnte. Wir haben sie am nächsten Tag dort besucht und es gekauft. Ess-, Suppen- und Kuchenteller, Tassen und Untertassen, Schalen, eine Servierplatte. Werner und ich waren glücklich, dass wir so etwas Schönes bekommen hatten, und Ellen war froh, dass sie vor ihrer Abreise noch so viele ihrer Schätzchen in gute Hände hat geben können.«

»Und war wahrscheinlich auch nicht traurig, noch ein paar Mark für ihren Start in Afrika dazuverdient zu haben«, ergänzte Ben.

»Das ist sicherlich richtig.« Bärbel nickte.

»Du hängst sehr an dem Service, nicht?«, fragte Katharina.

»Ja. Es war die erste Anschaffung, die Werner und ich zusammen getätigt haben, mal abgesehen von dem Grundstück. Wir haben es mit unserem Hochzeitsgeld bezahlt. Wir haben uns beide gleich darin verliebt, in die frischen Farben der Blüten, kleine blaue Kornblumen, roter Mohn und gelbe Butterblumen, die fein gezeichneten Blätter und Ranken. Rustikal vom Material und doch so edel durch seine Gestaltung. Das perfekte Symbol für Frühling und Sommer oder den Anfang von etwas Großem.« Sie lächelte. »Und es hängen viele Erinnerungen daran. Letztlich ist das der Grund, aus dem wir unsere Flitterwochen in Marokko verbracht haben.«

»Warum denn das?«, fragte Tobias.

»Wir haben uns in den letzten Tagen, die Ellen in Deutschland war, mit ihr angefreundet, vor allem sie und ich. Und dabei entstand irgendwann die Idee, dass wir sie doch in Marokko besuchen könnten. Zwei Monate später, in den Schulsommerferien, in denen wir unsere Flitterwochen geplant hatten, waren wir dann dort.«

»Was für eine unglaubliche Geschichte«, sagte Katharina. »Ich hatte ja keine Ahnung.«

»Ich auch nicht«, meinte Ben. »Habt ihr ihren Freund kennengelernt?«

»Ja, aber erst vor Ort.« Ihre Mutter zögerte. »Er hieß

Hadir und war ziemlich … zurückhaltend uns gegenüber. Höflich, aber reserviert. Es passte nicht recht zu dem, wie Ellen ihn zuvor geschildert hatte. Sie hatte ihn als herzlich, charmant und aufgeschlossen beschrieben. Ellen war selbst schockiert über diese Änderung seines Charakters, das hat sie uns damals anvertraut, aber sie wollte ihm noch eine Chance geben.«

»Und wie ging es dann weiter?«, fragte Tobias.

»Nachdem wir zurück waren, haben Ellen und ich uns noch ein paar Monate geschrieben. Irgendwann aber kamen meine Briefe zurück. Ich fürchte, dass sich die Dinge mit Hadir nicht so entwickelt haben, wie sie gehofft hatte. Sie hat vermutlich das Weite gesucht. Ich hoffe, dass es ihr gelungen ist.«

»Hat sie sich nie mehr bei dir gemeldet?«, fragte Katharina ungläubig.

Ihre Mutter schüttelte den Kopf. »Irgendwann war unser Haus fertig, und wir sind umgezogen. Die Adresse hatte Ellen nicht. Wir hatten keine Kontaktdaten mehr von ihr und sie nicht von uns.«

»Schade«, meinte Katharina.

»Klar«, entgegnete ihre Mutter, »aber nachdem wir in dieses Haus gezogen waren, brachen aufregende Zeiten für Werner und mich an. Wir haben uns eingerichtet, gearbeitet, ihr wurdet geboren …« Sie zuckte mit den Schultern. »Es hat eben alles seine Zeit.«

Eigentlich ist der Abend richtig schön, dachte Bärbel, als sie beim Hauptgang angelangt waren. Sie hatte ihre Familie um sich, das Essen schmeckte, endlich war mal wieder Leben im Haus. Die Jungs waren ungestüm wie immer. Katharina wirkte ein wenig angespannt, ebenso Tobias. Ob bei den beiden alles in Ordnung war? Aber Bärbel kannte ja ihren anstrengenden Alltag, konnte sich nur allzu gut in ihre Lage versetzen und sich daran erinnern, wie es war, wenn die Kinder klein waren. Werner war mit Leib und Seele Meeresbiologe gewesen und beinahe Tag und Nacht in der Uni, zudem hatte er kurz nach Bens Geburt eine Professur bekommen, er war sieben Jahre älter als sie gewesen. Sie hatte alles zu Hause gemanagt, was zu der Zeit noch so üblich gewesen war. Als Katharina in den Kindergarten gekommen war, hatte sie endlich wieder als Lehrerin, zunächst für ein paar Stunden pro Woche, tätig werden können. Das war wichtig für sie gewesen und hatte sie erfüllt, aber so eine Doppelbelastung ließ die Tage bekanntlich noch kürzer und die Dinge, die zu erledigen waren, noch mehr erscheinen.

Sie hatte von Ben ein Tablet geschenkt bekommen. Innerlich fragte sie sich, was sie damit sollte, ihr zugegebenermaßen veraltetes Smartphone reichte ihr eigentlich. Doch Ben war der Meinung, dass seine Mutter so etwas brauchte. Sie hatte sich natürlich nichts anmerken lassen, aber das Ding gedanklich schon in einer Schublade verstaut. Katharina und Tobias hatten ihr einen fantastischen Geschenkekorb mit den feinsten Delikatessen besorgt. Sie wünschte nur, sie könnte den Inhalt gemeinsam mit jemandem genießen. Am meisten freute sie sich auf das Wellnesswochenende, das sie selbstverständlich mit ihrer Tochter verbringen würde. Das würde ihnen beiden guttun.

»Oma«, krähte Matteo mit vollem Mund. Er knabberte gerade an einem Hähnchenschenkel, den er in einer Hand hielt, während die Soße ihm bis zum Arm hinunterlief, »was gibt's eigentlich als Nachtisch?« Das Gemüse hatte er schon an den Tellerrand geschoben.

Sie war ja selbst schuld. Warum hatte sie etwas gekocht, das derart schwierig zu essen und noch dazu so ungewohnt gewürzt war? Kinder mochten eben nur Gerichte, die sie kannten. Bärbel sah zu ihrer Tochter hinüber, die um Schadensbegrenzung bemüht war. Sie wischte Matteo über den verschmierten Mund und kratzte das Gemüse von der Tischdecke. Dabei blieb ihr schöner pinkfarbener Kaschmirpullover nicht verschont. Tomatensoße breitete sich auf dem Ärmel aus.

»Mist.« Katharina eilte ins Bad, Tobias folgte ihr um Hilfe bemüht.

»Was gibt's jetzt als Nachtisch?«, fragte nun Hannes vollkommen ungerührt. Ungeduldig schob er seinen Teller hin und her, der bereits leer war.

»Das wirst du gleich sehen, mein Schatz«, erwiderte Bärbel ruhig.

Doch Geduld war nicht die Stärke der Jungs. Hannes beugte sich unter den Tisch und spielte mit Gustav, der ohne Frage während des Essens die ein oder andere Köstlichkeit von ihm erhalten hatte.

Matteo ließ das Hühnchen auf seinen Teller fallen, mit dem Unterarm wischte er sich über den Mund. »Jetzt musst du Gustav aber mal zu mir lassen«, schimpfte er.

»Warum?«, fragte Hannes scheinheilig.

»Weil du ihn die ganze Zeit bei dir hast«, begehrte Matteo gegen seinen größeren Bruder auf.

»Er kann ja zu dir kommen, wenn er will«, erwiderte Hannes. Der Unterton in seiner Stimme machte deutlich, dass es ihm Spaß machte, den Jüngeren zu provozieren. »Will er aber anscheinend nicht.«

»Du bist so ein Blödmann«, stieg Matteo gleich darauf ein und sprang so unvermittelt auf, dass er gegen den Tisch stieß und die Gläser zum Wackeln brachte.

»Na, na, Jungs«, versuchte Ben zu intervenieren. »Gustav ist für alle da, keiner braucht sich aufzuregen.«

»Aber *der* da …«, Matteo zeigte anklagend mit dem von Tomatensoße verschmierten Zeigefinger auf seinen Bruder, »der da ist so … so …«

»Matteo und Hannes«, griff Bärbel mit scharfer Stimme ein, »jetzt reißt euch zusammen. Niemand ist hier ein Blödmann oder sonst irgendwas.«

Doch es war zu spät. Die Brüder hörten sie gar nicht mehr.

»Wenn ich ein Blödmann bin, bist du ein Loser«, schimpfte Hannes. »Was kann ich dafür, dass Gustav dich nicht mag!«

»Das ist gar nicht wahr!«

Matteo sprang empört auf, wollte quer über den Tisch nach seinem Bruder greifen. Im nächsten Augenblick wusste Bärbel, was geschehen würde. Matteo stieß sein Glas um, mit dem Unterarm prallte er gegen seinen Teller, der mit einem grässlichen Scheppern auf dem Boden in tausend Stücke zersprang. Bärbel schnellte von ihrem Platz hoch, jedoch viel zu langsam, um etwas ausrichten zu können. Ein lang gezogenes »Nein« verließ ihren Mund und beim Versuch, nach Matteos Arm zu fassen, schob sie selbst die Schüssel mit dem Couscous, von dem sie gerade nehmen wollte, vom Tisch, worauf ein ebenso übles Scheppern zu hören war wie kurz zuvor. Die letzte verbliebene Schüssel des Ellen-Arnarsdóttir-Geschirrs.

Entsetzt blieb sie vor den Scherben auf dem Parkett stehen. Für den Bruchteil einer Sekunde herrschte Totenstille, nur Gustav hüpfte aufgeregt kläffend hin und her. Dann kamen Katharina und Tobias ins Esszimmer gestürmt.

»Was ist hier los?«, brüllte ihre Tochter, riss die Jungen auseinander und sah die Bescherung. »Mama, es tut mir so leid. Der schöne Teller.«

Und die Schüssel, ergänzte Bärbel stumm. Ich hab's heute Morgen schon geahnt, dachte sie. Dieser Tag hatte ganz mies angefangen.

Juni 1949

Es war nicht besonders hell in dem Raum, den Ulrike als Erstes in dem Haus betrat, das für die nächsten zwölf Monate ihr Heim sein sollte. Doch das lag nicht am fehlenden Licht, sondern an der dunklen Einrichtung. Sie befand sich in einer Wohnküche, eine Diele schien es hier am Hauseingang nicht zu geben. Aldís bedeutete ihr jedoch, ihre Schuhe auszuziehen, und zeigte ihr einen Platz neben der Haustür, wo sich schon einige andere fanden. Zwei Paar große Männerschuhe und ein zierliches Paar Halbstiefel, das offenbar Aldís gehörte, die Filzpantoffeln trug, wie Ulrike registrierte. In Island war es offenbar üblich, in der Wohnung die Schuhe auszuziehen. Über dem Platz dafür gab es eine Garderobe mit Hutablage und mehreren Haken. An einen davon hängte Ulrike ihren Mantel.

Aldís hatte bereits zwei dünnwandige Tassen mit Blumen und Goldrand auf den schweren, dunklen Esstisch gestellt, der in der Mitte des Raumes auf dem Linoleumboden stand und aus ungleichen Holzbohlen gefertigt war. War das Treibholz? Fünf Stühle, deren Sitzflächen glänzten von jahrzehntelanger Benutzung, standen daran. Die feinen Tassen wirkten fehl am Platz in dieser eher groben Umgebung. Ob es das gute Geschirr war, das nur anlässlich ihrer Begrüßung hervorgeholt worden war? Sie selbst fühlte sich ebenfalls fehl am Platz, denn sie wusste nicht, ob sie sich setzen sollte. Aldís hatte sie nicht dazu aufgefordert. Sprach sie überhaupt? Ulrike beschloss, erst mal stehen zu bleiben.

Mit schweren Schritten holte ihre Gastmutter einen zu den Tassen passenden Zuckertopf aus dem Büfett aus Eichenholz, der an der Wand direkt neben der Haustür stand. So einer könnte auch in einer Küche in Deutschland stehen, dachte Ulrike. Dann schlurfte Aldís zu einem gusseisernen Herd, der wohl mit Holz oder Kohle befeuert wurde und anscheinend sowohl zum Kochen als auch zum Heizen genutzt werden konnte, nahm einen Blechkessel mit dampfendem Wasser von der Platte und goss es in eine Porzellankanne, die in einer steinernen Spüle stand. Sogleich duftete es nach Kaffee. Aldís' Hände zitterten, als sie mit der schweren Kanne zum Esstisch wollte, und Ulrike, glücklich, etwas tun zu können, lief der Bäuerin entgegen und nahm sie ihr ab.

»*Takk fyrir*«, murmelte Aldís und ließ sich schwerfällig auf den Stuhl am Kopfende gleiten.

Das bedeutete anscheinend »danke«.

Ulrike stellte die Kanne ab, besann sich jedoch, nachdem ihr Blick auf die arthritischen Hände ihrer Gastmutter fiel, und schenkte ihnen beiden wie selbstverständlich ein. Aldís ließ sie gewähren. Anschließend setzte sie sich unaufgefordert auf einen Stuhl an der langen Tischseite, vor dem das zweite Gedeck stand. Mit Erstaunen beobachtete sie, wie Aldís einen Löffel Zucker nach dem anderen in ihre Tasse gab. Vier zählte Ulrike und nahm sich selbst einen. Der Kaffee schmeckte stark und bitter, und sie gab einen zweiten dazu. Schweigsam sah die Bäuerin auf ihre Tasse und rührte im Kaffee.

Das kann ja heiter werden …

Sie wusste nicht, was sie sagen sollte, weil sie kein Wort Isländisch sprach und Aldís offenbar kein Englisch. So nutzte Ulrike die Gelegenheit, sich im Raum umzusehen. Es schien, als nähme die Küche die Hälfte der Fläche des Wohnhauses ein, so groß war sie. An einer Wand stand ein abgestoßenes Sofa, daneben ein Tischchen mit einem Strickzeugkorb darauf. Neben dem gusseisernen Herd sah sie einen Zinkeimer mit braunen gepressten Blöcken. War das Torf? Das Sofa ist wahrscheinlich der gemütlichste und wärmste Ort im Haus, dachte Ulrike. Wohin wohl die Tür führte, durch die sie Aldís hatte hereinkommen sehen? In die gute Stube oder in die Schlafräume? Früher oder später würde sie es herausfinden. Wo war eigentlich die Toilette? Sie musste schon eine ganze Weile dringend … Ulrike kramte das kleine Islandhandbuch hervor und schlug das wichtige Wort nach.

»*Salerni?*«, fragte sie zaghaft, als sie es gefunden hatte.

Aldís nickte und erhob sich, aber anstatt, wie Ulrike es erwartet hätte, in den hinteren Bereich des Hauses zu gehen, schlurfte sie zur Garderobe, zog die Halbstiefel über und bedeutete Ulrike, ebenfalls ihre Schuhe anzuziehen. Verwundert tat sie, wie ihr geheißen, und erhaschte einen Blick in einen angrenzenden kleinen Raum, offenbar eine Art Vorratskammer. Als Aldís die Haustür öffnete, sog Ulrike scharf die Luft ein.

Es gibt auf Guðmundarstaðir kein Klosett im Haus …

Langsam dämmerte ihr, dass die Isländer fortschrittlicher und die Jugendlichen viel selbstbewusster als die deutschen Gleichaltrigen waren, es aber auf dem Land eher noch rückständiger zuging als in der Heimat. Sie hatten in Lübeck eine Toilette mit Wasserspülung besessen, hier gab es anscheinend lediglich ein Plumpsklo hinter dem Haus. Und tatsächlich, als Aldís sie um das Wohnhaus herumgeführt hatte, entdeckte sie etwas versteckt zwischen ein paar Büschen und wie an einen großen Felsen gelehnt, einen Verschlag, zusammengezimmert aus rostigem Wellblech. Ulrike bemühte sich, ihr Entsetzen vor Aldís zu verbergen. Ich schaffe das, dachte sie, es ist ja nur für ein Jahr. Außerdem habe ich in den vergangenen Jahren wahrlich Schlimmeres erlebt.

Nachdem sie fertig war, fragte die Bäuerin, die auf sie gewartet hatte, etwas. Ulrike verstand kein Wort, woraufhin Aldís mit dem Arm einen weiten Bogen beschrieb, der den gesamten Hof zu umfassen schien. Vielleicht wollte sie ihr alles zeigen? Ulrike nickte und lächelte, woraufhin Aldís vorausging. Sie blieben hinter dem Wohnhaus, wo es durch die Ausläufer der Hügelkette windgeschützt war, und kamen zu dem flachen Gebäude. Es verfügte über ein paar Fenster, allerdings ohne Glasscheiben, und war wirklich der Stall, der jedoch leer war.

Ulrike sah Aldís überrascht an und zeigte ins Innere. »Keine Tiere?«, fragte sie auf Englisch, dann noch mal auf Deutsch.

Aldís runzelte die Stirn, dann winkte sie ab. *»Nei, nei. Sumar!«*

Sie zeigte nach oben zum Himmel, zur Sonne. Dann hieß das wohl Sommer. Ulrike nickte. Die Tiere waren also draußen. Sie gingen weiter durch hohes Gras um das Gebäude herum, das sich an den Stall anschloss. Von hier aus hatten sie freie Sicht auf das Land ringsum, den See, die Wiesen, die Schotterpiste, auf der Ulrike hergebracht worden war. Es war wunderschön. Diese endlose Weite, das leuchtende Grün, das Glitzern der Sonnenstrahlen auf dem dunkelblauen Wasser, die schneebedeckten Berggipfel in der Ferne … Obwohl sie es nicht gewusst hatte, war es genau das hier, wonach sie sich gesehnt, was ihren Augen, ja, ihrer Seele, nach all dem Grau in Grau, der Asche und den vielen Trümmern, der entsetzlichen Enge mit all den heimatlosen Menschen in der zerstörten Stadt so gefehlt hatte. Sie spürte, wie sie zur Ruhe kam. Tief sog sie die glasklare Luft ein und atmete aus, genoss, wie die Sonne ihre Haut wärmte, während der Wind den Rock ihres Kleides flattern ließ und ihre Haare durcheinanderwirbelte. Hörte das gleichmäßige Rauschen der Þjórsá, die sich nicht weit entfernt durch ihr Bett drängte. Fühlte, wie ihr Körper sich aufrichtete im Wissen um eine neu gewonnene Freiheit.

»Es ist so unglaublich schön hier«, sagte sie leise zu sich selbst, und weil die Worte aus tiefstem Herzen kamen, waren sie natürlich in ihrer Muttersprache.

Doch Aldís hatte sie beobachtet, und auch wenn ihr die Worte nichts sagten, schien sie verstanden zu haben. Ihre Blicke trafen sich, und sie lächelten beide wie in stillem Einverständnis. Ulrike voller Glück darüber, dass sie hier in diesem aufregenden Land sein durfte, und ihre Gastmutter wahrscheinlich, weil sie ihre Heimat liebte. Verlegen legte Aldís ihr die Hand auf den Arm, und sie nahm diese Geste dankbar an, strich ihrerseits über die runzelige Haut der Bäuerin, die ein ganzes Stück kleiner war als sie selbst. Wie alt Aldís wohl war? Ulrike vermochte es nicht zu sagen. Möglicherweise wirkte sie durch die bestimmt harte Arbeit auf dem Hof und das raue Klima, das die Haut gerbte, älter, als sie tatsächlich war.

»*Velkomin!*«, sagte Aldís.

Ulrike antwortete mit dem einzigen Begriff, den sie sich bisher hatte merken können und mit Sicherheit falsch aussprach: »*Takk fyrir!*«

Einen Moment standen sie noch da und genossen den Augenblick, dann zeigte Aldís in die Ferne. »*Hestar.*« Ulrike kniff die Augen zusammen und erkannte nun die Tiere: Es waren Pferde, eine ganze Herde, die weit verteilt über die Ebene friedlich graste. Die Bäuerin drehte sich um und wies mit der Hand auf einen imaginären Punkt hinter den Hügeln. »*Sauðkindur.*«

Als Ulrike fragend die Stirn runzelte, ergänzte sie etwas, das wie »mäh« klang. Sie meinte also wohl Schafe, die sich anscheinend nicht auf den Weiden in der Nähe des Hofes befanden. Liefen sie denn nicht weg? Wann kamen sie in den Stall? Im Winter oder jede Nacht? Sie hatte viele Fragen, wusste aber nicht, wie sie sich verständlich machen sollte. Sie würde bestimmt im Laufe ihres Jahres Antworten bekommen.

Aldís sagte etwas, das sich wie eine Frage anhörte, und schien auf eine Reaktion zu warten. Ulrike konnte nur mit den Schultern zucken und ein hilfloses Gesicht machen. Die Bäuerin nickte und marschierte wieder vorneweg. Sie folgte ihr und bemerkte, dass der Frau das Laufen im Freien leichterfiel als im Haus. Sie musste schmunzeln. Das war ein Phänomen, das sie bei ihrer Oma auch oft beobachtet hatte. Immer wenn sie draußen gewesen war, hatte sie gehen und arbeiten können wie ein junger Mensch, aber kaum war sie wieder drinnen, kehrten die Schmerzen zurück. Ihre Großmutter war schon viele Jahre tot, dennoch wanderten Ulrikes Gedanken unwillkürlich zu ihrer Familie. Wie sehr sie wünschte, dass ihre Mutter hier sein und das alles sehen könnte! Und ihre

Geschwister erst ... Sie könnten herumtoben, mit den Pferden spielen, den ganzen Tag fröhlich sein ... Sie beschloss, ihnen so bald wie möglich zu schreiben.

Ulrikes Blick fiel auf drei übermannshohe scharfkantige Findlinge, die an dieser Stelle vollkommen fehl am Platz wirkten. Die beiden äußeren waren oben abgerundet und etwas kleiner, der mittlere größte Stein endete in einer Spitze. Ulrike musste an einen Kirchturm denken und an die Steinkreise, die es in England geben sollte. Seltsam wirkte das Trio allemal. Ob sie natürlichen Ursprungs oder hierhertransportiert worden waren? Aber wenn ja, warum? Und täuschte sie sich, oder machte Aldís einen großen Bogen um die Findlinge?

Sie gingen weiter und standen kurz darauf wieder auf dem Platz innerhalb des Hufeisens. Aldís öffnete für Ulrike das große Tor des rechten Gebäudes, vor dem der Heuwagen stand. Wie sie bereits vermutet hatte, handelte es sich um eine Scheune. Sie war noch höher als das Wohnhaus, oben gab es einen fast leeren Heuboden. Es war Sommer, sicherlich stand bald die Ernte an. Doch es gab keinen Traktor, keinen Heuwender. Ulrike entdeckte nur altmodische Gerätschaften, zwei Sensen, die an der Wellblechwand lehnten, einen Pflug, der von einem Ochsen oder einem Pferd gezogen werden konnte, entsprechendes Geschirr und noch weitere Dinge, mit denen sie nichts anfangen konnte. Das sah nach harter körperlicher Arbeit ohne irgendwelche maschinelle Unterstützung aus. Ulrike seufzte kurz, als ihr bewusst wurde, auf was für ein Abenteuer sie sich eingelassen hatte.

Aldís zeigte ihr noch das Wohnhaus, bevor Ulrike ihr Zimmer bezog, das im hinteren Teil zwischen Aldís' Schlafzimmer und einem weiteren mit zwei Betten lag, und einen Moment zum Verschnaufen hatte. Es war schmal, und darin war es kalt wie in allen anderen Räumen außer der Küche. Sie ahnte, dass sie sich in Winternächten dick würde einpacken müssen. Die Einrichtung war schlicht: ein Bett, ein Schrank, ein Stuhl, in der Ecke am Fenster gab es einen kleinen, wackligen Tisch, auf dem eine Emailleschüssel stand. Sie sollte sich Wasser aus der Küche holen und auf dem Herd erhitzen, hatte Aldís ihr in der fremden Sprache, begleitet von Gesten, erklärt, sodass sie schließlich verstanden hatte. Sie hatte ihr auch den Nachttopf unter dem Bett gezeigt, wohl eine Selbstverständlichkeit, wenn man nicht nachts oder im Winter zum Klohäuschen stapfen wollte. Sie würde sich umgewöhnen müssen, keine Frage.

Eine sehr praktische Einrichtung fand sie allerdings in der Diele vor den Schlafzimmern: Von dort führte eine Tür in den Stall, sodass man auch für die Gänge zu den Tieren nicht unbedingt das Haus verlassen musste, was in der kalten Jahreszeit bestimmt angenehm war. Eine staubige Leiter führte auf einen Dachboden, der ungenutzt zu sein schien, jedenfalls verlor Aldís kein Wort über ihn.

Sorgfältig sortierte Ulrike ihre wenigen Habseligkeiten in den Schrank, strich ihre Blusen glatt und legte sie ganz nach unten – sie würden hier kaum gebraucht werden. Die dicken Pullover kamen nach oben. Ihr Wecker erhielt einen Platz auf der Fensterbank, das Islandhandbuch auf dem Regalbrett über ihrem Bett, ebenso ihr Tagebuch. Es war ja auf Deutsch – das würde hier niemand lesen können, sie musste es nicht verstecken. Als ihr das in einem silbernen Rahmen steckende Schwarz-Weiß-Foto mit ihrer Familie in die Hände fiel, ließ Ulrike sich auf das Bett fallen, dessen Decke erstaunlich weich und warm wirkte. Wo haben sie bei all der Einfachheit bloß Daunen her?, fragte sie sich kurz, bevor ihr, ohne dass sie es hätte verhindern können, eine Träne über die Wange rollte. Sie schniefte, als sie ihren Vater sah, der ihr so sehr fehlte – der große stattliche Mann mit dem immer akkurat gezwirbelten Schnurrbart, in seinem dunklen Anzug, ohne den sie ihn nie das Haus hatte verlassen sehen. Nur im Geschäft hatte er ihn gegen einen weißen Kittel zu tauschen gepflegt, um für Sauberkeit und die Reinheit seiner lose verkauften Ware zu garantieren. Er war ein aufrechter Mensch gewesen, korrekter und stolzer Hanseat durch und durch, der neben einem starken Sinn für Gerechtigkeit ein großes Herz gehabt hatte. Für ihn waren alle Menschen gleich viel wert gewesen, und diese Ansicht hatte er an seine Kinder weitergegeben. Dadurch hatte sich Hans Petersen allerdings auch frühzeitig bei den Nazis unbeliebt gemacht.

Liebevoll strich Ulrike über sein Gesicht, dann über das ihrer Mutter Henriette, die neben ihm stand und ihren kleinsten Bruder hielt, der auf dem Foto noch ein Baby war, erst einige Wochen alt. In der vorderen Reihe standen sie und ihre beiden jüngeren Schwestern. Der Vater hatte wohlwollend eine Hand auf Ulrikes Schulter gelegt, mit der anderen hielt er seine Frau umarmt. Ein Bild aus glücklicheren Zeiten. Damals hatte noch niemand ahnen können, dass kurz darauf ihr Haus und die gesamte Lübecker Altstadt zerbombt sein würden. Dass sie ihren Vater nach dem Krieg nie mehr wiedersehen würde. Dass sie mal alles zurücklassen, ins ferne, unbekannte Island reisen und dort auf einem Bauernhof leben würde. Ulrike wischte die Träne weg, glitt noch einmal sanft mit den Fingern über das Foto ihrer Familie und stellte es ebenfalls auf die Ablage über ihrem Bett. Dann strich sie ihr Kleid glatt und ging zurück zu Aldís in die Küche – sie wollte nicht zu lange wegbleiben und womöglich gleich am ersten Tag einen schlechten Eindruck hinterlassen.

Aldís befand sich am Herd und rührte emsig in einem kleinen Topf, aus dem Dampf aufstieg. Wie köstlich das roch! War es ein Eintopf? Fleisch? Unwillkürlich knurrte Ulrikes Magen, doch die Bäuerin schien es zum Glück nicht bemerkt zu haben. Auf dem Tisch stand ein großer Topf mit dampfenden Pellkartoffeln. Waren die fürs Abendessen gedacht? Kam noch jemand? Für sie und Aldís würde der Inhalt drei Tage reichen. Ihr fiel ein, dass es außer dem von Aldís ja noch ein Schlafzimmer mit zwei Betten gab sowie einen weiteren Raum, dessen Tür geschlossen gewesen war. Wer hier wohl übernachtete? Sie hatte bis auf den Namen des Hofes nichts über die Menschen erfahren, mit denen sie im kommenden Jahr ihr Leben teilen würde.

Ulrike nahm die Schüssel und ging damit zu der Bäuerin, deutete an, die Kartoffeln pellen zu wollen. Aldís nickte, zeigte auf eine Schublade, aus der Ulrike ein Messer nahm, während die Bäuerin eine zweite Schüssel herbeischaffte. Froh, sich nützlich machen zu können, machte Ulrike sich an die Arbeit. Es mochten drei Kilo sein, das Pellen dauerte. Zumal es keine Unterhaltung gab. Sie beide konnten sich nicht verständigen, und ein Radio war nirgends zu entdecken. Ihr Blick fiel auf eine Zeitung, die auf dem Tisch lag, sie besah sich die Bilder und die Wörter, die für sie keinen Sinn ergaben, und befreite derweil mechanisch die heißen Kartoffeln von ihrer

Schale. Sie staunte über die vielen unbekannten Schriftzeichen, die Striche auf den Vokalen. Isländisch war ein Buch mit sieben Siegeln, und sie zweifelte stark, ob sie jemals in der Lage sein würde, die Sprache zu erlernen. Aber es blieb ihr keine andere Wahl, sie musste es unbedingt versuchen. »Sprache ist der Schlüssel zu anderen Menschen«, hatte ihr Vater immer gesagt, »und zu Wissen und Bildung.«

In dem Moment wurde die Tür aufgestoßen, und zwei Hünen betraten die Küche. Sie brachten einen Schwall frischer Luft mit herein und mussten sich unter dem Türsturz ducken, weil sie sich sonst die Köpfe angestoßen hätten. Ihre Kleidung war staubig, ihre geröteten Gesichter glänzten. Sie schienen in ein Gespräch vertieft und bemerkten Ulrike erst, nachdem sie sich die riesigen schmutzigen Schuhe von den Füßen gestreift hatten. Ulrike hatte noch nie so große Männer gesehen, ihre breiten Schultern zeugten von schwerer Arbeit. Beide waren blond mit buschigen blonden Augenbrauen und wirkten im ersten Moment wie Zwillinge. Aldís' Söhne? Als sie überrascht in ihren Bewegungen innehielten und Ulrike anschauten, erkannte sie, dass der eine blaue Augen hatte und feinere Gesichtszüge. Sein Gesicht war schmaler, der Ausdruck nachdenklicher. Was alles in allem nicht so recht zu seiner Statur passen wollte. Der andere hatte braune Augen und breitere Schultern.

»*Góðan daginn*«, sagten die zwei wie aus einem Mund.

Dann schwiegen sie beklommen und starrten Ulrike neugierig an. Der eine schob seine Hände tief in die Hosentaschen.

Konnten so große Männer derart schüchtern sein? Oder

hatten sie noch nie eine Frau gesehen? Außer ihrer Mutter natürlich …

Bevor die Stille peinlich wurde, sprang Aldís ein und sagte etwas, das Ulrike nicht verstand, ohne mit dem Rühren aufzuhören. Daraufhin schienen sich die Männer, Ulrike war jetzt sicher, dass es Aldís' Söhne waren, zu besinnen.

Der Braunäugige zeigte auf sich und sagte: »Grímur.«

Der Blauäugige tat dasselbe und sagte: »Helgi.« Und dann, ganz langsam: »*Ég heiti* Helgi«, sodass Ulrike sich einen Reim auf das Gesagte machen konnte.

Wie man sich vorstellte, stand in ihrem Wörterbuch, und das hatte sie sich einzuprägen versucht. Allerdings klang es völlig anders als erwartet.

Ulrike stand auf, wischte ihre Hände an ihrem Rock ab und hielt die Rechte zuerst Helgi hin, der ihr etwas gesprächiger erschien. Mit einem Stirnrunzeln ergriff er Ulrikes ausgestreckte Hand. Nun nahm sie all ihren Mut zusammen.

»*Hæ, ég heiti* Ulrike«, sagte sie stockend.

Helgi grinste und erwiderte etwas, das sie jedoch nur hilflos mit den Schultern zucken ließ. Dann gab sie Grímur die Hand.

Das Eis schien gebrochen, amüsiert kamen Grímur und Helgi an den Tisch und füllten sich zwei Becher aus Steingut mit Kaffee aus der feinen Porzellankanne, während sie sich auf ihre Stühle sinken ließen. Zum Glück haben sie sich nicht ebensolche zarten Porzellantassen genommen, wie Aldís sich und mir aufgedeckt hat, dachte Ulrike schmunzelnd. Die wären in den Pranken der beiden sicher verschwunden, wenn nicht sogar in tausend Teile zersprungen.

Helgi und Grímur setzten ihr Gespräch von eben nun fort, ohne weiter Rücksicht auf sie zu nehmen, dann und wann fügte Aldís etwas hinzu, blieb aber recht schweigsam und hantierte weiter am Herd. Sie öffnete die Ofenklappe, und Ulrike entdeckte darin ein großes Stück Fleisch. Sofort lief ihr das Wasser im Mund zusammen. Ein ganzer Braten? Ein Sonntagsbraten? Konnte das wirklich sein? Wenn sie nicht alles täuschte, war doch Donnerstag. War es ihr zu Ehren, oder hatten sie hier in Island so reichlich zu essen? Wie lange hatte sie kein Fleisch mehr gegessen, köstlich im Ofen gebacken und mit feiner Soße angerichtet? Erneut knurrte ihr Magen in Erwartung dessen, was sie da gerade erspäht hatte, lauter diesmal, sodass es nicht zu verbergen war. Grímur blickte belustigt auf, Helgi musterte sie interessiert. Bestimmt hatte er lange nicht so eine schmale Frau gesehen, sie war zwar nicht so dürr wie Lore, aber dennoch magerer, als man in ihrem Alter sein sollte. Das, was es bei ihr zu Hause gab, reichte nie aus, um sich satt zu essen.

Ulrike senkte rasch den Blick und beeilte sich, die Kartoffeln fertig zu bekommen. Als alle abgepellt waren, nahm Aldís eine große gusseiserne Pfanne, stellte sie auf den Herd und gab etwas Fett hinein, das sie ein wenig hin- und herschwenkte. Dann bedeutete sie Ulrike, die Kartoffeln in die Pfanne zu schütten. Sie tat wie ihr geheißen und staunte nicht schlecht, als Aldís eine der beschrifteten Dosen vom Regal über einem Schränkchen mit Tellern und Töpfen nahm und mehrere Esslöffel weißer Kristalle auf die Kartoffeln streute. *War das Salz?* Ulrike schaute Aldís neugierig über die Schulter. Nach einer Weile verbreitete sich ein süßlicher Duft im Raum, und die Kartoffeln bekamen eine goldbraune Färbung, dann eine leichte Kruste.

»Zucker?«, entfuhr es Ulrike überrascht.

Aldís blickte auf. *»Sykur, já, já.«*

Karamellisierte Kartoffeln, das schien etwas ganz Selbstverständliches zu sein. Und wieder hatte sie etwas gelernt: zwei neue Wörter, und dass die Isländer ihre Kartoffeln mit Zucker aßen.

Ulrike konnte nun auch einen Blick in den Topf werfen, in dem eine Flüssigkeit vor sich hin blubberte – dunkle, kräftig-würzig duftende Bratensoße, in der ein paar Kräuter schwammen. Thymian?, überlegte Ulrike. Nun griff Aldís nach einem Glas, das am Herdrand stand und ein dunkelrotes Gelee enthielt. Davon gab sie großzügig in die Soße.

»Krækiber«, erklärte Aldís.

Ulrike wiederholte das Wort, sie glaubte zu verstehen, dass es sich um ein Gelee aus Beeren handelte, nicht aber, um welche. Zur Jahreszeit passend wären Erdbeeren oder Johannisbeeren, überlegte sie. Danach sah es allerdings nicht aus. Dass es in Island Kirschen gab, konnte sie sich kaum vorstellen, Obstbäume hatte sie auf dem Weg zum Hof überhaupt noch keine gesehen. Von der Farbe her konnten es Blaubeeren sein, auch Preiselbeeren würden zum Fleisch passen. Sie hoffte, es am Geschmack erkennen zu können.

Die Bäuerin rief ihren Söhnen etwas zu, woraufhin Helgi sich ächzend erhob und mit Topflappen geschützt den Bräter mit einer dampfenden Keule aus dem Ofen zog. Es musste sich um Schaf oder Lamm handeln, der charakteristische Geruch ließ Ulrikes Hände zittern und ihren Magen ein weiteres Mal vernehmlich knurren. Lammfleisch hatte es zu Hause nur äußerst selten zu Feiertagen gegeben. Entschuldigend hielt sie die Hand auf den Bauch und lächelte verlegen.

Aldís lachte laut auf und sagte etwas, das sicher mit Hunger zu tun hatte. Dann bedeutete sie ihr, sich zu setzen, und forderte Grímur mit einer forschen Handbewegung auf, den Tisch zu decken. Helgi hievte den Bräter mit dem Lamm auf den Esstisch und füllte anschließend die Kartoffeln aus der Pfanne zurück in die Schüssel. Die Pfanne landete schwungvoll im Spülstein, was ihm einen strafenden Blick seiner Mutter einbrachte. Ulrike betrachtete den Teller, den Grímur vor sie stellte – dunkelblaues Steingut, nach außen heller werdend. Wie ungewöhnlich. In einem unbeobachteten Moment drehte sie ihn kurz um und besah sich die Rückseite. *Danmark* stand dort. Der Teller fühlte sich rau an, enthielt feine Körnchen und eine Glasur, der Rand war leicht hochgezogen und abgerundet. Sogleich musste Ulrike an ihre Mutter denken, die eine eigene Töpferscheibe besessen hatte. Die hatte in einem kleinen Raum neben dem Lagerraum des Gemischtwarenladens gestanden. Henriette hatte lange gekämpft, bis sie ihrem Mann den Platz abgetrotzt hatte. Doch sie hatte ein unerwartetes Geschick beim Töpfern an den Tag gelegt, und bald schon hatte ihr Vater ihre Keramiken in seinem Laden ausgestellt und gut verkauft. Da hatte er eingewilligt, einen Brennofen zu bauen, damit seine Henriette ihr Getöpfertes nicht im Kaminofen brennen musste.

Ulrike erinnerte sich, wie unglaublich fleißig ihre Mutter gewesen war. Zu den Stoßzeiten hatte sie im Laden mitgeholfen, sich gleichzeitig um ihre Kinder gekümmert, den Haushalt bewältigt, Obst und Gemüse aus dem kleinen Gärtchen hinter dem Haus geerntet und zu Marmeladen und Eingemachtem verarbeitet. Sie hatte es an den Samstagen zusammen mit ihrem getöpferten Geschirr, das sie an den Abenden herstellte, wenn die Kinder bereits schliefen, auf dem Wochenmarkt verkauft. Auf den Markt hatte sie die Mutter meistens begleiten dürfen, sie erinnerte sich, wie sehr sie die Stunden, in der sie mit ihr allein gewesen war, immer genossen hatte.

Eines Abends hatte Henriette angefangen, sie an die Kunst der Töpferei heranzuführen. Ulrike hatte kleine Becher und Vasen formen dürfen, später sogar mal eine einfache Schüssel auf der Töpferscheibe. Sie hatte es geliebt. Diese ruhige Arbeit, bei der es nur sie und den Ton gegeben hatte, war so entspannend gewesen, hatte das Sirren und Brummen des Tages von ihr abfallen lassen. Wenn die Hände an dem weichen Material lagen, es zunächst kneteten, dann etwas damit erschufen, während sie ihre Gedanken in die Form hatte fließen lassen, war sie von einer seltsamen Art von Glück ergriffen worden, die sie vorher nicht gekannt hatte. Und bald schon war es ihr gelungen, Tiere zu formen, sogar Fantasiewesen aus alten Sagen, Schüsseln mit ausgefallenen Mustern … Der Mutter war ihr künstlerisches Talent schnell aufgefallen, sie hatte ihr erlaubt, immer mehr auszuprobieren, und kurz darauf hatten ihre kleinen Kunstwerke neben den Gebrauchsgegenständen ihrer Mutter im Laden ihres Vaters und auf dem Markt gestanden. Doch dann war der Krieg gekommen und hatte dieser Entwicklung ein jähes Ende bereitet.

In dem Moment flog die Haustür erneut auf, und ein weiterer junger Mann stand in der Küche, er hielt zwei tote Vögel am ausgestreckten Arm vor sich und rief etwas. Helgi machte sich auf, ihm die Tiere abzunehmen und in einen Bottich zu legen, während der Neuankömmling sich bückte, um seine Schuhe auszuziehen. Als er an den Tisch kam, staunte Ulrike nicht schlecht. Diesen dunklen, wirren Haarschopf kannte sie doch: Er gehörte zu dem Mann, der sie und Lore vom Schiff abgeholt und hergebracht hatte. Dem Mann, dessen Namen sie nicht hatte behalten können.

Wie unangenehm!

»*Hæ*, Ul-ri-ke«, sagte er verschmitzt und brachte seine Schuhe zur Garderobe. Dann wusch er sich die Hände mit Wasser aus einem Krug an der Spüle, holte sich einen Teller und Besteck und setzte sich neben sie.

»*Hæ*«, antwortete sie verwirrt.

»Ah, du sprichst schon ein wenig Isländisch«, sagte er auf Englisch. »Das ist gut.« Ulrike wusste nicht, was sie sagen sollte. »Ich habe deine Freundin bei unserem Nachbarn in Miðhús abgesetzt. Der alte Snorri wird gut auf sie aufpassen. Er hat heute Wildgänse geschossen und mir zwei mitgegeben für unseren Besuch. Aber ich sehe, es gibt schon ein Festessen.« Er lachte, dann redete er mit den anderen auf Isländisch, offenbar erzählte er ihnen dasselbe noch einmal, denn Ulrike sah, wie Helgi den Kopf schüttelte und dann etwas erwiderte, das abfällig klang. Der Neuankömmling übersetzte. »Mein Bruder meint, dass Snorri seine Beute besser für sich behalten sollte, das Jagen fällt ihm nämlich immer schwerer, und er hat niemanden mehr, der ihn versorgt. Aber ich denke, dass er genug für sich und deine Freundin in seinem Vorratsraum gelagert hat.«

»Lore ist mit diesem Snorri allein auf dem Hof?«, fragte Ulrike erschrocken.

Sie konnte sich nicht vorstellen, wie Lore es aushalten sollte, auf einem dieser ohnehin schon einsamen Höfe allein mit einem alten Mann zu leben. Sie hätte sich für ihre Freundin einen Ort mit mehreren netten und jüngeren Menschen gewünscht.

»Ja, er lebt seit Jahren sehr zurückgezogen. Seine Frau ist schon lange tot, und sein Sohn ist in die Stadt gezogen. Hatte die Nase voll vom Landleben. Er schaut manchmal nach ihm, hat aber auch viel um die Ohren. Snorri kommt einigermaßen zurecht.« Er hielt einen Moment inne, blickte aus dem Fenster. Es wirkte, als überlegte er, ob er weitersprechen sollte. »Er hat auch eine Tochter, aber die ist mit einem GI nach Amerika getürmt. Machen viele junge Frauen zurzeit.« Er zuckte mit den Schultern. »Jedenfalls haben sie deswegen wohl beschlossen, ihrem Vater eine Hilfskraft aus Deutschland zu besorgen.«

Oje, dachte Ulrike. Hoffentlich ist er nicht unfreundlich zu ihr, weil er das Gefühl hat, dass ihm Lores Gesellschaft aufgedrängt wurde. Ihr tat die Freundin leid. Sie mussten sich unbedingt so bald wie möglich treffen und sich gegenseitig von ihren Erlebnissen und Erfahrungen berichten! Doch sie schob die Gedanken an Lore beiseite, es gab noch anderes, was sie brennend interessierte.

»Und ihr lebt hier zu viert? Du, Helgi und Grímur, ihr seid wirklich Brüder? Und wieso sprichst du so gut Englisch?«

Ihr Gegenüber lachte erneut, während er damit begann, das Fleisch von der Keule zu schneiden und jedem ein Stück auf den Teller zu legen. »So viele Fragen … Die meisten Isländer, die in der Stadt leben, also in Reykjavík, sprechen ein wenig Englisch. Das hat damit zu tun, dass im Krieg erst die Briten hierherkamen und anschließend die Amerikaner, die nach wie vor eine Militärbasis bei uns haben. Sie haben uns wohl als strategisch wichtig erachtet.«

Dieser Krieg, schon wieder …

Ulrike bekam ein schlechtes Gewissen, doch ihr Nachbar erwähnte die Rolle, die die Deutschen darin gespielt hatten, mit keiner Silbe, wofür sie ihm unendlich dankbar war. »Ich habe eine Zeit lang in der Stadt gelebt und für sie gearbeitet, Botengänge und so weiter erledigt. Dabei habe ich ein paar Brocken Englisch aufgeschnappt und es mir dann selbst beigebracht. Auf dem Land spricht kaum jemand eine andere Sprache.« Er zuckte mit den Schultern. »Das hier ist übrigens eine Lammkeule, eine isländische Spezialität. Wir essen in Island viel Lamm, weil wir fast alle Schafe halten, und Fisch natürlich.« Er legte ihr ein besonders großes Stück auf den Teller. Es duftete herb-süß, nach Torf und gleichzeitig nach frischen Kräutern. Sie konnte es kaum erwarten, davon zu kosten, ebenso von diesen merkwürdig gesüßten Kartoffeln, die Aldís nun verteilte. Anschließend gab sie jedem von der Bratensoße, das Glas mit dem Gelee stellte sie auf den Tisch. »Das ist Krähenbeerengelee«, wurde Ulrike weiter erklärt, »und ja, Helgi, Grímur und ich sind tatsächlich Brüder, ich bin ein bisschen aus der Art geschlagen. Ich komme mehr nach unserem Vater.«

Das erklärte, warum Helgi und Grímur blond waren und er dunkelhaarig.

»Wo ist euer Vater denn?«, hakte sie nach.

Sie wollte nicht neugierig wirken, konnte sich diese Frage zu ihrer Gastfamilie aber einfach nicht verkneifen.

Statt ihr zu antworten, sagte er: »*Gjörðu svo vel!*« und

zeigte auf ihren gut gefüllten Teller. Das bedeutete wohl so viel wie guten Appetit.

Helgi schaufelte bereits das Essen in sich hinein, Grímur stand noch einmal auf und nahm eine schwarze Flasche vom Regal. »Yngvi?« Er wedelte mit der Flasche vor dem Gesicht seines Bruders hin und her, der schulterzuckend nickte. Daraufhin holte Grímur kleine Gläser und schenkte jedem ein.

Ulrike zog unwillkürlich die Augenbrauen hoch. Was passierte denn jetzt? Und hieß der Dritte im Bunde etwa Yngvi?

Eigentlich kein besonders schwieriger Name …

»Das ist *brennivín*, Kümmelschnaps, für dich zur Begrüßung.«

Sie hoben die Gläser. »*Skál!*«, erscholl es von allen Seiten.

Die Schnapsgläser der Männer waren in einem Zug geleert, selbst Aldís trank zügig. Ulrike spürte, wie sie beobachtet wurde, als sie ihr Glas an die Lippen setzte. Scharfer Geruch zog ihr in die Nase und löste dort ein gefährliches Kribbeln aus.

»Du solltest ihn Schluck für Schluck trinken, wenn du es nicht gewohnt bist.«

Ulrike nippte an dem sicherlich Selbstgebrannten, sie hatte noch nie Alkohol getrunken, geschweige denn Schnaps. Doch sie wollte sich keine Blöße geben, es schien hier wichtig zu sein, eine Art Aufnahmeritual. Sie trank, so viel sie konnte, aber das war keine gute Idee. Das Teufelszeug brannte wie die Hölle in ihrem Mund und ließ sich gar nicht schlucken. Der beißende Geschmack stieg ihr in die Nase, zu allem Überfluss musste sie husten. Panisch griff sie sich an die Kehle und sprang auf, spuckte das ekelige Gesöff in die Spüle, wo noch die Pfanne stand. Neben ihr auf dem Boden sah sie den Bottich mit den toten Wildgänsen, sie glotzten sie aus glasigen Augen an. Hinter ihr hörte sie, wie die Familie in Gelächter ausbrach. Eigentlich eine Gemeinheit, aber im Moment war es ihr ganz egal. Wenn sie doch nur wieder normal atmen könnte! Tränen füllten ihre Augen, die Nase lief, ihre Wangen waren heiß und rot. Zu alldem kam noch die Scham.

Plötzlich stand Yngvi neben ihr, füllte ein Glas mit Wasser und klopfte ihr auf den Rücken. »Ich hab doch gesagt, du sollst langsam machen. Hier, trink das.« Zittrig nahm Ulrike ihm das Glas ab, versuchte, zwischen Husten und Luftholen einen Schluck zu nehmen. Zum Glück gelang es ihr, und die Schärfe in ihrem Mund nahm mit jedem weiteren Schluck ab. »Geht's wieder?« Ulrike nickte, denn sie traute ihrer Stimme nicht, und im Hals kratzte es noch immer verdächtig. »Dann komm und iss erst mal was. *Brennivín* auf leeren Magen war ohnehin eine dämliche Idee. Versuch es nach dem Essen wieder. Du wirst sehen, dann geht es besser.«

Er führte Ulrike zurück zu ihrem Platz, das Lachen der anderen war inzwischen verstummt, und Aldís fasste nach ihrer Hand, als sie wieder saß. Sie warf ihr einen aufmunternden Blick zu, der sagte: Macht nichts, und jetzt probier das Essen, nicht alles hier ist so schlimm.

Und das Lamm war wirklich köstlich. Noch nie in ihrem Leben hatte Ulrike so etwas Gutes gegessen. Es schmeckte gar nicht streng, wie sie es von Schaffleisch erwartet hatte, sondern mild, nach Knoblauch und Thymian. Beinahe schien es ihr, als könnte sie die saftigen Wiesen, den salzigen Wind, der beständig vom

Meer herüberwehte, und das Heidekraut schmecken. Das Fleisch war innen noch rosa und zerfiel auf der Zunge. Das Krähenbeerengelee gab ihm eine besondere, fruchtige Note, und selbst die karamellisierten Kartoffeln mundeten Ulrike. Als sie einmal angefangen hatte zu essen, konnte sie nicht mehr aufhören. Sie bekam nichts um sich herum mehr mit, vergaß jede Etikette. Aldís tat ihr fürsorglich eine zweite Portion Fleisch, Kartoffeln und Soße auf. Ulrike bemerkte, wie die Brüder sie staunend betrachteten, sie wunderten sich bestimmt, was alles in so ein schmales Persönchen hineinging. Aber sie konnte nicht anders. Zum ersten Mal seit ewigen Zeiten gab es genug, um satt zu werden.

»Ich bin dir noch eine Antwort schuldig«, sagte Yngvi mit gedämpfter Stimme, nachdem sie ihren größten Hunger gestillt hatte. »Du hast gefragt, was mit unserem Vater ist.« Ulrike nickte gespannt. »Er ist verunglückt, als Helgi noch ganz klein war.« Er hielt inne.

»Das tut mir leid.« Ulrike ließ die Gabel sinken. »Wie ist das passiert?«

»Weiter oben am Fluss, im Hochland. Dort stehen die Schafe immer den Sommer über. Nur die Mutterschafe und die, die noch zu klein oder zu schwach sind, bleiben im Stall oder in der Nähe des Hauses auf einer Weide. Es war Herbst, und die Schafe wurden zurückgeholt. Er war mit Snorri und ein paar anderen oben, aber sie waren zu spät dran. Wurden vom Nebel überrascht, das kann in Island sehr schnell gehen. Von jetzt auf gleich ändert sich das Wetter schlagartig, eben noch schönster Sonnenschein, plötzlich Regen und Sturm. Oder eben Nebel.« Er räusperte sich. »Mein Vater hat wohl die Orientierung verloren. Snorri sagte, er hätte noch ein paar

Schafe gesucht und sei hinter ihm und den anderen zurückgeblieben. Sie konnten sich nach unten retten, aber mein Vater … Er hat es nicht geschafft. Er ist in eine Spalte gerutscht. Sie haben ihn erst Tage später gefunden, da war er schon tot.«

»Wie furchtbar!«

Am liebsten hätte Ulrike Yngvi in die Arme genommen, sie kannte diesen Schmerz nur zu gut. Doch sie wagte es nicht, schließlich kannten sie sich erst seit ein paar Stunden.

»So ist Island«, sagte er schulterzuckend. »Man muss immer auf der Hut sein und die Natur gut beobachten. Snorri hat seinen jüngsten Sohn auf See verloren. Er war Fischer.«

Es klang nicht resigniert. Nicht nur in Island werden Menschen, die von anderen geliebt werden, plötzlich aus ihrem Leben gerissen, dachte sie. Aber zu Hause war es ein sinnloser, vollkommen unnötiger Krieg gewesen, der die Familien auseinandergerissen und Brüder und Schwestern, Väter und Mütter getötet hatte. Hier hingegen war es … das Leben selbst, die raue, wilde Natur. Und dann erzählte Ulrike Yngvi von ihrem eigenen Verlust. Mitfühlend hörte er ihr zu.

Nach dem Essen wurden die Gläser wieder mit Branntwein gefüllt.

»Jetzt versuch es noch mal. Und gaaanz langsam«, sagte Yngvi aufmunternd.

»Das mache ich«, erwiderte sie.

Yngvis Augen blickten aufmerksam. Erst jetzt bemerkte Ulrike, dass sie grünblau waren, so rein und klar und hell wie ein Gebirgsbach. Sie wandte sich ihrem Schnapsglas zu, diesmal besser gewappnet, obwohl sie die

Blicke aller Anwesenden auf sich gerichtet fühlte. Vorsichtig trank sie einen ersten kleinen Schluck, gewöhnte sich an Hitze und Schärfe, bevor sie ihn gemächlich die Kehle hinuntergleiten ließ. Ulrike konnte genau spüren, wie sich die Flüssigkeit den Weg nach unten bahnte, dabei die Speiseröhre freizuräumen schien und wohlig ihren Magen erwärmte, bevor er bis in die Fußspitzen zu wirken und den ganzen Körper zu beruhigen schien. Mutig geworden, trank sie weiter, und wie durch ein Wunder hatte sich ihr Gaumen an das Getränk gewöhnt, er stand nicht mehr derart in Flammen wie vor dem Essen, und sie konnte nun auch etwas schmecken. Ja, da war er, der versprochene Kümmel! Es würde sicher niemals ihr Lieblingsgetränk werden, aber sie schaffte es, das Glas zu leeren. Die Brüder nickten wohlwollend und wendeten sich wieder ihren Gesprächen zu, während Aldís aufstand und in die Vorratskammer ging. Damit ist die Sache wohl erledigt, dachte Ulrike.

Aldís kam zurück, sie brachte einen Kuchen mit. Es gibt noch Kuchen, ich muss im Himmel sein, dachte Ulrike. Dann stand sie auf und räumte das Geschirr in die Spüle, damit Aldís neu aufdecken konnte. Nicht nur schien es auf dem Hof genug zu essen zu geben, ihre Gastgeber waren – wenn auch etwas eigenwillig – freundlich und liebenswert. So viel war sicher: Langweilig würde ihr Jahr auf Guðmundarstaðir sicher nicht werden.

3

Bärbel versuchte, Haltung zu bewahren, während ihre Tochter die Scherben auffegte, doch es wollte ihr nicht recht gelingen. Sie hatte sich auf einen Stuhl sinken lassen und hielt zwei größere Bruchstücke in den Händen.

»Vielleicht kann man wenigstens die Schüssel kleben«, bemerkte ihr Schwiegersohn, um Schadensbegrenzung bemüht.

»Ich glaube, nicht«, entgegnete sie. »Es sind zu viele kleine Stücke.«

Wie schade …

Das eine oder andere Teil hatte bereits einen leichten Sprung, doch sie hatte das Service in Ehren gehalten. Es war mit ihr und Werner alt geworden. Hatte in den vergangenen Jahren Weihnachtsfeiern, Geburtstage, Taufen und Konfirmationen mit ihnen durchlebt. Allerdings fehlten inzwischen so viele Teile, dass man es in größerer Runde kaum noch benutzen konnte. Plötzlich vermisste sie ihren Mann wieder so sehr, dass sie glaubte, den Schmerz nicht ertragen zu können. Wie durch einen Schleier registrierte sie, wie Ben ihr einen gut gefüllten Cognacschwenker vorsetzte.

»Versuch das, vielleicht hilft es«, sagte er betont fröhlich.

Doch sie schüttelte den Kopf. Ihr war nicht danach, ihren Kummer hinunterzuspülen.

Katharina kam von hinten und umarmte sie. »Es tut mir so leid«, flüsterte sie.

Bärbel tätschelte ihrer Tochter gedankenverloren die Hände. »Ach, mein Kind …«, hob sie an, doch was sollte sie sagen? Eigentlich war es albern, dass es ihr so viel ausmachte, schließlich handelte es sich bloß um Geschirr. Und doch, es steckte viel mehr dahinter. Das Service war ihre Verbindung zu Werner. Und zu den besonders schönen Momenten ihres gemeinsamen Lebens. »Dinge passieren«, resümierte sie schließlich. »Vielleicht soll es ein Zeichen sein.«

»Was für ein Zeichen?« Katharina hob erschrocken den Kopf.

»Schluss mit dem Alten zu machen. Mich von dem Service zu trennen. Oder es zumindest weit nach hinten in den Schrank zu schieben. Ein neues kaufen und einen Neuanfang machen.«

»Kein Grund, philosophisch zu werden«, widersprach Ben, der gerade mit einem Tablett aus der Küche kam, auf dem sich die Puddingschälchen befanden. »Außerdem bringen Scherben Glück. Und hier wartet noch eine kleine Leckerei auf uns alle.«

Sie hatte sich viel Mühe gegeben und jede Schale liebevoll mit einer halben kandierten Orangenscheibe und einem Rosenblatt garniert. Ihr Sohn hatte natürlich recht. Von zerbrochenem Geschirr sollte man sich nicht den Tag verderben lassen.

»Na schön.« Sie erhob sich und ging in die Küche, um den Orangensalat zu holen.

Katharina folgte ihr mit Kehrblech und Besen. »Sollen die weg oder … willst du sie aufbewahren?«, fragte sie zaghaft mit Blick auf die Scherben.

»Ich weiß nicht.« Bärbel rieb sich die Stirn. »Jetzt essen wir erst mal den Nachtisch. Kannst du bitte das Eis aus dem Gefrierfach holen und zwei Glasschüsselchen? Damit die Jungs heute überhaupt noch was zu essen bekommen.«

»Sie haben genug gehabt«, entgegnete ihre Tochter.

Sie straffte die Schultern und holte energischen Schrittes den Orangensalat ins Esszimmer. Man durfte sich nicht gehen lassen. Es gab schließlich immer wieder schwierige Phasen im Leben, was nutzte es da, den Kopf in den Sand zu stecken und sich selbst leidzutun? Eben, gar nichts.

Reiß dich zusammen, Bärbel Beckmann, schalt sie sich. Dann kippte sie den Cognac, obwohl sie das gar nicht vorgehabt hatte, in zwei großen Schlucken hinunter.

»So, Familie, alle herkommen, es gibt Nachtisch!«, rief sie. Schwungvoll füllte sie den Kindern Eis in die Schüsselchen. Und als sie dachte, dass es reichen müsste, gab sie noch einen extragroßen Löffel hinzu. »Es ist nur einmal mein fünfundsechzigster Geburtstag«, erklärte sie ihrer Tochter, die ihren plötzlichem Stimmungswandel anscheinend nicht nachvollziehen konnte. »Ich freu mich übrigens sehr über den Gutschein für das Wellnesswochenende. Und ich wäre glücklich, wenn du mit mir fahren würdest.«

Da würden sie endlich mal wieder ausgiebig miteinander plaudern und sich vielleicht auch den ein oder anderen Ballast von der Seele reden können.

Nach dem Dessert, das glücklicherweise ohne weitere Zwischenfälle verlief, setzten sie sich auf Bärbels gemütliche Biedermeiersofas im Wohnzimmer.

Ben holte das neue Tablet hervor. »Mama, sollen wir es gleich mal ausprobieren?

»Dann mach mal«, sagte sie, und Ben begann zu erklären. Sie konnte nicht verhindern, dass ihre Gedanken immer wieder abschweiften, sie hatte zu viel Wein getrunken.

»Hast du alles mitbekommen?«, fragte Ben irgendwann und sah sie freudestrahlend an.

Er gab sich solche Mühe, ihr diese ganzen Techniksachen nahezubringen.

»Jaja«, murmelte sie.

»Gut, dann kannst du ja jetzt mal nach deiner Ellen suchen.«

»Bitte was? Was soll ich?« Sie setzte sich aufrecht hin, plötzlich wieder ganz bei der Sache.

»Du kannst doch mal schauen, ob du was von dieser Ellen im Netz findest«, erklärte Ben geduldig. »Erzähl mir jetzt nicht, dass du noch nie darauf gekommen bist, nach ihr zu suchen.«

Sie spürte, wie sich alle Augen auf sie richteten. Selbst Hannes und Matteo, die mit gespreizten Beinen einander gegenüber auf dem Parkett saßen und sich einen Spaß daraus machten, sich einen Ball zuzurollen, hinter dem Gustav unermüdlich herflitzte, hielten in ihrem Spiel inne und schauten sie erwartungsvoll an.

»Ähm«, sie merkte, wie ihre Wangen rot wurden, »nein, die Idee hatte ich, ehrlich gesagt, noch nicht.« Verlegen rückte sie ihre Brille zurecht.

»Echt wahr, Oma?«, fragte Matteo. »Aber Internet kennste doch, oder?«

Alle lachten.

»Na, hör mal! Ich leb doch nicht hinter dem Mond! Ich hab in der Schule auch mit dem Computer gearbeitet. Ich hatte nur noch nie ein Tablet …«

»Guck mal, Oma«, sagte Hannes nun und sprang auf. »Das ist ganz einfach.« Er kam zum Sofa und setzte sich neben sie, offenbar gefiel ihm die Vorstellung, ihr etwas beibringen zu können. Bärbel konnte nur staunen, wie schnell seine Finger über das Display glitten und in Windeseile den Internetbrowser geöffnet hatten. »Hier oben musst du jetzt reinschreiben, was du wissen willst«, erklärte er wichtigtuerisch.

»Und da soll ich Ellens Namen eintragen?«, fragte sie scheinbar unwissend und ließ ihm die Freude.

»Genau.« Hannes nickte.

Sie tippte *Ellen Arnarsdóttir* in die Adressleiste.

»Was wohl aus dieser Ellen geworden ist …«, sinnierte Katharina.

»Wir werden es gleich wissen«, meinte Ben orakelnd.

Auf dem Display erschien eine lange Liste von Namen und gleich oben der Link zur Website einer Töpferei. Die musste es sein! Sie aktivierte den Link, und eine Sekunde später öffnete sich ein Fenster. Es waren farbenfrohe Keramiken abgebildet, oben stand etwas geschrieben, das sie nicht lesen konnte. Offenbar war es Isländisch. Ben stellte mithilfe der kleinen Deutschlandflagge die Sprache um. Nun war zu lesen: *Willkommen auf der Site von Ellen Arnarsdóttir*. Ungläubig sah Bärbel auf.

»Es gibt sie noch!«, rief sie gerührt.

Aufgeregt begann sie, sich durch Ellens Homepage zu scrollen.

»Sie könnte hinfahren.«

»Was?«, murmelte Katharina. Sie hatte nur mit halbem Ohr zugehört, weil sie mit dem Oberkörper im Auto verschwunden war und gerade dem furchtbar müden Matteo half, sich anzuschnallen, Hannes war bereits auf der anderen Seite eingestiegen. Sie kam wieder hervor und schloss die Tür, streckte ihren Rücken und winkte ihrer Mutter zu, die sich jetzt umwandte und zurück ins Haus ging. Dann lehnte sie sich gegen den Wagen. »Was hast du eben gesagt?«, setzte sie nach.

»Dass sie hinfahren könnte«, wiederholte ihr Bruder, der mit seinem Mountainbike neben ihr stand und seinen Helm aufsetzte.

»Wohin?« Sie verstand nicht.

»Na, nach Island.«

»Wie, du meinst, wir sollten unsere Mutter nach Island schicken?«

»Genau. Jetzt hast du's.« Ben grinste.

»Allein? Das würde sie nie machen.«

»Ich könnte sie begleiten.« Ben lachte. »Nein, nur Spaß, das würde nicht gut gehen.«

»Na ja, ganz allein wäre sie ja nicht, sie würde ihre frühere Freundin besuchen.«

»Eben.« Ben wirkte sehr überzeugt von seiner Idee.

»Ich glaube trotzdem nicht, dass das was für sie wäre. Sie ist unsicherer geworden, finde ich. Nicht mehr so belastbar.«

»Du meinst, seit Papa tot ist?«, fragte Ben nachdenklich. »Damit könntest du recht haben.«

Katharina überlegte. »Mama könnte Ellen ja erst mal schreiben.« Sie hielt inne. »Dieses Service bedeutet ihr unwahrscheinlich viel.«

»So wie mir mein Bike.«

»Haha! Wohl eher wie dir deine Freiheit.«

»Ach, Schwesterchen … immer noch so zynisch wie eh und je.« Ben lachte.

»Heda, nicht frech werden.« Sie stupste ihren Bruder in die Seite. »Ich fahr dann mal, bin hundemüde. War ein anstrengender Tag.«

»Dann schlaf gut, Schwesterchen.«

»Du auch, Bruderherz.« Sie umarmten sich, und sie stieg ein.

Auf dem Rücksitz war es ungewöhnlich still. Der sonst so gesprächige Matteo hatte den Kopf an die Stütze seines Kindersitzes gelehnt und war kurz davor einzuschlafen, während Hannes stumm in die Nacht blickte. Kein Wunder, es war bereits nach zehn. Letztlich war der Abend doch sehr schön geworden. Sie hatten noch zusammen Fotos angesehen, die Ben für ihre Mutter in einem Ordner auf dem Tablet angelegt hatte, und über alte Zeiten geredet. Ihren Gedanken nachhängend, lenkte sie das Familienauto aus der Parklücke, kam am abgedeckten Wohnmobil ihrer Eltern vorbei, das im Carport stand, so wie ihr Vater es zwei Jahre zuvor hinterlassen hatte.

Es begann zu schneien. Wie die Winter wohl in Island waren? Dort waren ihre Eltern nie gewesen. Bestimmt kam man auch nicht besonders gut mit einem Wohnmobil hin. Wenn es eine Fähre gab, war sie sicher ewig unterwegs. Als sie an einer roten Ampel warten musste, fingerte sie ihr Handy aus der Tasche und rief eilig die Website von Ellen Arnarsdóttir auf. Die Frau, ihre Geschichte und die Verbindung zu ihren Eltern faszinierte sie. Doch dann sprang die Ampel auf Grün, und sie ließ ihr Telefon schnell auf den Beifahrersitz fallen.

Den Rest des Abends gab es keine Gelegenheit mehr,

einen Blick auf die Website zu werfen. Tobias, der kurz vor ihr angekommen war und vor dem Haus wartete, trug den schlafenden Matteo ins Bett, sie half Hannes, sich umzuziehen und die Zähne zu putzen.

Als er im Bett lag, strich Katharina ihm sanft über den Kopf, wie sie es jeden Abend tat.

»Ist Oma böse auf uns?«, fragte er, kurz bevor er wegschlummerte.

»Nein, das ist sie bestimmt nicht.«

»Aber sie war traurig wegen ihres Geschirrs.«

»Ja, das schon. Aber so was passiert halt manchmal. Hat sie auch gesagt.«

Hannes nickte, dann drehte er sich zur Seite. Sie wollte das Zimmer schon verlassen, als Hannes sie noch einmal zu sich rief.

»Wir haben ganz vergessen, uns bei ihr zu entschuldigen«, flüsterte er.

Katharina ging das Herz auf. »Das stimmt, mein Schatz. Gleich morgen rufen wir sie an. Aber jetzt schlaf erst mal. Und mach dir keine Sorgen mehr.«

Juli 1949

Es war einsam auf Guðmundarstaðir. Nachdem in den ersten Tagen zahlreiche Bauern der benachbarten Höfe auf einen Kaffee vorbeigeschaut hatten – auch der Pfarrer war da gewesen und die Lehrerin der kleinen Volksschule in Selfoss –, war es ruhig geworden. Sehr ruhig. Sie verstand noch kaum etwas von dem, was Aldís, Grímur, Helgi und Yngvi miteinander sprachen. Wenn sie denn sprachen. Keiner von ihnen schien ein Mensch großer Worte zu sein, was Ulrike jedoch eher gefiel als abschreckte. Sie mochte es, wenn Menschen miteinander schweigen konnten. Andererseits führte die Stille dazu, dass Ulrike die Gedanken, die in ihrem Kopf kreisten, und das brennende Heimweh in ihrem Herzen stärker wahrnahm, als es ihr lieb war. Sie vermisste den Lärm, den ihre Geschwister machten, beim Spielen, beim Essen oder beim Zanken. Sie vermisste den warmen Klang der Stimme ihrer Mutter, der ihr immer ein wohliges Gefühl von Geborgenheit gegeben hatte. Sie vermisste ihre Mutter, der sie gleich am dritten Tag in ihrer neuen Heimat einen langen Brief geschrieben hatte. Darin hatte sie die Landschaft, den Hof und die Familie, bei der sie untergekommen war, beschrieben, deren Aussehen und ihre Schweigsamkeit, die kleinen flauschigen Pferde, die auf den weitläufigen Wiesen grasten, überhaupt die überwältigende Weite. Sie hatte von dem mächtigen Vulkan erzählt, der sich nur wenige Kilometer entfernt erhob und die Gegend prägte, von der unglaublichen Helligkeit berichtet und selbstverständlich auch von der aufregenden Überfahrt, und dass sie auf dem Schiff Lore kennengelernt hatte, die schnell ihre Freundin geworden war.

Eine Antwort hatte sie noch nicht erhalten. Yngvi hatte ihr erklärt, dass die Post von und nach Island häufig mehrere Wochen brauchte, also war es zu früh, um einen Brief ihrer Mutter zu erwarten. Dennoch ertappte sie sich dabei, wie sie sehnsüchtig in die Ferne blickte und hoffte, dass der Postbote nach Guðmundarstaðir käme und etwas aus Deutschland für sie dabeihätte. Zum Glück wusste sie Lore in ihrer Nähe. Sie hatten sich noch nicht wiedergesehen, weil sie viel zu tun hatte und der Hof doch einige Kilometer entfernt war, wie ihr Yngvi erklärt hatte, aber es tat schon gut zu wissen, dass sie da war. Manchmal unterhielt sie sich mit ihm auf Englisch, und immer wieder brachte er ihr neue Begriffe auf Isländisch bei. Dennoch nagte die Einsamkeit an ihr. Sie hatte unterschätzt, wie schwierig es war, sich in eine fremde Kultur einzufügen, deren Gewohnheiten und Eigenarten zu erfassen und damit umgehen zu lernen – insbesondere, wenn man nur Gestik und Mimik als Mittel der Verständigung zur Verfügung hatte. Das war mühselig und führte mitunter zu Missverständnissen oder Resignation auf beiden Seiten.

Ulrike versuchte, die Stille als wohltuenden Kontrast zum Wehklagen ihrer zerstörten Heimatstadt zu sehen, die auch vier Jahre nach Kriegsende noch teilweise in Trümmern lag, zu den Bildern des Schreckens, die sie in mancher Nacht heimsuchten, zu dem monotonen Brummen der Bomber, die über Lübeck ihre todbringende Last abgeworfen hatten. Der Schmerz in ihrer Seele war noch da und würde bleiben, aber vielleicht, nur ganz vielleicht, konnte ihr dieses Land ja Heilung bringen. Sie spürte deutlich, dass sie sich hier sicher fühlte. Womöglich geschützter als jemals zuvor in ihrem Leben.

Ein Glück für sie, dass es niemals langweilig wurde. Es gab viel Arbeit auf dem Hof, sodass sie abends vollkommen erschöpft einschlief, auch wenn die nicht enden wollende Helligkeit alles daranzusetzen schien, das zu verhindern.

Und dann kam die Heuernte, die in Island wegen des rauen Klimas etwas später erfolgte als in Deutschland. Tagelang standen sie von frühmorgens bis spätabends auf den Wiesen, das Gras musste von Hand geschnitten und mehrfach gewendet werden, um zu trocknen. Es war ein Wettlauf gegen die Natur, denn das Wetter war launisch in Island – es konnte, wie Yngvi ihr schon am ersten Tag erklärt hatte, von jetzt auf gleich umschlagen. Fiel Regen auf das frische Heu, verdarb es, und die Schafe hatten im Winter nicht genügend Futter. Bis auf Aldís halfen alle mit, jeder wurde gebraucht. Abends fiel es Ulrike schwer, nicht schon beim Abendessen einzunicken, nachts schlief sie wie ein Stein und erwachte jeden Morgen mit einem erbärmlichen Muskelkater. Aber es musste weitergehen, also quälte sie sich aus dem Bett, wusch sich wie jeden Tag mit kaltem Wasser aus dem Brunnen, das sie schlagartig munter machte, und schuftete. Und gerade rechtzeitig wurden sie fertig. Als alle gebundenen Garben sicher in der Scheune untergebracht waren, öffneten sich die Himmelsschleusen und schickten einen starken Regenschauer auf die Erde.

Nach der Heuernte wurde es etwas ruhiger, Aldís und sie kümmerten sich nun um das Gemüse, das im Garten wuchs, kochten und wuschen Wäsche, während die Männer den Stall kalkten und die Gebäude ausbesserten. Immer deutlicher trat zutage, dass Ulrike angestellt worden war, um die Aufgaben von Aldís zu übernehmen, die sich bei allen Tätigkeiten häufig hinsetzen und ausruhen musste. Sie war noch gar nicht so alt, mit den Gelenkentzündungen in ihren Händen konnte sie an manchen Tagen jedoch kaum einen Topf halten. Es tat Ulrike leid zu sehen, wie Aldís litt, doch sie konnte ihr nicht anders helfen, als ihr möglichst viel abzunehmen.

Von ihrem ersten Lohn hatte Ulrike sich einen sündhaft teuren Schokoriegel beim Kaufmann in Selfoss geleistet, wohin Yngvi sie in Snorris Wagen mitgenommen hatte. Den Rest des Geldes hatte sie in einen Strumpf gesteckt, den sie unter der Matratze verwahrte. Sie wollte so viel wie möglich sparen – für ihre Zukunft, wie auch immer sie aussehen mochte. Oder für ihre Familie in Lübeck, wenn sie im nächsten Sommer heimfuhr. Ohnehin brauchte sie nicht viel in Island.

Vom zweiten Lohn hatte sie sich ein Kinderbüchlein gekauft, um die Sprache besser lernen zu können. Grímur war dieses Mal mit dem Einkauf an der Reihe gewesen, und sie hatte ihn begleitet. Gespannt standen sie alle um den Esstisch herum, als sie die Waren auspackten. Aldís machte große Augen, als sie das kleine Buch sah, und fragte etwas, das sie nicht verstand.

Yngvi übersetzte. »Sie möchte wissen, ob du das gekauft hast.«

»Ja«, erwiderte sie.

»Warum?«, fragte Yngvi.

Ist das nicht offensichtlich?, dachte sie. Wollte ihre Gastmutter sich über sie lustig machen?

»Um zu lernen«, gab sie schulterzuckend zurück. »Und weil ich gerne lese.« Erneut übersetzte Yngvi.

Aldís' Mund verzog sich zu einem schiefen Lächeln, das alles bedeuten konnte. Dann gab sie Ulrike ein Zeichen, ihr zu folgen. *»Komdu.«* In ihrem Schlafraum schlurfte Aldís zu einem klapprigen Regal neben einem zerschlissenen Sessel, in dem sich zahlreiche Bücher befanden. Sie zog ein paar Romane für Erwachsene heraus. Aufmunternd nickte sie Ulrike zu und drückte ihr ein Buch, auf dem vorne ein eng umschlungenes Liebespaar abgebildet war, in die Hand. Sie wies mit einer Armbewegung auf das Regal. *»Taktu.«*

Ulrike konnte sich ein Schmunzeln nicht verkneifen. Siehe da, ihre Gastmutter mochte Liebesromane. Und die Geste bedeutete wohl, dass sie sich an dem Regal bedienen durfte. Darauf kam sie sicher gerne zurück, wenn ihr Isländisch etwas besser sein würde.

»Takk fyrir«, sagte sie, und von plötzlicher Dankbarkeit und Zuneigung überwältigt, schloss sie Aldís in die Arme.

Eines Morgens legte Yngvi mit ernster Miene den Löffel auf dem Tisch ab, mit dem er gerade noch seine Hafergrütze gegessen hatte.

So ziemlich alles, was sie in den Wochen seit ihrer Ankunft auf Guðmundarstaðir zu essen bekommen hatte, war wohlschmeckend gewesen. Häufig ungewohnt und nicht gerade abwechslungsreich, aber gut. Womit sie jedoch lange Schwierigkeiten gehabt hatte, war das Frühstück. Da Getreide auf dieser kalten Insel schlecht wuchs, war Brot rar und galt als Delikatesse. Fisch hingegen gab es beinahe im Überfluss, und so hatte man morgens die Wahl zwischen Fisch, der Grütze, die Yngvi gerade löffelte, oder *skyr*, einer Art Quarkjoghurt aus Kuh- oder Schafsmilch. Den Fisch hatte sie nach ein, zwei Versuchen gleich ausgeschlossen. Nur Trockenfisch, *harðfiskur*, ging morgens schon einigermaßen. Man knabberte ihn dick mit Butter bestrichen auch gerne mal zwischendurch oder zum Mittagessen. Dabei konnte man zur Not einfach die Augen schließen und sich vorstellen, es wäre eine harte Scheibe Brot. Und mit Butter schmeckte er gar nicht mal schlecht. Dennoch bevorzugte Ulrike *hræringur* zum Frühstück. Dafür wurden Haferflocken mit Skyr, Honig oder Zucker, Milch oder Wasser verrührt und mit ein paar Beeren gegessen. Wenn es keine Haferflocken gab, wurde auch schon mal Roggenmehl oder Reis genommen, an manchen Tagen sogar Moos. Ulrike kannte Haferschleimsuppe von zu Hause, nur ohne den isländischen Quark.

Für gewöhnlich gab es erst gegen Abend wieder etwas zu essen, meistens Fisch oder einen Eintopf. Frischen Salat oder Äpfel und Gurken gab es nie – das alles wuchs auf der Insel eben nicht. Ulrike hatte nach dem fulminanten Festmahl am ersten Abend schnell begriffen, dass die Bauern in Island arme Leute waren. Doch auch wenn die Kost einfach war, hungern musste sie nie.

Grímur war selten beim Frühstück dabei, weil er mit den Söhnen anderer Hofbauern der Gegend auf Fischfang ging. Da die Kutter manchmal mehrere Tage oder zumindest über Nacht unterwegs waren, war Grímur häufig fort. Aldís stand dann oft mit bedrücktem Blick am Fenster und schaute in Richtung Meer, obwohl man es von Guðmundarstaðir gar nicht sehen konnte. Wenn man wusste, was Snorris jüngstem Sohn zugestoßen war, konnte man Aldís' Sorge verstehen.

»Du musst reiten lernen, Ulrike.«

Sie hätte sich beinahe verschluckt. »Warum muss ich reiten lernen?«, fragte sie mit vollem Mund. »Ich bin doch bisher auch ganz gut zurechtgekommen.«

Sie hatte ja kaum mal den Hof verlassen in den vergangenen Wochen, immer hatte es etwas zu tun gegeben. Und wenn sie doch mal ein bisschen freie Zeit hatte, bat sie Yngvi, Artikel aus der Zeitung mit ihr zu übersetzen, um sich so viele isländische Wörter wie möglich einzuprägen.

»Reiten ist unerlässlich in Island«, sagte Yngvi nun nachdrücklich. »Pferde sind unser wichtigstes Fortbewegungsmittel.«

Ulrike hatte die freundlichen Vierbeiner natürlich schon ein wenig kennengelernt, zum Reitenlernen war bisher allerdings noch keine Gelegenheit gewesen.

»Ihr habt doch ein Auto.«

Yngvi lachte. »Nein. Das gehört Snorri. Wir dürfen es hin und wieder benutzen, denn er braucht es noch weniger als wir. Ein Auto ist gar nichts in Island. Das kann man nutzen, wenn man mal in die Stadt fährt, aber für sonst nichts. Selbst wenn wir in Selfoss einkaufen müssen, nehmen wir lieber ein Pferd. Pferde bringen uns überall hin. Ins Hochland zum Beispiel, zu den Sommerweiden der Schafe oben am Fluss.«

Langsam fiel bei Ulrike der Groschen. »Ihr braucht die Pferde für den Schafabtrieb.«

Yngvi nickte. »Genau. Und da wirst du auch dabei sein.« Er hielt inne. »Aber nicht nur dafür ist es gut, wenn du reiten kannst.«

»Wofür noch?«

»Ein Pferd ist die beste Möglichkeit, um zum Kaufmann zu kommen … und zu den Nachbarhöfen. Du kannst deine Freundin besuchen.«

»Lore! Wie es ihr wohl geht?«

»Ich schlage vor, dass wir heute mit den Reitstunden anfangen, dann kannst du sie bald besuchen.«

»Das wäre wundervoll. Aber haben wir denn die Zeit dafür?«

»Im Moment schon.« Yngvi lächelte. »In Island richtet sich alles nach der Natur, nach den Jahreszeiten, zumindest auf dem Land. Reykjavík hat einen anderen Rhythmus. Im Frühjahr kommen die Lämmer zur Welt, das ist eine anstrengende Zeit, das wirst du noch sehen, etwas später werden die Schafe geschoren, danach bringen wir sie auf die Hochweiden, nebenbei säen und ziehen wir unser Gemüse, Kohl, Wurzeln, Kartoffeln. Wer in der Nähe der Küste wohnt, sammelt im April und Mai die Daunen der Eiderenten aus den Nestern.«

»Sind die in euren Bettdecken?« Yngvi nickte. »Deswegen sind sie so besonders weich.«

Ulrike erinnerte sich an die erste Nacht und wie wohlig warm sie sich unter der kuscheligen Decke gefühlt hatte. Sie schlief in Island so gut wie schon lange nicht mehr. Was natürlich auch an der friedvollen Ruhe um sie herum und den ausgefüllten Tagen lag.

»Die Eiderenten brüten in den Felsen und im Geröll an der Küste. Wir bekommen die Federn von unseren Verwandten unten bei Stokkseyri, wenn wir welche brauchen. Im Gegenzug erhalten sie mal ein Lamm oder ein Schneehuhn. Sie haben nämlich sonst nur Fisch.«

»Ein Tauschhandel also.«

»Sozusagen.«

»Und wie geht es weiter?«

Mit Yngvi unterhielt sie sich nach wie vor gern, er war der Gesprächigste im Haus. Helgi sagte kaum mal etwas zu ihr, Aldís war insgesamt sehr schweigsam, wenn auch herzlich und Grímur durch seine Tätigkeiten auf dem Fischkutter oder den Feldern nur selten anwesend.

»Im Sommer ernten wir Johannisbeeren, Rhabarber und Kartoffeln oder Rüben. Wir sammeln Krähenbeeren und Heidelbeeren, machen ein, kochen Marmelade und arbeiten, so gut es geht, auf, was im Frühjahr liegen geblieben ist.«

»Wir holen das Heu ein«, ergänzte Ulrike.

»Genau. Im Herbst treiben wir dann die Schafe von den Sommerweiden hierher zurück, danach ist Schlachtzeit.«

»Oh.«

Ulrike konnte sich nicht vorstellen, die eigenen Lämmer zu essen. Andererseits: Was blieb ihnen anderes übrig? Die Schafe brachten nun mal das meiste Fleisch. Sonst gab es nur die Hühner, von denen sie regelmäßig ihre Eier bekamen, und die Pferde. Beim Gedanken an Pferdefleisch musste Ulrike schlucken. Aber das hatte sie bisher ihres Wissens noch nicht vorgesetzt bekommen.

»Der Winter kann die ruhigste Zeit des Jahres sein, das hängt aber davon ab, wie streng er ist«, setzte Yngvi fort. »Wenn es eher mild ist und nur wenig Schnee liegt, können die Tiere auf den Weiden rund um den Hof bleiben, das macht ihnen nichts aus. Sie finden auch bei einer dünnen Schneedecke genug Futter. Aber wir müssen das Wetter immer im Blick behalten. Wird es zu kalt oder gibt es zu viel Schnee oder Schneestürme, müssen die Tiere in den Stall. Und das bedeutet regelmäßiges Füttern mit Heu, morgens, mittags und abends. Und ausmisten.«

»Da ist es praktisch, dass ihr die Tür habt, über die das Wohnhaus mit dem Stall verbunden ist.«

»O ja, die hat sich schon oft bewährt, wenn der Schnee meterhoch lag zum Beispiel. Den Dung der Schafe trocknen wir und nutzen ihn zum Heizen und Räuchern.«

Ulrike wurde nachdenklich. Es gab vieles, was sie noch lernen musste. »Haben sie auf Miðhús dasselbe zu tun?«

»Im Prinzip schon. Aber der Hof ist viel kleiner, Snorri hat nur noch ein paar Schafe, zwei Pferde, dafür eine Kuh und natürlich Hühner. Er wirtschaftet eigentlich nur noch für den Eigenbedarf, während wir unser Fleisch und unsere Wolle ja verkaufen.«

»Ihr verkauft sie?«

»Ja, das ist eine gute Einnahmequelle. Wir behalten aber auch einen Teil. An langen Winterabenden sitzen wir vor dem Ofen und spinnen sie und stricken uns dann dicke Socken und warme Pullover.«

»Klingt gemütlich.«

Ulrike sah aus dem Fenster. Ihr waren die Wollpullover mit den hübschen Mustern schon bei ihrer Gastfamilie aufgefallen. Dann kam ihr Lore wieder in den Sinn. Ob sie sich manchmal einsam fühlte?

»Woran denkst du?«, fragte Yngvi.

Ulrike schreckte auf. »An Lore. Ich mache mir Sorgen um sie.«

»Warum? Auf Snorri kann man sich verlassen.«

»Mag sein, aber Lore ist … Sie ist sehr zurückhaltend, nicht sehr gesprächig …«

Yngvi schmunzelte. »Na, dann passt sie doch perfekt nach Island.«

Sie sah Yngvi an. Er war wirklich nett, aufmerksam und lustig. »Du bist kein typischer Isländer, oder?«, entfuhr es ihr, und sofort biss sie sich auf die Lippen. Hoffentlich fasste er das nicht als Beleidigung auf.

Doch er schien ihr die Bemerkung nicht übel zu nehmen. »Findest du nicht?«

Der Blick, mit dem Yngvi sie ansah, ließ Ulrikes Herz für einen kurzen Moment stillstehen. Seine Augen haben die Farbe des Meeres, dachte sie.

»Ich … Ich weiß nicht«, stammelte sie. »Du scheinst mehr zu reden als die anderen.« Verlegen hob sie die Schultern. »Oder liegt es nur daran, dass ich noch nicht so gut Isländisch spreche und deine Brüder und Aldís sich nicht richtig mit mir unterhalten können?«

»Nein, nein«, winkte Yngvi ab, »du hast das schon richtig beobachtet. Wir Isländer sind ein eher wortkarges Völkchen. Obwohl wir viele Worte haben, man denke nur an all die Gedichte, die geschrieben worden sind, die Sagas, die vor Urzeiten entstanden sind. Wir lesen gerne und viel. Eine gewisse Liebe zur Sprache, aber auch zur Schwermut wohnt uns wohl inne.« Er sah an Ulrike vorbei aus dem Fenster. »Vielleicht bin ich wirklich irgendwie anders.« Wieder verzog er sein freundliches, wettergegerbtes Gesicht zu einem bezaubernden Lächeln, das Ulrike mehr und mehr in den Bann zog. »Wie dem auch sei«, sagte er, stand auf und brachte Teller und Löffel zur Spüle. »Lass uns zu den Pferden gehen.«

Ulrike nickte. Und ein bisschen kribbelte es dabei in ihrem Bauch. Ob es an Yngvi lag oder an der Aufregung vor dem Reiten, konnte sie nicht sicher sagen.

Sie standen an der Wiese am südlichen Ende des Sees, ein leichtes Lüftchen wehte, die Morgensonne mühte sich und warf einen warmen Hauch auf ihre Gesichter.

»Was für ein herrlicher Tag«, sagte Ulrike träumerisch.

»Der Morgen ist herrlich, das stimmt«, entgegnete Yngvi, »aber mal sehen, was der Rest des Tages noch so bringt.«

»Meinst du, dass noch Regen kommt?« Sie konnte nun wirklich kein einziges Wölkchen am Himmel entdecken, und bisher hatte sie auch noch keinen der berüchtigten plötzlichen Wetterumschwünge erlebt.

Yngvi fasste Ulrike bei den Schultern und drehte sie herum, sodass sie nicht mehr zum Meer, sondern in Richtung Hekla schaute. »Siehst du ihren Gipfel?«

»Ja.« Ihr fiel nichts Ungewöhnliches auf.

»Sie hat heute einen Hof. Erkennst du den weißlich grauen Schimmer rund um die Spitze?«

Das war ihr noch nicht aufgefallen. »Was hat das zu bedeuten?«

»Sie ist unruhig.«

Mit wachsender Beklemmung dachte Ulrike daran, dass Yngvi gesagt hatte, dass es nach dem letzten Ausbruch ein Jahr lang immer wieder zu Eruptionen gekommen war.

»Wird sie wieder ausbrechen?«

Yngvi tätschelte ihr kurz beruhigend den Rücken. »Ich denke, nicht. Aber wahrscheinlich erleben wir im Laufe des Tages noch einen Wetterumschwung.«

»Du hast bisher nur einen Ausbruch miterlebt, stimmt's?«

Yngvi nickte. »Den 1947. Ich war damals zweiundzwanzig Jahre alt.«

Ulrike rechnete schnell nach, Yngvi war also sechs Jahre älter als sie.

»Was habt ihr mit euren Tieren gemacht?«

»Es kam sehr überraschend. Am Morgen hörten wir plötzlich ein lautes Krachen und Brummen, dann wackelte die Erde. Aldís hat sofort zum Aufbruch gedrängt. Sie hatte ja schon den Ausbruch 1913 erlebt. Wir haben so viel von unseren Sachen wie möglich auf den Pferdewagen geladen. Über der Hekla entstanden dicke Aschewolken, kurz darauf konnte man auf dem Gipfel die ersten Lavaströme sehen. Wir waren nicht sicher, ob sie in unsere Richtung fließen würden, aber auch die Gase können gefährlich sein. Im Nachhinein fiel uns wieder ein, dass die Pferde und Schafe schon einige Tage äußerst nervös gewesen waren. Wir hätten besser achtgeben sollen, dann wären wir vorbereitet gewesen … Sie wollten unbedingt weg. Manche sind auch geflüchtet. Die anderen haben wir vor uns hergetrieben, als wir zur Küste geritten sind. Grímur, Helgi, Snorri und ich haben uns um die Herde gekümmert, Aldís fuhr den Pferdewagen. Du kannst dir vielleicht vorstellen, was das für ein Aufzug war und wie unsere Verwandten in Stokkseyri geguckt haben, als wir plötzlich bei ihnen vor der Tür standen! Sie hatten von dem Ausbruch noch gar nichts mitbekommen. Kaum zu glauben …«

Angst umfasste Ulrikes Herz wie eine eiserne Kralle. »Was ist dann passiert?«, fragte sie atemlos.

»Zum Glück für uns wurde die Eruptionswolke nach Südosten getrieben, der Bezirk Fljótshlíð war besonders betroffen, auch der Eyjafjallajökull. Der Gletscher wurde von der Asche schwarz. Die Aschewolke kam sogar bis Helsinki, wo sie sich ein paar Tage später auflöste.«

»Das ist ja schrecklich!«

»Es gab dann noch ein paar kleinere Ausbrüche hier und da, aber nach ein paar Monaten war der Spuk wieder vorbei. Einige Höfe mussten wieder aufgebaut oder von Asche und Gesteinsbrocken befreit werden. Aber es gab viele Helfer …« Yngvi zuckte mit den Schultern. So ist es eben, schien er damit sagen zu wollen.

»Aber … warum seid ihr nicht woandershin gezogen? Wie könnt ihr denn so leben?« Ulrike konnte einfach nicht verstehen, warum man so nahe an der Gefahr blieb.

»Unsere Familie war schon immer hier«, erwiderte Yngvi beinahe gleichgültig. »Island ist halt gefährlich. Manchmal hat man das Gefühl, dass diese Insel gar keine Menschen haben will.« Nun lächelte er wieder. »Aber der Boden ist hier im Süden besonders fruchtbar, und wir sind Bauern. Was sollen wir in einer Stadt? Oder im Norden? Da ist das Wetter noch ungemütlicher. Und es ist auch schön bei uns. Du bist ja nun schon eine Weile hier, du erlebst das doch genauso, oder?«

Ja, da musste sie Yngvi recht geben. Island war schön, wenn auch auf eine eigentümliche Art und Weise. Jetzt im Sommer war alles grün, der See lag dunkelblau und friedlich glitzernd da, irgendwo am Horizont fanden blasser Himmel und silbriges Meer zu einem zarten Blau zusammen, das einem den Atem raubte. Das fedrige Wollgras, das in Flussnähe wuchs, teilte sich die Weiden mit zartrosa Wiesenschaumkraut, blauem Enzian und hellgrünem Engelwurz. Bei näherem Hinsehen fand man auf Geröll und Felsen zahlreiche unterschiedliche Moose und Flechten, wilden Thymian und Sauerampfer. Über ihnen zog ein Greifvogel seine Kreise auf der Suche nach Beute, weiter entfernt sah sie einen Schwarm Wildgänse. Ja, selbst die beeindruckende Hekla war schön. Und doch fürchtete sie sich vor den Naturgewalten – und dem Winter.

Ulrike nickte. »Es ist wundervoll, einzigartig, faszinierend, unfassbar. Aber auch angsteinflößend und unberechenbar.«

Eine Weile schwiegen sie beide, dann sagte Yngvi: »Früher nannten sie die Hekla das Tor zur Hölle. Man glaubte, dass dort die verdammten Seelen hausten.«

»Das kann ich mir vorstellen.«

»Das denken wir heutzutage natürlich nicht mehr.« Er sah sie nachdenklich an. »Weißt du, wir haben gelernt, mit ihr zu leben. Sie darf genauso hier sein wie wir, hat ja streng genommen sogar die älteren Rechte.« Er lächelte kurz, blickte dann wieder zum Vulkan hinüber. Ulrike tat es ihm nach. Sie konnte es sich nicht erklären, aber in Yngvis Nähe fühlte sie sich sicher. »Die Hekla gehört einfach mit dazu. Sie … Sie ist beinahe so etwas wie ein Familienmitglied.« Erneut sah er sie an, ernster dieses Mal, und ein wohliges Schaudern fuhr ihr über den Rücken.

Ein Familienmitglied.

»Das ist ja seltsam«, erwiderte sie.

Aber sie begann, Yngvis Gefühle zu verstehen. Schon jetzt war die Hekla für sie nicht mehr so bedrohlich wie noch ein paar Minuten zuvor. Sie könnte vielleicht sogar eine Freundin werden, dachte sie, eine launische zwar, aber eine geliebte.

4

Die Jungs spielten ausnahmsweise friedlich im Kinderzimmer, Katharina genoss diesen seltenen Moment der Ruhe mit einer großen Tasse Milchkaffee und der Zeitung. Das war doch ihr gutes Recht, oder? Ihr Mann war schließlich auch unterwegs und frönte seinem Hobby. Tobias hatte das Haus schon wieder verlassen, denn um zehn Uhr war Bandprobe für den Auftritt am Abend. Er hatte zuversichtlich geklungen, als er ihr mitgeteilt hatte, dass sie nicht länger als eine Stunde dauern würde. Mal sehen. Oft genug kamen die Bandmitglieder ins Erzählen, und schnell waren dann doch ein paar Stunden vergangen.

Katharina zwang sich, dreimal tief durchzuatmen. Am besten wäre jetzt wohl eine Runde Yoga, aber dazu konnte sie sich doch nicht aufraffen. Stattdessen griff sie nach ihrem Handy, überprüfte ihre Nachrichten und gab dann *Ellen Arnarsdóttir* ein. Ihr lachte eine nett aussehende Frau in den Sechzigern entgegen, mit blondem Haar und einem flotten Kurzhaarschnitt, die graublauen Augen blickten offen und freundlich. Sie trug ein blaues Oberteil, das die Farbe ihrer Augen besonders gut zur Geltung brachte, und zierliche silberne Ohrringe, an denen kleine blaugrüne Steine in Herzform baumelten. Katharina fand die Frau sofort sympathisch. Sie hatte schon am Abend zuvor bei ihrer Mutter einen Blick auf die Site geworfen, aber jetzt nahm sie sie intensiver wahr, scrollte sich in aller Ruhe durch die verschiedenen Links. Es gab eine Auswahl ihrer Arbeiten zu sehen, und Katharina staunte über die Vielfältigkeit der Muster und Formen. Unverkennbar waren isländische – sie band Lavagestein in ihre Keramikarbeiten mit ein – und auch afrikanische Einflüsse. Und trotz der großen kreativen Bandbreite zeigten sie alle dieselbe Handschrift. Strahlten Lebensfreude, Optimismus, Fröhlichkeit aus.

Katharina las den Text zu den Bildern, in dem es um verschiedene Töpfer-, Glasier- und Maltechniken ging, mit denen sie jedoch nicht viel anfangen konnte, weil sie absolut keine Ahnung von Keramikherstellung hatte. Dann klickte sie auf Ellens Lebenslauf. Ellen war in Reykjavík geboren und im Süden von Island aufgewachsen, wo sie nach Stationen in Frankreich, Italien, Deutschland und Marokko wieder lebte. Es folgte eine chronologische Auflistung ihrer beruflichen Aus- und Weiterbildungen an Orten in diesen Ländern sowie eine Auswahl ihrer Ausstellungen und Teilnahme an Kunsthandwerkermärkten. Darunter ein Workshop in Bremen Anfang der Achtziger. Das ist mit Sicherheit zu der Zeit gewesen, als sie auf dem Kunsthandwerkermarkt in Mamas Schule ausgestellt hat, dachte Katharina. Es gab auch einen Menüpunkt *Kontakt*. Sie tippte darauf, und es öffnete sich ein Kontaktformular, darunter stand eine Postadresse samt Telefonnummer und E-Mail-Adresse.

Ihr Herz klopfte schneller. Sollte sie Ellen schreiben? Es wäre so einfach … Aber was wollte sie eigentlich von ihr? Ihr sagen, dass sie mal mit ihrer Mutter befreundet gewesen war? Dass ihre Eltern vor vierzig Jahren ein Service bei ihr erstanden hatten? Womöglich konnte sich Ellen überhaupt nicht mehr an Bärbel und Werner aus

Bremen erinnern. Nein, da hielt sie sich lieber raus. Wenn ihre Mutter Kontakt aufnehmen wollte, konnte sie es ja machen.

Katharina legte ihr Handy beiseite, nahm ihren Kaffee und ging auf die Terrasse, sog tief die glasklare kalte Luft ein, wandte ihr Gesicht den Sonnenstrahlen entgegen, schloss für einen Moment die Augen. Aber die Worte *Geschirr … Ellen … Island* spukten weiter in ihrem Kopf herum, wollten sich nicht wegatmen lassen.

»Na schön«, sagte sie schließlich zu sich selbst, »was haben wir schon zu verlieren?«

Es fiel ihr viel leichter als gedacht, die Mail zu formulieren. Kurz hielt sie inne, bevor sie den Senden-Button antippte, dann war es geschehen. Einfach so.

Leider blieb ihr keine Gelegenheit, um über das eben Geschehene nachzudenken, denn aus dem Kinderzimmer erscholl lautes Gebrüll, gefolgt von einem Geräusch, das klang, als würden Legosteine durch die Gegend fliegen. War ja nur eine Frage der Zeit, bis es zwischen den beiden erneut kracht, dachte Katharina seufzend und machte sich auf, um mal wieder Frieden zu stiften.

Als sie nach einer Weile zurückkam, zeigte ihr Handy an, dass gerade eine neue E-Mail eingegangen war. *Ellen!* Aufgeregt öffnete sie und las.

Liebe Katharina,
was für eine riesige Überraschung und wie unglaublich schön, von dir zu lesen! Es freut mich sehr zu hören, dass Werner und Bärbel eine Tochter haben. Gibt es noch mehr Geschwister? Wie geht es den beiden denn? Du schreibst, dass ihr gestern Bärbels 65. Geburtstag gefeiert habt – wie die Zeit nur vergeht! Tut mir leid zu hören,

dass dabei ein paar Teile des Service kaputtgegangen sind, aber das ist wohl der Lauf der Dinge. Schön, dass deine Eltern es überhaupt noch haben. So lange schon! Ich kann mich noch gut daran erinnern, wie wir uns damals in Bremen kennengelernt haben, wie begeistert sie von meinen Arbeiten waren. Das hat mich sehr berührt.
Leider ist der Kontakt nach meiner unsäglichen Phase in Marokko abgebrochen, ich musste dort schnell weg und bin Hals über Kopf zurück nach Island gereist. Bärbel und Werner sind dann aber wohl umgezogen, ich hatte ihnen mal einen Brief geschrieben, der mit dem Hinweis »Empfänger unbekannt verzogen« zurückkam. Sehr schade.
Ich würde mir so wünschen, dass wir uns einmal wiedersehen könnten! Vielleicht haben die beiden Lust, mich mal in Island besuchen zu kommen? Aber wenn das nicht geht, was ich natürlich verstehe, wäre es großartig, wenn wir uns wenigstens wieder schreiben oder mal telefonieren könnten. So viel ist geschehen in den vergangenen Jahren, und ich möchte alles erfahren, was bei euch passiert ist!
Vielleicht kannst du deinen Eltern meine Adressdaten geben, liebe Katharina. Das würde mich wahnsinnig freuen.

Liebe Grüße
Ellen

Katharina ließ ihr Handy sinken. Ellen konnte sich sehr wohl an ihre Eltern erinnern. Das hatte sie nicht erwartet. Und wie schnell sie geantwortet hatte, damit hätte sie niemals gerechnet. Ellen hatte sogar eine Einladung für einen Besuch ausgesprochen.

Was sollte sie jetzt tun? Gleich ihrer Mutter Bescheid

geben? Auf jeden Fall erst mal schnell eine Antwort an Ellen schicken. Sie hatte noch nicht erwähnt, dass ihr Vater nicht mehr lebte.

Liebe Ellen, tippte sie flugs, denn sie hörte erneut Poltern im Kinderzimmer. *Vielen Dank für deine schnelle Antwort! Ich werde meine Mutter nachher anrufen und ihr erzählen, dass wir einander geschrieben haben und du sehr gerne wieder Kontakt zu ihr hättest. Ich bin sicher, das wird ihr genauso gehen! Mein Vater ist leider vor zwei Jahren verstorben. Aber es wäre toll, wenn du und Mama eure Freundschaft auffrischen könntet! Vielleicht klappt es ja wirklich mal mit einem Besuch hier oder bei dir. Das wäre wundervoll! Island muss beeindruckend sein.*

Sie musste unterbrechen, weil Matteo in die Küche kam.

»Wann gibt's Mittagessen?«, fragte er, »Ich hab Riesenhunger.«

Katharina warf einen Blick auf die Uhr am Backofen. Halb zwölf schon wieder! »Bald. Lass mich nur eben diese Nachricht zu Ende schreiben.«

»Was gibt's denn?«

»Weiß ich noch nicht. Ich überleg mir gleich was.«

»Okay.« Matteo nahm sich etwas zu trinken.

Es tut mir so leid für meine Mutter, dass gestern ihre letzte Schüssel und ein Teller zerbrochen ist. Ich würde das gerne irgendwie wiedergutmachen …, tippte sie und wurde ein weiteres Mal unterbrochen.

»Ich will Pfannkuchen. Können wir Pfannkuchen essen? Bitte?« Dass ihre Söhne aber wirklich keinen Moment mal warten konnten.

Katharina ließ das Handy sinken. »Pfannkuchen? Ja, ich denke, das ginge. Aber jetzt will ich …«

»Wem schreibst du denn?«

Katharina war kurz davor zu platzen, riss sich aber zusammen. »Du kannst dir schon mal die Hände waschen und dann gleich mit mir den Teig anrühren«, erwiderte sie. Manchmal half nur Ablenkung.

»Na gut.« Damit schoss er aus der Küche.

Jetzt aber schnell, bestimmt ist er in wenigen Sekunden zurück, dachte sie. *Könntest du dir vorstellen, eine Schale und vielleicht noch ein paar weitere Teile mit demselben Design anzufertigen? Wäre das möglich? Ich schick dir Fotos. Kann man Keramiken eigentlich verschicken? Herzlichen Dank schon mal und liebe Grüße, Katharina.*

Abgesendet.

Zeit, um noch mal darüberzulesen, war ihr nicht geblieben. Katharina schaffte es gerade, Schüssel und Schneebesen bereitzustellen, bevor ihr Jüngster wieder in die Küche gestürmt kam. Sie holte Eier und Milch aus dem Kühlschrank, Mehl, Zucker und Salz aus der Schublade.

»Was war denn nun eben so wichtig?«, fragte Matteo und gab Mehl in die Rührschüssel.

Etwas zu schwungvoll, die Hälfte stob darüber hinaus. Katharina schob das Mehl in ihre Hand und gab es in die Schüssel.

»Ich hab der Frau geschrieben, die vor vielen Jahren Omas Lieblingsservice hergestellt hat.«

»Das, wovon gestern der Teller und die Schüssel kaputtgegangen sind?« Katharina nickte. »Oma war traurig.«

»Ja, stimmt.«

»Hast du deswegen mit der Frau gesprochen?«

»Ja.« Katharina gab drei Eier in die Schüssel. Das überließ sie wohlweislich nicht ihrem Sohn. Der goss Milch hinein. »Schön langsam, nicht zu viel. Ja, so ist es gut.«

»Was willst du von ihr?«

»Ich hab sie gefragt, ob sie etwas nachmachen kann.«

Matteo dachte einen Moment nach. »Aber wohnt sie nicht ganz weit weg? Papa hat mir das gestern bei Google Maps gezeigt.«

»Ja. In Island.«

In dem Augenblick kam Ellens Antwort. Katharina griff zu ihrem Handy.

Das könnte ich versuchen. Kann allerdings nicht garantieren, dass ich es genauso hinbekomme wie damals. Und ja, schick mir am besten ein paar Fotos. Tatsächlich könnte man die Keramiken per Post versenden, das mache ich ab und zu, wenn Touristen, die meine Arbeiten in meinem Laden gesehen haben, etwas über meinen Onlineshop nachbestellen. Aber das ist ziemlich teuer. Wie wäre es, wenn ihr mich besuchen kämet? Macht doch Urlaub in Island! Auf unserem Hof ist genug Platz, und wir würden uns alle sehr freuen!

Liebe Grüße und bis bald!

»Man könnte es mit der Post verschicken, schreibt sie.«

Hannes kam nun auch in die Küche, wahrscheinlich war es ihm allein im Kinderzimmer zu langweilig geworden. Oder er wollte bloß mal nachsehen, was in der Küche los war.

»Boah, gibt's Pfannkuchen?«

»Ja, auf Wunsch deines Bruders.« Der gerade viel zu viel Zucker in die Schüssel gegeben hatte. Was soll's, durften sie eben nicht nachsüßen.

»Mega. Und was könnte man mit der Post verschicken?«

»Das Geschirr. Von dieser Frau aus Island«, beeilte sich Matteo zu sagen.

»Ich überlege, Oma damit zu überraschen. Wäre nur zu dumm, wenn es auf dem Postweg zerbrechen würde.«

»Warum holst du es dann nicht ab?«, fragte Hannes.

»Das hat Ellen auch vorgeschlagen«, erwiderte Katharina. Nachdenklich rührte sie mit dem Schneebesen den Teig durch. »Aber es wäre eine weite Reise, und ich hab so wenig Zeit. Oma könnte natürlich allein nach Island fahren, aber ich glaube nicht, dass sie sich das zutraut.«

»Sie muss nicht allein hin, wir könnten doch mitkommen«, meinte Hannes, steckte den Zeigefinger in den Teig und leckte ihn genüsslich ab.

»Nicht«, sagte Katharina und nahm die Schüssel mit zum Herd, außer Reichweite ihrer beiden Racker.

»Au ja, wir fahren alle nach Island!«, rief Matteo begeistert.

»Ich glaube, Island ist für euch noch nichts. Da gibt es viel schöne Natur, aber nichts, das für Kinder interessant ist. Es ist meistens kalt und regnerisch, und außerdem ist Island sehr teuer.«

»Na gut, dann fahren wir lieber woandershin«, gab sich Matteo geschlagen.

»Aber du könntest doch mit Oma fahren«, schlug Hannes vor, »nur ihr beide. Dann macht ihr euer Wellnesswochenende eben da.«

»Das geht nicht«, widersprach Katharina.

»Warum nicht?«

Katharina schüttelte stumm den Kopf. Wie sollte sie das organisieren? Wer würde bei den Kindern bleiben? Sie müsste Urlaub nehmen. Nur für ein Wochenende die weite Reise anzutreten wäre ja keine Option. Andererseits, schön wäre es schon … Langsam drehte sie sich zu ihren Jungs um.

»Meint ihr wirklich?«

Hannes nickte begeistert. »Das wär so cool! Und wir machen mit Papa Männerurlaub.«

»Jaaa!«, rief Matteo. Sie klatschten sich ab.

Plötzlich machte sich wieder diese seltsame Aufregung in ihr breit.

Mama und ich in Island!

Ein paar Tage nur, wir könnten Ellen besuchen, Reykjavík und Geysire ansehen und Vulkane bestaunen, vielleicht sogar einen Gletscher ... Zeit miteinander verbringen, reden, wandern, schwimmen. In Island sollte es doch diese heißen Quellen geben ... Je mehr Katharina darüber nachdachte, desto mehr war sie von der Idee begeistert. Wie lange war sie schon nicht mehr ohne ihre Familie weg gewesen! Irgendwie stand ihr das mal zu. Und wenn sie an ihrer Seite wäre, würde ihre Mutter bestimmt mitkommen. Das wäre besser als jedes Wellnesswochenende!

»Meint ihr wirklich, dass ich euch einfach mal eine Zeit lang mit Papa allein lassen könnte?« Da war es schon wieder, das schlechte Gewissen.

»Na klar!« Matteo jubelte.

»Ach, Mama, wir sind doch schon groß«, erklärte Hannes.

»Na dann ...«, sagte sie unschlüssig und nahm ihre beiden wundervollen Söhne in die Arme.

»Du fährst?«, fragte Hannes, als er sich aus der Umklammerung gelöst hatte.

»Ich muss das erst mal mit Papa besprechen«, gab sie zu bedenken und versuchte damit auch, ihre Vorfreude zu bremsen. »Und natürlich mit Oma.« Um sich zu beruhigen, gab sie die erste Kelle Teig in die heiße Pfanne. »Deckt doch schon mal den Tisch.«

Überrascht registrierte sie, wie Matteo und Hannes Teller und Besteck aus dem Schrank holten, ganz ohne sich zu streiten. Sie können schon richtig vernünftig und rücksichtsvoll sein, dachte Katharina gerührt.

Um halb eins war Tobias immer noch nicht da. Eine Stunde hatte er gesagt. Sie waren so gut wie fertig mit dem Essen, Matteo kratzte noch den Rest Apfelmus von seinem Teller. Katharina wurde zunehmend genervter. Um halb zwei musste sie mit Hannes zu dessen Fußballturnier, und sie hatte eigentlich gehofft, dass Matteo dann zu Hause bei Papa bleiben konnte. Jetzt sah es danach aus, dass sie den Kleinen mitnehmen musste und nichts von dem erledigen konnte, was sie sich vorgenommen hatte. Ihre Mutter anzurufen. Einen Blumenstrauß als Entschuldigung zu besorgen. Einen Spaziergang zu machen. Oder einfach ein kleines Nickerchen im Auto zu halten. Sie räumte geräuschvoll das Geschirr in die Spülmaschine und bat Hannes, seine Sportsachen anzuziehen. Der Große packte das, was er brauchte, erfreulicherweise schon selbstständig ein. Der Ärger in ihrem Bauch breitete sich dennoch immer weiter aus, während sie damit begann, eine Tasche für Matteo zu packen mit Dingen, die er zum Zeitvertreib brauchen könnte. Als sie dann um kurz vor halb den Schlüssel in der Haustür hörte, war sie auf hundertachtzig und sagte genau das, was sie sich vorgenommen hatte zu unterdrücken.

»Da bist du ja endlich!«

Endlich.

Er musterte sie, denn er kannte sie lange genug, um den Unterton nicht zu überhören. Immerhin sah er ein bisschen schuldbewusst aus.

»Tut mir leid, aber ein Stück hat heute überhaupt nicht geklappt. Wir mussten es ein paarmal durchspielen. Und dann hat Peter auch noch einen ausgegeben. Er ist letzte Woche befördert worden.«

»Schön für ihn.« Katharina verschränkte die Arme vor der Brust. Tobias sah erschöpft aus. »Ich muss jetzt leider mit Hannes los. Da stehen deine Pfannkuchen«, blaffte sie, obwohl sie es gar nicht wollte. Aber sie wurde das Gefühl, mal wieder zu kurz zu kommen, nicht los. »Wenigstens kann Matteo dann zu Hause bleiben.« Dass Tobias es wagte zu seufzen, gab ihr den Rest. Immer musste sie alles managen, wann hatte sie jemals einen ganzen Samstagvormittag bei ihrem Yogakurs verbracht oder sonst irgendetwas getan, das ihr Spaß machte? Höchst selten mal. Und Tobias nahm sich die Freiheit ständig. »Übrigens hab ich mir überlegt, dass ich mit Mama nach Island fahre«, platzte sie heraus.

Und dachte gleich darauf: Verdammt, das war der schlechteste Moment, den man sich vorstellen kann. Wie sehr hasste sie es selbst, wenn sie gerade nach Hause kam und derart mit einer Sache überfallen wurde! Aber nun war es zu spät, die Worte waren raus.

»*Was* willst du?«

Kopfschüttelnd ließ Tobias sich auf einen Stuhl sinken, zog sich den Teller mit dem Pfannkuchenstapel heran und begann, stoisch zu essen.

Im nächsten Moment kamen die Jungs in die Küche geschossen.

»Papa, Papa, Oma und Mama fahren nach Island!«, rief Matteo freudestrahlend.

»Ja, sie machen ohne uns Urlaub«, erklärte Hannes.

Sie umarmten ihren Vater beide stürmisch.

Tobias ließ fassungslos das Besteck auf den Teller fallen, sodass es schepperte. »Ich glaub, ich spinne. Seid ihr jetzt alle verrückt geworden? Wie stellst du dir das vor, Kati?«

»Das weiß ich noch nicht, aber ich würde es gerne machen.« Als ihr Mann nicht reagierte, sondern sich mit mahlendem Unterkiefer Apfelmus auf den Teller löffelte, fügte sie hinzu: »Am besten, wir besprechen das nachher weiter. Jetzt müssen Hannes und ich erst mal los.«

»Das glaub ich aber auch«, hörte sie Tobias murmeln, doch da war sie zum Glück schon so gut wie im Flur.

Bloß raus hier, dachte sie und zog die Haustür so schnell wie möglich hinter sich zu.

Bärbel saß in der Küche und trank ihren Nachmittagskaffee, als das Telefon, das neben ihr auf dem Tisch lag, klingelte.

»Hallo, Mama«, erklang es am anderen Ende der Leitung.

»Kati, mein Schatz.« Sie war überrascht, so bald wieder von ihrer Tochter zu hören. Doch sie erkannte am Tonfall ihrer Stimme, dass etwas los war. »Ist alles in Ordnung?«

Sie hörte Katharina seufzen. »Eine kleine Unstimmigkeit mit Tobias.«

»Oh. Was ist denn passiert?«

»Er hatte heute Vormittag Bandprobe. Sollte eine Stunde dauern. Waren aber mehr als drei. Er kam gerade noch rechtzeitig, bevor ich mit Hannes zum Turnier musste. Ich war ziemlich genervt, und ein Wort führte zum nächsten.«

»Ach, Kind, das tut mir leid.«

»Ich wollte ihn gar nicht anmachen, aber ich war so sauer …«

»Manchmal kann man einfach nicht aus seiner Haut.«

»Genau. Ich hab gedacht, ich müsste dann jetzt doch noch Matteo mitnehmen, und hatte das Gefühl, dass er sein Ding durchzieht und ich sehen kann, wo ich bleibe. Ich weiß gar nicht, wann ich das letzte Mal einen Samstagvormittag für mich gehabt habe. Wenn, dann bin ich mal shoppen gegangen, aber dann musste ich immer auch nach Sachen für die Kinder gucken.« Katharina schnaufte. »Es ist so ungerecht. Alles bleibt an mir hängen.«

»So kommt es einem hin und wieder vor«, stimmte Bärbel zu. »Aber Tobias tut doch ebenfalls viel. Andere Dinge, aber auch wichtige …«

»Wahrscheinlich hast du recht. Aber es kocht ab und an einfach hoch.«

»Das ist der Stress. Und diese Lebensphase. Da kommen viele Dinge zusammen, zu viele möglicherweise.«

»Manche Paare schaffen es nicht.«

»Aber ihr schon! Ihr seid doch ein tolles Team. Du hast einen lieben Mann, Kati.«

»Ich weiß ja.« Eine kurze Pause entstand. »Mir fehlt nur Zeit für mich selbst. Und wohl auch Zeit für uns als Paar. Es fühlt sich manchmal an, als würden wir nur noch nebeneinanderher leben. Als wüsste ich gar nicht mehr, was uns eigentlich noch verbindet.«

»Mein Schatz …« Bärbel konnte sich nur zu gut an diese Phase ihres Lebens erinnern. Dem Gefühl, vor allen Problemen allein dazustehen, sich zu fragen, was eigentlich aus der Beziehung zu dem Menschen geworden war, in den man früher bis über beide Ohren verliebt gewesen war. Vom Alltag aufgefressen zu werden. »Ich kenne das.«

»Wirklich?«

»Natürlich. Es ist nicht immer alles perfekt. Aber man muss sich durchbeißen.« Katharina schwieg einen Moment. Wahrscheinlich musste sie erst mal überlegen, wie das gemeint war. Sie kannte von zu Hause nur eine heile Welt, weil sie und Werner immer versucht hatten, ihre Konflikte nicht vor den Kindern auszutragen. Ob das letztendlich die richtige Art gewesen war, mit Meinungsverschiedenheiten und Problemen umzugehen, darüber war sie sich im Nachhinein nicht sicher. »Es wird sich bestimmt wieder alles einrenken bei euch«, ergänzte sie.

»Ich hoffe es.« Katharina räusperte sich, im Hintergrund hörte man ein Jubeln. Richtig, sie saß bei Hannes' Fußballspiel. Ob ein Tor gefallen war? »Aber das ist gar nicht der Grund gewesen, weswegen ich angerufen habe.«

»Was gibt es denn, mein Schatz?«

Katharina holte tief Luft. »Ich hab Ellen kontaktiert.«

»Wie bitte? Ellen Arnarsdóttir?« Bärbel stand auf und ging zum Küchenfenster, von wo aus sie die Straße und den gegenüberliegenden Park sah. Durch die blattlosen Bäume konnte sie die dahinterliegende Wohnstraße erkennen. Gustav kam und schlich um ihre Beine.

»Genau. Ich war noch mal auf ihrer Website, es hat mir einfach keine Ruhe gelassen. Ich hab sie kurz entschlossen angeschrieben, und sie hat gleich geantwortet. Sie kann sich gut an dich und Papa erinnern und möchte unbedingt wieder Kontakt mit dir.«

»Das ist ja toll!«

»Am liebsten würde sie dich mal wiedersehen …«

»O ja, das wäre wirklich schön!« Wie es Ellen wohl ging? Ob sie Familie hatte? Dass sie weiterhin töpferte, wusste sie ja schon von ihrer Internetseite, aber was ihr wohl in den vergangenen Jahren widerfahren war? Und wie die Sache in Marokko geendet hatte? »Ich werde sie bald mal anrufen.« Sie spürte, wie ein nervöses Ziehen vom Bauch ausgehend ihren ganzen Körper erfasste.

»Die Telefonnummer findest du auf ihrer Website unter Kontakt«, erklärte Katharina. »Dann kannst du gleich mit ihr absprechen, wann du hinfährst.« Sie lachte.

»Na ja, zuerst müssen wir uns ja wieder kennenlernen. Wir hatten all die Jahre nichts miteinander zu tun«, wiegelte Bärbel ab.

Das ging ihr nun doch zu schnell, wie ihre Tochter da vorpreschte. Unwillkürlich wanderte ihr Blick aus dem Fenster und zum Wohnmobil im Carport. Wie gerne sie und Werner zusammen gereist waren. Doch dieses Kapitel schien für sie abgeschlossen. Allein machte es doch keinen Spaß, oder? Sie würde sich hilflos fühlen, ganz auf sich allein gestellt, erst recht in einem fremden Land, wo sie die Sprache nicht verstand. Nein, jetzt kamen für sie höchstens noch Kurztrips im Landesinneren infrage.

»Das könnt ihr ja auch, aber …«

»Aber?« Was tat ihre Tochter so geheimnisvoll?

»Wie wäre es denn, wenn wir, also …«, Katharina stockte, »… also wenn wir beide statt des Wellnesswochenendes, das wir dir geschenkt haben, für ein paar Tage nach Island fahren würden?«

Sie begriff erst nicht. »Wie meinst du das? Nur du und ich? Nach Island?«

»Ja, genau. Ich müsste natürlich erst noch mit Tobias sprechen …«

»Das solltest du unbedingt.«

»… und gucken, ob ich Urlaub nehmen kann …«

Tief in ihrem Inneren war Bärbel erleichtert, dass sie noch Zeit haben würde. »Wenn es nicht geht, ist es auch nicht schlimm. Ein Wellnesswochenende wäre genauso großartig. Und vielleicht mag Ellen ja mal zu mir kommen«, ergänzte sie eilig.

»Du kannst noch drüber nachdenken. Wir kämen mal raus. Würde dir genauso guttun wie mir.«

Sie glaubte, ihre Tochter am anderen Ende lächeln zu hören. Das Rauskommen hätte Katharina auf jeden Fall nötiger als sie. Aber die Aussicht, ein paar Tage mit ihrer Tochter zu verbringen, hatte durchaus ihren Reiz, das musste sie zugeben. Ein Land kennenlernen, in dem sie noch nie gewesen war, Ellen treffen und ihre schönen Töpferwaren bewundern …

Der Jubel im Hintergrund war unüberhörbar.

»Das Spiel ist vorbei«, erklärte Katharina. »Hannes' Mannschaft hat gewonnen.«

»Dann gratulier dem Großen! Und kommt gut nach Hause, meine Lieben.«

Sie war froh, einen Anlass zu haben, das Gespräch zu beenden. Der Vorschlag ihrer Tochter überforderte sie, musste sie sich eingestehen.

»Danke.«

»Und viel Glück mit Tobias.«

Sie hörte Katharina geräuschvoll ausatmen. »O ja, das kann ich gut gebrauchen!« Damit beendete sie das Gespräch.

Bärbel behielt das Telefon noch eine Weile in der

Hand, sah stumm nach draußen, wo der Wind ein paar trockene Blätter von der Straße aufwirbelte. Dann schüttelte sie den Kopf, hockte sich hin und kraulte ihren Terrier hinter dem Ohr.

»Stell dir vor, Gustav, ins Ausland soll ich reisen. Ein paar Tage mit Kati wären wundervoll, aber nicht in Island.« Gustav schleckte ihr die Hand. »Was würde ich dann auch mit dir machen?«

Treuherzig sah der Hund sie an.

Juli 1949

Mit zwei Fingern im Mund stieß Yngvi einen schrillen Pfiff aus, woraufhin ein hellbraunes Pferd gemächlich auf sie zugetrottet kam.

»Das ist Glampi.« Er strich der Stute den Hals und kraulte sie unter der Mähne, bevor er ihr mit geübten Griffen das Zaumzeug überwarf. Ein zweites hing über seiner Schulter. Ulrike war nie in die Nähe der Pferde gekommen, sie hatte gehörigen Respekt vor den kräftigen Reittieren. Jetzt streckte sie mutig die Hand aus, doch der Fuchsfalbe ließ sie nicht an sich ran. Er zuckte zurück, als sie ihre Hand ausstreckte. »Sie ist eigenwillig. Ihr werdet euch gut verstehen.«

»Was soll das denn bitte heißen?«, entgegnete Ulrike.

»Nein, wirklich, ich denke, ihr passt gut zusammen.«

Die Stute sah demonstrativ weg. »Da bin ich aber mal gespannt.«

Yngvi ging nicht weiter darauf ein. »Glampi bedeutet übrigens Blitz. Du wirst noch sehen, warum.«

»Das wird ja immer besser.« Ulrike merkte, wie sie stetig unsicherer wurde.

»Aber sie ist auch eines unserer zähesten und zuverlässigsten Pferde. Sie wird auf dich achtgeben, ganz sicher, wenn ihr euch erst einmal angefreundet habt.«

Und da genau liegt das Problem, dachte Ulrike. Sie will sich bestimmt nicht mit mir anfreunden. Und ich hab doch nicht die geringste Ahnung, wie man mit Pferden umgeht, schon gar nicht mit störrischen.

Yngvi schien ihre zunehmende Nervosität zu bemerken. »Hör auf dein Herz, und lass Glampi machen. Das wird schon.« Er nickte ihr aufmunternd zu. »Und jetzt halt mal.« Ganz selbstverständlich drückte er ihr die Zügel in die Hand, nun stand sie Glampi Auge in Auge gegenüber. Sie fühlte sich regelrecht gemustert.

Kann es sein, dass nicht nur ich das Pferd einzuordnen versuche, sondern es dasselbe mit mir macht?

»Ich hol mir auch mal ein Pferd«, sagte Yngvi und ließ sie mit dem fremden Geschöpf einfach stehen. Sie sah ihm nach, wie er über die Wiese stapfte und sich einem Schimmel näherte. Der Weiße ließ sich ohne zu zögern kraulen und die Trense überziehen. Es schien sogar, als würde der Hengst sich über Yngvis Anwesenheit und die Aussicht auf einen Ausritt freuen. Jedenfalls hielt er ganz still.

»Sieh an«, sagte Ulrike leise zu sich selbst, wobei sie, wie so oft, wenn sie allein war, ins Deutsche verfallen war, »so macht man das also.« Sie schaute Glampi an, die sich ruhig am Zügel halten ließ und sie ebenfalls zu betrachten schien. Aber eher interessiert als misstrauisch. »Ich werde wohl langsam verrückt«, murmelte Ulrike kopfschüttelnd. »Island färbt schon auf mich ab.« Sie hatte ein paar Tage zuvor am Küchenfenster gestanden und Kartoffeln geschält, als sie Aldís dabei ertappt hatte, wie sie mit den drei seltsamen Findlingen neben der Scheune sprach, das hieß wohl eher mit sich selbst. Nun hielt sie auch schon Selbstgespräche. »Was meinst du, Glampi, können wir miteinander auskommen? Ich bin auf dich angewiesen, weißt du? Ich habe überhaupt keine Ahnung von Pferden, und reiten kann ich erst recht nicht.« Das

Pferd spitzte aufmerksam die Ohren, als würde es sie verstehen. Leicht senkte es den Kopf und scharrte mit einem Vorderhuf. »Bist du ungeduldig?« Ulrike blickte sich um. Yngvi saß auf dem Schimmel und kam gemächlich auf sie zugeritten. »Es geht bald los.«

»Komm, wir gehen zum Hof und putzen die beiden erst mal«, sagte Yngvi, als er zu ihnen aufgeschlossen hatte. »Unser Freund hier, Lykill, hat sich offenbar genüsslich im Dreck gewälzt, bevor wir hergekommen sind.«

Als sie Glampi geputzt und aufgesattelt hatten, kam für Ulrike die Stunde der Wahrheit. Lykill stand daneben und glänzte wieder in weißer Pracht, aber ohne Sattel.

»Warum reitest du eigentlich ohne Sattel?«

»Wir haben nicht für jedes Pferd einen, und wenn wir die Tiere auf eine andere Weide treiben oder einfach mal bewegen müssen, wechseln wir öfter mal von einem Pferd zum nächsten, dann ist es lästig, jedes Mal ab- und aufsatteln zu müssen.«

»Werde ich das auch lernen?«

»Bestimmt. Aber genug abgelenkt, jetzt schwing dich mal in den Sattel«, sagte Yngvi fröhlich und hielt Ulrike den Steigbügel hin, während er die Stute am Zügel hielt.

Glampi stand seelenruhig und schien der Dinge zu harren, die da kommen mochten.

»Wie denn?«

»Na komm, den Fuß da rein, mit beiden Händen rechts und links am Sattel festhalten und hochschwingen.«

Ulrike wollte sich keine Blöße geben und tat ihr Möglichstes, steckte den linken Fuß in den Steigbügel und stieß sich vom Boden ab. Doch dann fehlte ihr der Schwung, und sie landete wieder unten.

»Los, gleich noch mal«, ermutigte Yngvi sie, ohne eine abfällige Bemerkung zu machen oder sie auszulachen.

Erneut stieß sich Ulrike ab, kräftiger diesmal, und Yngvi gab ihr den Schwung, der ihr noch gefehlt hatte, um im Sattel zu landen. Obwohl er dabei ihr Gesäß berührt hatte, hatte es sich nicht peinlich oder anzüglich angefühlt, sondern ganz selbstverständlich. Und nun saß sie oben! Ein bisschen schaukelte es, weil die Stute erneut mit dem Vorderhuf scharrte. Ein Glück, dass diese isländischen Pferde nicht so hoch sind, dachte Ulrike.

»Gut«, sagte Yngvi, warf sich einen Lederbeutel über die Schulter und saß mit einem einzigen Satz auf Lykill. Er machte das ja auch nicht zum ersten Mal. »Jetzt zieh die Hacken runter, Bauch rein, Schultern runter …« Ulrike versuchte alles, was Yngvi sagte, umzusetzen. »Halt die Zügel ganz locker, etwa so«, er führte das Lederband zwischen kleinem und Ringfinger durch, richtete die Fäuste auf, sodass es oben wieder zum Vorschein kam, legte den Daumen wie als Abschluss obendrauf.

»Wie?« Als Yngvi sah, wie sie mit den Zügeln kämpfte, leitete er seinen Hengst an Glampis Flanke. Er fasste nach ihrer Hand, legte geschickt den Zügel zwischen ihre Finger, ließ seine Hand einen Augenblick länger als unbedingt nötig auf ihrer liegen. Diese eigentlich harmlose Geste verursachte bei ihr eine Gänsehaut. Wie oft hatte sie Yngvi schon an ihrer Seite gehabt, zufällig im Vorbeigehen seine Schulter gestreift, doch jetzt *fühlte* sie ihn zum ersten Mal, spürte jeden seiner Finger auf ihrer Haut.

Was ist das denn?

Verunsichert sah sie ihn an, und er zog seine Hand rasch zurück.

»Mach es dir im Sattel bequem.« Yngvi lenkte Lykill

wieder ein Stück von ihr weg, nickte wohlwollend. »Genau so. Jetzt klemmst du dich mit den Beinen fest an Glampis Bauch, dadurch hältst du dich. Gleichzeitig ist das aber auch das Zeichen für das Pferd, dass es losgeht.« Gesagt, getan, und schon setzte sich die Stute gemächlich in Bewegung. Yngvi brachte seinen Hengst wieder an ihre Seite, und langsam schritten sie nebeneinander die Auffahrt hinunter. »Mit einer leichten Zügelbewegung zeigst du die Richtung an. Wenn wir eine schnellere Gangart einlegen und du dich unsicher fühlst, darfst du nicht an den Zügeln reißen, sondern greif in die Mähne.«

»Tut ihr das nicht weh?«

»Wenn du dich an der Mähne festhältst? Nein.«

Ulrike nickte. »In Ordnung. Und wie bremse ich?«

Yngvi lachte. »Indem du ganz leicht an beiden Zügeln ziehst. Das ist für sie das Signal zum Wechseln in die nächstlangsamere Gangart beziehungsweise zum Stehen.«

»Aha.« Ulrike war gespannt, ob das alles klappen würde.

»Wie fühlt es sich bisher an?«

»Gut, ein bisschen wackelig. Aber auch schön hier oben.« Ulrike genoss es, von Glampi getragen zu werden. Es war ein erhabenes Gefühl, auf dem breiten Rücken der Stute zu sitzen, ein weiches, gleichmäßiges Schaukeln mit guter Aussicht. Und es hatte einen entscheidenden Vorteil: Sie musste nicht selbst gehen! »Ich glaube, ich könnte mich daran gewöhnen.«

»Fein.« Yngvi freute sich sichtlich. »Dann probieren wir jetzt das Nächste aus.« Sie bogen auf die Schotterpiste, die um den See herumführte, und schritten gemächlich nebeneinanderher. »Tölt. Das ist eine etwas schnellere Gangart, die aber sehr bequem ist und sich gut über längere Strecken reiten lässt. Dafür lässt du dich noch ein klein wenig tiefer in den Sattel sinken, hebst die Zügel etwas an, nur ein bisschen, und schnalzt mit der Zunge. Schau, so.« Er machte es vor, und sofort ging Lykill in eine Gangart über, die dem Schritt ähnelte, aber zügiger war. Yngvi brachte seinen Hengst wieder zum Stehen, der Schimmel tänzelte unruhig und schaute zurück. »Gesehen? Jetzt du. Becken etwas kippen, Rücken aber gerade lassen, Zügel leicht anheben und schnalzen.«

Das klang furchtbar kompliziert, aber wie durch ein Wunder wechselte Glampi das Tempo. Ulrike entfuhr ein heiserer Schrei. Im ersten Moment glaubte sie, das Gleichgewicht zu verlieren, doch sie presste ihre Beine fester gegen den Leib des Tieres und griff mit den Händen in seine Mähne, wie Yngvi gesagt hatte. Sie schloss zu ihm und Lykill auf, und sie ritten wieder nebeneinanderher. Allmählich gewöhnte sie sich an die neue Bewegung, das Auf und Ab wirkte nicht mehr unregelmäßig, sondern leicht und weich. Sie spürte den Wind an ihrer Nase vorbeiziehen, merkte, wie die Haare wehten. Sie konnte nicht anders, sie musste lachen. Ein Lachen, das vom reinsten Glück erzählte, von Freiheit und von der Einheit mit diesem freundlichen Wesen. Kurz spitzte Glampi aufmerksam die Ohren, doch als sie merkte, dass bei ihrer Reiterin alles in Ordnung war, lief sie munter weiter.

»Es ist wundervoll!«, juchzte Ulrike.

»Ich wusste, dass es dir gefallen würde«, sagte Yngvi anerkennend. »Noch ein bisschen schneller?«

Ulrike machte große Augen, nickte dann aber. Warum

denn nicht? Sie hatte das Gefühl, dass ihr auf Glampi nichts geschehen könnte, hatte plötzlich vollstes Vertrauen zu der Stute.

Yngvi schnalzte erneut, woraufhin Lykill beschleunigte. Ulrike spürte, wie sich Glampi anspannte, bereit dazu, es ihrem Kumpel nachzutun, und nur noch auf das entscheidende Signal wartete. Ulrike schnalzte ebenfalls mit der Zunge, und mit einem Satz waren sie wieder bei Yngvi und Lykill angelangt. Sie kamen an die Stelle zwischen den beiden Seen, bis zu der man schauen konnte, wenn man neben der Scheune von Guðmundarstaðir stand. Ulrike hätte gerne gewusst, ob sie den Hof von hier aus sehen konnte, traute sich aber nicht, sich umzudrehen. Sie umrundeten einen Hügel, und Ulrike war sich sicher, dass sie nun außer Sichtweite sein mussten. Unwillkürlich machte sie sich schwerer im Sitz und musste wohl auch die Zügelhaltung verändert haben, denn Glampi verlangsamte augenblicklich das Tempo und verfiel in den Schritt.

»Alles in Ordnung?«, fragte Yngvi gleich und ließ sich zurückfallen.

»Ja, es war herrlich!«, sagte sie außer Atem. »Ich wollte mich nur mal umsehen, hier war ich nämlich noch nie … Ich glaube, Glampi hat das gemerkt. Es war, als hätte sie gewusst, was ich will.« Sie lächelte. »Das ist natürlich verrückt«, ergänzte sie.

»Nein, das ist es ganz und gar nicht«, widersprach Yngvi. Er sah sie erneut mit einem tiefgründigen, nicht zu deutenden Blick an. »Ich habe ja gesagt, dass ihr zusammenpasst.« Dann wies er ins Gelände, wo zwei Hügel einen schmalen Pfad freigaben, der an Geröll und einem kleinen Bach vorbeiführte. »Wir reiten jetzt da hoch. Ich will dir etwas zeigen. Dieser Bach hier führt übrigens warmes Wasser.«

»Warmes Wasser? Du nimmst mich auf den Arm!«

Warmes Wasser hatte sie seit ihrer Ankunft in Island nur in dem Hotelzimmer gehabt oder wenn sie es auf dem Herd in Guðmundarstaðir erhitzt hatte.

»Nein, nein.« Yngvi winkte lachend ab. »Der Bach kommt von der Þjórsá und führt zu ›unserem‹ See, dem Vestra Gíslholtsvatn, wörtlich dem westlichen Gíslholtswasser.«

»Dann ist der zweite See vermutlich der östliche Gíslholtsvatn?«

»Ganz genau, der Eystra Gíslholtsvatn. Wenn du der Straße übrigens noch ein paar Kilometer folgst, kommst du nach Miðhús, zu deiner Freundin. Dort endet das Tal, dahinter beginnt das Hochland.«

Lore!

Wieder kam in Ulrike Sehnsucht nach ihrer Freundin auf. »Dort geht es nicht mehr weiter?«

»Mit Pferden schon. Aber die Straße endet dort.«

Diesen Feldweg Straße zu nennen, ist ja wohl reichlich übertrieben, dachte Ulrike. »Wenn sie mal irgendwohin wollen, müssen sie also bei uns vorbei?«

Yngvi nickte. »Im Grunde schon. Aber das kommt nicht allzu oft vor. Wie schon erwähnt, ist Snorri Selbstversorger.« Er bemerkte ihren kritischen Blick. »Reite doch in den nächsten Tagen einfach mal hin. Lore freut sich bestimmt.«

»Geht das denn? Ich meine, wegen der Arbeit … Und was wird Snorri dazu sagen, wenn ich dort reinschneie?«

»Das geht in Ordnung. Das macht man in Island so, hast du doch schon miterlebt.« Er grinste schief. »Was meinst du, warum wir in den Wochen nach deiner Ankunft so viel Besuch hatten? Das ganze Suðurland war neugierig auf die Mädchen aus Deutschland.«

»Wirklich?«

Ulrike konnte es kaum fassen. Ja, es waren viele Leute da gewesen, und sie hatten sich bestimmt nicht vorher angemeldet. Wie sollte das auch gehen bei den Entfernungen? Jetzt, da sie genauer darüber nachdachte, fiel ihr ein, dass niemand angeklopft hatte. Das könnte man in Lübeck nicht machen, einfach so in ein Haus eintreten! Und dass sie alle nur wegen ihr gekommen sein sollten, unglaublich. Sie hatte vermutet, dass sie irgendetwas mit Aldís oder ihren Söhnen zu besprechen gehabt hatten oder einfach gerade in der Gegend gewesen waren. Die meisten hatten nur in der Küche gesessen und schweigend ihren Kaffee geschlürft, hin und wieder ein Wort mit Aldís gewechselt, ansonsten vor sich hin gestarrt. Oder hatten die Besucher etwa sie angestarrt? Wenn sie nun zurückdachte, kam ihr das Verhalten mancher schon komisch vor …

Yngvi wirkte peinlich berührt wegen des Verhaltens seiner Landsleute. »Ich fürchte, ja«, sagte er. »Aber jetzt komm, wir folgen dem Bachlauf. Da gibt's eine Überraschung für dich.« Eine Überraschung? Der Blick, den Yngvi ihr zuwarf, konnte alles Mögliche bedeuten. »Da geht's lang.« Er lenkte Lykill vom Feldweg auf den schmalen Pfad. »Bleib hinter mir«, rief er ihr über den Rücken zu, und sie verstand sofort, warum er das wollte.

Der Trampelpfad schien die einzige Möglichkeit zu sein, unbeschadet zwischen den weitgehend von Gras und Moos überwucherten Gesteinsbrocken, die hier und da mit ihren schwarzgrauen Spitzen aus dem dichten Grün hervorlugten, hindurchzugelangen. Jeder Fehltritt konnte dazu führen, in einen Hohlraum zwischen den Steinen zu rutschen und umzuknicken oder stecken zu bleiben.

»Was ist das hier?«

»Ein Geröllfeld.«

»Von einem Ausbruch der Hekla?«

»Vielleicht. Ist aber bestimmt schon tausend Jahre her. Ist jedenfalls schon immer hier gewesen.«

»Dann bin ich beruhigt.« Ulrike blickte sich staunend um. Island war so anders als Deutschland. Rau, kantig, aber auch überraschend und einzigartig. Schön und gefährlich. Neben ihr plätscherte fröhlich der kleine Bach, der warmes Wasser führen sollte. Ulrike brannte darauf, es auszutesten. »Können wir irgendwo absteigen und zum Wasser gehen?«

Wieder blickte Yngvi sich um. »Nicht so ungeduldig, du wirst schon sehen …« Sein wundervolles schiefes Grinsen, das sie in der kurzen Zeit seit ihrer Ankunft lieben gelernt hatte, führte dazu, dass ihr Herz einen Hüpfer machte.

Eine Weile ritten sie schweigend hintereinander her. Glampi setzte bedächtig und mit sicherem Gespür immer einen Huf vor den anderen, und sie entspannte sich wieder. Genoss das gleichmäßige Schaukeln und den warmen Körper des Pferdes, dessen sandfarbene Mähne an ihren Fingern kitzelte, genoss einmal mehr die friedliche Ruhe um sich herum, das sanfte Wogen der Gräser im Wind, die Hügel links und rechts von ihr, die ihr in einem Moment noch die Sicht versperrten, nach der nächsten Biegung aber schon den Blick freigaben auf eine völlig neue Szenerie.

Ulrike musste ihr Gewicht etwas verlagern, denn es

ging bergan. Intuitiv drückte sie sich ein wenig aus den Steigbügeln hoch und beugte sich nach vorne, wodurch sich ihr Gesäß aus dem Sattel hob. Sie konnte spüren, wie es Glampi nun leichterfiel, die Anhöhe zu erklimmen.

Oben angekommen warteten Yngvi und Lykill bereits auf sie. Die Aussicht war gigantisch, unter ihnen lag das kleine Tal mit dem fröhlichen Bach, der eine Biegung um den Fuß des Hügels beschrieb. Sie entdeckte auch das Glitzern des Flusses mit dem unaussprechlichen Namen. Tiefblau und mit weiten Sandflächen rechts und links durchschnitt er das grünbraune Flachland. Als sie sich umdrehte, konnte sie sogar Guðmundarstaðir ausmachen, dessen rote Dächer der hufeisenförmig angeordneten Gebäude jedes Mal aufblitzten, wenn eine Wolke vorbeizog und die Sonne freigab. Dahinter erstreckten sich Wiesen und Felder bis zum Horizont, wo sie irgendwo auf das Meer trafen. Helles Grün wechselte in der Ferne zu Blassblau und Hellgelb und ging am Übergang zum Himmel in silbriges Weiß über.

»Sieh mal«, sagte Yngvi und wies auf eine Art Tümpel, aus dem es dampfte.

Ringsum war der Boden gräulich und bräunlich, aber es schien sich nicht um Sand zu handeln, eher um so etwas wie Lehm, denn er wirkte … schmierig. Kein Grashalm schien sich an den Tümpel heranzutrauen, aus dem es brodelte und zischte.

Sie schaute zu Yngvi, der sie gespannt und sichtlich stolz beobachtete. »Was ist das?«, fragte sie verwundert.

»Eine heiße Quelle.«

»Eine heiße Quelle, stimmt! Von so etwas hast du uns schon auf der Fahrt zum Hof erzählt«, sagte sie fasziniert.

»Genau. Es gibt sie überall in Island. Wegen der vielen Vulkane. Das Wasser in ihnen ist kochend heiß.«

Ulrike sah wieder zu dem Wasserloch. »Also zu heiß zum Baden. Aber habt ihr darin schon mal etwas gekocht?«

Er schmunzelte. »Wildgänseeier, die wir hier in der Nähe im Frühjahr sammeln. Die meisten nehmen wir mit, aber ein paar essen wir gleich hier. Natürlich lassen wir genügend Eier übrig, damit es im nächsten Jahr wieder Gänse gibt, die herkommen«, ergänzte er, als er ihren erschrockenen Blick bemerkte. »Aber ich wollte dir noch etwas anderes zeigen. Lass uns mal zur Quelle gehen. Am besten steigen wir jetzt ab.«

Yngvi ließ sich von Lykill rutschen, und Ulrike tat es ihm nach, wobei es bei ihr sicherlich nicht ansatzweise so elegant aussah. Sie mussten sich nun selbst den steilen Abstieg und an Geröll vorbeikämpfen, die Pferde am langen Zügel mit sich führend. Hochkonzentriert setzte Ulrike einen Schritt vor den anderen, um nicht umzuknicken oder auszurutschen. Erst als sie unten angekommen waren, mochte sie wieder aufsehen. Sie standen ein Stück neben dem Wasserloch. Ein leichter Windstoß blies ihr einen Hauch des feucht-warmen Dampfes ins Gesicht. Irritiert schaute sie zu ihrem Begleiter. Der Dampf stank. Er stank wie die Pest!

»Uh, was ist das denn? Das ist ja grässlich.«

Yngvi lachte auf. »Das ist Schwefel. Kommt direkt aus den Tiefen der Erde. Komm mal mit.« Er winkte sie zu sich. Die Pferde ließen sie einfach stehen, sie entfernten sich, bis sie Gras fanden, und begannen sogleich zu fressen. Ganz selbstverständlich griff Yngvi nach ihrer Hand und führte sie um den Tümpel herum zu einer Felsformation, an der ein Bächlein vorbeiplätscherte, das von der Quelle kam. Es dampfte ebenfalls. Sie stiegen darüber und gingen um den letzten der Felsbrocken herum. Was sie dann sah, raubte Ulrike schier den Atem. Windgeschützt hinter den großen Steinen verbarg sich eine weitere Wasserstelle, beinahe rund, von vielleicht zwei oder drei Metern Durchmesser. Sie war von feuchtem Gras umgeben, glatte Steine bildeten eine Art Einstieg. »Darf ich vorstellen: unsere Badewanne«, sagte Yngvi belustigt über ihren ungläubigen Blick und erneut mit unverhohlenem Stolz.

Ulrike ging in die Hocke, um die Wassertemperatur zu erfühlen. Das Wasser war angenehm warm, gespeist durch den Zufluss aus der heißen Quelle und aus dem kleinen Bach, dem sie gefolgt waren und den sie jetzt wieder ein paar Meter entfernt vorbeifließen sah.

Yngvi folgte ihrem Blick. »Bis hier ist der Bach noch kalt, da vorne kommt dann das Wasser aus der Quelle dazu und vermischt sich damit.«

»Dann könnte man auch in dem Bach baden?«

»Im Prinzip schon, sein Wasser ist nur lau. Dies hier ist besser.« Er nickte in Richtung Teich.

»Ich wünschte, wir hätten Handtücher und Badesachen dabei«, sagte Ulrike.

Yngvi griff in den Lederbeutel, den er sich auf dem Hof umgehängt hatte, und zog zwei Handtücher hervor. Eins gab er ihr. »Bitte schön.«

Sie sah ihn wehmütig an. »Und Badezeug?«

Yngvi zuckte mit den Schultern. »Wir Isländer haben kein Problem mit Nacktheit«, erklärte er, »wir baden, wie Gott uns geschaffen hat.« Er grinste kurz, wurde dann wieder ernst. »Aber ich verstehe, wenn es dir unangenehm ist. Ich lasse dir den Vortritt und warte hinter den Felsen auf der Wiese auf dich. Ich werde nicht gucken, versprochen. Lass dir Zeit.«

Und schon ging er davon.

Skeptisch sah Ulrike ihm nach, doch dann siegte die Neugier – und die Aussicht auf ein heißes Bad. Noch einmal hockte sie sich hin und steckte die Hand ins Wasser. Es machte einen derart behaglichen Eindruck, dass sie nicht mehr zögerte. Eilig zog sie Socken, Hose und Pullover aus, nicht ohne immer wieder einen scheuen Blick zu den Felsen zu werfen, hinter denen Yngvi auf sie warten wollte, doch sie konnte ihn nicht mehr sehen. Vorsichtig hielt sie den großen Zeh ins Wasser, dann entledigte sie sich mit zwei schnellen Bewegungen ihres BHs sowie des Schlüpfers und tastete sich zum gemauerten Rand vor.

Erfreut stellte sie fest, dass ihr Fuß auf eine Stufe im Wasser trat, sie setzte sich an den Rand und ließ beide Beine in das wohlig warme Nass gleiten, fühlte nun Erde und Schlamm unter sich, hatte aber sicheren Halt. Langsam rutschte sie mit dem Po auf die Stufe, sodass sie bis zum Bauch im Wasser war. Dann gab es für sie kein Halten mehr, sie stieß sich von der Seite ab und machte einen kräftigen Schwimmzug, der sie ans andere Ufer brachte. Von hier konnte sie zu den Felsen blicken, und sie entdeckte Yngvis dunklen Schopf – er bewegte sich auf und ab, als würde er etwas sammeln. Doch an dieser Stelle war der Zufluss der Quelle in den Teich, und das Wasser war bestimmt vierzig Grad heiß, was beinahe unangenehm war. Ulrike ließ sich von der Wasserströmung der beiden Zuflüsse treiben. Perfekt war die Temperatur tatsächlich bei der gemauerten Stufe. Da hatte sich offenbar jemand vor langer Zeit wirklich Gedanken gemacht! Sie setzte sich auf einen Absatz, ließ sich ein Stück tiefer gleiten. Es war herrlich! Das Wasser umspielte wohltuend ihren Körper, stand ihr bis zu den Ohren, sie hörte nur leise gluckerndes Plätschern. Ulrike schloss die Augen und genoss einfach die Wärme, entspannte ihre von der Arbeit und dem Reiten verhärteten Muskeln. Ihr Geist wurde ruhig und frei von jeglichen Gedanken.

Nach einer Weile fiel ihr Yngvi wieder ein, der hinter den Felsen wartete und sicher auch noch ein Bad nehmen wollte. Seufzend öffnete sie die Augen und richtete sich auf. Der Dampf vernebelte ihr die Sicht und benetzte ihr Gesicht. Langsam stieg sie aus dem Bad, rubbelte sich trocken und schlüpfte in ihre Kleidung, nicht ohne die feste Absicht, so bald wie möglich erneut herzukommen.

Das muss ich unbedingt Lore zeigen!

Sie stieg über den heißen Zufluss und stapfte durch das feuchte Gras um die Felsen herum. Schuhe und Strümpfe hielt sie in der Hand. Als sie hinter den Felsen lugte, staunte sie nicht schlecht: Yngvi hatte ein rot-weiß kariertes Tuch auf dem Boden ausgebreitet, in dessen Mitte eine Blechdose mit Trockenfisch stand, ein Stück Butter, ein halber Laib Roggenbrot, eine Keule und eine Handvoll frischer Heidelbeeren lagen daneben. Sie sah ein großes Messer und zwei Becher aus Steingut, die mit Wasser gefüllt waren – sicher mit frischem aus dem klaren Bach. Am Deckenrand hatte Yngvi weißgraue Flechten ausgebreitet. Er hatte Glampi den Sattel abgenommen. Als er ihre Schritte hörte, drehte er sich um.

»Wie war's?«

»Traumhaft«, antwortete Ulrike. »Wir müssen unbedingt bald wieder herkommen.«

»Gerne.« Yngvi wirkte zufrieden.

»Möchtest du auch noch baden?«

»Vielleicht später.«

»Du hast uns ein Picknick mitgenommen?«

»Ich dachte, wir könnten Appetit bekommen.«

Ulrike bemerkte, dass die Sonne bereits hoch am Himmel stand. Und wie auf ein geheimes Zeichen hin, fing ihr Magen zu knurren an. Sie zuckte entschuldigend mit den Schultern.

»Das Mädchen aus Deutschland hat immer Hunger«, sagte Yngvi lachend.

»Tut mir leid. Mir geht es hier bei euch richtig gut. Ich bin so satt wie schon lange nicht mehr.« Sie kniff sich verlegen in den Bauch.

»Das freut mich sehr. Du warst auch viel zu dünn, als du angekommen bist. Nicht so schlimm wie deine Freundin, aber …« Er blickte verlegen zu Boden.

»Was hast du da gesammelt?«, fragte Ulrike. Sie wollte diesen Moment nicht zerstören, indem sie an die furchtbare Zeit dachte, die hinter ihr lag.

Yngvi hob eine der Flechten hoch. Dunkler Sand rieselte auf die Decke. »Das ist *fjallagrös*, ihr nennt es Isländisch Moos, meine ich. Ich habe schon versucht, es ein wenig von Sand und Steinchen zu befreien, zu Hause reinigen wir es gründlicher. Dann wird es getrocknet, und später können wir daraus eine Suppe kochen, *fjallagrasasúpa*, oder es in unsere Frühstücksgrütze geben. Wir strecken damit auch manchmal Mehl, weil in Island Getreide ja nicht so gut wächst.« Ulrike hatte schon mitbekommen, dass Getreide rar war. Man konnte importiertes Mehl kaufen, aber es war teuer und von minderer Qualität. »Es hilft auch bei Erkältung und Halsschmerzen, dann machen wir einen Tee daraus.«

»Das ist ja toll!«

»Ja, aber wir dürfen nicht zu viel davon pflücken, weil es sehr lange zum Wachsen braucht. Es schmeckt übrigens bitter, deswegen muss man es vor der Verwendung eine Weile in Wasser einlegen.«

»Es ist großartig, was die Natur alles zu bieten hat. Selbst hier.« Ulrike spürte, wie Yngvi zusammenzuckte, und sie merkte, wie arrogant das geklungen hatte. »Also, ich meine, weil es so weit weg ist und kalt und karg, da denkt man nicht …«, ergänzte sie verlegen. »Also, man denkt nicht, dass es trotzdem ein solch reichhaltiges Angebot gibt …«

»Schon gut. Komm, setz dich, lass uns essen.« Yngvi legte die Flechte wieder sorgsam zu den anderen, während sie sich auf die Decke sinken ließ.

»Das sieht lecker aus. Die Heidelbeeren hast du eben hier gesammelt?«

Yngvi nickte zufrieden und setzte sich neben sie. »Es sind die allerersten, schmecken noch etwas säuerlich. In zwei, drei Wochen kommen wir wieder. Dann gibt es mehr.«

»Darauf freu ich mich jetzt schon«, sagte sie aus tiefstem Herzen.

Denn wenn sie etwas seit ihrer Ankunft auf der Insel vermisste, war es frisches Obst und Gemüse. Mal ein paar Kirschen pflücken, sich ins Gras setzen und direkt neben dem Baum vernaschen. Oder in eine knackige, kräftig grüne Gurke beißen … Erneut gab ihr Magen Geräusche von sich.

Grinsend nahm Yngvi das Brot und schnitt zwei dicke Scheiben ab, von denen er Ulrike eine reichte. Sogleich biss sie gierig hinein. Brot! Das gab es auf Guðmundarstaðir nicht allzu oft.

»Möchtest du Butter dazu?«

Ulrike nickte, und Yngvi schob ihr die Büchse mit der Butter rüber. Dann griff er zu der Keule.

»Was ist das?«, fragte sie mit vollem Mund.

»*Hangikjöt*, geräuchertes Lammfleisch. Etwas ganz Feines. Du wirst es lieben, glaub mir.«

Ulrike hatte hinter dem Haus eine kleine Hütte gesehen, die aus Torf und Wellblech zusammengezimmert und mit Grassoden bedeckt war. Darin wurde Fleisch geräuchert, gekostet hatte sie es jedoch noch nicht. Neugierig nahm sie die fein geschnittene Scheibe, die Yngvi ihr reichte, an. Als sie ein Stück abbiss, glaubte sie zu träumen. Das Fleisch war unendlich zart, zerfiel beinahe auf der Zunge, schmeckte nach Rauch und Heide und Thymian. Nach all den guten Kräutern und Gräsern, die das Lamm in seinem glücklichen Leben auf Islands köstlichen Wiesen zu sich genommen hatte. Wortlos dankte sie dem kleinen Schaf, dass es sie satt machte.

»Es ist unglaublich«, murmelte sie kauend.

»Iss Heidelbeeren dazu, das gibt dem Fleisch noch eine fruchtig-frische Note«, riet ihr Yngvi.

»Mmmmmh«, machte Ulrike schwelgerisch, »das ist einfach köstlich!«

Wie sich das würzige Aroma des Fleisches mit dem Süßsauer der Beeren vermischte, war überwältigend. Vielleicht auch, weil diese Mahlzeit in aller Schlichtheit draußen inmitten der Natur stattfand.

Schweigsam ließen sie sich das Essen schmecken, träumten vor sich hin, genossen die feinen Sonnenstrahlen auf ihren Gesichtern, das leichte Plätschern des Baches, das Lüftchen, das die Gräser hin und her bewegte, die Wärme, die die brodelnde Quelle hinter ihnen verströmte. Den Schwefelgeruch nahm Ulrike nun kaum noch wahr. Sie sah zu Yngvi. Er war ihr inzwischen so vertraut geworden, war beinahe so etwas wie ein Bruder. Und ein Freund.

»Ich glaube, ich werde auch noch schnell ein Bad nehmen«, sagte er, »dann sollten wir uns langsam wieder auf den Heimweg machen.« Er schaute zum strahlend blauen Himmel hoch.

Ulrike nickte. »Mach das.« Sie nahm einen Schluck Wasser und besah sich den Becher aus Steingut näher.

»Das Geschirr ist aus Dänemark, nicht?«, fragte sie, während Yngvi sich seiner Schuhe und Strümpfe entledigte.

»Ja. Wir bekommen viel importiert. Früher vor allem aus Dänemark, zu dem Island ja bis vor Kurzem gehörte, jetzt auch aus anderen Ländern.«

»Das ist ziemlich teuer, oder?«

Yngvi zuckte mit den Schultern. »Schon. Aber wir exportieren unseren Fisch. Ich denke, das gleicht sich aus. Für die Menschen muss es früher hart gewesen sein, aber heutzutage geht es den Isländern besser. Jetzt, da wir frei sind, Handel zu treiben, mit wem wir wollen.«

»Aber euer Geschirr könnt ihr nicht selbst herstellen?«

»Ich weiß nicht.« Yngvi wirkte ratlos, wahrscheinlich hatte er sich mit dieser Frage noch nie beschäftigt. »Es macht niemand, soweit ich weiß. Jedenfalls nicht hier in der Gegend. Vielleicht gibt es jemanden in Reykjavík …«

Er zog sein Hemd über den Kopf und gab seinen muskulösen Oberkörper frei. Ulrike konnte nicht anders, sie musste einfach hinschauen, blickte aber schnell weg, als Yngvi das Hemd auf die Decke warf. Sie spürte, wie ihre Wangen sich röteten, und hoffte, dass er es nicht bemerkte. Auch seine Hose glitt zu Boden, dann verschwand Yngvi mit seinem Handtuch hinter den Felsen.

Ulrike sah zu der heißen Quelle, deren Wasser den Boden um sie herum benetzte und erwärmte. Der Lehm, der sich aus den wahrscheinlich jahrhundertealten Ablagerungen aus dem Wasser dort gebildet hatte, weckte ihre Aufmerksamkeit. Nachdenklich erhob sie sich. Die Masse sah aus wie der Ton, den sie und ihre Mutter zu Hause zum Töpfern benutzt hatten. Vorsichtig näherte sie sich dem heißen Tümpel und ging in die Hocke. Sie hielt die flache Hand vorsichtig an den Lehm, um den Wärmegrad zu erspüren. Er war körperwarm. Dann suchte sie nach einem Stein, schaufelte damit eine Handvoll Lehm heraus, bevor die nächste Welle brühenden Wassers aus dem Loch geschwappt kommen konnte. Er war fest, aber formbar. Neugierig knetete sie den Klumpen in der Hand, drückte beide Daumen kräftig in sein Inneres – die Form blieb. Sie strich die entstandene Senke auseinander und glättete mit geschickten Griffen die Außenseite.

Es funktionierte!

Sie hatte ein kleines Gefäß hergestellt. Sie musste es unbedingt mitnehmen und beobachten, wie es sich verhielt, wenn es trocknete. Wie aber würde sie es brennen? Ob der Backofen des gusseisernen Herdes heiß genug wäre? Vielleicht könnte sie sich auch einen Brennofen aus Steinen bauen. Womöglich hatten ja auch Yngvi oder Aldís eine Idee …

Yngvi.

Sie hörte das Glucksen des Wassers hinter sich und wandte sich unwillkürlich um. Zwischen den Felsen gab es einen Spalt, durch den konnte sie Yngvi sehen. Er war gerade aus dem Badeteich gestiegen und trocknete sich mit dem Rücken zu ihr ab. Sie hätte wegschauen sollen, konnte sich aber nicht von dem Anblick, der sich ihr bot, losreißen. Was für ein schöner Mann! Der muskulöse Oberkörper, die von der vielen Arbeit gestählten Oberarme, das kleine Grübchen unter seinem Steiß und, nicht zuletzt, sein knackiges, wohlgeformtes Hinterteil … Dann drehte er sich um, und ihr blieb beinahe die Luft weg. Noch nie hatte sie einen Mann nackt gesehen. In diesem Moment schaute Yngvi auf, und sie zuckte vor Schreck so sehr zusammen, dass sie sich ihren Kopf am Felsen stieß.

»Mist«, fluchte sie leise und griff sich an die Stirn. Zum Glück blutete es nicht.

Yngvi kam um den Felsen herum auf sie zu. Erstaunt sah er sie an. »Was hast du denn da?«

»Wie … wie bitte? Was denn?«, stammelte sie. Dann fiel ihr Blick auf den Lehmklumpen in ihrer Hand. »Ich habe das hier gefunden. An der Quelle. Es fühlt sich an wie Ton. Man könnte damit töpfern, denke ich. Ich würde es gerne mitnehmen …«

Sie verstummte, denn Yngvi stand nun ganz dicht vor ihr und strich ihr eine Strähne aus dem Gesicht.

»Das können wir machen. Aber was hast du da?«

Sanft streichelte er ihr über die Stirn, kratzte dann mit dem Daumennagel an dem bereits leicht angetrockneten Lehm. So nahe war sie ihm noch nie gewesen. Sie konnte die Bartstoppeln auf seinen Wangen erkennen, die feinen Fältchen um die Augen, konnte seinen Atem in ihrem Gesicht fühlen, nahm seinen frisch-herben Geruch wahr. Ihr wurden die Knie weich.

»Da … Da muss ich mir wohl ins Gesicht gefasst haben …« Sie lachte verlegen.

»Weißt du, dass du wunderschön bist, Mädchen aus Deutschland?«

Yngvis Blick war erfüllt von Zärtlichkeit, er strahlte Stärke und Geborgenheit aus. Am liebsten hätte sich Ulrike an seine Schulter gelehnt, sich von ihm umfassen lassen, sich einhüllen lassen von seiner Wärme, seinem Duft. Was passierte da gerade mit ihr? Sie konnte sich nicht von seinem Blick losreißen. Langsam ließ Yngvi seine Hand über ihre Wange gleiten. Sie schloss die Augen.

Plötzlich gab es einen lauten Knall, gefolgt von einem brachialen Rumpeln. *»Helvíti!«*, rief Yngvi und fuhr herum. »Verdammt!« Nun sah sie es auch. Hinter ihnen hatte sich eine dicke weißgraue Wolkenwand aufgebaut, die von den Bergen zu ihnen herüberzog. Ein heller Blitz schoss in das Grau, tauchte die Hügel um sie herum für den Bruchteil einer Sekunde in ein unwirkliches Licht. *»Helvíti!«*, rief Yngvi wieder, »wir müssen hier weg. Schnell!«

Erst jetzt bemerkte Ulrike, dass die Pferde unruhig hin und her liefen und ängstlich wieherten. Yngvi rannte zu Lykill, der sich jedoch nicht einfangen lassen wollte. Jedes Mal, wenn er seinen Zügel fast zu packen bekommen hätte, lief der Schimmel ein paar Meter weiter. Nun sprang er sogar über den warmen Bach. Anders Glampi. Die freundliche Stute kam zu Ulrike, während sie hektisch Decke, Essensreste, Handtücher und ihr Lehmgefäß in Yngvis Beutel verschwinden ließ. Glampi stieß sie mit dem Maul an, als wollte sie ihr sagen, dass sie sich beeilen sollte.

»Ich mach ja schon«, sagte sie keuchend und warf sich den Beutel über die Schulter.

Yngvi kam zurück und streifte eilig Hemd, Hose und Schuhe über. »Dieser elende Gaul«, schimpfte er. »Dass er ausgerechnet heute wieder seinen Sturkopf unter Beweis stellen muss.«

»Was machen wir denn jetzt?«, fragte Ulrike.

Erste vereinzelte Regentropfen fielen vom Himmel.

»Zusehen, dass wir so schnell wie möglich nach Hause kommen«, erwiderte Yngvi. »Das gibt ein ausgewachsenes Gewitter. Sehr viel stärker, als ich es erwartet hätte.« Er sah zu Glampi, die Ulrike erneut anstieß. »Siehst du, auf Glampi ist Verlass, sie kommt zu dir und will dich von hier fortbringen. Lykill hingegen denkt nur an sich und meint, es wieder mal besser zu wissen. Keine Ahnung, warum meine Mutter ihn behalten hat.« Ärgerlich stieß er einen isländischen Fluch aus. »Gehen wir. Lykill passt schon auf sich selbst auf.«

Yngvi legte Glampi den Sattel auf und befestigte ihn mit flinken Fingern. Dann nahm er ihre Zügel und machte sich an den Aufstieg des Hügels, hinter dem sie wieder auf den Trampelpfad kommen würden. Glampi trottete ihm brav hinterher.

Ulrike sah, dass Lykill aufgeregt in die entgegengesetzte Richtung lief, hin und her sprang und wiehernd wieder zurückkam. Jetzt blieb Glampi stehen, spitzte die Ohren und sah zu dem Hengst.

»Kann es sein, dass er es besser weiß?«, rief Ulrike Yngvi zu, weil der nächste Donner ihre Stimme verschluckte.

»Was meinst du?«

»Ist dahinten irgendetwas? Warum will Lykill dorthin und nicht lieber mit uns nach Hause?«

»Weil aus der Richtung, in die wir müssen, das Gewitter kommt …« Er hielt inne. »Moment mal.« Langsam drehte er mit Glampi am Zügel um, kam zurück zu ihr. »Ja, natürlich, er will zu den Höhlen.« Er schlug sich mit der flachen Hand gegen die Stirn. »Wie konnte ich das vergessen? Weiter hinten auf der Ebene gibt es Höhlen. Angeblich hat sich dort vor Jahrhunderten ein Geächteter versteckt und viele Jahre lang gelebt.«

»Ein Geächteter?«

Yngvi winkte ab. »Das erzähl ich dir später. Wir müssen uns beeilen. Aber die Höhlen sind näher als Guðmundarstaðir, das könnte unsere Rettung sein!«

Yngvi half ihr in den Sattel, und wie von allein setzte Glampi sich in Bewegung, töltete zu Lykill, der sich nun mühelos von Yngvi einfangen ließ. Er schnaubte, als Yngvi aufstieg, als wollte er sagen: Endlich hast du's begriffen!

Ulrike hatte keine Ahnung, wohin sie reiten musste, aber die Pferde kannten den Weg. Zielsicher setzten sie einen Huf vor den anderen, verlangsamten das Tempo, wenn zu viel Geröll das Gehen erschwerte oder als das Gelände steil anstieg, und steigerten es wieder, als sie die Hochebene erreicht hatten. Soweit Ulrike sehen konnte, war sie von Leere umgeben. Eine weite braune Fläche aus Felsboden, Sand und Schotter. Sie drehte sich um, sah sich von einer dicken Wolkenwand verfolgt, die die grünen Hügel hinter ihr und damit die kleine Oase, in der sie noch wenige Minuten zuvor genüsslich gespeist, geplaudert und ein herrliches Bad genommen hatten, zu verschlucken drohte. Sie würde hier oben vollkommen die Orientierung verlieren, es gab überhaupt keinen Anhaltspunkt! Diese Hochebene sollte ein geeigneter Zufluchtsort bei einem Gewitter sein?

Eine Windböe fasste nach ihr, wirbelte Sand auf und peitschte ihn ihr gnadenlos ins Gesicht. Es prickelte wie tausend Nadelstiche auf der Haut. Panik drohte sie zu erfassen. Sie war heilfroh, dass Yngvi und Lykill die Richtung vorgaben und Glampi ihnen einfach folgte, ohne auf ein Zeichen ihrer Reiterin zu warten. Ulrike klammerte sich mit aller Kraft an die Mähne ihres Pferdes, lag mehr auf ihm, als dass sie saß, presste die Beine so fest an den Körper des Tieres, wie sie nur konnte. Erleichtert atmete sie auf, als Yngvi das Tempo verlangsamte und in einer Spalte zwischen zwei schwarzbraunen Findlingen verschwand. Endlich, dachte Ulrike erleichtert, endlich fort von diesem kahlen Ort, an dem man jeder Laune der Natur schutzlos ausgeliefert war. Aber noch waren sie nicht in Sicherheit. Die Tropfen wurden dicker, klatschten kalt auf ihre Schultern.

Zwischen staubigen schwarzbraunen Lavabrocken brachten Lykill und Glampi ihre Reiter zu einer Senke. Von rechts sprudelte ein Fluss aus einem Canyon hervor. Mit Schrecken ging Ulrike auf, dass sie von oben an die Schlucht herangekommen wären, wenn sie auf der Hochebene weitergeritten wären. Hätten die Wolken sie bereits umhüllt gehabt, hätten sie die Erdspalte womöglich nicht rechtzeitig bemerkt … Es musste sich um einen Flussarm der Þjórsá handeln. Er speiste einen See, der milchig blau schimmerte und die bedrohlichen Wolken über ihren Köpfen wie dunkle Schatten widerspiegelte. Das Ufer des Sees war von Büschen und Gras überwuchert. Eine weitere versteckte Oase inmitten dieser Einöde.

Yngvi stieg ab, führte Lykill am lockeren Zügel hinter sich her. Ulrike ließ sich von ihrer Stute gleiten, tat es ihm nach. Behutsam stieg der Hengst über Felsen und durch wild wuchernde Sträucher, bis er hinter einem Felsvorsprung verschwand. Vorsichtig ging Ulrike ihm mit Glampi hinterher. Der Blick, der sich ihr dann auftat, verschlug ihr ein weiteres Mal die Sprache. Die vor ihr aufragende Felswand bestand aus seltsamen Steinformationen mit zum Teil mannshohen Aushöhlungen. In einem dieser Unterstände, dem nächstgelegenen und größten, stand Yngvi mit Lykill. Er streckte ihr die Hand entgegen, die sie dankbar ergriff. Glampi folgte selbstständig. Keine Sekunde zu früh, denn nun öffneten sich alle Himmelsschleusen und entluden Regenmassen. Der nächste Blitz erhellte den Kessel, der folgende Donner wurde dröhnend von den Wänden zurückgeworfen. Heftige Windstöße fuhren in die Senke hinein, wirbelten Staub auf und peitschten Regentropfen über den Boden, sodass sie nasse Beine bekamen. Selbst der Fluss kräuselte sich. Sie waren hier besser geschützt als an jedem anderen Ort.

»Lass uns weiter nach hinten gehen.«

Yngvi führte sie zu einer tiefer gelegenen, viel kleineren Höhle, die von dieser abging. Die Pferde blieben vorne, dicht nebeneinanderstehend, mit abwartend gesenkten Köpfen. Sie waren Unwetter jeder Art gewöhnt.

Die hintere Höhlenkammer war etwas erhöht, sodass sie sich auf den Vorsprung setzen konnten. Ulrike holte die Decke aus dem Lederbeutel und breitete sie aus. Ganz selbstverständlich legte Yngvi den Arm um sie, rieb ihr über Schulter und Oberarm, um sie zu wärmen. Sie lehnte sich an seine Brust, ohne nachzudenken, als wäre es das Natürlichste auf der Welt. Es fühlte sich gut an.

»Sind diese Höhlen natürlich entstanden oder von Menschenhand geschaffen?«, fragte sie.

»Vielleicht hat Flóki die Formen in den Stein gehauen.« Yngvi lachte. »Aber ich glaube, dass die Höhle durch einen Lavafluss vor einigen Jahrtausenden entstanden ist. Wie so vieles in Island.«

»Flóki ist dieser Geächtete, den du vorhin erwähnt hast?«

»Genau. Er soll im 18. Jahrhundert hier gelebt haben. Er war ein verurteilter Straftäter, angeblich eine Frauengeschichte, die ihm Ärger eingebracht hat. Er ist zunächst ins Hochland geflohen, aber da war es ihm wahrscheinlich zu ungemütlich.« Yngvi blickte in den Regen hinaus. »Dies hier ist ja auch eigentlich kein schlechter Ort. Es gibt frisches Wasser, Gräser, Flechten und Sträucher, Beeren. Man hat ein Dach über dem Kopf und lebt ziemlich versteckt. Womöglich hat er sogar in unserer heißen Quelle gebadet.«

»Hat dieser Ort einen Namen?«

»Nein. Aber die Höhle. Sie ist nach Flóki benannt: Flókahellir.«

»Dann war er bekannt?«

»Hier in der Gegend schon. Es gibt in Island noch ein paar solcher Geschichten. Der bekannteste Geächtete ist aber wohl Fjalla-Eyvindur. Er wurde wegen Diebstahls verurteilt und ist mit seiner Frau ins Hochland geflohen. Das wird noch härter gewesen sein als hier.«

»Trotzdem kann ich mir angenehmere Orte vorstellen.«

»Ich mir auch. Es dürfte mehr ein Überleben als ein Leben gewesen sein. Vor allem für Flóki, der ja ganz allein gewesen ist. Das stell ich mir schwierig vor.«

»Manche Menschen mögen das.« Sie selbst fand es angenehm, an einem Ort zu sein, an dem man in Frieden und Freiheit so leben konnte, wie man wollte. Im Rahmen bestimmter Regeln selbstverständlich. Aber ganz allein in einer derartigen Einöde sein Dasein zu fristen? Das wollte sie beim besten Willen nicht. »Was wurde aus Flóki?«

Yngvi zuckte mit den Schultern. »Wahrscheinlich ist er einfach irgendwann gestorben. Oder woandershin weitergezogen.«

»Man weiß es nicht? Hat man ihn denn nie gefunden?«

»Nein. Vielleicht haben die Elfen ihn zu sich geholt.«

»Die Elfen?«

»Auf der anderen Seite des Flusses gibt es auch Höhlen. Siehst du sie?« Yngvi zeigte auf die andere Uferseite, doch wegen des Regens war die Sicht verschwommen. »Manche sagen, dass diese Höhlen Elfenwohnungen seien.«

»Nein!«

»Doch. Wir nennen sie das *huldufólk*, verborgenes Volk. Natürlich weiß keiner, ob es sie wirklich gibt, aber zahlreiche Legenden ranken sich um ihre Existenz. Die drei Felsen vor unserem Haus, diese Findlinge, weißt du, sie stehen auch im Ruf, Elfenbehausungen zu sein. Der spitze in der Mitte ist ihre Kirche.«

»Glaubt ihr das tatsächlich?«

Yngvi überlegte kurz. »Nun ja«, erwiderte er dann. »Mein Vater hat da als Kind mal was erlebt, und meine Mutter glaubt fest daran. Grímur übrigens auch. Deswegen stellen sie Weihnachten immer einen Teller mit Essen dorthin. Das ist so Brauch. Helgi und ich leben mehr damit, als wirklich daran zu glauben.« Er zuckte mit den Schultern. »Es gehört bei uns Isländern dazu. Und wenn man sich die Landschaft, die Natur ansieht, kann man sich schon vorstellen, dass es Wesen gibt, die hier mit uns leben, die wir aber nicht sehen können, finde ich.«

»Das stimmt wohl«, musste Ulrike zugeben. Das Land mit seinen Vulkanen, dem zerklüfteten Gestein, den brodelnden heißen Quellen, den von Moos bedeckten Geröllfeldern ließ viel Platz für Fantasie. Ihr fiel etwas ein. »Aldís stand letztens bei euren Elfenfelsen. Ich hatte das Gefühl, dass sie mit sich selbst sprach, vielleicht aber ja auch mit irgendwem ...«

»Das kann gut sein. Vielleicht hat sie dem verborgenen Volk erzählt, dass es jetzt noch jemanden auf Guðmundarstaðir gibt.« Er lächelte verlegen.

»Du meinst, sie hat mich ihnen vorgestellt?«

»Möglicherweise.«

»Wie sehen sie aus, die Elfen?«

»Schön, sagt man. Ein bisschen wie wir. Nur viel kleiner. Aber der Gedanke an sie hat auch etwas Unheimliches.«

»Warum? Sind sie böse?«

»Nicht zu Menschen, die gut zu ihnen sind. Aber in den Geschichten über sie heißt es, die Elfen sind nicht gerade zimperlich. Wenn es dich interessiert, frag mal Aldís. Sie weiß viel über das *huldufólk*.«

»Vielleicht mache ich das.«

Ulrike war sich nicht sicher, ob sie das wirklich tun würde. Denn ihr ging es genauso wie Yngvi – irgendwie weckte die Vorstellung unsichtbarer Wesen, die sich von den Menschen in ihrer Nähe nichts gefallen ließen, eine gewisse Unruhe in ihr. Ein Gefühl des Beobachtetwerdens. Sie schüttelte sich unmerklich.

Yngvi zog den Lederbeutel zu sich heran und fingerte nach dem Rest der Lammkeule und dem Messer. Er schnitt eine Scheibe ab, die er Ulrike reichte, dann nahm er sich selbst auch eine. Eine Weile kauten sie schweigend vor sich hin.

»Es tut mir sehr leid, dass wir jetzt hier sitzen und warten müssen«, murmelte er schließlich. »Ich hätte besser achtgeben sollen.«

»Was meinst du?« Ulrike sah ihn fragend an.

Yngvi wirkte plötzlich verletzlich, so hatte sie ihn noch nie zuvor erlebt.

»Ich könnte mich treten, weil ich das Wetter nicht beobachtet habe. Wir hätten mitten ins Gewitter geraten können, meine Güte!« Er sprang auf und ging zum Höhleneingang. Schwarz zeichnete sich seine Silhouette vor dem silbrigen Regenschleier ab. Gedankenverloren kraulte er Lykill die Stirn. »Wenn die beiden nicht gewesen wären, wärst du jetzt völlig durchnässt, und wer weiß, ob …«

Seine Stimme brach, er lehnte den Kopf gegen Lykills, der stillhielt, als wüsste er um die Not seines Herrn. Ulrike stand auf und ging zu Yngvi. Sie wollte ihm die Hand auf die Schulter legen, zögerte kurz, ob sie es lieber lassen sollte, ob es vielleicht unziemlich wäre, doch dann überwand sie sich und tat es doch. Ihre Hand wirkte klein auf seiner breiten Schulter.

»Mach dir keine Sorgen«, sagte sie beruhigend. »Es ist doch alles gut gegangen. Du hast vorhin gesagt, dass Wolken aufziehen werden. Aber dass es dann so schnell gehen würde …«

»Ich hätte es verdammt noch mal besser wissen müssen. Ich habe dich in solche Gefahr gebracht, und das, obwohl …« Wieder verstummte er.

»Es geht um deinen Vater, richtig?« Yngvis Schweigen war Ulrike Antwort genug. »Du hast gesagt, dass so was in Island passieren kann. Niemand kann etwas dafür.« Yngvi wandte sich langsam zu ihr um. Auf einmal war er nicht mehr der große starke Mann, der ihr Sicherheit und Geborgenheit vermittelte, er sah aus wie ein kleiner Junge, allein gelassen, verängstigt. Ihr Herz setzte einen Schlag lang aus. Eine Welle von Mitgefühl überkam sie, und sie tat einfach, was ihr Herz ihr riet, ohne darüber nachzudenken, ob es sich gehörte oder nicht und ob sie sich lange genug kannten. Sie strich Yngvi über das nasse, zerzauste Haar, dann über die Wange, fuhr mit dem Daumen über seine Lippen. »Du kannst nichts dafür, Yngvi«, flüsterte sie.

»Ich weiß«, gab er ebenso leise zurück. Vorsichtig näherte sich sein Gesicht ihrem. Sie hatte noch nie einen Mann geküsst, musste auf die Zehenspitzen steigen, damit sich ihre Lippen berühren konnten. Ihr Mund öffnete sich leicht, langsam und zärtlich küssten sie sich. Wärme und ein Kribbeln durchströmten Ulrikes Körper. Sie spürte Yngvis Hände an ihrem Rücken, er streichelte sie zärtlich. Ulrike wünschte sich, dass dieser Kuss niemals enden würde, doch plötzlich wieherte Glampi, und Yngvi zuckte zurück, als ihm bewusst zu werden schien, was gerade geschah. Vorsichtig nahm er seine Hände von ihrem Rücken, räusperte sich und trat ein paar Schritte zurück. »Tut mir leid«, sagte er und fuhr sich durch das Haar. »Tut mir wirklich leid. Ich weiß nicht …« Er blickte zum Höhleneingang, wo wieder Ruhe eingekehrt war. Das Gewitter war vorbeigezogen, der Regen hatte aufgehört und der Himmel sich wieder aufgeklart, als wäre nie etwas geschehen. »Wir sollten uns besser auf den Heimweg machen.«

Bevor Ulrike etwas erwidern konnte, warf Yngvi sich den Lederbeutel um, nahm Lykill beim Zügel und ging um den Felsen herum.

Ulrike sah ihm nach, bis er außer Sichtweite war. Sie spürte noch immer Yngvis weiche Lippen auf ihren, seine starken Hände an ihrem Rücken, roch seinen herben Duft. Die Empfindungen, die sich wie ein Vulkan in ihrem Inneren Bahn gebrochen hatten, waren völlig neu für sie, vollkommen unbekannt. Das wilde Pochen ihres Herzens ebenso wie das aufregende Brodeln, das, von ihrem Bauch ausgehend, in Windeseile ihren gesamten Körper erfasst hatte. Sie wollte nicht, dass es aufhörte, denn es fühlte sich unsagbar gut an, schön und aufregend.

Draußen rauschte der Fluss wieder mit gleichmäßiger Ruhe, der Wind spielte mit den Gräsern am Ufer, die Sonne hatte die Oberhand gewonnen und zauberte silbriges Glitzern auf die Regentropfen am Höhlengestein. Glampi sah sie auffordernd an. Wo bleibst du?, schien die Stute zu fragen. Warum kommst du nicht? Und Ulrike ging zu ihr, um den Weg nach Hause anzutreten.

5

Mit einem mulmigen Gefühl in der Magengegend fuhr Katharina vom Fußballturnier nach Hause. Doch sie hätte sich keine Sorgen zu machen brauchen, denn als sie und Hannes die Wohnung betraten, war niemand da. Sie zog ihren Mantel aus, hängte ihn an die Garderobe, ebenso Hannes' Jacke, die er wieder mal achtlos auf den Boden hatte fallen lassen, bevor er im Kinderzimmer verschwunden war. Dann fummelte sie ihr Handy aus der Handtasche. Keine Nachricht. Seltsam. Normalerweise informierten sie sich gegenseitig, wenn einer von ihnen etwas spontan unternahm. Und zu seinem Auftritt musste er erst um fünf, da war also noch Zeit.

»Matteo, Tobias«, rief sie sicherheitshalber noch einmal.

Keine Antwort. Das konnte eigentlich nur eins bedeuten: Tobias war sauer.

Seufzend ließ sie sich auf die Bank unter der Garderobe sinken und zog sich die Stiefel von den Füßen. Was sollte sie jetzt machen? Sie stand auf und ging in die Küche, sie war aufgeräumt und geputzt, es blitzte vor Sauberkeit. Hatte ihr Mann womöglich ein schlechtes Gewissen? Katharina machte sich einen Milchkaffee und ging damit ins Wohnzimmer. Sie kuschelte sich aufs Sofa, legte ihre Füße hoch und genoss den Moment der Entspannung. Richtig zur Ruhe kommen konnte sie jedoch nicht, ständig ging ihr die Frage durch den Kopf, wo ihr Mann mit dem Jüngsten stecken mochte. Sie hielt es nicht aus und schickte Tobias eine Nachricht. Doch als sie ihren Kaffee ausgetrunken hatte, war noch keine Antwort eingegangen. Mit einem Mal fühlte sie sich schrecklich erschöpft.

»Ihr könnt mich alle mal«, murmelte sie und zog sich die Wolldecke, die neben ihr lag, über den Kopf. »Dann mache ich jetzt erst mal ein Nickerchen.«

Wenig später wurde sie von Stimmen geweckt. Sie musste tatsächlich kurz eingeschlafen sein. Wie spät war es? Vier, verriet ein schneller Blick auf ihre Armbanduhr. Sie war tatsächlich eine halbe Stunde weg gewesen. Schnell stand sie auf und ging in die Diele. Tobias und Matteo waren eben ins Haus gekommen. Ihre Gesichter waren gerötet, sie trugen prall gefüllte Einkaufstaschen.

»Hallo«, sagte Katharina und versuchte dabei, so entspannt wie möglich zu klingen. »Ihr wart einkaufen?«

»Hallo, Mama!« Matteo grinste breit und zeigte seine süße Zahnlücke. »Wir waren auf dem Spielplatz beim Supermarkt. Da ist ein neues Klettergerüst, das ist so cool!«

Tobias lief in die Küche und räumte Lebensmittel in den Kühlschrank, jetzt sah er hinter der geöffneten Tür hervor. »Und anschließend waren wir noch einkaufen.«

Sein Tonfall war so eisig, dass er der kalten Luft, die aus dem Kühlschrank kam, konkurrieren konnte.

»Wir haben Brötchen mitgebracht«, erklärte Matteo.

»Fürs Abendessen«, kam es abgeklärt aus dem Kühlschrank.

»Prima.« Katharina wusste nicht, wie sie sich verhalten sollte. Die Atmosphäre war nach wie vor angespannt, so viel war mal sicher. Es hatte nicht mal ein »Hallo« von Tobias gegeben, noch weniger ein »Hallo, Schatz« und erst recht kein Begrüßungsküsschen. »Du«, setzte sie, um Aussprache bemüht, an, als Tobias die Kühlschranktür schloss und die Taschen wegräumen wollte. »Tut mir leid, dass ich da vorhin mit der Island-Sache so rausgeplatzt bin.« Sie fasste ihn am Arm, damit er sie ansah.

Tobias blickte auf ihre Hand, als wäre sie ein giftiges Tier. Katharina zog sie wieder weg.

»Das Problem ist nicht, dass du damit rausgeplatzt bist«, erwiderte er, erkennbar verärgert, »das Problem ist, dass du solch eine große Sache einfach allein entscheidest. Ohne mich mit einzubeziehen.«

»Aber ich hab doch noch gar nichts entschieden«, versuchte sie, sich zu verteidigen, doch Tobias ließ sie nicht ausreden.

»Und das Allerletzte ist ja wohl, dass du die Kinder in deine hirnrissige Idee mit eingespannt hast.«

Er hatte den Zeigefinger auf sie gerichtet, und sie registrierte, dass Matteo verunsichert von ihr zu seinem Vater sah.

»Ich hab die Kinder überhaupt nicht eingespannt«, widersprach sie. Langsam wurde sie ebenfalls wütend. »Tatsächlich kam der Vorschlag sogar …«

»Ach, jetzt hör doch auf, dich rauszureden. Sind die Flugtickets schon gebucht?«

»Du spinnst«, rutschte es ihr heraus.

Sie verschränkte die Arme vor der Brust. Nun übertrieb er ja wirklich völlig. Matteo verzog sich zu seinem Bruder ins Kinderzimmer.

»Wer spinnt hier wohl?«, schoss ihr Mann zurück.

»Hast du dir eigentlich mal Gedanken darüber gemacht, wie das funktionieren soll? Ich hab einen Job, verdammt noch mal. Oder wolltest du lieber den Familiensommerurlaub dafür canceln?«

»Ich hab mir noch gar keine Gedanken gemacht, so weit ist das Ganze ja noch gar nicht. Es war zunächst nur eine Idee …«

»Du hast dir keine Gedanken gemacht, ja, das merkt man. Ich reiß mir hier den Hintern auf für euch, und du planst dir eine feine Auszeit allein.«

»Du reißt dir den Hintern auf?« Jetzt war es vorbei. Tobias hatte einen wunden Punkt getroffen, genauer, *den* wunden Punkt. »Dass ich nicht lache! Weil du mal einkaufen warst und die Küche geputzt hast?« Sie hasste es, wenn sie laut wurde, sie hasste den hysterischen Unterton, den ihre Stimme annahm, wenn sie sauer oder verletzt war, aber sie konnte nicht anders. »Dafür warst du den ganzen Vormittag bei deiner *Bandprobe*«, sie malte Anführungszeichen in die Luft, »wie überhaupt jeden verdammten Donnerstagabend, und gleich bist du auch wieder weg. An einem *Samstagabend*. Und ich? Ich kann sehen, wo ich bleibe. Ich hab gar keine Hobbys mehr, nicht mal mehr meinen Yogakurs, der nur einmal die Woche war. Weil ich es nicht geschafft habe, regelmäßig hinzugehen. Warum kann ich nicht einfach mal allein wegfahren? Ich weiß gar nicht mehr, wann ich das letzte Mal etwas ohne euch unternommen habe. Du dagegen machst ständig was allein.«

»Du bist doch auch öfter weg«, widersprach Tobias, »triffst dich regelmäßig mit deinen Freundinnen …«

»Das ist einmal im Monat!«

»… gehst zu Elternabenden.«

»Machst du Witze? Bist du ernsthaft der Meinung, dass Elternabende das sind, was ich mir unter ›etwas für mich tun‹ vorstelle?«

»Trotzdem«, ruderte Tobias zurück, verschränkte nun ebenfalls die Arme vor der Brust. »Allein in den Urlaub zu fahren, das ist schon eine spezielle Hausnummer.«

»Pfff«, machte Katharina empört. »Wo ist das Problem? Traust du dir etwa nicht zu, allein mit den Kindern zu bleiben?« Sie merkte genau, dass sie jetzt zu weit gegangen war.

»Mir reicht's. Das wird mir wirklich zu blöd hier.« Er sah zur Uhr am Backofen. »In einer Dreiviertelstunde muss ich wieder los. Ich geh jetzt unter die Dusche, und dann mach ich mich fertig.« Damit verließ er die Küche.

Katharina schloss die Tür hinter ihm und ging zum Fenster. Schaute kochend vor Wut in den grauen Februarnachmittag. Na, das war ja mal richtig gut gelaufen.

Unschlüssig stand Bärbel am Wohnzimmerfenster und schaute hinaus, ohne etwas zu sehen. Nachdem sie zunächst ganz begeistert gewesen war, wieder Kontakt zu ihrer früheren Freundin Ellen herstellen zu können, hatte nun doch eine gewisse Befangenheit von ihr Besitz ergriffen. Sollte sie Ellen wirklich anrufen? Oder lieber fürs Erste eine Mail schreiben? Vielleicht hatte sie gar keine Zeit zu telefonieren, saß gerade an einer Töpferarbeit oder hatte den Laden voller Kunden. Würden sie sich überhaupt etwas zu sagen haben nach all den Jahren? Aber Katharina hatte gemeint, dass Ellen sich freuen würde, von ihr, Bärbel, zu hören. Und sie explizit gebeten hatte, dies auszurichten.

»Ach, Werner«, sagte sie und ließ sich aufs Sofa fallen. »Du würdest einfach anrufen, oder?« Sie griff nach dem Bild, das auf der Kommode stand, und sah ihren Mann lange an. Den zuversichtlichen Blick, die markante Nase, das schelmische Lächeln. Die grauen Haare mit der beginnenden Halbglatze, den weißgrauen Bart. Es war eines der letzten Fotos gewesen, die sie von ihm geschossen hatte, im Urlaub, in der Provence, vor drei Jahren. Sie strich sanft über sein Gesicht. Gustav schien die Traurigkeit seines Frauchens zu spüren, hüpfte aufs Sofa und kuschelte sich ganz dicht an ihren Oberschenkel. Liebevoll sah sie zu dem Terrier hinunter, streichelte seinen Kopf. »Du vermisst dein Herrchen auch, nicht?« Mit seinen braunen Augen blickte er sie treuherzig an und schien zuzustimmen. »Gut, dass wir zwei uns noch haben.« Sie sah auf ihre Armbanduhr. »Sollen wir eine Runde gehen? Nachher soll es Schneeregen geben, und dann magst du sicher nicht mehr raus.« Es schauderte sie, doch Gustav war gleich auf den Beinen. »Na schön.«

Bärbel ging in die Diele, wo sie sich warm anzog. Beim Hinausgehen griff sie nach der Leine, die neben dem Schlüsselbrett hing. Dort hing auch der Wohnmobilschlüssel. Lange sah sie ihn an, fühlte sich mit einem Mal wieder verloren, dann fasste sie einen Entschluss. »Komm, Gustav, wir schauen mal, wie es Bertie geht.«

Zustimmend kläffte der Terrier.

Es war schon ein Akt, die Plane so weit anzuheben, dass sie die Seitentür des Campers öffnen konnte. Sie streifte sich die Schuhe ab und trat ins Innere.

Es war ziemlich dunkel, da die Plane alle Fenster überdeckte und das einzige Licht durch die weit geöffnete Tür hereinfiel. Doch es schien alles noch so, wie sie es zuletzt verlassen hatte. Die Betten abgezogen, die Schränke und Fächer leer geräumt und sorgsam geputzt. Die Wassertanks hatten sie im vorletzten Herbst wie immer vor dem Winter noch gemeinsam geleert und die Rohre durchgespült. Es war kalt hier drinnen und still.

Bärbel ließ sich auf die Sitzbank am Esstisch fallen. Von dort aus konnte sie ins Führerhaus blicken. Sie stellte sich vor, dass Werner hinter dem Lenkrad saß und im nächsten Moment den Motor anließ. Ein Schaudern lief ihr über den Rücken. Sie konnte den Camper auch fahren – Werner hatte ihr damals alles Wichtige erklärt, doch sie hatte das Fahren nur allzu gern ihm überlassen.

Sie sollte sich von Bertie trennen. Er fraß monatlich Steuern und Versicherung.

»Vielleicht möchte Ben den Camper ja haben«, überlegte sie laut, woraufhin Gustav, der aufgeregt hin und her lief, zu ihr geflitzt kam und ihre Hand leckte. »Das wäre doch bestimmt was für ihn. Oder Kati …« Für eine vierköpfige Familie war Bertie gerade noch groß genug. »Ich werde sie fragen«, beschloss sie.

An der Tür warf sie noch einmal einen sehnsüchtigen Blick zurück, doch als sie draußen war, schloss sie die Tür energisch ab, nahm Gustav an die Leine und ging durchs Gartentor. Ja, alles hatte seine Zeit. Es würde das Beste sein, Bertie wegzugeben.

August 1949

Ihr Hinterteil schmerzte zwar noch vom Ausritt und den Übungsstunden mit Yngvi an den folgenden Tagen, aber so seltsam es auch klingen mochte, sie freute sich jedes Mal darauf, Zeit mit der treuen Stute Glampi zu verbringen. Und für diesen Nachmittag hatte sie sich vorgenommen, ihre Freundin Lore auf Miðhús zu besuchen.

Sie folgte der Schotterpiste um den See herum, kam an dem Trampelpfad vorbei, der sie und Yngvi zu der bezaubernden heißen Quelle geführt hatte. Kaum zu glauben, was sich hinter diesen kleinen Hügeln alles versteckte.

Der Weg nach Miðhús sei nicht schwierig zu finden, hatte Yngvi gesagt. Ulrike müsse lange auf dem Feldweg bleiben, der sich erst zwischen den beiden Seen hindurchschlängelte und dann um den östlichen Gíslholtsvatn. Auf dieser Uferseite war die Landschaft weniger hügelig und steinig, sondern flach und von endlos scheinenden Wiesen und Feldern geprägt. Hin und wieder passierte sie einen Abzweig mit Wegweisern, doch die darauf genannten Hofnamen sagten Ulrike nichts. Sie würde die Leute, die sie teilweise schon von ihren Besuchen her kannte, beim Schafabtrieb wiedersehen, hatte Yngvi gesagt. Das stand wahrscheinlich im September an. Ulrike war gespannt.

Gemächlich schritt Glampi dahin, Ulrike hatte es nicht eilig. Sie genoss den freien Nachmittag und das

Alleinsein mit der Stute, die Möglichkeit, die Gegend jenseits »ihres« Sees zu erkunden, die sie noch nicht kannte. Als sie die Nordspitze des Eystra Gíslholtsvatn umritten hatte, ragten linker Hand Felswände in den Himmel. Rechts war das Land flach und grün. Vielleicht war es eine Täuschung, doch die Hekla in der Ferne wirkte von hier aus noch größer und näher als sonst.

Der Weg wurde schmaler, von irgendwoher hatte sich ein Bach an ihre rechte Seite geschummelt. Ulrike hatte länger keine Wegweiser zu anderen Höfen mehr gesehen, überhaupt kaum noch Leben. Keine Pferde, keine Schafe und erst recht keine Menschen. Es kam ihr hier zunehmend vor wie das Ende der Welt.

Natürlich, Yngvi hatte ja gesagt, dass die Straße – sie musste immer noch innerlich grinsen, wenn er die Schotterpiste so betitelte – bei Miðhús endete. Hierhin verirrte sich also niemand, der nicht zu Snorri wollte. Der Weg machte eine lange Biegung, und endlich kam ein Gehöft in Sicht – ein beinahe herrschaftlich anmutendes Haupthaus, wie Guðmundarstaðir mit Wellblech verkleidet, allerdings hellgrau, die Rahmen der Sprossenfenster weiß gestrichen. Eine hell getünchte Bank stand neben dem Eingang. Es war offensichtlich, dass Snorri ein wohlhabender Bauer war. Bei näherem Hinschauen wirkte das Haus allerdings vernachlässigt, hier und da platzte Farbe ab, hatten sich Moos und Staub an der Wetterseite festgesetzt, hing eine Zierleiste schief. Seit wann lebt Snorris Frau nicht mehr?, fragte Ulrike sich unwillkürlich. Denn der Ort wirkte wie von einer Frau erdacht, vermisste aber deren sorgsame Hand und liebevolle Pflege. Das Heim eines Witwers eben, der sich nicht mehr scherte um das Äußere oder gar, was die Leute dachten. Kein guter Ort für Lore.

Das Auto, mit dem Yngvi Lore und sie aus Reykjavík abgeholt hatte, stand neben dem Haus. Dahinter entdeckte sie zwei an die Felswand geschmiegte Torfhäuser, wie man sie noch im vergangenen Jahrhundert gebaut hatte, wahrscheinlich Schuppen. Ein großer Stall war ebenso leer wie sein Pendant auf Guðmundarstaðir. Auch hier würde demnächst wieder Leben sein.

Ulrike ließ sich von Glampis Rücken gleiten und führte die Stute zu einer Tränke neben dem Wohnhaus. Glampi trank dankbar. Es war so still hier! Obwohl auf Guðmundarstaðir wenig gesprochen wurde, gab es dort immer irgendwelche Geräusche: vom Wind, der seine Melodien sanft oder kräftig ums Haus säuselte, vom Rauschen des Flusses nur wenige Kilometer entfernt, vom Gackern der Hühner oder einem Pferd, das wieherte. Doch hier gab es nichts. Keinen plätschernden Bach, keinen bellenden Hund, der ihr entgegenlief, noch nicht mal ein Rascheln der Gräser im Wind war zu hören.

Ulrike schluckte, dann ging sie zu der beeindruckenden Haustür, zögerte kurz, bevor sie klopfte. Noch einmal, nun fester. In Island war es üblich, einfach einzutreten, aber das traute sie sich noch nicht, schon gar nicht hier. Sie nahm eine Bewegung an einem der Fenster wahr, und dann gab es kein Halten mehr. Sie hörte Schritte, und schon im nächsten Moment wurde die Tür aufgerissen. Lore fiel ihr in die Arme.

»Mein Gott, wie schön, dass du da bist!«, rief sie.

Täuschte Ulrike sich, oder mischten sich Schluchzer in die Freude ihrer Freundin?

Sie strich ihr über den Rücken, schob sie dann ein Stück von sich weg, um sie näher zu betrachten. Tatsächlich, Lore hatte feuchte Augen, war blass wie eh und je, sah aber besser genährt aus. Lange nicht mehr so mager wie noch ein paar Wochen zuvor. Die Augenringe allerdings waren geblieben.

»Wie geht's dir?«, fragte sie. Lore blickte sich um, wie um sicherzugehen, dass sie niemand hörte. »Wir sprechen Deutsch«, erinnerte Ulrike sie.

»Natürlich.« Lore verzog das Gesicht zu einem angedeuteten Lächeln. »Ich kann auch gar kein Isländisch. Du?«

Ulrike war überrascht. »Ein bisschen«, erwiderte sie. »Spricht Snorri denn nicht mit dir?«

»Kaum. Und sonst sehe ich nur selten andere Menschen.« Sie zuckte mit den Schultern. »Magst du einen Kaffee?«

Nun war es an Ulrike zu lächeln. »Ah, das hast du ja schon übernommen von den Isländern. Gerne. Passt es dir denn gerade?«

»Die kleinen Annehmlichkeiten des Lebens. Natürlich passt es mir. Wollen wir reingehen oder uns hier draußen auf die Bank setzen?«

»Gerne draußen. Aber vielleicht sollte ich zuerst Snorri kennenlernen.«

»Was bringt das? Er redet nicht, versteht dich sowieso nicht.«

Lore wirkte gleichgültig, Ulrike gefiel die Situation nicht, und ihr gefiel ihre Freundin nicht. Äußerlich machte sie zwar den Anschein, kräftiger und gesünder zu sein als bei ihrer Ankunft, aber wie sah es in ihrem Inneren aus?

»Ich könnte es zumindest versuchen.«

»Wie du möchtest. Er sitzt in der Küche und strickt.«

»Er strickt?«

»Ja, das macht er in seiner freien Zeit. Pullover,

Strümpfe, Mützen … Falls du nicht genug warme Kleidung für den Winter haben solltest, wir können ein ganzes Pfadfinderlager ausstatten.«

Lore ging voran, und Ulrike folgte ihr in einen großen Flur, von dem aus eine Treppe in das obere Stockwerk führte. Auch im Inneren wirkte Miðhús prächtiger im Vergleich zu Guðmundarstaðir. Ihr Blick fiel auf ein gedrechseltes Treppengeländer und den auf Hochglanz polierten Dielenboden. Und erst die Küche! Sie staunte nicht schlecht, als sie den großzügigen Raum betrat, der auch hier das Herz des Hauses zu bilden schien. Die Küchenschränke waren weitaus moderner, es gab sogar fließendes Wasser!

»Ihr habt einen Wasserhahn«, sagte sie beeindruckt.

Auf Guðmundarstaðir mussten sie ihr Wasser aus dem Ziehbrunnen am Fuß der Anhöhe, auf der sich die Gebäude befanden, holen und nach oben schleppen. Es war eine ziemliche Plackerei.

»Ja, Snorris Frau Vilma hat auf eine Leitung vom Brunnen in die Küche bestanden. Der einzige Hof mit einer Wasserleitung weit und breit. Hat mir Yngvi auf der Herfahrt erzählt. Snorri hat Vilma wohl jeden Wunsch von den Augen abgelesen.«

Yngvi.

»Das ist romantisch. Er muss sie sehr geliebt haben.« Lore nickte. »Wann ist sie gestorben?«

»Vor fünf Jahren«, antwortete Lore nun flüsternd, denn sie standen vor dem Bauern, der in einem Ohrensessel am Fenster neben dem Ofen saß. Er sah von seiner Strickarbeit auf, musterte Ulrike mit leerem Blick. »Snorri, das ist Ulrike, meine Freundin. Sie kommt ebenfalls aus Deutschland«, erklärte sie auf Deutsch.

Ulrike hielt dem Mann, der etwa im selben Alter wie Aldís sein musste, die Hand hin. Der jedoch schüttelte den Kopf und hielt seine Hände mit dem Strickzeug hoch. Sie lächelte verständnisvoll und versuchte, das eben Gesagte auf Isländisch zu wiederholen.

»*Góðan daginn. Ég heiti* Ulrike *og ég er frá Þýskalandi.*«

Snorri nickte wohlwollend und arbeitete dann weiter an seinem Strumpf. Kurz sah er noch einmal auf, als wäre ihm etwas eingefallen, brummte etwas, von dem Ulrike nur *kaffi* verstand.

Immerhin, dachte sie. Vielleicht ist er gar nicht so ein langweiliger Kerl, wie Lore denkt.

Sie saßen auf der Bank vor dem Haus, jede mit einer Kaffeetasse in der Hand, und schauten verträumt in die Sonne. Glampi graste friedlich auf der Wiese vor ihnen.

»Nun erzähl mal, wie es dir bisher ergangen ist«, forderte Ulrike die Freundin auf und rührte einen zweiten Löffel Zucker in ihren Kaffee. Sie hatte sich schon an vieles gewöhnt, was sie am Anfang seltsam gefunden hatte. Selbst die Vorstellung von karamellisierten Kartoffeln fand sie nicht mehr merkwürdig – im Gegenteil. Die Isländer waren verrückt nach Zucker, und sie selbst wurde es nun auch. »Was machst du den ganzen Tag, was sind deine Aufgaben? Und wie kommst du mit der Einsamkeit klar?«

Lore lachte. »Fangen wir mit der Einsamkeit an. Ich weiß mich zu beschäftigen, sodass mir nicht langweilig wird. Aber es wäre schon schöner, wenn noch ein paar andere Menschen hier leben würden. Ein alter, schweigsamer Mann ist keine ausreichende Gesellschaft für ein junges Mädchen.«

»Er wirkt etwas jünger als Aldís«, überlegte Ulrike. Lore sah sie fragend an. »Meine Gastmutter«, erklärte sie.

»Wer lebt noch auf dem Hof?«

»Drei Brüder, Grímur, Helgi und ... Yngvi, den du ja schon kennst.«

»Eigentlich genügend Leute für einen Hof. Warum wollten sie dich haben?«

»Hauptsächlich wohl, um Aldís' Aufgaben im Haus zu übernehmen. Und Grímur ist nicht viel da. Er fährt zur See.«

Lore nickte wissend. »Trotzdem. Viele Männer. Geht das denn gut? Lassen sie dich in Ruhe?«

»Ja, sicher«, entgegnete Ulrike leicht irritiert. »Warum denn nicht?«

Lore schnaubte verächtlich aus. »Männer! Die sind doch alle gleich.«

Wieder einmal fragte Ulrike sich, was ihrer Freundin in ihrem Leben schon widerfahren sein mochte, dass sie eine derartige Meinung vertrat. Dass sie in allem und jedem eine Gefahr zu sehen schien.

»Das stimmt doch nicht«, widersprach sie vehement, denn sie hatte das Gefühl, die Brüder verteidigen zu müssen. Yngvi war einer der liebenswürdigsten Menschen, denen sie je begegnet war. Und auch auf Grímur und Helgi würde sie nichts kommen lassen. Auch wenn sie ein bisschen verschroben sein mochten, war sie sicher, dass man sich absolut auf sie verlassen konnte. »Du solltest offener werden«, riet sie ihrer Freundin. »Auch Snorri gegenüber. Lern Isländisch. Gib den Menschen um dich herum eine Chance. Dann bist du vielleicht auch nicht mehr so einsam.«

Zweifelnd sah Lore Ulrike an. »Entweder bist du schrecklich naiv oder … oder du hast recht«, erwiderte sie schließlich.

»Ich habe recht«, sagte Ulrike überzeugt. »Und am besten kommst du mich bald mal besuchen. Du bist auf Guðmundarstaðir jederzeit willkommen. Und Snorri auch.«

Lore schwieg eine Weile. »Du bist ein so anderer Mensch als ich«, sagte sie schließlich, »viel offener. Und du scheinst auf einen Hof gekommen zu sein, der zu dir passt.«

»Vielleicht ist das so«, überlegte Ulrike, »aber bestimmt wird sich das Blatt für dich zum Guten wenden. Nicht ganz unwichtig ist ja, was man selbst draus macht …«

»Wie dem auch sei. Du hast mich gefragt, was meine Aufgaben hier sind.« Lore trank einen Schluck Kaffee, setzte dann die leere Tasse neben sich auf der Bank ab. »Wahrscheinlich ganz ähnliche wie deine. Ich putze. Ich koche, backe, säe, ernte, koche ein, sammle Eier auf, füttere die Hühner, wasche und stopfe. Und so weiter.«

»Du bist also vor allem fürs Haus angestellt.«

»So kann man es sagen.«

»Aber Hühner?«, fragte Ulrike und sah sich verwundert um. »Ich habe überhaupt nichts gehört, als ich herkam.«

Lore lachte. »Ja, es ist wirklich sehr still hier. Das ist mir auch gleich aufgefallen, als ich angekommen bin. Inzwischen habe ich mich daran gewöhnt. Der Wind wird von den Felsen abgehalten. Das ist ganz angenehm. Dafür haben wir auf dieser Seite«, sie zeigte zu den Torfhäusern, »viel Schatten. Und die Hühner haben einen Verschlag hinter dem Haus, deshalb hört man sie hier vorne kaum. Dort befindet sich auch der Gemüsegarten.«

»Yngvi hat mir gesagt, ihr hättet Pferde und Schafe.«

»Ja, zwei Pferde und ein paar Schafe. Aber die sind noch im Hochland.«

»Und eine Kuh, stimmt's? Ihr habt also Kuhmilch ... Die vermisse ich wirklich. Wir haben auch Schafe und ein paar Pferde. Aber ich habe noch nicht alle Schafe gesehen. Sind im Hochland, so wie eure.«

»Im Winter, wenn wir das Vieh füttern müssen, wird die Arbeit im Stall mehr werden. Ich bin nicht sicher, ob Snorri das schafft. Bisher macht er alles, was mit der Landwirtschaft zu tun hat, allein.«

»Was war mit der Heuernte? Das kann er unmöglich allein geschafft haben.«

»Nein. Da sind ein paar Leute gekommen, die helfen sich hier ja alle gegenseitig. Ich kannte die nicht, nur Yngvi, der war mit dabei.«

»Stimmt, im Juli waren die Brüder mal ein paar Tage weg.« Man hatte ihr nur erklärt, dass sie woanders beim Heu halfen, aber nicht, dass sie auf Miðhús gewesen waren. Oder sie hatte es schlichtweg nicht verstanden.

»Snorri ist ganz schön wohlhabend, nicht?« Ulrike hatte das von Yngvi gehört, und man sah es ja auch an dem Hof und dem Auto, das davorstand.

Lore zuckte mit den Schultern. »Seine Frau könnte vermögend gewesen sein. Sie war Dänin, vermute ich. Ich habe beim Saubermachen in einem Zimmer Fotos gefunden und dänische Bücher.«

»Island gehörte bis 1944 zu Dänemark«, überlegte Ulrike.

»Ich weiß.«

»War sie hübsch?«

»Sehr. Und Snorri muss sie sehr geliebt haben. Ein

Bild von ihr steht in der Küche. Er sieht es oft an. Und er wirkt häufig abwesend, so als würde er sie schrecklich vermissen. Aber da kann ich mich natürlich auch irren. Wer weiß, an was der alte Kerl wirklich denkt.« Sie nahm die Kaffeekanne vom Tablett, das auf dem Boden stand, und schenkte ihnen beiden nach. »Jetzt bist du aber mal dran. Es klingt, als wäre auf Guðmundarstaðir mehr los. Hast du dich gut eingelebt?«

»Ja, das habe ich. Ich fühle mich wohl dort.« Als sie es aussprach, merkte Ulrike erst, wie sehr das stimmte. »Alle sind nett zu mir. Gut, viel reden tun sie auch nicht, und am Anfang war es nicht immer einfach, ich habe sie nicht verstanden und sie mich auch nicht, aber das ist inzwischen besser. Ich setze mich oft mit unserem kleinen Wörterbuch und der Zeitung hin und versuche, einen Artikel zu übersetzen. Das hilft mir sehr. Probier das auch mal.« Sie lächelte ihre Freundin an.

»Du hast immerhin Yngvi«, erwiderte Lore.

»Wieso?«

»Na, er spricht schließlich Englisch. Das war sicher nützlich.«

»Ach so, ja, das ist richtig«, stimmte Ulrike verlegen zu. Sie hatte das Gefühl, dass ihre Freundin sie musterte. Schnell redete sie weiter. »Yngvi hat mir vor ein paar Tagen eine heiße Quelle gezeigt, und …«

»Yngvi hat dir eine heiße Quelle gezeigt?«, wiederholte Lore mit hochgezogenen Augenbrauen.

Mist, warum habe ich das bloß erwähnt?, schalt Ulrike sich. »Ja, sie haben dort vor Jahren eine kleine Badestelle angelegt, und stell dir vor …«

»Jetzt sag nicht, dass ihr beide dort gebadet habt. Und womöglich noch gemeinsam?«

»Nein, nicht gemeinsam, aber es war sehr angenehm. Außerdem …«

Doch Lore ließ nicht locker. »Angenehm war's, soso. Das möchte ich wetten.«

»Nein, so war das nicht. Und wir haben nicht zusammen … Meine Güte!« Ulrike gab es auf.

»Er gefällt dir«, stellte Lore nüchtern fest.

»Ja«, flüsterte sie.

»Das ist doch schön!« Lore stellte ihre Tasse ab und legte die Hand auf ihren Unterarm. Eine Weile sahen sie stumm in die grüne Weite. Die Gräser und Steine hatten einen goldenen Schimmer angenommen, es war später Nachmittag, und wie Lore gesagt hatte, warfen die Felswände Schatten, auch wenn es noch Sommer war und die Sonne nur für wenige Stunden untergehen würde. »Könntest du dir vorstellen hierzubleiben?«, fragte Lore schließlich.

»Das weiß ich nicht«, erwiderte Ulrike. »Wir sind doch erst so kurz hier. Und Island ist so entsetzlich weit weg. Von meiner Mutter, meinen Geschwistern, meiner Heimat.«

»Sagt man nicht ›Heimat ist da, wo unsere Liebe ist‹?«

»Meine Liebe ist auch in Lübeck, bei meiner Familie.«

»Familie steht für die Vergangenheit. Die kann dir keine Zukunft geben. Wurzeln und Halt ja, aber fliegen musst du selbst.« Lore zuckte mit den Schultern. »Frei nach Goethe.«

»Wieso?«

»Der hat mal etwas gesagt wie: ›Eltern sollen ihren Kindern zwei Dinge geben: Wurzeln und Flügel.‹ Irgendwann verlassen die Kleinen halt das Nest.«

»Da ist was dran. Würdest du hier leben wollen?«, stellte Ulrike die Gegenfrage.

»Vielleicht. Ich habe ja keine Heimat mehr, die ich vermissen könnte«, erwiderte Lore abgeklärt.

»Denkst du, du wirst nie wieder zu eurem Gut zurückkehren?«

»Nein. Es gehört jetzt zu Russland, die Gegend heißt nun Kaliningrad. Sie lassen niemanden mehr rein, schon gar keine Deutschen. Aber reden wir über was anderes.«

Es war einen Moment still. Dann fiel Ulrike wieder ein, was ihr auf der Seele brannte.

»Ich wollte dir tatsächlich noch etwas erzählen. Bei der heißen Quelle, da müssen wir unbedingt mal zusammen hin, ist der Boden voller Schlamm oder Lehm. Ich frage mich, ob ich damit töpfern kann. Ich würde es gerne versuchen.« Lore hörte ihr aufmerksam zu. »Ich habe einen kleinen Klumpen ausgegraben, er ließ sich überraschend gut formen. Ich weiß nur noch nicht, wie ich ihn trocknen kann. Am besten wäre natürlich, ihn zu brennen, aber es gibt auf Guðmundarstaðir natürlich keinen Brennofen …«

»Muss man Ton zwingend brennen?«

»Ja, um aus dem Material Ton einen sogenannten Scherben zu machen. Dann ist er wie Stein und lässt sich in Wasser nicht aufweichen. Du weißt ja, dass ich früher mit meiner Mutter zusammen getöpfert habe.«

»Hm.« Lore überlegte. »Könnte man sich einen Ofen bauen?«

»Im Prinzip schon. Mein Vater hat das für meine Mutter ja auch gemacht. Ich weiß nur nicht, wie.«

»Es wäre so toll, wenn es klappen würde!«

Und dann gerieten sie ins Träumen. Stellten sich vor, dass Ulrike Geschirr herstellen und in Selfoss auf dem Markt verkaufen würde, entwarfen in Gedanken ein Schild für ein Geschäft: TÖPFERWAREN VON ULRIKE PETERSEN.

Ulrike konnte nicht verhindern, dass ihr Herz vor Aufregung Kapriolen schlug.

Am Abend saß sie mit den anderen in der gemütlichen Küche von Guðmundarstaðir zusammen. Sie hatte einen Berg Socken vor sich liegen, die gestopft werden mussten.

»Der Sommer neigt sich dem Ende zu«, sagte Aldís und ließ den Pullover, den sie gerade strickte, auf den Schoß sinken. Nachdenklich schaute sie aus dem Fenster.

Obwohl es nachts noch immer nicht richtig dunkel wurde, hatte auch Ulrike bemerkt, dass es früher dämmerte und frischer wurde.

»Sollen wir die Schafe und Pferde dieses Jahr eher von den Sommerweiden holen?« Helgi, der am Spülstein stand und Messer schliff, sah seine Mutter fragend an.

Aldís wiegte den Kopf. »Ich denke, schon. Jedenfalls nicht erst im Oktober wie im letzten Herbst. Was meint ihr?« Ihr Blick wanderte zwischen ihren Söhnen hin und her.

»Es geht doch noch«, meinte Grímur, der mit Yngvi am Esstisch saß und ein Kartenspiel spielte, bei dem ständig jemand auf den Tisch schlug, was Ulrike jedes Mal zusammenzucken ließ. »Ist doch ein guter Sommer bisher.«

»Das stimmt, aber …« Aldís runzelte die Stirn. »Ich glaube, der Winter kommt früh dieses Jahr.«

»Warum glaubst du das?«, fragte Grímur skeptisch.

»Ist nur so ein Gefühl. Meine Knochen fangen schon an zu schmerzen. Das tun sie oft vor Stürmen. Und Schnee.« Beinahe entschuldigend zuckte sie mit den Schultern.

»Deine Knochen schmerzen doch immer«, gab Grímur murrend zurück.

»Mutter hat meistens ein sehr gutes Gespür«, schaltete sich nun Yngvi ein, der zwischendurch immer wieder für Ulrike auf Englisch übersetzte und erklärte, denn sie konnte dem Gespräch natürlich nur teilweise folgen. »Wir sollten auf sie hören.«

»Aber das Wetter ist noch wunderbar, bis auf das Gewitter gestern. Wir sollten den Tieren so viele Wochen wie möglich geben, um sich satt zu fressen«, widersprach Grímur. »Wenn sie zu früh kommen, müssen wir während der kalten Jahreszeit zu viel zufüttern.«

»Das ist viel Arbeit, und womöglich kommen wir dann mit dem Heu nicht aus«, gab Helgi zu bedenken.

»Es ist gerade mal Anfang August. Wir können darüber in ein paar Wochen nachdenken.« Grímur wandte sich wieder seinen Karten zu.

Ulrike sah von ihrer Stopfarbeit auf. »Können sie denn nicht hier unten auf den Weiden stehen, bis es zu kalt wird?«, fragte sie.

»Doch«, erklärte Yngvi, »das tun sie ohnehin, sogar, wenn es bereits schneit. Ich habe dir ja schon vom isländischen Winter erzählt. Isländische Schafe und Pferde sind robust und kommen nur bei übelstem Wetter in den Stall. Aber es ist gut, sie so lange wie möglich im Hochland zu lassen, damit sich unsere Weiden erholen. Andererseits darf man auch nicht zu lange warten. Das Wetter im Hochland ist noch unberechenbarer als bei uns hier unten. Wir könnten Schafe verlieren. Oder es könnte für uns selbst gefährlich werden. Der Herbst ist bei uns ein launischer Geselle.«

»Er kann noch sehr gut sein, aber auch äußerst ungemütlich«, ergänzte Helgi. »In manchen Jahren ist er so schnell vorbei, dass man den Eindruck bekommt, direkt vom Sommer in den Winter zu rutschen.«

»Und dann will man nicht gerade im Hochland sein und seine Schafe suchen müssen, verstehe«, sagte Ulrike. »Was werdet ihr also tun?«

»Abwarten«, beschloss Grímur, »uns aber für den Abtrieb jederzeit bereithalten, das Wetter währenddessen genau im Auge behalten und ebenso Mutters Knochen.« Er erhob sich und machte Anstalten, Richtung Schlafzimmer zu gehen. »Morgen erzähl ich Haukur von unseren Plänen.«

Haukur war Grímurs bester Freund, er lebte mit seiner offenbar sehr großen Familie auf einem Hof in Küstennähe. Grímur sprach ständig von irgendwelchen Geschwistern, Cousins und Tanten, deren Namen Ulrike sofort wieder vergaß. Sie sahen sich oft, wenn Grímur mit ihnen zum Fischfang aufbrach.

»Wir machen den Abtrieb immer mit den Nachbarhöfen zusammen«, erklärte Yngvi und sammelte die Karten ein. »Das habe ich dir ja auch schon erzählt. Es ist ein besonderes Erlebnis, du wirst sehen.«

»Werde ich mit dabei sein?«

»Natürlich, zum Glück kannst du jetzt reiten«, erwiderte er lachend.

»Stimmt. Ich werde langsam immer sicherer.« Yngvis Lachen war ansteckend. »Sag mal«, ergriff sie die Gelegenheit, »ich war ja heute bei Lore auf Miðhús.«

»Richtig, wie war es denn? Wir hatten ja noch gar keine Gelegenheit zu sprechen.«

»Gut … eigentlich.«

Yngvi sah sie aufmerksam an. »Wieso ›eigentlich‹?«

Ulrike seufzte. »Weil ich mir Sorgen darum mache, dass es für Lore dort zu einsam sein könnte. Sie ist ein sehr in sich gekehrter Mensch, weißt du? Und Snorri … nun ja …«

»… ist das auch«, ergänzte Yngvi, und Ulrike nickte.

Yngvi übersetzte für Helgi und seine Mutter.

»Deine Freundin kann herkommen, sooft sie möchte. Und wie es ihre Arbeit zulässt«, sagte Aldís.

»Danke, das ist sehr freundlich.« Ulrike war erleichtert.

»Snorri kann Gesellschaft gut gebrauchen«, erklärte Helgi daraufhin. »Seit sein anderer Sohn weggezogen und dann auch noch seine Frau gestorben ist …« Er zuckte bedauernd mit den Schultern. Mit den Messern war er fertig und schob sie zurück in den Messerblock. »So ein großer Hof für eine einzige Person …« Er schüttelte den Kopf.

»Er ist wunderlich geworden.« Aldís sah erneut einen Moment aus dem Fenster, bevor sie weiterstrickte. »Wenn ein Mensch keine Liebe mehr hat, nützt ihm auch sein Reichtum nichts.«

Da war sicherlich etwas dran. »Er ist sehr wohlhabend, oder?«

Ulrike sprach Englisch, damit nur Yngvi sie hörte. Die anderen wussten, dass das nicht unhöflich war, sondern einfach notwendig, bis sie sich ausschließlich auf Isländisch verständigen konnte. Lange würde es nicht mehr dauern.

Er nickte. »Man unterschätzt Snorri leicht, aber er ist ein sehr kluger Mann.«

»Inwiefern?«

»Er hat vor vielen Jahren von dem Erbe seiner Frau

Land in der Nähe von Reykjavík gekauft, und weil nun immer mehr Menschen in die Stadt ziehen wollen, verkauft er Teile davon wieder für gutes Geld. Er lebt inzwischen ausschließlich von diesen Einkünften.«

Ulrike staunte. »Lore sagte, dass seine Frau Dänin war.«

»Ja. Sie entstammte einer wohlhabenden dänischen Kaufmannsfamilie. Ist aber in Reykjavík geboren.« Yngvi räusperte sich. »Sie hatte es nicht immer leicht, weil Island ja lange, gezwungenermaßen, zu Dänemark gehörte. Aber sie und Snorri waren glücklich. Haben sehr zurückgezogen gelebt.«

»Und ein prächtiges Haus gebaut.«

Yngvi nickte. »Miðhús war schon immer in Snorris Familie, aber Vilma hat es zu dem gemacht, was es heute ist. Seit ihrem Tod lässt er es leider verkommen. Er scheint jegliche Lebensfreude verloren zu haben. Zu schade ...«

Ulrike spürte, dass Yngvi nicht weiter über das Thema sprechen wollte. Sie stand auf und ging zum Ofen, wo sie das kleine Gefäß, das sie aus Ton geformt hatte, zum Trocknen hingestellt hatte. Sie drehte und wendete es hin und her. Es war fester geworden, fühlte sich ein bisschen wie Leder an, war aber nicht brüchig oder rissig. Ein Zustand, den die Töpfer »lederhart« nannten. Sie bemerkte, wie Aldís interessiert aufsah.

»Ist es getrocknet, Kind?«

Sie nannte sie oft Kind, *barn*, und Ulrike gefiel das. Sie fühlte sich dadurch in der Familie aufgenommen.

»Fast.« Lächelnd gab sie der Bäuerin das Gefäß, damit sie es sich genau besehen konnte.

»Das ist hübsch«, meinte sie schließlich und reichte es ihr zurück.

»Danke.« Ulrike war ehrlich erfreut. »Der Lehm eurer heißen Quelle scheint brauchbar zu sein.«

»Tatsächlich?« Aldís wirkte erfreut.

Auch Helgi, der sich zu seiner Mutter auf das Sofa gesetzt und ein Buch zur Hand genommen hatte, schaute interessiert auf. »Meinst du?«

Ulrike zuckte mit den Schultern. »Es sieht so aus. Ich weiß noch nicht, ob es hält, wenn es ganz getrocknet ist, oder ob es dann doch bricht … Aber formen lässt sich der Lehm ganz gut.« Sie bat Yngvi wieder zu übersetzen. »Ton, wie ich ihn kenne, muss allerdings gebrannt werden. Dann wird er, selbst wenn er mit Wasser in Berührung kommt, nicht mehr weich. Ich weiß nicht, wie ich das anstellen könnte.« Sie besah sich die Schale, kaum größer als ihre Handfläche, nachdenklich von allen Seiten. »Wo habt ihr euer Geschirr her? Wurde es importiert?«

Helgi nickte. »Wie so vieles andere. Inzwischen kann im Land mehr selbst hergestellt werden.«

»Nur Fisch, Fleisch und Wolle hatten wir immer genug«, ergänzte Yngvi.

»Nicht immer«, widersprach Aldís.

»Das stimmt, es gab Zeiten, da ging es den Isländern sehr schlecht«, gab Yngvi zu. »Zum Glück hat sich das geändert.«

»Ganz früher haben die Menschen ihre Alltagsgegenstände doch auch selbst hergestellt«, überlegte Aldís. »Kann man so einen Ofen nicht bauen? Wie habt ihr das denn in Deutschland gemacht?«

»Am Anfang hat meine Mutter ihre Gefäße bei uns im Kaminofen gebrannt. Später hat mein Vater ihr eine kleine Werkstatt im Keller eingerichtet und einen Brennofen im Garten gebaut.« Ein Hauch Wehmut erfasste Ulrike wie jedes Mal, wenn sie an ihre Eltern dachte.

»Wie heiß muss der Ofen werden?«, fragte Helgi.

»Mindestens achthundert Grad, besser tausend.«

»Unser Herd reicht dafür nicht?« Yngvi kratzte sich das Kinn.

»Ich weiß nicht. Die Schwierigkeit besteht vor allem darin, die Temperatur langsam zu steigern und dann über mehrere Stunden aufrechtzuerhalten.«

»Das Problem ist, dass wir dafür Holz oder Briketts brauchen«, gab Helgi zu bedenken. »Sehr viel Holz.«

»Und das gibt es in Island nicht.« Ulrike verlor langsam die Hoffnung.

»Zu Zeiten der Wikinger gab es noch große Wälder. Aber sie haben alles gnadenlos abgeholzt für ihre Häuser und Boote, wie sie es von zu Hause gewohnt waren. Und dann konnten sich die Baumbestände bei dem harten Klima hier nicht mehr erholen«, erklärte Yngvi.

»Ach so?« Ulrike konnte sich nur schwer vorstellen, dass diese karge Insel reich an Bäumen gewesen sein sollte. »Das ist ungerecht, da lebt ihr mit euren Vulkanen beinahe wie auf einem Pulverfass, aber Feuer zu machen ist trotzdem schwierig.«

»Manche Leute backen ihr Brot an den Vulkanen«, warf Aldís ein. »Auch heute noch. Sie graben ein geschlossenes Gefäß mit Teig am Vulkan ein. Aber ob das für deine Keramiken reicht?«

»Wirklich?« Island faszinierte Ulrike immer mehr. »Vulkanbrot, das klingt unglaublich!« Sie ließ ihrer Fantasie freien Lauf. »Was wäre, wenn man die Töpferwaren einfach ganz tief einbuddeln würde? Immerhin müsste man sich keine Gedanken machen, dass das Feuer erlöschen könnte.«

»Nur dass man sich eventuell ein bisschen verbrennen könnte«, widersprach Helgi. »Dort, wo der Vulkan tausend Grad heiß ist, musst du ja auch erst mal hinkommen.«

Ulrike seufzte. »Da könntest du recht haben.«

»Kannst du eine Zeichnung machen, wie der Ofen aussah, den ihr in Lübeck hattet, und wie er aufgebaut war?« Yngvi schaute sie nachdenklich an, dann warf er Helgi einen fragenden Blick zu.

»Ich denke, schon«, erwiderte Ulrike und nahm sich Papier und Stift.

6

Den ganzen Abend war sie unruhig gewesen. Einerseits aufgeregt und gespannt darauf, Ellens Stimme wiederzuhören und sich mit der ehemaligen Freundin auszutauschen, andererseits nervös wie eine Schülerin vor der mündlichen Abschlussprüfung. Was ist nur los mit mir?, fragte sie sich. Früher einmal war sie eine starke, resolute und patente Frau gewesen. Jetzt hatte sie Angst davor, nichts mit der ehemaligen Freundin zu bereden zu haben. Oder davor, dass jemand anders als Ellen ans Telefon gehen und sie nicht verstehen könnte. Ohne etwas zu unternehmen, war sie ins Bett gegangen.

Am Morgen ging es ihr besser. Energisch machte sie sich ein Sonntagsfrühstück, griff nach dem Hörer, wählte die erstaunlich kurze Nummer mit der isländischen Vorwahl, die sie auf der Website gefunden hatte. Das Freizeichen ertönte, erst klar und deutlich, dann war sie wohl im isländischen Netz, denn der Ton vibrierte nun ein wenig.

»*Halló?*«, vernahm sie plötzlich eine Frauenstimme.

Bärbel konnte nicht heraushören, ob es sich dabei um Ellen oder eine jüngere Frau handelte. Hatte Ellen eine Tochter?

»*Hello, this is Bärbel Beckmann from Germany*«, versuchte sie es auf Englisch, »*I would like to speak to …*«

»Oh, Bärbel, du bist es!« Es war Ellen, nun, da sie Deutsch sprach, erkannte Bärbel ihre Stimme. »Das ist ja wundervoll, dass du dich meldest!« Ihr Akzent war stärker als damals. »Deine Tochter hat mich gestern Morgen angeschrieben. Ich freu mich ja so!«

»Ich mich auch«, antwortete Bärbel erleichtert. Die erste Hürde war genommen.

Ellen ließ gar nicht erst Verlegenheit aufkommen und redete munter weiter. Sie war schon immer fröhlich und offen gewesen.

»Katharina hat erzählt, dass ein paar Teile aus dem Service kaputtgegangen sind, das ihr damals bei mir gekauft hattet. Wie großartig, dass du es noch hast!« Ellen machte eine kurze Pause, als ob ihr etwas eingefallen wäre und sie Atem holen müsste. »Es tut mir so furchtbar leid, dass Werner gestorben ist. Wie geht es dir damit? Wie geht es dir überhaupt?«

Nun war es an ihr, Luft zu holen. So viele Fragen. »Ach ja«, begann sie. Wo sollte sie anfangen? Wie viel sollte sie bei diesem ersten Gespräch preisgeben? Sie wollte Ellen ja schließlich nicht gleich wieder vergraulen. »Hast du überhaupt gerade Zeit zu reden?«, fragte sie.

»Alle Zeit der Welt.« Bärbel hörte, wie Ellen eine Tür hinter sich zuzog, dann raschelte es, so als ob sie sich irgendwohin gesetzt hätte. »Es ist Sonntagmorgen, ich bin allein, sitze gemütlich in der Küche, habe eine Tasse Kaffee vor mir stehen und heute Vormittag rein gar nichts vor«, sagte sie. »Erzähl mir, was in den vergangenen vierzig Jahren alles passiert ist.«

Erleichtert ließ auch Bärbel sich mit ihrem Kaffee auf ihr Sofa sinken, atmete tief durch und erzählte. Von den Geburten der Kinder, ihrer Arbeit als Lehrerin, von Werners Professorendasein als Meeresbiologe an der Uni, von ihren Reisen mit Werner, von Katharinas und Bens Werdegängen, von Werners Tod und dem Alleinsein, das ihr zu schaffen machte. Selbst ihre neue Unsicherheit und das Gefühl, nicht mehr zu wissen, wie ihr Leben weitergehen würde, ließ sie nicht aus. Sie redete und redete, sprach sich alles von der Seele, und Ellen hörte zu, unterbrach sie nur dann und wann, um eine Verständnisfrage zu stellen oder zu trösten. Ihre altbekannte Stimme wärmte Bärbel förmlich, und sie spürte, wie gut es tat, einmal allen Ballast loszuwerden. Katharina mochte sie mit ihren Sorgen und Nöten nämlich nicht behelligen, wirkten sie doch klein im Vergleich zu dem, was ihre Tochter jeden Tag stemmen musste.

Als sie endete, blieb Ellen eine Weile still. Bärbel fragte sich schon, ob sie überhaupt noch dran war, als sie schließlich doch sprach.

»Komm her. Komm nach Island. Es wird dir guttun. Komm allein oder mit deiner Tochter, ganz wie du magst. Es wäre bestimmt auch schön für Katharina. Ihr seid beide herzlich willkommen bei uns auf Guðmundarstaðir.«

»Aber, ich kann doch nicht …« Ihr ging das wieder einmal zu schnell.

»Doch, du kannst«, entgegnete Ellen energisch. »Überleg dir, wie du es lieber willst, allein oder zu zweit, aber komm.« Sie dachte an Katharina, die es so genießen würde, mal aus ihrem gewohnten Trott herauszukommen. Sie könnte mit ihrer Tochter zu einer alten Freundin reisen, was war schon dabei?

»Vielen Dank für das Angebot, ich überlege es mir und melde mich bald. Versprochen«, sagte sie.

Sie verabschiedeten sich, und als Bärbel auflegte, spürte sie einen Hauch von Vorfreude sowie den Eindruck, dass ein großes Abenteuer auf sie wartete.

Katharina hatte einen schrecklichen Abend gehabt. Sie hatte auf Tobias gewartet und die unweigerlich bevorstehende Konfrontation mit ihm gefürchtet. Sie mussten dringend miteinander reden, so viel war sicher. Doch wie? Die Stimmung war vergiftet und das Thema Island auch. Sie merkte, wie sehr es an ihr nagte, dass ihr Mann bei diesem Auftritt war. Je weiter der Abend fortschritt, desto gereizter wurde sie, und so beschloss sie, dass es das Beste wäre, sich ins Bett zu legen.

Als Tobias gegen halb zwölf nach Hause kam, hatte sie sich seit über einer Stunde ruhelos hin- und hergewälzt und gefragt, wie sie wohl jemals wieder zusammenkommen würden. Sie stellte sich schlafend, als er zu ihr ins Bett kroch, denn sie befürchtete, dass sie ihm nur wieder Vorwürfe machen würde, wenn sie jetzt versuchen würden, ein Gespräch zu führen. Er beugte sich zu ihr herüber und gab ihr einen Kuss auf die Wange. Eine Geste, die sie rührte und beinahe dazu gebracht hätte, ihm doch noch eine gute Nacht zu wünschen. Doch sein Atem stank nach Alkohol und Zigaretten, obwohl er sonst nicht rauchte, was sie ärgerte. Sie hielt die Augen fest geschlossen und gab keinen Mucks von sich.

Als Katharina am Morgen aufwachte, hörte sie Tobias bereits in der Küche werkeln und auf Hannes und Matteo einreden. Sofort zog sich ihr Magen schmerzhaft zusammen. Aber es nützte ja nichts, sie konnten nicht wie auf rohen Eiern umeinander herumtänzeln. Und es war Sonntag, da musste wenigstens mal niemand irgendwohin. Sie wollte mit ihrer Mutter nach Island fahren, an dem Entschluss hatte sich nichts geändert, und wenn die Wogen sich geglättet hatten, würde sie so ruhig und rational wie möglich argumentieren. Mit einem Seufzen schwang sie sich aus dem Bett und ging in die Küche.

Tobias stand an der Arbeitsplatte und schnitt Obst fürs Frühstück, die Jungs umarmten sie und rannten dann ins Kinderzimmer. Vorsichtig legte sie ihrem Mann von hinten die Arme um die Brust, gab ihm einen Kuss auf die Wange. Er sah auf.

»Wie war der Auftritt?«

»Gut. Es hat alles geklappt, sogar dieses Stück, mit dem wir vorher ordentlich Probleme hatten.«

»Das freut mich.« Katharina wandte sich, unschlüssig, wie es weitergehen sollte, ab, holte Aufschnitt und Marmelade aus dem Kühlschrank. Teller waren schon gedeckt, zwei Tassen standen unter dem Vollautomaten bereit und warteten auf Kaffee. War Tobias schon früh aufgestanden, oder hatte sie so lange im Bett gelegen? Sie nahm sich ein Herz, jetzt oder nie. »Können wir reden?«

Tobias legte das Obstmesser zur Seite, drehte sich um und lehnte sich gegen die Arbeitsplatte. »Dann schieß mal los.« Er verschränkte abwartend die Arme vor der Brust.

Katharina atmete tief durch. »Also, erst mal tut es mir leid, dass ich dich gestern mit dieser Island-Sache so überfallen habe. Das wollte ich nicht. Ich hätte auch noch nichts gesagt, wenn nicht die Kinder gleich damit angefangen hätten.« Tobias holte Luft, als ob er etwas einwenden wollte, überlegte es sich dann aber anders. »Es war nur so ein Gedanke, und tatsächlich haben Matteo und Hannes dazu den Anstoß gegeben. Deswegen sind sie auch gleich damit rausgeplatzt, als du nach Hause kamst. Es war alles noch keineswegs zu Ende gedacht.«

Tobias nickte. »Da bin ich ja froh.«

Katharina ließ sich nicht beirren. »Nichtsdestotrotz würde ich gern hinfahren. Wir haben Mama das Wellnesswochenende zum Geburtstag geschenkt. Lass uns ein paar Tage dranhängen und eine Islandreise draus machen.«

»Pfff«, machte Tobias.

Katharina spürte, wie der Ärger wieder in ihr aufzuwallen drohte. Doch sie versuchte, ruhig zu bleiben.

»Allein würde sie es nicht machen. Und es würde uns beiden guttun. Ich muss hier dringend mal raus und …«

»Ich auch«, unterbrach Tobias sie. »Ich schufte mir genau wie du den Rücken krumm. Komme selbst freitagabends spät nach Hause, dann am Wochenende Proben, Auftritte …«

Jetzt wurde es Katharina zu bunt. »Na, das musst du ja nicht machen. Kein Mensch zwingt dich dazu, in einer Band zu spielen. Du hast einen Job, Familie, vielleicht wäre es mal eine sinnvolle Überlegung, ein bisschen kürzerzutreten. Ich habe beispielsweise kein derart zeitintensives Hobby, dessentwegen ich an den Wochenenden nicht zu Hause sein kann.«

Verdammt, jetzt lief es doch wieder aus dem Ruder. Sie hatte das nicht sagen wollen, nicht schon wieder zum Thema machen wollen, dass sie der Meinung war, weniger Freiraum als Tobias zu haben, aber es war einfach aus ihr herausgeplatzt.

Die Quittung bekam sie sofort.

»Jetzt fang nicht wieder damit an.«

Sie wandte sich ab, ging zum Fenster, starrte ins Leere. Wenn sie es jetzt nicht schafften, ruhig zu bleiben, würden sie sich gleich anschreien und wieder wütend auseinanderrennen, ohne irgendetwas geklärt zu haben. Sie rieb sich die Augen, dann drehte sie sich um, versuchte, einen versöhnlichen Ton anzuschlagen.

»O. k., ich weiß, dass du viel um die Ohren hast. Das haben wir beide.« Ihre Hände vollführten eine besänftigende Geste.

Die Wogen glätten.

»Du machst auch viel mit den Kindern und im Haushalt, das ist mir bewusst, wirklich. Und sicherlich hättest du gerne wie ich mehr freie Zeit. Vielleicht kannst du ja mal mit deinen Bandkollegen übers Wochenende irgendwohin. Aber weißt du, ich würde meiner Mutter so gern ein paar schöne Tage gönnen, in denen sie in Erinnerungen schwelgen kann mit Ellen. Der Flug ist erschwinglich, und ich bin sicher, Bärbel würde nicht erwarten, dass wir alle Kosten übernehmen, wenn es das ist, was dir Sorgen macht.«

»Nein, das ist es nicht.« Auch Tobias' Stimme klang nun etwas weicher. »Es geht mir vor allem um die Umsetzbarkeit. Wie stellst du dir das denn vor? Wir müssen arbeiten, haben beide nur jeweils dreißig Tage Urlaub im Jahr. Was wird aus unserem Sommerurlaub? Wer deckt die anderen Ferientage der Kinder ab, wenn du jetzt mal eben für ein, zwei Wochen nach Island verschwindest?«

»Für eine Woche. Es wäre sicher nicht mehr als eine Woche. Mama muss unbedingt mal wieder raus, etwas erleben. Ich mache mir Sorgen um sie«, erklärte Katharina ehrlich. »Und ja, ich fände es schön, ein paar Mutter-Tochter-Tage mit ihr zu verbringen«, gab sie zu.

Tobias nickte. »Für eine Woche?«, fragte er nach.

»Ja. Wir könnten außerhalb der Ferien reisen. Dann

wären Hannes und Matteo in der Schule, und du müsstest nur die Nachmittage freimachen. Oder wir laden deine Eltern ein, dann können sie sich um die Kinder kümmern. Sie meinen doch sowieso, dass sie die Jungs zu selten sehen. Und am Wochenende könntest du mit Hannes und Matteo einen Vater-Söhne-Trip machen. Das wäre doch auch mal was Tolles!« Sie hatte sich ihre Argumente gut zurechtgelegt.

Tobias blieb eine Weile still, rieb sich nachdenklich das Kinn, doch sie spürte, dass sein Widerstand bröckelte. »Na schön«, sagte er nach einer gefühlten Ewigkeit, »ich denke, das ließe sich irgendwie einrichten.«

Katharina jubelte auf, so sehr freute sie sich. »Du bist der Beste!«, rief sie und fiel ihrem Mann lachend vor Erleichterung in die Arme.

»Und du bist *die* Beste«, sagte er verschmitzt und streichelte ihr zärtlich über den Rücken. »Aber lass uns nicht wieder so streiten.«

Mit Tränen in den Augen vor Rührung, schüttelte sie den Kopf. »Nein, das will ich ja auch nicht. Aber wir brauchen dringend mehr Zeit füreinander.«

Sie vergrub ihr Gesicht an seiner Halsbeuge, wobei er ihr sanft die Haare aus der Stirn strich.

»Wenn ihr aus Island zurück seid, bitten wir deine Mutter mal für ein Wochenende hier einzuspringen, dann machen *wir* uns ein paar schöne Tage.«

Katharina wünschte sich sehr, dass sie das bald schaffen würden.

Nach dem Frühstück erzählte sie von dem Blumenstrauß, den sie am Vortag dann doch noch für ihre Mutter besorgt hatte. »Die Kinder wollen sich entschuldigen.

Ich überlege, heute Vormittag mal eben zu ihr zu fahren.«

»Gute Idee«, stimmte Tobias zu, »dann kannst du ihr gleich von deinen Neuigkeiten erzählen.«

Katharina gab ihrem Mann einen Kuss. »Das werde ich. Ich bin gespannt, wie sie es aufnimmt.« Sie überlegte. »Kommst du mit, oder möchtest du ein bisschen ausruhen?«

»Wenn ich ehrlich bin, würde ich die freie Zeit lieber für mich nutzen. Vielleicht mal joggen gehen oder so«, sagte er. »Ist das in Ordnung?«

»Ja, das ist es«, sagte sie und meinte es auch so.

»Grüß Bärbel von mir«, ergänzte Tobias.

»Das mache ich.«

Bärbel wirkte erstaunt, als sie die Tür öffnete und als Erstes den Blumenstrauß sah.

»Nanu, ich hatte doch schon Geburtstag«, sagte sie verwundert.

Katharina schob die Jungs vor. »Na los, was wolltet ihr sagen?«, flüsterte sie.

»Entschuldigung«, murmelte Hannes.

Matteo platzte mit etwas anderem heraus: »Du und Mama, ihr könnt nach Island fahren! Papa ist nicht mehr …«

»Wir wollten uns doch erst mal bei Oma entschuldigen«, unterbrach sie ihren Sohn schnell.

»Stimmt«, brummte Matteo geknickt. »Tut mir leid, Oma, dass wir beim Streiten dein Geschirr zerbrochen haben.«

»Ach, ihr Süßen, das ist doch halb so wild. Kommt mal her.« In der einen Hand den Blumenstrauß, umarmte sie mit der anderen ihre Enkel. »Kommt rein«, sagte sie anschließend und umarmte auch sie zur Begrüßung.

Sie hatte das Gefühl, dass ihre Mutter sie musterte. Ob sie ahnte, dass es Stress mit Tobias gegeben hatte? »Danke, aber hast du denn Zeit?«

»Natürlich! Alles, was ich an einem Sonntag tun könnte, kann ich genauso gut später machen. Ich bin Rentnerin, ich kann alles verschieben.«

Ihre Mutter ging voraus in die Diele. Die Jungs tollten dort bereits mit Gustav herum, der sich wie immer besonders freute, wenn die Kinder mit ihm spielten.

»Mama.« Katharina legte ihrer Mutter die Hand auf die Schulter. »Ich wollte mit dir noch mal über Island sprechen.«

Sie bemerkte, wie die Jungs in ihrem Spiel mit Gustav innehielten und interessiert aufschauten.

»Das hab ich mir fast gedacht«, erwiderte Bärbel und sah sie an.

»Ich würde gerne mit dir zu Ellen fahren.«

Ihre Mutter nickte besonnen. »Gehen wir in die Küche. Möchtest du einen Kaffee?«

»Gern.«

Als die Kaffeemaschine gluckerte, schloss Bärbel die Küchentür. »Wäre Tobias denn damit einverstanden?«

»Ja«, sagte sie, aber es kam wohl zu verhalten, denn ihre Mutter hakte sofort nach.

»Ist alles in Ordnung bei euch?«

Mama kennt mich einfach zu gut.

Sie zuckte mit den Schultern. »Eigentlich schon. Bis auf das Übliche, das manchmal hochkommt. Zu viel Stress, zu wenig Zeit, zu viele Fragen, wer macht was und wer macht was nicht …«

»Meine Liebe …« Bärbel blickte sie mitfühlend an.

»Das wird schon wieder«, sagte Katharina schnell.

»Bestimmt.« Ihre Mutter nahm zwei Tassen aus dem Schrank, und sie setzten sich an den Küchentisch. »Ich möchte nur nicht der Grund dafür sein, dass du Ärger mit deinem Mann hast wegen Island.«

»Nein, nein. Wir haben ihn anfangs mit der Idee nur ein bisschen überfallen«, erklärte sie. »Die Kinder sind damit rausgeplatzt, du kennst sie ja. Das fand er nicht so toll. Aber dann haben wir uns ausgesprochen, und jetzt ist er einverstanden. Tobias' Eltern werden kommen und ihn ein bisschen unterstützen.«

»Das heißt, es spricht eigentlich nichts mehr dagegen?«

Täuschte Katharina sich, oder entdeckte sie im Gesicht ihrer Mutter tatsächlich ein verschmitztes Lächeln?

»Nein, tut es nicht. Es sei denn, du würdest nicht fahren wollen.«

»Ich hab heute Morgen mit Ellen telefoniert«, eröffnete ihr Bärbel nun.

»Was, wirklich? Und, was erzählt sie so?«

»Sie möchte mich unbedingt wiedersehen. Und würde dich auch gerne kennenlernen.«

»Oh.« Katharina war sprachlos.

»Sie lädt uns zu sich nach Guðmundarstaðir ein.«

»Ist das der Ort, in dem sie lebt?«

»Jein. Es ist der Name des Hofes, auf dem sie und ihre Familie leben. Dort hat sie sich ihre Töpferei und ein kleines Geschäft eingerichtet. Der Hof liegt in der Nähe des Ortes Gíslholt, das ist etwa neunzig Kilometer südöstlich von Reykjavík.«

»Und?«, fragte Katharina gespannt. »Fahren wir?«

Es wirkte, als müsste ihre Mutter sich überwinden, doch dann nickte sie. »Wir fahren.«

Glücklich warf sich Katharina in ihre Arme. »Wir beide?«

»Wir beide.«

2. Teil

7

Endlich war der Tag der Abreise gekommen, auf den Katharina in den vergangenen Wochen hingefiebert hatte. Ende April, früher hatte sie nicht freimachen können, und das war vielleicht auch gut so, denn ab Mai wurde es etwas wärmer in Island. Sie hatte sich einen Reiseführer zugelegt und ihn intensiv studiert, immer wieder mit ihrer Mutter telefoniert. Die Anspannung zwischen Tobias und ihr war ein paar Tage vor dem Abflug noch mal wieder aufgeflammt. Sie war bemüht gewesen, in der Praxis möglichst viel vor ihrer Urlaubswoche abzuarbeiten. Zudem meinte sie, wegen der bevorstehenden Anwesenheit der Schwiegereltern das ganze Haus von oben bis unten putzen und den Lebensmittelvorrat für drei Erwachsene und zwei Kinder für gefühlt sechs Wochen auffüllen zu müssen. Diese Hektik hatte wiederum Tobias gestresst, und so waren beide gereizt und genervt umeinander herumgetänzelt.

Am Nachmittag zuvor, sie war gerade mit dem Packen ihres Reisekoffers beschäftigt gewesen, hatte dann überraschend Ben angerufen und vorgeschlagen, nach dem Fußballtraining mit den Kindern ins Schwimmbad zu gehen. Begeistert hatte sie eingewilligt und sich überlegt, was sie in der gewonnenen Zeit noch alles würde schaffen können. Doch beim Abholen hatte ihr Bruder, der manchmal erstaunlich weise sein konnte, ihr etwas zugeraunt, das sie nachdenklich gestimmt hatte: »Lasst alles stehen und liegen und genießt die Zeit zusammen. Geht spazieren oder irgendwo einen Kaffee trinken, redet miteinander oder habt Sex. Bloß macht nichts von diesen nervigen Dingen, die sonst euren Alltag bestimmen.« Er hatte gegrinst. »Ich wär ja für Sex. Sex schafft Nähe. Außerdem ist es euer letzter Tag, bevor du eine Woche weg bist.« Mit einem Augenzwinkern hatte er sie stehen lassen.

Sex schafft Nähe.

Dieser kleine Satz war wie ein Pfeil durch sie hindurchgeschossen, und sie war gleich zur Tat geschritten. War mit ihrem überrumpelten Mann, der sich den Freitagnachmittag freigenommen hatte, ins Schlafzimmer gegangen, wo sie die nächsten zwei Stunden verbracht hatten. Es hatte ihnen wirklich gutgetan. Der aufregende Nachmittag hatte es ohne Worte geschafft, die Anspannungen zu überbrücken.

Zufrieden lächelnd stand sie nun am Flughafen und gab Tobias einen Kuss.

»Das war schön gestern.«

»Fand ich auch.« Er küsste sie erneut und strich über ihr Haar. »Ich werde dich vermissen.«

»Dafür wirst du gar keine Zeit haben«, widersprach sie lachend, und wie aufs Wort zerrte Matteo an ihrem Jackenzipfel.

»Mama, Mama«, rief er und hielt die Arme hoch.

Katharina löste sich von Tobias und nahm ihren Jüngsten in die Arme. Sie rieben ihre Nasen aneinander. »Ich hab dich lieb, Mama!«

Tränen der Rührung stiegen ihr in die Augen. Momente wie diese waren es, für die sie all das tat. Für die sie es hinnahm, dass sie immer wieder ihre eigenen Bedürfnisse und Wünsche zurückstellen musste. Nun war da nur noch Liebe, nichts als reine, tiefste Zuneigung zu ihrer Familie.

»Ich dich auch, mein Schatz.« Katharina drückte ihren Sohn so fest an sich, dass er aufschrie.

»Nicht so doll.« Er zappelte, löste sich aus ihrer Umarmung und lief zu seiner Oma, die ihn ebenfalls an sich zog.

Katharina wandte sich Hannes zu, der vor einem Spielzeugautomaten stand. Ihr Ältester gab sich betont lässig, er war bereits in einem Alter, in dem Liebesbekundungen in der Öffentlichkeit peinlich wurden. Wie schade, dachte sie. Zaghaft legte sie den Arm um ihren Sohn, der erfreulicherweise nicht gleich wegzuckte.

»Tschüss, mein Großer.«

»Ich denke, wir sollten jetzt reingehen«, rief Bärbel.

Katharina konnte die freudige Erwartung in der Stimme der Mutter deutlich heraushören. Sie sah auf die Tafel mit den Abflügen. Beim Flug nach Reykjavík war noch keine Check-in-Aufforderung aufgeleuchtet. Katharina schaute zu Tobias und zwinkerte ihm zu.

»Na schön«, sagte Katharina, »machen wir uns auf zur Sicherheitsschleuse.« Noch einmal umarmte sie Matteo fest, gab Hannes einen Kuss auf die Wange, der es auf wundersame Weise geschehen ließ. Dann ließ sie sich von Tobias in den Arm nehmen.

»Ich wünsch dir eine ganz tolle Reise. Genieß es, und vergiss uns nicht ganz.«

»Ganz bestimmt nicht«, murmelte sie und lehnte sich an seine Schulter, schloss kurz die Augen.

Konnte es nicht immer so sein wie jetzt?

Sie hörte ein Räuspern und löste sich von Tobias, sie küssten sich ein letztes Mal, dann schulterte sie ihren Rucksack, hakte Bärbel unter und ging zur Sicherheitsschleuse. Bevor sie durch die Glastür traten, warf sie einen letzten Blick zurück. Da standen ihre drei Männer und winkten – die wichtigsten Menschen in ihrem Leben. Sie winkte ihnen ebenfalls zu und ging zum Sicherheitsbeamten. Das Abenteuer begann!

September 1949

Ulrike gähnte herzhaft. Es war kurz nach fünf, die Sonne würde erst in zwei Stunden aufgehen, aber es dämmerte bereits. Als sie angekommen war, war es um diese Zeit bereits hell gewesen, dass die Nächte dunkler und länger wurden, war ein untrügliches Zeichen dafür, dass der Sommer sich dem Ende zuneigte.

Sie hatten es eilig, denn an diesem Tag sollten die Schafe von den Hochweiden geholt werden. Aldís war bereits dabei, Proviant in Rucksäcke zu verstauen: Trockenfisch, geräuchertes Fleisch, getrocknete Beeren und sogar ein paar gebutterte Brote. Die Bäuerin würde als Einzige nicht mitkommen. Ulrike war gespannt. Zum Glück konnte sie inzwischen ganz gut reiten und fühlte sich sicher auf Glampi, dennoch hatte sie noch nie einen ganzen Tag im Sattel zugebracht. Was würde sie im Hochland erwarten? Sie freute sich darauf, die Bewohner der Höfe der Umgebung wiederzusehen, und ganz besonders natürlich auf Lore. Alle würden dabei sein.

Grímur, der am Fenster stand, blies zum Abmarsch. »Die anderen sind da«, sagte er.

Die Brüder sprangen auf, griffen nach ihren Jacken, stiegen in die Stiefel. Ulrike schob sich den letzten Löffel *hræringur* in den Mund und tat es ihnen nach.

Draußen hatten sich bereits etliche Familien aus Árbær, und Oddsstaðir versammelt. Alle begrüßten sich fröhlich, und auch Ulrike wurde mit einbezogen, als wäre sie keine Fremde, sondern schon immer dabei gewesen. Ein paar Hunde liefen kläffend zwischen unzähligen Pferdebeinen hindurch, was die Pferde mit gelassener Miene über sich ergehen ließen. Ulrikes Aufregung stieg, als sie auf Glampi saß, Yngvi an ihre Seite kam und sich der Zug Richtung Miðhús in Bewegung setzte. Auch Minna, die auf der Fahrt von Reykjavík zu den Höfen mit im Auto gesessen hatte, war da, aber sie wich einem jungen Bauernsohn nicht von der Seite, sodass es bei einem kurzen Gespräch blieb.

Das Tempo zog an, als sie das Tal erreicht hatten, an dessen Ende sich Miðhús befand. Man wollte keine Zeit vergeuden, die man während der Suche nach den Schafen womöglich dringend brauchte. Die Bewohner der Gehöfte Hruni und Seylukot wurden an einer Wegkreuzung begrüßt, die Ulrike schon von ihren Besuchen bei Lore kannte, und schließlich sammelten sie Snorri und Lore ein. Yngvi und Helgi ließen sich zurückfallen, sodass Lore und sie sich ungestört einander widmen konnten.

»Wie schön, dich zu sehen«, sagte Lore, während sie nebeneinanderher ritten. »Wie geht es dir?«

»Sehr gut«, sagte Ulrike.

Ja, es war wirklich genau so. Sie hatte schon lange nicht mehr darüber nachgedacht, dass sie etwas anders würde haben wollen, wie es zuletzt in Lübeck der Fall gewesen war.

»Du siehst auch gut aus«, meinte Lore. »Island scheint dir zu bekommen. Oder hat das vielleicht mit einem bestimmten jungen Mann zu tun?«

»Das würde ich nicht sagen«, widersprach Ulrike, obwohl ihr Herz schneller zu pochen begann. Sie war sich unsicher, welcher Art ihr Verhältnis zu Yngvi war. Sie waren sich nicht wieder so nahegekommen wie an dem Gewitternachmittag in der Höhle. Yngvi war einfach nur nett zu ihr, sonst nichts. Was daran liegen mochte, dass eigentlich immer jemand anderes aus der Familie in ihrer Nähe war. Und, was irritierend war, Helgi war inzwischen viel offener und freundlicher zu ihr geworden. Behandelte sie nicht mehr wie ein rohes Ei oder wie jemanden von einem anderen Stern. Er hatte wohl Zeit gebraucht, um warm mit ihr zu werden und seine Schüchternheit abzulegen. Wobei er immer noch errötete, wenn sie ihn direkt ansprach, was bei dem großen, kräftigen Kerl, der er war, irgendwie niedlich wirkte. Vielleicht waren die isländischen Männer alle freundlich und aufmerksam Frauen gegenüber. Hatte Yngvis Kuss überhaupt keine Bedeutung? Ulrike konnte es nicht einschätzen. Schon mit deutschen Männern hatte sie keinerlei Erfahrung, wie sollte sie dann erst wissen, wie man sich isländischen gegenüber verhielt? »Trotzdem danke«, setzte sie fort. »Ich fühle mich einfach wohl hier. Die Arbeit ist anstrengend, und abends falle ich todmüde ins Bett, aber ich bin ausgefüllt, zufrieden. Ich muss nicht so viel nachdenken über das, was mir zu Hause gefehlt hat.« Als ihr klar wurde, dass diese Bemerkung Lore unter Umständen treffen könnte, ruderte sie eilig zurück. »Tut mir leid, ich wollte nicht undankbar klingen. Ich weiß, dass ich mich glücklich schätzen kann, überhaupt noch ein Zuhause zu haben.«

»Ist schon gut.« Lore winkte ab.

»Aber wie ist es dir ergangen? Wird Snorri gesprächiger, seit du Isländisch lernst?«

Ulrike war aufgefallen, dass die Gesichtszüge der Freundin nicht gelöster wirkten als bei ihrem letzten Treffen. Im Gegenteil, sie hielt ihre Lippen fest aufeinandergepresst, und ihre Kiefer schienen unentwegt zu mahlen.

»Nein. Ich versuche es auch gar nicht mehr. Wir leben eher so nebeneinanderher.«

Ihr Blick wich Ulrikes aus. Hinter Miðhús war der Weg immer schmaler geworden, von beiden Seiten begrenzt durch Felswände. Nun ging es eine steile Anhöhe hinauf, und sie waren vor allem damit beschäftigt, sich aufs Reiten zu konzentrieren, das Tempo beizubehalten und nicht aus dem Sattel zu rutschen. Oben angekommen, genoss Ulrike für einen Moment die endlos scheinende Weite der Hochebene. In der Ferne waren verstreut weiße Punkte auszumachen. Das mussten die Schafe sein. Jemand rief etwas, und drei Männer, darunter Yngvi, teilten die Anwesenden in Gruppen auf. Ulrike nutzte die Gelegenheit, noch einmal genauer nachzufragen.

»Was meinst du damit, ihr lebt nur nebeneinanderher?«

Lore zuckte mit den Schultern. »Inzwischen kenne ich meine Aufgaben. Hühner füttern, Wäsche machen, Essen kochen, das Haus sauber halten, den Gemüsegarten pflegen. Snorri macht den Rest. Dringende Reparaturen am Schafstall, nach Selfoss fahren oder reiten, wenn es etwas einzukaufen gibt, sich ums Heu kümmern und so weiter. Er ist draußen, ich bin drinnen im Wesentlichen. Normalerweise lässt er mich auch nicht zu den Pferden. Aber ich habe gesagt, dass ich reiten kann, und darauf bestanden, heute mitzukommen. Zu Hause hocke ich genug herum. Er hat mit den Schultern gezuckt und sich wieder seiner Strickerei gewidmet. Ich habe das als ein Ja aufgefasst.«

»Und nach getaner Arbeit?«

»Er strickt, er hört Radio, liest Zeitung, macht Kreuzworträtsel. Ich sitze daneben. Wobei ich inzwischen lieber auf mein Zimmer gehe.«

»Wieso denn?«

»Mir gefallen seine Blicke nicht.«

»Was meinst du?«, fragte Ulrike erschrocken.

Lore rollte mit den Augen. »Bist du so naiv? Er ist ein Mann. Ein einsamer Mann. Was ist da noch unklar?«

»Du meinst, er … er macht dir Avancen?«

»Nett ausgedrückt. Es scheint so, ja.«

»Aber sollte er dann nicht mal versuchen, mit dir zu reden, dafür zu sorgen, dass du dich wohlfühlst?«

»Ich weiß es nicht. Vielleicht machen die isländischen Männer das so.«

Das glaubte Ulrike zwar nicht, aber wirklich wissen tat sie es nicht. Verstohlen fiel ihr Blick auf Minna, die für alle offensichtlich mit dem Bauernjungen schäkerte.

»So kann es auch laufen.«

»Tja«, meinte Lore kühl, »jeder muss wissen, was er tut.«

Dann war keine Zeit mehr zum Reden, denn jede Gruppe brach in eine Richtung auf, und das Tempo zog gehörig an. Ulrike krallte sich mit aller Macht in Glampis Mähne, im Galopp war sie bisher nur selten geritten. Zum Glück wusste ihr treues Pferd besser als sie selbst, was jetzt gefordert war, und sie konnte sich darauf konzentrieren, nicht aus dem Sattel zu rutschen. Lore hingegen schien das schnelle Reiten zu genießen. Sie hatte sie längst abgehängt und war vorne mit dabei, ihre dunklen Haare wehten im Wind.

Aber auch sie selbst vernahm ein Gefühl von Freiheit in sich – wie intensiv es sein musste, wenn man richtig reiten konnte und sich nicht vor lauter Angst in die Pferdemähne krallen musste, konnte sie allerdings nur vermuten.

Es wurden Anweisungen gerufen, die sie nicht verstand, woraufhin sich ihre Gruppe auflöste. Ulrike konnte erkennen, wie die anderen Gruppen dasselbe taten, sodass sie eine Art Barriere bildeten. Und dann waren sie bei den Schafen, eine ganze Herde! Sie stoben wild auseinander, als die Pferde mit ihren Reitern auf sie zugeschossen kamen, versuchten zu entwischen, Haken zu schlagen, sich zwischen den Pferden hindurchzuschummeln, doch Yngvi und die anderen hielten sie auf. Es sah waghalsig aus, und sie sorgte sich um Yngvi, aber zum Glück wussten die Männer ja alle, was sie taten, machten es nicht zum ersten Mal. Ihr und Lore und Minna blieb nur, sich querzustellen, wenn ein Schaf versuchte, bei ihnen durchzubrechen.

Plötzlich sah sie, dass Lore einem ausgebüxten weißen Wollknäuel hinterherjagte. Niemand hatte das Verschwinden bemerkt, und niemandem außer ihr schien Lores Alleingang aufzufallen. Was sollte sie jetzt tun? Die Chancen, dass Lore das Schaf ohne Hilfe einfangen würde, gingen gegen null. Die anderen waren beschäftigt, und hier konnte sie ohnehin nicht viel ausrichten, ein paar der Bauern begaben sich mit dem ersten Teil der Herde zwischen sich eingepfercht bereits wieder in Richtung Tal.

Kurz entschlossen zog sie Glampi herum, die für einen Moment überrascht schien, und ritt Lore nach. Als Glampi begriffen hatte, dass sich die Aufgabe verändert hatte und was von ihr gefordert wurde, ging sie von selbst in Galopp über und folgte dem anderen Pferd. An einem etwa zwei Meter breiten Fluss blieb das Schaf kurz stehen, schien zu überlegen, bemerkte dann die Reiterin hinter sich, schlug einen geschickten Haken, den man dem so behäbig wirkenden Tier überhaupt nicht zugetraut hätte, und verschwand zwischen ein paar Felsen. Lore folgte dem Tier, und Ulrike leitete Glampi zur entgegengesetzten Seite der Felsgruppe.

»Ich reite rum«, brüllte sie über den Wind, der in ihren Ohren heulte.

Lore nickte verstehend und näherte sich langsam dem ersten der Gesteinsbrocken, die von dichtem Moos überzogen waren. Ulrike entdeckte einen Spalt zwischen zwei mannshohen Felsen, und sie rutschte von Glampi herunter, stieg gebückt dazwischen. Es war dunkler hier und feucht wie in einer kleinen Höhle. Von weiter hinten schien etwas Licht durch einen Spalt. Dort musste das Schaf hineingehuscht sein. Sie hörte ein klägliches Mähen. Wo war das Tier? Langsam ging sie tiefer ins Dunkle und stieß prompt mit dem Kopf an eine Kante des Steins über ihr. Ärgerlich rieb sie ihre Stirn. Da war der Laut wieder. Täuschte sie sich, oder klang es noch wehleidiger?

»Ulrike?«, hörte sie Lore von draußen rufen. »Wo bist du?«

»Zwischen den Felsen. Hier ist eine Art Höhle. Bei dir muss auch irgendwo ein Eingang sein.« Sie tastete sich weiter vor, vorsichtig, um sich nicht wieder zu stoßen. Licht schimmerte jetzt nur noch durch vereinzelte Löcher zwischen dem Gestein herein. Sollte man von einem Unwetter überrascht werden, könnte man sich hier gut verkriechen, überlegte Ulrike. Und auf einmal schoss ihr ein Gedanke durch den Kopf. Ob Yngvis Vater wohl hier irgendwo verloren gegangen war? Hatte er womöglich genau in dieser Höhle vor dem Nebel Unterschlupf gesucht und war in eine Spalte gerutscht? Sie unterdrückte ein Schaudern. »Ich glaube, das Schaf hat sich hier irgendwo verletzt«, rief sie Lore zu.

Wenigstens war sie nicht allein.

»Warte«, hörte sie von draußen. »Dies muss der Eingang sein.«

Ulrike war erleichtert. Behutsam bewegte sie sich voran, hatte sie doch die starke Vermutung, dass sie sich in einem Gang befand, der zur anderen Seite führte. Das Jammern des Schafes wurde leiser, sie mussten sich beeilen. Doch dann ging es nicht weiter. Ulrike fühlte in der Schwärze vor sich nur noch Stein, wo sie auch hinfasste. Sie hatte sich geirrt.

»Verdammt«, sagte sie und drehte sich vorsichtig um, um den Rückweg anzutreten.

»Was ist?«, hörte sie Lores Stimme hinter dem Gestein, das sie voneinander trennte.

»Eine Sackgasse. Ich muss zurück.« Die Anwesenheit ihrer Freundin übte eine enorm beruhigende Wirkung auf Ulrike aus.

»In Ordnung. Oh, ich hab es gefunden«, sagte Lore. Ein verängstigtes Mähen war zu hören. »Ja, es ist hier.«

»Mäh, mäh«, machte das Schaf, die Angst, die es in seiner misslichen Situation empfand, war unverkennbar. Es fuhr Ulrike durch Mark und Bein.

»Aber es steckt in einem Spalt fest, ich kann es nicht rausziehen ...« Lore klang verzweifelt.

»Ich komme!«

Ulrike beeilte sich, wieder aus der Höhle zu kommen, doch das war nicht einfach. Es war immer noch so dunkel, dass sie kaum die Hand vor Augen sehen konnte, und wieder stieß sie mit dem Kopf gegen einen Vorsprung im Felsen, diesmal heftiger. Für einen Moment wurde ihr schwindelig. Sie ließ sich auf den kalten, feuchten Sandboden sinken, griff an die schmerzende Stelle und fühlte eine warme Flüssigkeit über ihre Finger laufen. Ihr Kopf dröhnte, und ihr Kreislauf schien nicht mehr mitzumachen.

»O mein Gott!«, rief sie.

»Was ist?«, fragte Lore.

»Ich hab mir den Kopf gestoßen«, erwiderte sie wimmernd und legte sich auf die Seite. »Mir ist schrecklich schwindelig.«

»Mist. Das Schaf muss warten. Wir schaffen das nicht allein. Ich hole Hilfe.«

»Ist gut.«

Ulrikes Stimme war kaum mehr als ein Flüstern, sie schloss die Augen. Das war's also? Sollte ihr kurzes Islandabenteuer damit vorbei sein? Und ihr Leben? Sollte es wirklich so enden? Sie merkte, wie sie langsam wegdämmerte, wie Kälte in ihre Glieder kroch, während warmes Blut durch die Finger ihrer Hand sickerte, die sie fest an die Stirn gepresst hielt. Dann vernahm sie, wie Lore hektisch nach den Pferden rief. Waren sie nicht mehr da? Aber Glampi würde sie doch niemals im Stich lassen! Mühsam öffnete Ulrike die Augen. Was war da los? Nein, das konnte nicht sein. Sie würde nicht hier liegen bleiben und in dieser elenden Felsspalte im isländischen Hochland sterben!

Wie Yngvis Vater.

Sie richtete sich langsam auf, der Schwindel ließ zum Glück etwas nach. Vorsichtig wischte sie mit dem Handrücken über die blutverschmierte Stirn, tastete sich dann langsam auf allen vieren vorwärts, einen Arm vor sich ausgestreckt, um etwaige Hindernisse rechtzeitig zu ertasten. Und dann strahlte ihr endlich Licht entgegen. Sie hatte es geschafft! Der Spalt, durch den sie hereingekommen war, musste in der Nähe sein! Erleichterung durchflutete ihren Körper, als ihr endlich Sonnenstrahlen entgegenschienen und frischer Wind um ihre Ohren blies. Gott sei Dank!

»Lore?«, rief sie und dann noch einmal lauter: »Lore?«

Keine Antwort.

Ihr Kopf machte ihr Sorgen, Übelkeit und Schmerzen plagten sie. Sie beschloss, zum Fluss zu kriechen, um sich das Gesicht abzukühlen und etwas zu trinken – vielleicht half das, bei Sinnen zu bleiben.

Da schoss Lore um die Felsen herum. Sie war völlig außer Atem und den Tränen nahe. »Ich wollte Hilfe holen«, erklärte sie schnaufend, »aber es ist niemand mehr da. Sie müssen alle schon wieder ins Tal geritten sein.«

»Was?« Die Panik, die Ulrike in Lores Stimme vernahm, breitete sich sofort auch in ihr aus. »Sie werden uns doch nicht hier oben allein lassen.«

»Unsere Pferde sind auch weg.« Sie ließ sich mutlos neben Ulrike sinken. »Was sollen wir nur tun?« Lore vergrub das Gesicht in ihren Händen, Schluchzer schüttelten sie.

Ulrike lehnte sich gegen ihre Freundin. »Ich glaube nicht, dass unsere Pferde uns im Stich gelassen haben«, murmelte sie, sie sind bestimmt zu den anderen zurückgelaufen, weil sie gespürt haben, dass etwas passiert ist. Die Männer werden wissen, dass etwas nicht stimmt, wenn sie sehen, dass Glampi und dein Pferd reiterlos sind, und dann werden sie uns suchen kommen!« Ulrike schöpfte wieder Hoffnung, und auch Lore sah auf.

»Das könnte sein.« Offenbar wurde der Freundin erst jetzt bewusst, wie mitgenommen sie ausschaute. Sie strich ihr die blutverklebten Haare aus der Stirn. »Du meine Güte, das sieht schlimm aus! Ich hole etwas Wasser.« Sie zog ein sauber gefaltetes Stofftaschentuch aus der Tasche ihrer Männerhose, die sie ganz sicher nicht aus Deutschland mitgebracht hatte. Wahrscheinlich hatte sie einem von Snorris Söhnen gehört. Damit ging Lore zum Fluss und hielt es ins Wasser. Zunächst wrang sie es über Ulrikes Mund aus, sodass sie einige Tropfen trinken konnte, anschließend tupfte sie ihr sachte die Stirn ab. Es schmerzte noch immer, aber wenigstens wurde ihr nicht wieder schwarz vor Augen. »Was machen wir jetzt?«, fragte sie.

»Abwarten«, erwiderte Ulrike. »Was war eigentlich mit dem Schaf?«

»Ich hatte es fast«, sagte Lore. »Aber es steckte fest. Ich konnte nichts sehen, und es war verflucht eng in diesem Spalt.«

»Es ist nur da rein, weil es Angst vor uns hatte.«

Ulrike war beklommen zumute. Hoffentlich lebte es noch.

»Ich könnte noch mal nachsehen«, überlegte Lore, aber ich denke nicht, dass ich es allein da rausbekomme. Vor allem nicht ohne Licht.«

Für einen Moment schwiegen sie. Sie wussten, dass es zu gefährlich war, es noch einmal zu versuchen.

In diesem Moment entdeckte Ulrike Pferde, die auf sie zugaloppierten.

»Da, sie kommen!«

Erleichtert sprang Lore auf, und auch sie selbst kam mit letzten Kraftreserven auf die Füße. Sie winkten ihren Rettern zu.

Bald waren sie bei ihnen. Sie erkannte Yngvi, der sein Pferd neben ihr zum Stehen brachte. Sie konnte kaum abwarten, bis er aus dem Sattel gerutscht war. Schon gaben ihre Beine nach, und sie ließ sich in seine Arme fallen.

»Rike, Rike«, flüsterte er nur und drückte sie fest an sich.

Dann schob er sie ein Stück von sich weg, besah ihre Kopfwunde, winkte eilig Snorri zu sich heran. Sie erkannte auch Helgi, der ein viertes Pferd reiterlos mit sich führte. Es war Lores. Sie hoffte, Glampi hatte den Weg zurück zum Hof allein gefunden. Snorri nahm ihr Gesicht in seine breiten Hände, murmelte etwas und machte eine Handbewegung, die wie nähen aussah. Ulrike stöhnte. Dann fiel ihr das Schaf wieder ein.

»*Sauðkind*«, sagte sie und zeigte auf die Felsgruppe.

»Ist dort noch ein Schaf?«, fragte Snorri ernst.

Sie nickte.

Er wies Yngvi an, auf sein Pferd zu steigen, dann hob er sie hoch, als wöge sie nicht mehr als eine Feder, und schob sie vor Yngvi in den Sattel. Mit einer ungeduldigen Handbewegung bedeutete er Yngvi, schon einmal loszureiten, er selbst wollte sich wohl mit Helgi von Lore zeigen lassen, wo das Schaf war.

Yngvi ließ sein Pferd gemächlich tölten, und sie war dankbar dafür, denn jeder Schritt verursachte einen stechenden Schmerz in ihrem Kopf. Sie lehnte sich gegen Yngvis Brust und passte sich den Bewegungen des Tieres an. Trotz aller Unannehmlichkeiten genoss sie Yngvis Nähe, seine Wärme, das Gefühl von Geborgenheit, das seine beschützende Haltung ihr vermittelte. Sie war in Sicherheit, und dieses Wissen lullte sie ein, sodass sie einen Moment wegnickte.

»Nicht einschlafen«, drang Yngvis sanfte Stimme wie durch einen Nebel zu ihr durch. »Bleib bei mir.«

Unter Aufbietung all ihrer Kräfte hielt sie die Augen offen, doch der Weg durchs Hochland zog sich. Als sie die Senke erreicht hatten, hatten die anderen drei sie eingeholt. Ulrike blickte auf, und entdeckte vor Helgi, quer über seinem Pferd liegend, das arme Schaf. Es war tot. Die Männer wechselten ein paar Worte, doch Ulrike konnte nicht folgen.

»Was sagen sie?«, fragte Lore.

»Ich weiß es nicht«, erwiderte sie schulterzuckend.

Aber dann sprachen Snorri und Yngvi ein paar Sätze, die sie verstand. Und die ihr das Blut in den Adern gefrieren ließen.

»Es ist ein Wunder, dass die Elfen sie haben gehen lassen«, hatte Snorri gemurmelt.

Und Yngvi hatte geantwortet: »Anders als bei unserem Vater damals.«

»Sie haben dafür das Schaf behalten.«

Später desinfizierte einer der Männer von Oddsstaðir Ulrikes Verletzung mit *brennivín* und verabreichte ihr auch gleich einen ordentlichen Schluck, bevor er ihre Wunde nähte. Anschließend verordnete er ihr Bettruhe.

Am Abend wachte sie auf und fand Yngvi an ihrer Seite auf der Bettkante sitzend. Er hielt ihre Hand. Als er merkte, dass sie sich bewegte, zog er sie eilig weg.

»Gott sei Dank, du bist wach«, sagte er erleichtert.

Ulrike nickte, was unwillkürlich ein scharfes Pochen in ihrem Kopf nach sich zog. Dann hörte sie Musik, eine Fiedel, ein Akkordeon, auch eine Mundharmonika.

»Was ist das?«

»Das alljährliche Fest zum Schafabtrieb.«

»Oh, und das verpasse ich jetzt, wie schade.«

Mit einem bewundernden Blick sah Yngvi sie an. »Du bist eine unglaubliche Frau, Rike aus Deutschland. Ich meine Ulrike«, korrigierte er schnell.

»Nenn mich ruhig Rike, das gefällt mir.« Sie lächelte. »Und danke. Aber ich habe heute wirklich nichts Großes getan, im Gegenteil, ich habe nur für Aufregung gesorgt …«

Yngvi legte ihr sachte den Zeigefinger auf die Lippen. Es war nur eine hauchzarte Berührung, doch sie reichte aus, um ein wohliges Schaudern in ihrem Körper auszulösen. »Du warst sehr mutig«, widersprach er. »Du hast begriffen, dass jedes Schaf wichtig ist.« Dann blickte er verlegen zur Seite. »Ich könnte verstehen, wenn du jetzt wieder nach Hause willst. Du bist in diesem Land nun schon zum zweiten Mal in Gefahr geraten …«

Ulrike schüttelte den Kopf, was sie gleich wieder bereute. »Aaah«, machte sie und fasste sich an die Stirn. Yngvi schaute sie besorgt an, mit einem Ausdruck voller Wärme strich er ihr sanft über die Wange. In dem Moment wusste sie es. Wusste, dass sie sich verliebt hatte. Vom ersten Augenblick an war da etwas zwischen ihr und Yngvi gewesen, das sie nicht in Worte hatte fassen können, eine Zuneigung, die sie noch nie jemand anderem gegenüber empfunden hatte. Obwohl sie sich erst wenige Monate kannten, spürte sie, dass sie sich blind auf diesen Mann verlassen konnte, wusste, dass sie für ihn da sein wollte, dass sie ihn lieben und ihm all das geben wollte, was er verdiente, einfach, weil er solch ein guter Mensch war. Und sie hoffte, dass er ihr das Zuhause geben konnte, das sie verloren hatte, Frieden und Geborgenheit. Sie dachte nicht weiter nach, sondern sagte schlicht: »Ich möchte hierbleiben. Ich mag dieses Land mit all seinen Gefahren und Abenteuern. Und ich mag dich, Yngvi. Ich mag dich sehr.«

Und damit war alles gesagt, es bedurfte keiner weiteren Worte. Jetzt lag es an Yngvi, etwas daraus zu machen.

Für den Bruchteil einer Sekunde wirkte Yngvi verdutzt, doch er fasste sich schnell wieder. Vorsichtig beugte er sich über sie, strich ihr eine Haarsträhne aus dem Gesicht. Sie verlor sich im Grünblau seiner Augen, sein Atem kitzelte warm an ihrem Hals. Sie roch *brennivín* und Kräuter … Unwillkürlich begann ihr Magen zu knurren, und der innige Moment war dahin.

Yngvi ließ lachend von ihr ab. »Ich mag dich auch, Rike aus Deutschland. Die immer Hungrige … Aber ich glaube, jetzt sollten wir dich ein wenig mit isländischem Brauchtum vertraut machen.«

Er schlug die Bettdecke beiseite, nahm einen langen Rock und eine dicke Strickjacke aus dem Schrank, zog ihr beides über, trug sie aus ihrem Zimmer durch die Diele, setzte sie kurz auf einen Stuhl in der leeren Wohnküche, um ihr Schuhe anzuziehen, nahm sie wieder hoch und brachte sie nach draußen. Yngvi trug sie die Auffahrt hinunter bis zu der großen Weide am See, wo ein Labyrinth aus Gattern noch davon zeugte, dass hier alle aus dem Hochland heruntergetriebenen Schafe zusammengepfercht und auf ihre Besitzer verteilt worden waren. Daneben waren Tische aufgestellt worden, an denen bereits zahlreiche Menschen aßen und tranken, schwatzten und lachten. Sie hatten ihre Tiere auf die heimischen Weiden gebracht, bevor sie zum Sammelplatz zurückgekehrt waren, um gemeinsam mit den Nachbarn den erfolgreichen Schafabtrieb zu feiern und damit das Ende des Sommers einzuläuten. Einige wirbelten über die Schotterstraße, die kurzerhand zu einer Tanzfläche umfunktioniert worden war, daneben standen Musiker, die ihren Instrumenten fröhliche Musik entlockten.

Als die ersten Anwesenden bemerkten, dass Yngvi sich mit ihr auf den Armen näherte, ertönte ein Jubeln. Stühle wurden für sie geräumt, damit sie sich setzen konnte. Frauen und Männer belagerten sie mit Fragen, die sie gar nicht alle beantworten konnte. Jemand brachte einen Teller mit einer köstlich duftenden Fleischkeule, jemand anders ein bis oben gefülltes Schnapsglas. Ulrike bedankte sich artig, doch Yngvi gab freundlich zu verstehen, dass sie ihr ein wenig Zeit lassen sollten, und alle zeigten Verständnis. Da entdeckte sie Lore, winkte ihr zu. Die Freundin kam sogleich zu ihr herüber.

»Was bin ich froh, dich zu sehen«, sagte sie. »Wie geht es dir?«

»Besser«, erwiderte Ulrike und schaute zu Yngvi, was Lore nicht verborgen blieb.

»Du wirst also nicht abreisen?«

»Abreisen?«, fragte sie verwirrt.

»Na, nach dem, was heute passiert ist … Es war gefährlich … Du hättest auch …«

»Ja«, gab Ulrike zu. »Aber ich habe mich in dieses Land verliebt. Und gelernt, dass man vorsichtig sein muss.«

Es war, als hätte dies eine Macht bestimmt, die größer war als sie selbst. Es war einfach ihr Schicksal.

Lore rutschte näher an Ulrike heran und flüsterte ihr ins Ohr, obwohl sie ohnehin niemand verstanden hätte: »Du hast dich offenbar nicht nur in das Land verliebt.«

Ulrike lächelte. Bevor sie weitersprechen konnte, hörten sie Snorri Lores Namen rufen.

Sie seufzte. »Ich muss los. Snorri wollte eigentlich gar nicht zum Fest bleiben, aber ein paar Männer aus Hruni und Seylukot konnten ihn überzeugen, wenigstens mit zu essen.« Lore erhob sich, und sie umarmten sich zum Abschied.

Lore tat Ulrike leid. Sie hatte es lange nicht so gut getroffen wie sie selbst. Bedauernd sah sie ihr nach. Wie schön wäre es gewesen, gemeinsam mit der Freundin diesen fröhlichen Abend zu erleben. Doch dann spürte sie Yngvis starken Körper neben sich und war nur noch dankbar. Für diesen Mann an ihrer Seite und dafür, dass sie noch lebte.

Und dann gewann der Hunger die Überhand. Sie hatte seit dem Frühstück nichts mehr gegessen, und der Geruch nach gebratenem Fleisch und Wildkräutern ließ ihr das Wasser im Mund zusammenlaufen.

»Was ist das?«, fragte sie, nahm die Keule und biss ein großes Stück ab.

»Wildgans«, erklärte Yngvi. »Die Gänse kommen jedes Jahr im Frühling nach Island, und bevor sie im Spätherbst wieder in ihre Winterquartiere, beispielsweise nach Schottland, aufbrechen, jagen wir sie.« Er zuckte entschuldigend mit den Schultern. »Sie versüßen uns mit ihrem köstlichen Fleisch ein wenig unseren Herbst.«

»Verstehe.« Das Leben war einfach in Island: Man

nahm aus der Natur, um zu überleben. Nichts ließ man verkommen. Und dennoch nahm man nie mehr, als man brauchte.

Die Musiker spielten nun eine Polka. »Ich wünschte, wir könnten tanzen«, sagte sie.

Yngvi sah sie spitzbübisch an. »Wir verschieben das auf nächstes Jahr. Und auf noch hoffentlich viele weitere Schafabtriebe danach.«

8

Endlich! Sie befanden sich im Landeanflug auf Reykjavík, genauer Keflavík, denn der internationale Flughafen Islands befand sich ein ganzes Stück außerhalb der Hauptstadt. Der Himmel war wolkenlos, und so hatten sie freie Sicht auf die Vulkaninsel, deren graubrauner Gesteinsboden sich aus dem funkelnden, endlos scheinenden Meer erhob. Bärbel konnte Straßen erkennen, dich sich durchs Flachland schlängelten, aber das Graubraun blieb. Sie sah zu ihrer Tochter, die weit vorgebeugt neben ihr saß, um ebenfalls einen ersten Blick auf das Land zu erhaschen, das sie beide noch nie zuvor bereist hatten. Ihr gesamtes Wissen hatten sie aus Reiseführern und Reportagen. Sie hatten erfahren, dass Island eine Insel vulkanischen Ursprungs war, die noch immer über eine beeindruckende Anzahl aktiver Vulkane verfügte und noch dazu auf zwei tektonischen Platten, der Eurasischen und der Nordamerikanischen Platte, lag. Das reinste Pulverfass.

»Ich hatte es mir irgendwie anders vorgestellt«, meinte Katharina.

»Grüner?«, fragte Bärbel. Ihre Tochter nickte. »Ich mir auch. Es war doch überall so viel über die einzigartige Flora und Fauna zu lesen …«

»Das hier sieht mehr aus wie eine Wüste«, ergänzte Katharina ernüchtert.

»Vielleicht ist das nur die Gegend um den Flughafen«, mutmaßte Bärbel. »Warten wir's ab.«

Sie gab sich weiter den Eindrücken hin, und als sie landeten, spürte sie, wie die Aufregung größer wurde. Das Empfangsgebäude war für einen internationalen Flughafen sehr klein, aber voller Menschen. Ein Flugzeug nach dem anderen schien im Minutentakt aus aller Herren Länder anzukommen, an den Gepäckbändern herrschte Trubel. Bärbel fühlte sich überfordert.

»Wo müssen wir jetzt hin?«

»Ich schau mal ...«

Katharina lief zu einer Tafel und ließ sie mit ihrem Handgepäck stehen. Sie gab sich dem Stimmengewirr der fremden Menschen hin, die in vielen Sprachen miteinander kommunizierten und Koffer um sie herumschoben oder vollgepackte Gepäckwagen. Ein Mann fuhr ihr in die Hacken – er hatte sie hinter dem Berg aus Reisetaschen gar nicht sehen können. Ein hastiges »Sorry« murmelnd, eilte er an ihr vorbei.

»Da vorne müssten unsere Koffer kommen.«

Katharina war zurück und zeigte auf ein Gepäckband, um das sich schon ein paar Passagiere versammelt hatten. Einige davon meinte Bärbel aus dem Flieger wiederzuerkennen.

»Ich hatte schon wieder vergessen, wie das ist, wenn man fliegt.« Sie lachte. »Meine Güte, so einen Zirkus hat man nicht, wenn man mit dem Wohnmobil unterwegs ist.«

»Das gehört einfach dazu«, sagte Katharina.

Wenige Minuten später zogen sie mit ihren Rollkoffern und dem Handgepäck in Richtung Ausgang. Dabei mussten sie nur den Menschenmassen folgen – so viele Leute können nicht irren, dachte Bärbel. Nachdem sie den Sicherheitsbereich verlassen hatten, kamen sie am *Duty free* vorbei. Bärbel erinnerte sich daran, dass Katharina irgendwo gelesen hatte, die Isländer würden sich nach Flugreisen gerne am Airport mit Bier, Wein und Spirituosen eindecken, denn so günstig wie hier war der Alkohol nirgendwo sonst im Land. Zudem gab es harte Alkoholika in Island nur – wie in den anderen nordischen Ländern – in speziellen Geschäften, die eine staatliche Lizenz besaßen, sie zu vertreiben. Lediglich leichtere Biere waren in den normalen Supermärkten erhältlich. In der Eingangshalle wimmelte es von Menschen, die auf der Suche nach Mietwagenfirmen, Check-in-Schaltern und Angehörigen durcheinanderliefen. Ein Getümmel wie auf dem Markt in Marrakesch, dachte Bärbel.

»Kati, lass uns zusehen, dass wir hier rauskommen.«

Katharina nickte. »Da fährt man nach Island und denkt, dort findet man Einsamkeit und Ruhe, und dann geht es zu wie in einem Bienenstock. Bloß gut, dass wir uns mit Ellen draußen verabredet haben.«

»Sie wusste wohl, warum.«

Sie bahnten sich einen Weg durch das Getümmel zum Ausgang. Taxen fuhren vor, Mieter und Fahrer der Mietwagenfirmen waren hektisch damit beschäftigt, einander zu suchen und zu finden. Es dauerte eine Weile, bis sie Ellen entdeckten, die an einer Bushaltestelle stand. Sie trug ein türkisfarbenes Kleid, dessen Saum bunte aufgestickte Blumen zierten, darüber eine dunkelblaue Strickjacke – ein schöner Kontrast zu ihren kurzen grauen Haaren. Sie sieht aus wie auf dem Foto auf ihrer Homepage, dachte Bärbel, nur dass sich etwas mehr Grau in ihr Haar und ein paar Falten mehr auf ihr Gesicht gemogelt haben.

Wie bei mir.

Als Ellen sie entdeckte, winkte sie und kam zu ihnen herüber.

»Da seid ihr ja, wie ich mich freue!« Ohne viel Aufhebens zu machen, umarmte sie erst Bärbel, dann Katharina. Bärbel erkannte Ellens dunkelblaue Augen wieder, die noch immer dieses besondere Funkeln zeigten, das sie schon bei ihrer allerersten Begegnung fasziniert hatte. »Es ist so schön, dass ihr da seid!« Ellen klatschte entzückt in die Hände, und Bärbel spürte, wie sie für einen Augenblick unter die Lupe genommen wurde. »Wir sind beide hell auf dem Kopf geworden«, sagte die Freundin fröhlich und übernahm es, Bärbels Handkoffer zu ziehen. »Mein Auto steht dort drüben.«

»Stimmt«, erwiderte Bärbel und dachte: Ich hab zudem noch einige Kilos zugelegt. Doch auch Ellen hatte sie schlanker in Erinnerung. »Die Jahre sind im Nu vergangen …«

»Es ist so lange her …«

»Werner und ich hätten dieses Jahr unseren vierzigsten Hochzeitstag gefeiert. Die Rubinhochzeit«, setzte sie hinzu.

Für einen Moment wirkte Ellen ernst, drückte ihren Arm. »Es tut mir sehr leid. Ich hätte Werner gerne noch einmal getroffen.« Sie blieb vor einer kleinen Treppe stehen, die zu einem Parkdeck führte. »Erzähl mir nachher in aller Ruhe, was passiert ist. Und überhaupt, ich will ganz genau wissen, wie die vergangenen Jahre waren.« Sie blickte zu Katharina hinüber. »Eine wundervolle Tochter ist auf jeden Fall dabei herausgesprungen. Wir haben sehr viel Zeit zum Reden.« Sie trug den Koffer das Treppchen hinauf und weiter bis zu einem weißen Hochdachkombi, an dessen Fahrertür ein Werbedruck mit Abbildungen bunter Teller und Tassen prangte, der auf Ellens Keramikshop hinwies. Er war wie der Wagen ganz staubig.

»Entschuldigt die Klapperkiste, aber das ist mein Lieferwagen, unsere anderen Autos sind alle unterwegs.« Sie öffnete den Kofferraum, schob ein paar Decken zur Seite und lud die beiden Koffer und die Handgepäckstücke schwungvoll ein. »Ich hab eben noch ein paar Aufträge ausgeliefert. Apropos Geschirr«, geräuschvoll schloss sie den Kofferraum wieder, »ich hab da etwas für dich, meine Liebe.« Sie warf Katharina einen verschwörerischen Blick zu, bevor sie Bärbel aufmunternd anlächelte. Und Bärbel erinnerte sich wieder. Erinnerte sich an Ellens positive Art, ihre Lebensfreude und ihren Optimismus, den sie damals so bewundert hatte. Noch immer schien sie voller Energie zu sein. Sie wünschte, sie könnte sich eine Scheibe von Ellen abschneiden. Die hielt ihr jetzt die Beifahrertür auf. Bärbel ließ sich auf den Sitz gleiten und schnallte sich an, Katharina stieg hinten ein, lehnte sich interessiert vor, als die Fahrt losging.

»Ist hier immer so viel los?«, fragte ihre Tochter.

Ellen nickte, während der Kombi eine Schranke passierte. »Es ist in den letzten Jahren immer mehr geworden. Der Tourismus hat seit dem Finanzcrash 2008 enorm zugenommen. Die Flüge sind viel billiger geworden, das nutzen die Leute, um unser schönes Land zu besuchen.« Sie fuhr von einem Kreisel auf eine Schnellstraße. Hier war weniger Verkehr.

»Das ist gut, oder?«, fragte Katharina weiter.

Bärbel hörte interessiert zu, nahm aber auch die Eindrücke der Umgebung in sich auf. Die Gegend war genau so, wie sie es vom Flugzeug aus gesehen hatte: platt, braun und staubig. Eine Plastiktüte wurde vom Wind über die Straße geweht, etwas weiter weg befand sich eine Siedlung mit flachen Wellblechhäusern. Sie wirkte schmutzig, trist. Ben würde sagen: ein Ort, in dem man nicht tot über dem Zaun hängen wollte. Sie würde ihm recht geben. Andererseits hatte sie schon viele Länder bereist, und selbst die kargen Regionen hatten etwas gehabt. Eigentlich ist es doch überall auf unserem blauen Planeten schön, dachte sie, man muss nur die Augen offen halten.

Ellen wiegte den Kopf. »Einerseits schon, andererseits nicht so. Ihr werdet es merken, wenn wir ein bisschen herumfahren und uns die Sehenswürdigkeiten anschauen. Ich hab mir da nämlich schon das ein oder andere überlegt. Aber alles kann, nichts muss«, ergänzte sie schnell. »Wir können auch einfach ganz viel auf dem Hof sein und entspannen und reden.« Sie schmunzelte. »Vielleicht habt ihr ja sogar Lust, ein bisschen zu töpfern.«

»Das wäre großartig«, rief Katharina erfreut.

»Ist das nicht sehr schwierig?«, fragte sie selbst.

Ellen schüttelte energisch den Kopf. »Nein. Außerdem geht es ja darum, es überhaupt zu tun, und nicht, es besonders gut zu machen.«

Das stimmte sicherlich. »Wir können es ja mal versuchen, wenn es deine Zeit zulässt. Du hast sicher viel zu tun.«

»Ich kann mir meine Zeit ganz gut einteilen«, entgegnete Ellen fröhlich. »Ich habe gut vorgearbeitet, was meine Aufträge angeht. Und wenn Kunden spontan in meinen Shop kommen, mache ich ihnen einfach eben auf. Alles kein Problem. Wir haben übrigens auch Haustiere, zwei Pferde und fünf Schafe, aber um die kümmern sich im Wesentlichen mein Mann Dagur und Stella, das ist unsere Tochter. Mein Mann ist Tierarzt, und Stella liebt Tiere ebenfalls sehr. Ich glaube, sie weiß noch nicht so recht, wohin ihre Reise gehen soll. Sie hat einen Job, hin und wieder hilft sie aber auch in Dagurs Praxis in Reykjavík aus. Dort ist er an drei Tagen die Woche. Manchmal nimmt sie Einar ein bisschen Büroarbeit ab, wenn ihm die Arbeit über den Kopf wächst. Einar ist unser Sohn, er ist Makler und lebt in Reykjavík«, ergänzte sie. »Stella wohnt noch bei uns auf Guðmundarstaðir, wir haben vor einigen Jahren einen Teil des Dachgeschosses zu einer kleinen Wohnung für sie umgebaut. Ihr werdet sie also früher oder später antreffen.« Ellen schmunzelte wieder, und Bärbel staunte ein weiteres Mal über die Leichtigkeit, mit der ihre Freundin durchs Leben zu gehen schien, als gäbe es keine Komplikationen, nichts, was einen traurig machte oder einem Kopfzerbrechen bereitete. »Was ich eigentlich sagen wollte«, fuhr Ellen fort, »Stella arbeitet für ein Unternehmen, das sämtliche Arten von Touren in Island anbietet, Gísli Tours. Sie ist bei allem dabei: Ausritte, Gletscherbesteigungen, Wanderungen. Sie lebt vom Tourismus, steht ihm aber durchaus kritisch gegenüber. Er hat viel Geld ins Land geschwemmt, das uns in zahlreichen Belangen sehr weit nach vorne gebracht hat, aber die vielen Menschen sind nicht unbedingt gut für Islands empfindliche Natur.«

»Das ist also die Kehrseite«, ergänzte Bärbel.

»Genau. Aber Stella kann euch die besten Spots zeigen, die, die man gesehen haben muss, und die, die ein bisschen verborgen sind. Und es idealerweise auch bleiben sollten.« Ellen lächelte geheimnisvoll. »Montag hat sie frei. Da könnte sie euch etwas Schönes zeigen. Morgen hat sie eine Tour, da würde ich mit euch gerne zum Golden Circle fahren. Dann bekommt ihr schon mal einen kleinen Vorgeschmack auf das, was Island ausmacht.« Bärbel erinnerte sich, vom Golden Circle und seinen Attraktionen gelesen zu haben, daran kam man bei einer Islandreise praktisch nicht vorbei. Es handelte sich um eine Rundtour, bei der man Geysire, einen Wasserfall und die geschichtlich wichtige Ebene Thingvellir zu Gesicht bekam. »Und wenn ihr Lust habt, können wir jetzt noch einen kleinen Abstecher in unsere Hauptstadt machen. Sie liegt auf dem Weg, dann brauchen wir vor eurem Rückflug nicht wieder herzukommen.« Sie sah zu Bärbel hinüber, dann kurz in den Rückspiegel zu Katharina. »Oder seid ihr zu müde? Wäre kein Problem. Wir könnten erst mal zu uns nach Hause fahren, ihr richtet euch in Ruhe ein …«

»Nein, nein« winkte Katharina gleich ab, »das klingt doch gut, oder, Mama?«

Bärbel hätte sich durchaus vorstellen können, erst einmal ihr Zimmer zu beziehen, auszupacken, sich einen Moment hinzulegen. Aber sie hatte sich vorgenommen, jede Minute dieser Reise auszukosten, und es war erst früher Nachmittag. Warum also nicht?

»Ich bin dabei«, sagte sie.

Mit dem Wohnmobil hatten sie auch immer spontan dort gehalten oder einen Abstecher gemacht, wo es ihnen interessant erschien.

»Gut, dann biegen wir gleich da vorne ab.«

Man merkte, wie der Verkehr wieder dichter wurde und es mehr Straßen gab, die kreuzten, Ab- und Auffahrten und Kreisverkehre. Auf kleinen Anhöhen sammelten sich zahlreiche Einfamilienhäuser, dazwischen höhere Mehrfamilienhäuser.

»Reykjavík heißt übrigens Rauchbucht«, erklärte Ellen. »Der Name kommt von den Dämpfen der heißen Quellen rundherum. Die werden wir euch natürlich auch zeigen. Und wir müssen unbedingt mal einen Hot Pot besuchen, eine heiße Quelle, in der man baden kann.«

»Ein natürliches Schwimmbad sozusagen?«, fragte Katharina. »Darüber habe ich gelesen, es muss ein außergewöhnliches Gefühl sein.«

»Ja, es ist eine isländische Besonderheit.«

»Wie kommt es eigentlich, dass du noch immer so gut Deutsch sprichst?«, fragte Bärbel, denn sie hatte erwartet, dass Ellen es im Laufe der Jahre verlernt hätte.

»Danke«, freute sich die Freundin. »Ich hatte Deutsch in der Schule, was mir sehr zunutze kam, als ich damals eine Weile in Deutschland war.«

»Ah, verstehe.« Katharina beugte sich weiter nach vorne.

Bärbel schaute sich zu ihrer Tochter um und war mit einem Mal von einer großen Freude erfüllt. Was für eine einmalige Gelegenheit! Ein Mutter-Tochter-Urlaub und dann noch bei einer Freundin.

»Es war mir sehr wichtig, die Sprache nicht wieder zu verlernen«, setzte Ellen fort, »und so habe ich die Kinder ermuntert, auch Deutsch in der Schule zu wählen. Ich spreche auch viel mit ihnen. Außerdem habe ich einige deutschsprachige Kunden. Das ist ganz praktisch …« Sie bog von der Schnellstraße ab, passierte Einkaufszentren und Wohnviertel, dann erreichten sie eine Straße, die am Wasser entlangführte. »Hier ist unser alter Hafen, von hier aus kann man zum Beispiel zu Whale-Watching-Touren aufbrechen.« Sie fuhr an einem großen Gebäude vorbei, das aus zwei gläsernen Quadern mit schrägen Kanten bestand. »Das ist die Harpa, unser Konzerthaus. Es war umstritten, angeblich zu modern, versperre die Sicht der Reykjavíker auf die Berge, und selbstverständlich war es zu teuer. Aber inzwischen sind die meisten ganz zufrieden damit. Die Akustik ist sehr gut, und das Glas verfügt über eine besondere Beschichtung, die je nachdem, wie das Wetter ist, in unterschiedlichen Farben leuchtet.«

»Beeindruckend.« Bärbel interessierte sich für Architektur. Allerdings war sie lange in keinem Konzert mehr gewesen.«

»Woher kommt der Name?«, fragte Katharina.

»Es gab einen Wettbewerb, und Harpa hat gewonnen. Es ist ein Frauenname, der Harfe bedeutet. Außerdem steht der Name im altisländischen Kalender für Sommer.«

»Harfe für ein Konzerthaus, das passt ja«, sagte Bärbel.

Ellen wirkte nachdenklich. »Einars Ex-Frau arbeitet hier. Sie ist die Leiterin der Öffentlichkeitsarbeit und macht auch Führungen, unter anderem zur Architektur des Gebäudes. Sie ist nett, aber kurz nach der Hochzeit haben sie und unser Sohn sich wieder getrennt. Keiner von uns weiß so recht, warum. Irgendwie kamen die beiden einfach nicht zueinander. Jórunn meinte hinterher, sie habe nie heiraten wollen.« Ellen blickte eine Weile stumm aus dem Fenster.

»Wie traurig.« Bärbel dachte an ihren Sohn, bei dem sich einfach nichts Festes ergeben wollte. Woran das nur lag?

»Hier, in diesen modernen Blocks, wohnt er übrigens.« Ellen zeigte auf ein paar Hochhäuser auf der anderen Straßenseite, an denen zum Teil noch gebaut wurde. »Hier hat er sich nach der Scheidung vor zwei Jahren ein schickes Apartment mit Blick aufs Wasser geleistet. Für eine Unmenge Geld. Er wird ewig brauchen, um es abzuzahlen. Wohnungen und Häuser sind in Island ohnehin wahnsinnig teuer, aber so etwas ist gerade schrecklich hip …«

»Als Makler hat er es doch bestimmt günstiger bekommen, oder?«, fragte Bärbel.

»Schon, er hat die Provision gespart, aber das Ding ist …« Ellen verstummte, atmete tief ein und aus, bevor sie weitersprach. »Es passt überhaupt nicht zu ihm. Er ist ein eher familiärer Typ, würde ich sagen. Bodenständig, naturverbunden.«

»Womöglich versucht er, die Trennung zu verarbeiten, indem er ein bisschen den Junggesellen rauskehrt«, mutmaßte Katharina.

»Das könnte sein.« Ellen blickte wieder kurz in den Rückspiegel zu Katharina. »Es ist nur so schade. Na ja, wir wünschen uns halt für ihn, dass er sein Glück findet, seinen Weg geht. Und das am besten bald. Er ist schließlich schon Mitte dreißig.« Beinahe entschuldigend zuckte sie mit den Schultern. »Er wäre sicher ein toller Vater.«

»Ich sorge mich auch immer um unsere beiden. Wie Eltern halt so sind«, stimmte Bärbel lächelnd zu, wandte sich um und tätschelte ihrer Tochter liebevoll das Knie, die ihr dafür einen Luftkuss zurückschickte.

»O ja«, pflichtete Katharina ihr bei. »Man will immer nur das Beste für seine Kinder.«

»Aber sie müssen ihren Weg allein gehen, ihre eigenen Fehler machen.«

Bärbel wurde nachdenklich. Was wohl aus Ben wurde? Und ob Katharinas Ehe hielt?

Ellen bog erneut ab. Kurz darauf wurden die Straßen

schmaler und die Gebäude kleiner und heimeliger. Ein buntes Häuschen reihte sich an das nächste.

»Das sieht ein bisschen aus wie in Skandinavien«, meinte Bärbel, »entzückend.«

»Das ist die Altstadt von Reykjavík. Erste Siedlungen gab es hier schon im 9. Jahrhundert, aber das Stadtrecht erhielt unsere Hauptstadt erst Ende des 18. Jahrhunderts.« Ellen fuhr langsam und kreuz und quer durch die Straßen, sodass sie und Katharina sich in Ruhe umsehen konnten. Sie passierten eine Einkaufsstraße, in der ziemlicher Trubel herrschte. »Das ist der Laugavegur, hier steppt der Bär.« Sie grinste. »Man kann alles bekommen. Inzwischen auch viele Souvenirs. Es gibt Bars, Cafés, was das Herz begehrt. Meine Keramiken stehen auch in zwei Geschäften.«

»Da kannst du stolz sein«, sagte Katharina.

Ellen nickte. »Es fühlt sich gut an, definitiv. Und so werden viele Gäste auf mich und meine kleine Töpferei aufmerksam, das ist wirklich schön. Da vorne hat übrigens Einar sein Maklerbüro.« Sie zeigte auf die erste Etage eines dreistöckigen Flachbaus, in dem sich im Erdgeschoss ein Café befand. »Wir fahren jetzt zur Hallgrímskirkja. Und dann gibt es erst mal eine kleine Stärkung.«

Sie stellten das Auto neben einer beeindruckenden neumodischen Kirche mit einem markanten Turm ab.

»Ihr könnt euch sicher vorstellen, dass auch dieses Bauwerk zu Diskussionen geführt hat«, sagte Ellen mit einem Augenzwinkern.

»Ich erinnere mich, gelesen zu haben, dass es wie ein Gletscher aussehen soll«, meinte Bärbel.

»Genau. Wegen der weißen Farbe. Und die Betonpfeiler ähneln Basaltsäulen, die für die isländische Landschaft stehen.«

»Können wir hineingehen?«, fragte Katharina.

Ellen nickte. »Gerne, wenn ihr wollt.«

Sie besahen sich das moderne, helle Innere, bestaunten die hohen, schmalen Fenster und die gewaltige Orgel.

Als Katharinas Magen ein unüberhörbares Knurren von sich gab, führte Ellen sie lachend nach draußen und zu einem Café in einer Nebenstraße. »Hier gibt es gutes isländisches Essen zu einigermaßen vernünftigen Preisen«, erklärte Ellen. »Ich empfehle euch, das Tagesmenü zu nehmen. Da hat man am meisten von, es besteht aus einer Suppe als Vorspeise, einem Hauptgang, meistens mit Fisch, und hinterher einem Kaffee. Aber auch alles andere ist hier gut.«

Bärbel warf im Vorbeigehen einen schnellen Blick auf die neben der Tür aushängende Speisekarte und wäre beinahe rückwärts umgefallen, als sie die Preise sah und umrechnete. Das Tagesgericht war im Verhältnis zu den anderen Speisen günstig, schlug aber trotzdem mit beinahe vierzig Euro pro Person zu Buche.

»Ich lade euch ein«, bestimmte sie, als sie an einem kleinen dunklen Ecktisch in einer schummrigen Ecke Platz genommen hatten.

»Kommt gar nicht infrage«, widersprach Ellen vehement.

Bärbel wollte davon nichts wissen. »Doch. Wir fallen bei euch ein, essen und schlafen in den kommenden Tagen bei euch, da ist es nur fair, wenn wir das hier übernehmen.«

»Und auch die Eintrittsgelder«, ergänzte Katharina, »bitte.«

»Na, das sehen wir noch«, meinte Ellen, ließ sich aber bezüglich des Essens breitschlagen.

Ihnen wurde erst eine heiße Gemüsesuppe mit Kartoffeln serviert, anschließend in Teig gebackener Dorsch mit Kartoffeln und gegrilltem Gemüse. Es war keine kulinarische Besonderheit, doch Bärbel merkte beim Essen, wie hungrig sie war und genoss die Mahlzeit in dem gemütlichen Ambiente umso mehr. Der starke Kaffee vertrieb die Müdigkeit, und anschließend fühlten sie und Katharina sich gestärkt genug, um eine kleine Sightseeingtour durch Reykjavík zu unternehmen. Es war eine hübsche Stadt mit ihren farbenfrohen Häuschen, die wie aus Holz wirkten, aber fast alle mit Wellblech ummantelt waren. Kein Wunder, hatten sie doch schon bemerkt, dass es kaum Bäume gab, jedenfalls nicht im Südwesten. Ein Aluminiumwerk hatten sie hingegen auf dem Weg nach Reykjavík passiert.

Sie liefen nun noch einmal die Haupteinkaufsstraße entlang, bestaunten die Auslagen in den Geschäften, sahen die Domkirche, das Parlament – ein unscheinbares aus schwarzem Stein gebautes Haus inmitten des Altstadttrubels – und den Sitz des Premierministers, ein ehemaliges Gefängnis. Ein weiteres Mal streiften sie den Hafen mit dem Konzerthaus Harpa und der Skulptur eines Wikingerschiffs und ließen sich am Tjörnin, dem großen innerstädtischen See, auf einer Bank neben dem futuristisch anmutenden Rathaus die Sonne ins Gesicht scheinen. Schweigend schauten sie auf den See, die vorwitzigen Enten und das idyllisch wirkende Villenviertel gegenüber. Danach gingen sie erschöpft zurück zum Auto.

Auf der Fahrt nach Guðmundarstaðir plauderte Ellen unbeeindruckt von der Stille im Wagen weiter, erzählte von Island und den Isländern, ihrer Familie und der Töpferei. Bärbel musste sich mehrmals dazu zwingen, ihre

Augen offen zu halten, so sehr zollte die Reise nun ihren Tribut. Als sie sich zu ihrer Tochter umsah, bemerkte sie, dass es Katharina ganz ähnlich ging – sie hatte den Kopf ans Fenster gelehnt und sah mit leerem Blick nach draußen. Zum Glück stellte Ellen dann und wann ein paar Fragen nach den Kindern und Enkeln, nach Bremen und Deutschland allgemein, sodass sie wach blieb, andernfalls hätte sie für nichts garantieren können. Zumal die Landschaft auch weiterhin wenig abwechslungsreich war: schwarz-braune steinige Lavawüsten vor schroffen Felsen, nur durchbrochen von weißlich grünen Flecken, an denen sich robustes Moos und Flechten, die mit wenig Nährstoffen im Untergrund auskamen, am Gestein festkrallten. Mal gab es einen Anstieg, dann wieder eine Ebene.

Und dann lenkte Ellen den Wagen schwungvoll von der Straße.

»Hier seht ihr die Ebene von Selfoss«, sagte sie und schaltete den Motor ab. »Der kleine Ort vor uns ist Hveragerði, Selfoss liegt am Fluss und verbirgt sich hinter dem Bergvorsprung dahinten.«

Bärbels Blick folgte Ellens ausgestrecktem Arm. Unter ihnen erstreckte sich eine weite, flache Landschaft, viel grüner und sanfter als das bisher Gesehene. Eine kleine Stadt war zu erkennen mit Flachbauten, die sich zwischen Büschen und Bäumen und lang gezogenen Dächern, die im Sonnenlicht glänzten, versteckten.

»Gewächshäuser«, erklärte Ellen. »Die Sonne fehlt uns, aber die Wärme haben wir dank der vulkanischen Aktivitäten. Alle unsere Wohnungen wie auch die Gewächshäuser und unser Leitungswasser werden mit Erdwärme geheizt. So ist es uns in den letzten Jahren gelungen, viele Gemüsesorten in Island anzubauen, die andernfalls nicht hier wachsen würden.«

»Das ist ja toll«, meinte Bärbel.

Ellen nickte stolz. »Und umweltfreundlich.«

Zwischen dem Ort und dem dahinter liegenden Berg schlängelte sich das silbrig glitzernde Band eines Flusses durch grüne Wiesen. Über allem lag ein leichter Dunst, tief hängende Wolken, die auf der anderen Seite der Felskuppe noch nicht zu sehen gewesen waren. Bärbel spürte feine Tropfen auf der Haut, als sie ausstiegen und griff nach ihrer Softshelljacke, die sie im Auto ausgezogen hatte. Sie war schon nordseeerprobt und würde ihr sicher auch in Island gute Dienste leisten. Eine steife Brise pfiff um ihre Ohren, und sie beeilten sich, die Türen des Wagens zu schließen.

»Ist das da das Meer?«, fragte Katharina und trat an ihre Seite.

Tatsächlich, ganz in der Ferne war ein blauer Streifen zu erkennen, der im Sonnenlicht funkelte. Über ihnen verdichteten sich die Wolken.

»Ja, genau«, erwiderte Ellen. »Und weiter hinten befinden sich die Vestmannaeyjar, die Westmännerinseln, eine landschaftlich sehr reizvolle Inselgruppe. Aber da kommt man am besten mit dem Flugzeug hin, der Sommerhafen ist momentan wegen des Wetters noch geschlossen, und die Fahrt vom Winterhafen dauert sehr viel länger. Ich denke, das sprengt unser Programm. Aber auch das Festland hat einiges zu bieten. Ihr werdet schon sehen. Lasst euch nicht von der scheinbaren Kargheit täuschen.«

»Die Schönheit liegt im Detail, nicht?«, fragte Bärbel.

»Richtig. Das gilt ja für vieles und besonders für dieses Land.«

»Wo kommt der ganze Dampf her?«, fragte Katharina.

»Die Gegend um Hveragerði ist ein Hochtemperaturgebiet. Es gibt zahlreiche heiße Quellen. Auch einen fantastischen warmen Fluss, in dem man baden kann. Vielleicht schaffen wir das in den kommenden Tagen mal. Ist mit einer kleinen Wanderung verbunden, aber ein wirklich schönes Erlebnis.«

»Klingt toll«, bemerkte Katharina und gähnte. Sie hatte im Flugzeug erzählt, dass ihre Kinder mindestens so aufgeregt gewesen waren wie sie selbst und sie schon um vier Uhr am Morgen geweckt hatten. »Wir haben unsere Wanderschuhe eingepackt.«

»Das ist gut. Morgen werden wir allerdings zunächst ein bisschen Autowandern zum Golden Circle wie versprochen.«

»Ich freu mich schon«, sagte Bärbel. Sie bemerkte ein angenehmes Prickeln in der Magengegend, ein Gefühl, das sie von den Reisen mit Werner kannte, wenn sie etwas Aufregendes erlebt hatten. Dieses Gefühl hatte sie lange nicht mehr verspürt.

Wie dumpf mein Leben in den vergangenen zwei Jahren war … wie unter einer Käseglocke!

»Spannend!« Katharina rieb sich fröstelnd die Arme. »Hat nicht fast jeder Isländer ein Gewächshaus? Wenn man die Erdwärme so unkompliziert nutzen kann …«

»Ich glaube, die Tendenz, etwas im eigenen Garten anzubauen, nimmt zu. Zumal die Preise in Island sehr hoch sind«, erklärte Ellen. »Wir ernten jedes Jahr Kartoffeln, Kohl und Rüben und haben uns zwei kleine Gewächshäuser hinter dem Haus gebaut, in denen wir Gurken und Tomaten ziehen, manchmal wachsen sogar Erdbeeren. Wir leben auf einem ehemaligen Bauernhof, da gehört es ja beinahe dazu. Ich denke, den Leuten in Reykjavík fehlen dafür aber schlichtweg die Zeit und der Platz.«

Katharina nickte. »Das stimmt wohl. Wir haben auch fast nur Rasen bei uns im Garten.« Sie lachte. »Aber Mama hat einen grünen Daumen, sie baut viel an. Wir freuen uns immer, wenn wir selbst gezogenes Gemüse von ihr bekommen.« Sie lehnte sich liebevoll an ihre Schulter, und ihr ging das Herz auf. Sie rieb ihrer Tochter über den Arm.

»Meine Güte, dir ist ja ganz kalt!«

»Meine dicke Jacke ist weit unten im Koffer.« Entschuldigend zuckte Katharina mit den Schultern.

»Steigen wir ein«, meinte Ellen mitfühlend. »Für heute reicht es erst mal, ihr seid sicher müde. Ich bringe euch jetzt nach Hause, und dann lassen wir den Tag gemütlich ausklingen. Einverstanden?«

Sie gingen zurück zum Auto, verließen die Anhöhe und kamen nach einer weiteren halben Stunde Fahrt, die an endlos wirkenden zartgrünen Wiesen mit Schafen und Pferden und vereinzelten Häusern vorbeiführte, schließlich auf Guðmundarstaðir an.

Der Hof lag leicht erhöht an einer Schotterstraße, die das Grundstück von einem See trennte. Es bestand aus drei gelben Gebäuden mit roten Dächern, die hufeisenförmig angeordnet waren. Das linke Gebäude war offenbar das Wohnhaus, geblümte Gardinen zierten die Sprossenfenster. Ellen parkte den Wagen direkt daneben.

»*Velkomin*«, sagte sie.

»Danke!« Bärbel stieg aus dem Auto, und wieder pfiff ihr der Wind um die Ohren.

»Im rechten Winkel zum Wohnhaus schließt sich der ehemalige Stall an«, erklärte Ellen.

Er war noch gut zu erkennen an den kleineren Fenstern. Ein neben einer Holztür im Wind baumelndes Blechschild deutete auf Ellens Töpferwerkstatt hin. Das Gebäude ganz rechts war offenbar eine Scheune, das Tor war weit geöffnet. Außer einem Traktor und ein paar Heuballen schien sie leer zu sein. Neben der Scheune hatte Bärbel von der Auffahrt aus drei beeindruckende Findlinge gesehen, die dort irgendwie fehl am Platz wirkten. Hinter dem Stall mit Ellens Atelier schloss sich ein hügeliges, moosüberzogenes Geröllfeld an, das Guðmundarstaðir vor dem Wind schützte. Bärbel freute sich darauf, das Innere dieses gut instand gehaltenen Hofes erkunden zu dürfen.

Sie holten ihr Gepäck aus dem Wagen und gingen zur Haustür, die sich an der Seite befand, die zum Innenhof zeigte. Sie war nicht abgeschlossen.

»Früher war die Haustür vorne«, erklärte Ellen, während sie die Schuhe von den Füßen streifte. »Da ist aber die Küche, und es zog immer der Wind ins Haus, weswegen wir den Eingang umgelegt haben, als wir renoviert haben.«

»Wann war das?«, fragte Bärbel.

Katharina und sie zogen ebenfalls ihre Schuhe aus.

»Vor fünf, sechs Jahren. Als klar war, dass Stella hierbleiben würde. Da haben wir die Gelegenheit beim Schopf gepackt und den Dachboden, den wir schon ausgebaut hatten, als die Kinder kamen, zum Teil zu einer Wohnung für Stella umgewandelt. Sie hat jetzt dort ein Bad und eine eigene Kochnische, was überaus sinnvoll ist, weil ihre Arbeitszeiten etwas … variieren.« Ellen seufzte kaum merklich, doch Bärbel konnte sich denken, was in ihrer Freundin vorging. Sie hatte bereits im Auto erwähnt, dass sie sich Gedanken über den zukünftigen Werdegang ihrer Tochter machte, und war bestimmt nicht allzu glücklich darüber, dass diese keinen festen Job hatte. Wieder einmal kam sie ins Grübeln über ihren Sohn. Vielleicht fand sich eine Gelegenheit, dass sie mal mit Ellen allein reden konnte, denn so gern sie ihre Tochter auch um sich hatte, gab es Themen, die sie lieber nicht in ihrem Beisein besprechen wollte. Sorgen um Kati und Ben gehörten dazu. »Da oben befinden sich noch zwei Arbeits- beziehungsweise Gästezimmer, in denen ihr untergebracht seid«, erzählte Ellen weiter. Sie nahm ihnen die Jacken ab und hängte sie an eine Garderobe im Flur, der mit dicken, bunt gewebten Teppichen ausgelegt war. Eine herrliche Wärme umgab sie. »Ihr müsstet euch das Bad mit Stella teilen. Aber wie gesagt, sie ist viel unterwegs und morgens immer schon sehr früh auf den Beinen. Das hat sie von ihrem Vater, ganz sicher nicht von mir.« Sie hielt inne, bevor sie weitersprach. »Möchtet ihr erst in eure Zimmer gehen und euch etwas frisch machen?« Als Katharina und sie selbst nickten, setzte sie fort: »Gut, ich bringe euch nach oben und koche uns dann einen Kaffee. Kommt einfach in die Küche, wenn ihr so weit seid.« Sie zeigte auf eine Landhaustür mit Bleiverglasung, die offen stand.

Die Zimmer waren klein, aber gemütlich eingerichtet, verfügten jeweils über ein Bett und einen Kleiderschrank. Bärbel hatte den Raum bezogen, von dem aus man auf das Geröllfeld blickte. Es handelte sich offenbar um das Arbeitszimmer, denn es befand sich ein Schreibtisch darin, auf dem ein Computerbildschirm stand und darunter die entsprechende Hardware, zudem ein Regal mit Aktenordnern und Fachliteratur über Tiermedizin. Sie räumte ihren Koffer aus, stellte ein Foto von Werner auf ein Beistelltischchen und ließ sich auf das weiche, mit einer geblümten Tagesdecke überzogene Bett sinken. Nur einen Moment die Beine hochlegen, dachte sie, und griff nach ihrem Handy. Rasch schrieb sie Ben eine Nachricht, dass sie gut angekommen und sehr herzlich in Empfang genommen worden waren, und ergänzte dann, dass sie sich auf die kommenden Tage freue.

Und das stimmte. Sie fühlte sich mit Ellen so vertraut, als hätten sie sich nur ein paar Wochen nicht gesehen. Ihre gemeinsame Zeit damals war sehr intensiv gewesen, sie hatten sich beinahe jeden Tag getroffen, und die damalige Verbundenheit war nun sofort wieder aufgelebt. Erstaunlich.

Bärbel warf einen Blick nach draußen, wo sich der Himmel immer mehr zuzog, die Sonne war nicht mehr zu sehen. Sogleich fröstelte es sie. Sie erhob sich und zog Hausschuhe an. Während der Frühling in Deutschland sich bereits unaufhaltsam seinen Weg zurück in die Natur und ins Leben der Menschen bahnte, schien sich Island noch in einer Art Zwischenzustand zwischen Winter und Frühling zu befinden. Daran würde sie sich gewöhnen müssen. Werner, der leidenschaftliche Biologe, hätte das faszinierend gefunden. Noch einmal warf sie einen Blick auf das Foto ihres Mannes und machte sich dann auf den Weg nach unten. Sie klopfte im Vorbeigehen an Katharinas Zimmertür, doch bekam keine Reaktion. Sie war wohl schon runtergegangen.

Bärbel traf Ellen und ihre Tochter in der großen geräumigen Küche an. Katharina hatte es sich auf einer Truhensitzbank aus Weichholz bequem gemacht, die an der rechten Wand hinter einem massiven Esstisch stand und mit farbenfrohen Decken und Kissen ausgelegt war. Ellen liebt es offenbar bunt, dachte Bärbel schmunzelnd. Und gemütlich. Es passte zu ihr. Und Katharina fühlte sich anscheinend auch schon ganz wie zu Hause, denn sie hatte die Füße hochgelegt.

Ellen sah auf, als sie die Küche betrat. Sofort breitete sich wieder ein Lächeln auf ihrem Gesicht aus, das die kleinen Fältchen um Mund und Augen sichtbar werden ließ. Es stand ihr gut. Sie sah noch besser aus als früher, reifer, in sich selbst ruhend, gelassener. Früher war sie ein unsteter Geist gewesen, und diese Rastlosigkeit hatte sich in ihrem ganzen Erscheinungsbild widergespiegelt. Bärbel fragte sich, wie sie wohl auf die Freundin wirken mochte.

»Setz dich doch«, sagte Ellen und zeigte auf die Stühle, die um den Esstisch gruppiert waren.

»Was ist das für ein Tisch?«, fragte sie und strich sanft über die dunklen, glänzenden Bohlen. Sie waren ein bisschen uneben.

»Du hattest schon immer ein Auge für Antiquitäten«, erwiderte Ellen anerkennend. »Er wurde aus Treibholz gefertigt und steht schon weit länger in diesem Haus, als ich auf der Welt bin. Mein Großvater soll ihn gebaut haben.« Sie stellte Schälchen mit Streuzucker und Würfelzucker und ein paar Tassen auf den Tisch, jede in einer anderen Farbe. Das Geschirr war ohne Frage von ihr getöpfert. »Früher hat man viel mit Treibholz gemacht«, erklärte sie, »weil es in Island kaum Bäume gibt, wie ihr schon gemerkt habt.« Sie schenkte jedem Kaffee ein. »Ach so, ich vergesse es immer ... Möchte jemand Milch?«

»Gerne«, sagten Bärbel und Katharina wie aus einem Mund und sahen sich lachend an, während Ellen Milch aus dem Kühlschrank holte und in ein Kännchen füllte.

»In Island trinken die meisten Leute ihren Kaffee schwarz mit sehr viel Zucker«, erklärte sie, setzte sich und gab drei Teelöffel voll in die Tasse, rührte um, bevor sie den ersten Schluck nahm. »Das kommt noch von früher, als es in Island kaum Kuhmilch gab. Wir sind ein Volk von Kaffeetrinkern, bedient euch bitte selbst. Auch wenn ihr zwischendurch oder nachts Hunger oder Durst bekommt, geht einfach an den Kühlschrank!«

»Danke«, sagte Bärbel erleichtert, denn sie konnte oft abends schlecht einschlafen und trank dann gerne eine warme Milch.

»Hast du das Geschirr selbst gemacht?«, fragte Katharina.

Ellen nickte. »Ja. Dies ist meine Lieblingsform für Tassen, unten schmaler, nach oben weiter. Es ist sozusagen unser Alltagsgeschirr. Ich mag die kräftigen Farben, sie machen morgens gleich gute Laune, finde ich. Die Teller, die dazugehören, sind auch so bunt. Früher habe ich eine Zeit lang viel mit Farbverläufen in der Glasur gearbeitet, heute bin ich eher wieder bei feineren Mustern wie bei deinem Geschirr damals, Bärbel. Das entstand übrigens nach Zeichnungen meiner Mutter.« Versonnen lächelte sie in sich hinein. »Vielleicht bin ich geduldiger geworden.« Sie fuhr sich durchs Haar, was sie beinahe mädchenhaft wirken ließ. »Töpfern hat viel damit zu tun, sich Zeit zu lassen, den richtigen Moment abzupassen. Besonders beim Brennen. Man kann an diesem Geschirr sozusagen meine Entwicklung ablesen.« Sie kratzte mit dem Daumennagel leicht über eine kaum sichtbare Unebenheit in der Glasur. »Diese Tasse war die erste, die ich nach Einars Geburt angefertigt habe, ist also auch schon über dreißig Jahre alt.« Sie trank einen Schluck Kaffee. »Als Stella auf die Welt kam, habe ich eine Weile ausgesetzt. Mit kleinen Kindern hat man anderes zu tun.«

»O ja«, ergänzte Katharina, und es kam aus tiefster Seele. Auch Bärbel nickte. »Wann hast du wieder angefangen?«

»Als Stella in den Kindergarten kam, da war sie eineinhalb. Ich kann mich noch erinnern, wie ich mich regelrecht danach gesehnt habe, wieder zu arbeiten. Nicht dass ich die Zeit mit den Kindern nicht genossen hätte«, winkte sie ab, »doch mir fehlte es enorm, etwas Eigenes zu haben. Und Stella kam, als Einar erst gut zwei Jahre alt war, da hatte ich wenig Zeit für mich. Ich glaube, in diesen Jahren hatte ich trotzdem meine produktivste Phase. Vielleicht auch meine kreativste, aber da bin ich mir nicht sicher. Dagur meint, ich sei noch nie so kreativ gewesen wie jetzt, und da könnte er recht haben. Damals wollte ich alles bunt haben, heutzutage experimentiere ich sehr viel, zum Beispiel mit heimischen Materialien, Lavagestein, Gräsern …« Versonnen blickte sie aus dem Fenster, bevor sie weitersprach. »Dafür sind andere Techniken notwendig, weil der Ton leicht springen kann, wenn er verunreinigt ist.«

»Wie bist du eigentlich zum Töpfern gekommen?«, fragte Katharina.

»Meine Mutter hat es mir beigebracht. Und sie hatte es wiederum von ihrer Mutter gelernt. Allerdings unter vollkommen anderen Bedingungen.«

Bärbel sah, wie Katharina die Stirn runzelte. Sie kannte Ellens Geschichte ja noch nicht so genau. Je mehr Ellen berichtete, desto mehr kamen auch bei ihr die Erinnerungen zurück. »Weil deine Mutter in Deutschland das Handwerk beigebracht bekommen hat, meinst du, richtig?«

Ellen nickte. »Genau. Sie stammte aus Lübeck«, erklärte Ellen an Katharina gewandt. Ist nach dem Krieg zum Arbeiten nach Island gekommen und hat sich in meinen Vater verliebt.«

Katharina staunte. »Wie aufregend!«

»Das war es bestimmt.«

»Ich erinnere mich, dass Mama erzählte, dass du, als ihr euch kennengelernt habt, nach Deutschland gegangen bist, um die Heimat deiner Mutter kennenzulernen.«

»Ja, das war der Hauptgrund. Aber ich wollte auch einfach reisen, möglichst viel von der Welt sehen. In Bremen habe ich mich dann Hals über Kopf in einen Mann aus Marokko verliebt, Hadir, der dort Ingenieurwissenschaften studiert hat, und bin ihm, ohne viel nachzudenken, nach Afrika gefolgt.« Sie legte den Kopf schief. »So war ich damals. Heute frage ich mich manchmal, was mich bloß geritten hatte, derart unüberlegt zu handeln. Wenn Stella sich von einem Tag auf den anderen mit einem Mann auf einen anderen Kontinent absetzen wollen würde, ich würde ihr gehörig ins Gewissen reden. Nicht dass sie das beeindrucken würde.« Ellen lachte auf. »Bloß gut, dass meine Mutter das damals nicht direkt mitbekommen hat, sie wäre bestimmt vor Sorge verrückt geworden. Ich war ja auch erst um die zwanzig.«

»Sie hätte bestimmt versucht, dich umzustimmen«, meinte Bärbel.

»Und ich hätte ebenso wenig auf sie gehört, wie Stella auf mich hören würde.«

»War deine Mutter mit dir in Deutschland?« Katharina hatte sich gespannt vorgebeugt.

»Ja, wir haben ein paar gemeinsame Wochen in ihrer Heimatstadt Lübeck verbracht, aber dann ist sie wieder nach Island zurückgeflogen. Mein Vater war damals schon krank, sie wollte ihn nicht lange allein lassen. Und ich bin dann ja zu meiner Tour durch Deutschland gestartet, hatte also ein paar Monate keinen festen Wohnsitz, bevor ich in Bremen gelandet bin. Das wäre nichts für Mama gewesen.«

»Und anschließend bist du dann zu Hadir nach Marokko gezogen«, ergänzte Bärbel. »Warum hat es nicht funktioniert?«

Ellen wirkte verlegen, als sie antwortete. »Er wurde besitzergreifend, ist nicht mit einer selbstbewussten Frau an seiner Seite klargekommen. In seinen Augen hatte sich die Ehefrau unterzuordnen, er hatte wohl angenommen, dass ich mich schon anpassen würde, wenn wir erst mal verheiratet wären. Das perfekte Klischee, in das ich da reingeraten bin.« Sie schnaubte abfällig. »Ich hätte niemals gedacht, dass mir so etwas passieren könnte. Zumal er wirklich gebildet war und verliebt gewirkt hat.«

»War es schwierig, da wieder rauszukommen?«, fragte Katharina.

Ellen nickte. »Eine Weile habe ich gehofft, dass er sich ändern würde, dass wir es schaffen könnten. Als klar war, dass es nicht funktionieren würde, hat Hadir es mir nicht leicht gemacht, aber etwa zwei Jahre später hatte ich einen guten Grund, zurück nach Island zu gehen. Meine Mutter hatte mir einen Brief geschickt, in dem sie mitteilte, dass es meinem Vater schlechter ginge und ich heimkehren müsse, wenn ich ihn noch lebend sehen wolle. Sie hatte auch gleich ein Rückflugticket mit offenem Datum beigelegt. Mama wusste, dass ich von Hadir wegwollte, und hat in der Sache mit meinem Vater Gott sei Dank übertrieben, aber das wusste Hadir nicht. Er wusste nur, dass Papa schon lange krank war. Und die Familie ging ihm über alles, er hatte Respekt vor unserem Familienoberhaupt, obwohl er Papa nie getroffen hatte. Die Reise konnte er mir nicht verwehren, aber er wird wohl geahnt haben, dass ich nicht wiederkommen würde.«

»Hast du ihn danach noch einmal gesehen?«

Diesen Teil von Ellens Geschichte kannte auch Bärbel noch nicht, und sie verfolgte den Verlauf daher ebenso aufmerksam wie ihre Tochter.

»Nein, zum Glück nicht. Er hätte mich hier wahrscheinlich auch gar nicht gefunden.«

»Was wurde aus deinem Vater?«, fragte nun wieder Katharina.

»Als ich ankam, ging es ihm noch verhältnismäßig gut, aber leider hat er in den darauffolgenden Jahren sehr schnell abgebaut. Er starb Mitte der Achtziger.«

»Das war sicher sehr schwierig für euch. Wie habt ihr das verkraftet?«

»Es war hart, aber zumindest waren wir Kinder schon alle erwachsen, hatten zum Teil bereits selbst Familie. Wir waren fünf Geschwister. Ein paar Monate zuvor hatte ich Dagur getroffen und ihn bald mit zu meinen Eltern gebracht. Es passte alles, er zu mir, ich zu ihm, er zu meiner Familie und andersherum. Ich bin unglaublich froh, dass Papa meinen zukünftigen Mann noch kennengelernt hat. Und Dagur war mir eine sehr große Stütze.«

»Hat deine Mutter jemals wieder geheiratet?«

»Nein. Den Gedanken daran hat sie zeit ihres Lebens weit von sich gewiesen. Die Leute haben auch immer nur von Papa und Mama im Verbund gesprochen, die beiden gehörten einfach zusammen. Das ist heute noch so. Meine Mutter hat auf Guðmundarstaðir gelebt, bis unsere Kinder kamen, dann ist sie nach Selfoss gezogen. Sie wollte uns wohl mehr Privatsphäre gönnen. Und in Selfoss hat sie sich wohlgefühlt. Selbst dort waren sie und mein Vater bekannt.« Ein verträumter, liebevoller Blick erschien in Ellens Augen. »Noch heute sprechen mich Leute darauf an, dass es war, als hätten meine Eltern sich gesucht und gefunden. Sie waren wohl füreinander bestimmt«, schloss sie und sah aus dem Fenster.

Auch sie und Katharina hingen eine Weile schweigend ihren Gedanken nach. Waren sie und Werner ebenfalls füreinander bestimmt gewesen? Es musste so gewesen sein. Und sie konnte sich ebenfalls nicht vorstellen, jemals wieder mit einem anderen Mann zusammen zu sein.

»Du heißt mit Nachnamen wie dein Vater? Also Arnarsdóttir, kommt das von Arnar?«, fragte Katharina in die Stille hinein.

»Ja. In Island gibt es keine Familiennamen wie in Deutschland oder den meisten anderen Staaten. Die Kinder nehmen den Vornamen des Vaters an, bei einer Tochter wird daran ein ›dóttir‹ angehängt, bei einem Sohn ein ›son‹.«

Katharina dachte nach. »Der Name deines Mannes ist Dagur, also heißt Stella Dagursdóttir und Einar Dagursson?«

»Nein«, Ellen lachte, »so einfach ist es leider nicht. Das wäre zu simpel für die isländische Sprache. Der Name steht im Genitiv, aus Dagur wird Dags. Es heißt also Dagsson und Dagsdóttir. Bei Arnar ändert sich nicht viel, da wird einfach ein ›s‹ drangehängt.«

»Du meine Güte, das ist ja schwierig.« Bärbel zog erstaunt die Augenbrauen hoch. »Und deine Kinder haben, obwohl sie Geschwister sind, nicht denselben Nachnamen.«

»Richtig. Und ja, Isländisch ist wohl eine der komplizierteren Sprachen.«

In diesem Moment fuhren kurz nacheinander zwei Autos auf den Hof und hielten neben Ellens Wagen. Aus einem schwarzen Land Rover stieg ein gut aussehender dunkelhaariger Mann mit grauen Schläfen etwas jenseits der besten Jahre. Von der Rückbank nahm er einen Parka und einen Arztkoffer, bevor er die Türen schloss und auf die schlanke junge Frau wartete, die aus einem schlammbespritzten orangefarbenen Jeep sprang. Sie warf sich einen Rucksack über die Schulter, bevor sie dem Mann, es musste ihr Vater sein, zur Begrüßung einen Kuss auf die Wange drückte. Dann kamen beide ins Haus.

»Das sind Dagur und Stella«, erklärte Ellen unnötigerweise. »Eigentlich hält Dagur sich die Wochenenden frei, aber ab und zu gibt es einen Notfall, so wie vorhin. Da wurde er gerufen, weil es bei der Geburt eines Fohlens Probleme gab.«

Dagur gefiel Bärbel vom ersten Moment an, als sie ihn in die Küche treten sah. Sie konnte nicht benennen, warum, aber sie fand, dass er perfekt zu Ellen passte. Dagur hatte ein nettes Lächeln und eine sympathische, offene Art, umarmte sie und Katharina zur Begrüßung, was ihnen das Gefühl gab, als wären sie langjährige Freunde. Was ja auch ein bisschen stimmte, denn Ellen hatte in den vergangenen Wochen sicherlich einiges von ihren deutschen Freunden erzählt. Er gab Ellen einen Kuss, bevor er für sich und Stella Tassen vom Bord nahm, ihnen einschenkte und sich neben Katharina setzte, die ihre Füße von der Truhe nahm. Dagurs braune, von Lachfältchen umrahmten Augen blickten ehrlich interessiert zwischen seinen Gästen hin und her. Bärbel beobachtete, wie Dagur sich einen Zuckerwürfel aus der Schale nahm, ihn sich in den Mund schob und Kaffee hinterherstürzte. Er lutschte eine Weile an dem Zuckerstück, bevor er den nächsten Schluck nahm.

»*Molakaffi*«, erklärte Ellen, als sie Bärbels erstaunten Gesichtsausdruck bemerkte.

Stella hingegen schaufelte sich, wie ihre Mutter es getan hatte, drei Teelöffel Zucker in die Tasse, rührte jedoch gar nicht um, sondern trank sofort. Die Milch wurde von den Familienmitgliedern nicht beachtet.

»Hattet ihr einen guten Flug?«, fragte Dagur.

Sein Deutsch war ein wenig holprig, Stella hingegen sprach nahezu perfekt. Sie wäre in Deutschland nicht als Ausländerin aufgefallen.

Sie redeten eine Weile über dieses und jenes – Stella hatte anscheinend Ärger mit dem Besitzer eines Reiterhofs für den sie regelmäßig Touren durchführte –, bis Ellen irgendwann in die Runde fragte, ob jemand hungrig sei. Alle bejahten.

»Fein, ich habe *kjötsúpa* vorbereitet«, sagte sie und klatschte in die Hände. »Das ist Fleischsuppe aus Lammfleisch, Kartoffeln, Weißkohl und Möhren, die in Island sehr beliebt ist und zu den Leibspeisen meines Mannes zählt.«

Sie strich Dagur zärtlich über die Schulter, während sie

sich erhob. Dann holte sie einen riesigen Topf aus dem Kühlschrank und schaltete den Herd ein.

»Ihr sprecht alle außerordentlich gut Deutsch«, sagte Katharina.

»Danke«, antwortete Stella. »Unsere Eltern haben immer sehr viel Wert auf Sprachen gelegt.« Sie rollte die Augen.

»Aber das war doch wohl gut so, oder etwa nicht?«, erwiderte ihr Vater.

»Ja, schon«, gab sie zu. »Ich arbeite ja viel mit Touristen, und da kommen mir die Sprachkenntnisse natürlich zugute.«

»Beneidenswert«, meinte Bärbel, die in der Schule nur Englisch und Französisch gehabt hatte, sich aber nie sicher genug fühlte, tatsächlich auch in einer anderen Sprache zu sprechen. Das hatte im Ausland meistens Werner übernommen.

Die Fleischsuppe war köstlich, wärmte und sättigte gut. Ellen reichte dazu knuspriges frisch gebackenes Roggenbrot, *rúgbrauð*, wie sie erklärte. Die erste Flasche Riesling, von dem sie einen ganzen Karton als Gastgeschenk mitgebracht hatten, lockerte die Stimmung – auch bei ihr selbst.

»Was habt ihr in den nächsten Tagen vor?«, fragte Stella mit geröteten Wangen in die Runde.

»Ellen hat gesagt, dass sie uns den Golden Circle zeigen möchte, die Wasserfälle Gullfoss und …«

»Brúarfoss«, ergänzte Stella nickend. »Das ist auf jeden Fall ein guter Anfang für euren Aufenthalt hier.«

»Die Blaue Lagune würde mich reizen«, setzte Katharina fort, wofür sie ein verächtliches Schnauben von Stella erntete.

»Völlig überlaufen, die reinste Touristenschleuder«, gab sie zu verstehen, streifte das Gummi aus den blonden Locken, die sie zu einem Pferdeschwanz zusammengebunden hatte, und schob es sich ums Handgelenk. »Würde ich euch nicht empfehlen. Ist was für Leute, die sich im Internet nur die Top Fünf für Island angeguckt haben. Wir zeigen euch bessere Badestellen.«

»Wunderbar«, sagte Katharina, darum bemüht, sich ihre Irritation nicht anmerken zu lassen. Doch Bärbel kannte ihre Tochter gut und spürte das unmerkliche Zurückweichen in deren Körperhaltung, sie wappnete sich innerlich auf Verteidigung. Sie wusste, dass Katharina es nicht mochte, wenn Menschen allzu forsch oder gar angriffslustig auftraten. Sie war ein sehr harmoniebedürftiger Mensch. Genau wie sie selbst. »Wir lassen uns gerne von euch die Geheimtipps zeigen.«

»Ich hab ja bereits erwähnt, dass Stella dem Tourismus bei uns kritisch gegenübersteht«, erklärte Ellen, die ihre Tochter offenbar ebenso genau einschätzen konnte und versuchte, zu vermitteln.

»Es darf halt nicht zu viel werden«, entgegnete Stella. »Das ist ja nicht nur bei uns ein Problem, viele Städte und Regionen haben damit zu kämpfen. Gerade Island ist eigentlich ein Ort, der für seine Leere, Weite, Stille bekannt ist und dafür geliebt wird. Das ist ein wenig verloren gegangen. Das Hauptproblem ist allerdings nicht so sehr die Menge an Menschen, sondern dass es leider immer wieder Leute gibt, die ihren Müll liegen lassen, durch das wahnsinnig empfindliche Moss trampeln oder für ein Selfie überall rumklettern und dann gerettet werden müssen.« Sie zuckte mit den Schultern. »Das ist es, was mich nervt, und darauf weise ich meine Gäste hin. Die meisten sind ja anständig, aber die paar, die sich rücksichtslos verhalten, schaden allen.«

Bärbel nickte. »Das ist wirklich an vielen Orten so, das habe ich auf unseren Reisen oft erlebt.«

Stella nickte eifrig, wobei ihr eine Haarsträhne ins Gesicht fiel, die sie mit einer beinahe ärgerlichen Handbewegung zurückstrich. Bärbel konnte sich vorstellen, dass sie ziemlich energisch auftrat, wenn ihr Umweltsünder begegneten.

»Wie dem auch sei«, Stella klopfte sich auf die Oberschenkel und erhob sich. »Ich habe morgen eine Gletschertour und muss sehr früh raus. Da gehe ich besser früh schlafen.« Im Stehen trank sie ihr Weinglas aus. »Kommt Einar morgen?«, fragte sie.

»Ja, er möchte unsere Gäste auch kennenlernen, ich denke, er kommt zum Frühstück.«

»Na, dann kann er ja mit euch den Golden Circle machen. Das ist eine wirklich schöne Runde, dafür braucht ihr mich nicht.« Sie grinste schief. »Montag hab ich frei, dann kann ich euch etwas Versteckteres zeigen, wenn ihr mögt.«

»Das wäre großartig«, sagte Katharina.

»Ihr solltet nur zusehen, dass ihr nicht zu spät loskommt, am Gullfoss und bei den Geysiren ist immer ordentlich was los. Und es ist schöner, wenn sich nicht ständig irgendwelche Leute vor die Linse schieben.«

»Das machen wir, Schatz«, sagte Ellen, die ebenfalls aufgestanden war, um den Tisch abzuräumen. Stella warf ihren Eltern einen Luftkuss über den Tisch zu und verabschiedete sich mit einem freundlichen Winken.

Bärbel sah auf die Wanduhr. Es war schon kurz vor zehn und immer noch nicht dunkel draußen.

»Vielleicht sollten wir uns auch bald ins Bett begeben«, meinte Ellen, die ebenfalls auf die Uhr gesehen hatte. »Für euch war es ein langer Tag, ihr seid sicher müde. Und ihr habt's ja gehört, morgen geht's früh los.« Sie lächelte. »Aber ein gemütliches Frühstück wird schon drin sein.«

»Stella bekommt es ja nicht mit«, ergänzte Dagur und holte aus dem kleinen Schränkchen neben sich vier Schnapsgläser und eine grüne Flasche mit schwarzem Etikett hervor. »Einen kleinen Absacker genehmigen wir uns aber noch, einverstanden?« Seine braunen Augen blitzten fröhlich, als er Katharina und Bärbel ansah.

»Selbstgebrannter?«, fragte Katharina.

»Nicht ganz«, entgegnete Dagur, »gekaufter *brennivín*. Aber auch nicht schlecht.«

Ellen kam mit der Kaffeekanne und frischen Tassen dazu. »Kümmelschnaps. Wird hier Schwarzer Tod genannt, *svarti dauði*. Ihr könnt ihn entweder pur trinken oder im Kaffee, das nennt sich dann *landkaffi*.«

»Oh, ich weiß nicht, ob ich um diese Zeit noch Kaffee vertrage«, sagte Bärbel etwas verlegen. »Und Schnaps … noch dazu welchen, der Schwarzer Tod genannt wird.«

Dagur lachte und stellte ein Glasschälchen mit kleinen weißen Kugeln auf den Tisch.

»Lakritze mit weißer Schokolade umhüllt, unfassbar lecker! Neben Kaffee die zweite große Leidenschaft von uns Isländern«, erklärte Ellen, bevor Dagur weitersprach.

»Mach dir nichts draus. Die meisten unserer Gäste aus dem Ausland haben anfangs Schwierigkeiten mit dem vielen Kaffee und der fehlenden Dunkelheit im Sommer. Aber fast alle gewöhnen sich früher oder später daran. Fang langsam mit nur einem kleinen Schluck *brennivín* an ohne Kaffee. Danach wirst du sicher gut schlafen können.«

Und Dagur behielt recht. Schon mit dem ersten Nippen breitete sich wohlige Wärme in Bärbels Körper aus, mal davon abgesehen, dass der Branntwein gar nicht so schlecht schmeckte und schön den Magen aufräumte. Die süß-salzigen Lakritz-Schokolade-Kügelchen waren die perfekte Ergänzung. Und nachdem das nur halb gefüllte Glas geleert war, folgte ein weiteres sowie diverse dieser himmlischen Bällchen, die eine Geschmacksexplosion nach der anderen in Bärbels Mund hervorriefen, sodass sie sich gleichzeitig munter und angenehm träge fühlte. Doch als sie wenig später in dem weichen Bett lag, wurden ihre erschöpften Glieder derart schwer, dass sie kurz darauf ohne Mühe einschlafen konnte. Was in den vergangenen Monaten nicht oft der Fall gewesen war.

Dezember 1949

Die Arbeit draußen, auf den Feldern und im Garten, wurde etwas weniger im Winter, dafür nahm die im Stall zu. Die Schafe und Pferde standen nun wieder drinnen, wenn es draußen allzu arg stürmte oder fror. Das bedeutete, dass regelmäßig ausgemistet und gefüttert werden musste.

Aldís hatte recht behalten: Der Winter war früh gekommen und wurde hart. Es war lausig kalt. In den Nächten war es in Ulrikes Kammer so eisig, dass sie sich häufig einen heißen Stein mit ins Bett nahm, der zuvor auf dem Ofen gelegen hatte – wie sie es noch von ihrer Oma kannte. Abends saßen sie so lange wie irgend möglich in der Küche, wo der Ofen eine gemütliche Wärme verströmte. Sie strickten, lasen oder spielten Karten an langen Abenden unter der Öllampe. Strom gab es nur für eine Stunde am Tag. Im Gegensatz zu der niemals vergehenden Helligkeit im Sommer war es nun beinahe ständig dunkel. Das drückte selbst auf Ulrikes Stimmung, normalerweise war sie fröhlich und optimistisch. Vor allem Grímur wirkte unausgeglichener und unzufriedener als sonst. Er rauchte viel oder schob sich Schnupftabak in die Nase und nahm immer wieder verstohlen einen Schluck aus der *brennivín*-Flasche, die in der Vorratskammer stand, wenn er dachte, dass niemand ihn sähe. Doch Ulrike hatte es mehr als einmal bemerkt, wenn sie in der

Küche zu tun gehabt hatte. Und auch, dass er die Flasche durch eine neue aus der Kiste unter dem Regal ersetzte, wenn sie leer war. Sie überlegte, ob Aldís oder die Brüder davon wussten. Wenn ja, ließen sie es sich nicht anmerken, und Ulrike traute sich nicht, das Thema anzusprechen. Irgendwie hatte sie das Gefühl, dass es sie nichts anging.

Sie hatte Ähnliches von Lore gehört, die berichtete, dass Snorri seit dem Herbst nur in den frühen Morgenstunden nicht betrunken war. Lore ging ihm so oft wie möglich aus dem Weg. Er war wahrscheinlich in den dunklen Stunden noch einsamer als sonst, sicher vermisste er seine Frau und den jüngsten Sohn jetzt besonders. Grímur, vermutete Ulrike, fehlten die Männer der anderen Höfe, mit denen er sich sonst so gerne traf und auch die Fischerei, der er im Frühling und Sommer nachging. Ulrike hatte längst begriffen, dass Grímur kein geborener Bauer war, sondern eher auf dem Meer zu Hause. Der Umgang mit den Schafen lag ihm nicht besonders, die Feldarbeit langweilte ihn, trotz seiner stattlichen Größe war er dabei langsamer als Yngvi oder sogar der schmächtigere Helgi.

Helgi war weiter aufgetaut, er brachte ihr sogar hin und wieder Lehm von der heißen Quelle mit, mit dem sie Versuche unternahm, etwas zu formen und im Ofen zu brennen. Dies führte gelegentlich zu ganz annehmbaren Ergebnissen, die jedoch noch weit davon entfernt waren, brauchbare Alltagsgegenstände zu sein. Der Ton war anscheinend nicht rein genug, mal davon abgesehen, hatte sie noch keine Idee, wie sie die für die Wasserundurchlässigkeit eine entscheidende Rolle spielende Glasur herstellen konnte.

Wie jeden Morgen, war Ulrike auch an diesem seit halb sechs auf den Beinen und gerade dabei, die Schafe mit Heu zu versorgen. Es war eine anstrengende Tätigkeit – schlimmer noch war das Ausmisten, das anschließend folgen würde, aber meistens von den Brüdern erledigt wurde. Tatsächlich hatte sie sich an die harte körperliche Arbeit gewöhnt. Es war jeden Tag derselbe Ablauf: morgens Schafe und Pferde füttern und Wasser auffüllen, danach die Tiere nach draußen treiben und den Stall ausmisten. Aldís bereitete das Frühstück vor und sammelte die Hühnereier ein. An Tagen mit sehr schlechtem Wetter, wenn die Tiere nicht draußen sein konnten, wurden sie auch mittags gefüttert, sonst nur noch mal abends. Nach dem Frühstück half sie Aldís bei der Hausarbeit, machte den Abwasch, flickte Hosen oder stopfte Socken, bereitete das Essen vor. Alle paar Tage fiel die Wäsche an.

Im Sommer hatten sie und Aldís oft am See gewaschen, manchmal war sogar Lore dazugekommen. Dann hatten sie sich während der Arbeit über Gott und die Welt unterhalten können, was Lore gutgetan hatte. Sie war richtig fröhlich gewesen, anders, als wenn Ulrike sie auf Miðhús besuchte. Nun, bei Kälte und Schnee, konnten sie sich nicht sehen, und die Küche musste für die Wascharbeit herhalten. Der große Waschzuber wurde hereingetragen und Wasser herbeigeschafft, was mühselig war. Die schweren Wollpullover zu waschen und auszuwringen kostete besonders viel Kraft, dabei half Yngvi, alles andere musste auf dem Waschbrett sauber gerubbelt und ebenfalls von Hand ausgedrückt werden. Meistens dauerte diese Arbeit den halben Tag, und abends fiel Ulrike für gewöhnlich erschöpft ins Bett.

Aber sie mochte es, sich körperlich zu betätigen,

staunte darüber, wie sehnig und stark ihr Körper geworden war, fühlte sich gefordert und ausgeglichen, schlief ruhig und tief ohne Albträume. Es gab nichts Schöneres, als morgens und abends das Mähen der Schafe zu hören, ihre wollig-weichen Leiber um sich herum zu spüren sowie ihren warmen Atem, der in der glasklaren Kälte des Stalles dampfte. Auch die frischen Ausscheidungen der Tiere dampften. Diese schob Grímur gleich nach dem Füttern zusammen und brachte sie Helgi, der sie presste und trocknete. Der Dung der Tiere war wertvoll: Sie brauchten ihn dringend zum Heizen und Räuchern. Jetzt erlebte sie all das, wovon Yngvi ihr schon im Sommer erzählt hatte.

Ulrike hielt einen Moment inne, stützte sich auf den Knauf der Mistgabel und ließ ihren Blick aus einem der kleinen Fenster wandern. Es war draußen kaum etwas zu erkennen, die Sonne würde erst nach elf Uhr aufgehen, finsterste Nacht umgab sie und den gesamten Hof. Zunächst hatte sie es unheimlich gefunden, im Dunkeln in den Stall zu gehen, der nur mit Öllampen beleuchtet wurde, doch überall war schon viel Leben, und ihr Ankommen wurde jeden Tag sehnsüchtig erwartet. Die Tiere drängelten sich um sie, wenn sie das Wasser auffüllte, ihre erste Tätigkeit am Morgen. Helgi brachte die schweren Eimer vom Brunnen für sie in den Stall, bevor er seinen Aufgaben nachging. Jetzt reparierte er gerade die Stalltür, die ein heftiger Windstoß am Tag zuvor aus der oberen Angel gerissen hatte, weil Ulrike sie tagsüber, als die Schafe auf der Weide gewesen waren, nicht richtig verschlossen hatte. Zum Glück war niemand böse auf sie gewesen.

»Wird es gehen?«, fragte sie.

Helgi sah auf. Er war ein hübscher junger Mann mit seinen blauen aufmerksamen Augen unter den blonden Brauen.

»*Þetta reddast*«, antwortete er und wandte sich wieder der Einfassung der Türangel zu. Das wird schon, hieß das, wie Ulrike inzwischen wusste.

Sie hatte festgestellt, dass Helgi sehr klug war. Er konnte gut rechnen und schreiben und übernahm fast alle anfallenden Korrespondenzen. Abends erzählte er oft eine der alten isländischen Sagas oder rezitierte Gedichte der großen isländischen Meister wie Snorri Sturluson oder Hallgrímur Pétursson. Auch war er ein geschickter Zeichner. In den vergangenen Wochen hatte sie ihn immer wieder über ein großes Blatt Papier gebeugt gesehen, auf dem sich Berechnungen und eine Zeichnung befanden. Yngvi gab manchmal Hinweise oder machte Vorschläge. Jedes Mal, wenn sie selbst dazutrat, räumten die beiden jedoch hastig alles beiseite. Man konnte das Gefühl bekommen, sie hätten Geheimnisse vor ihr.

»Was macht die Zeichnung?«, fragte sie, obwohl sie ahnte, dass er nichts dazu preisgeben würde.

Sie meinte, ein leichtes Zucken an ihm zu bemerken, doch diesmal blickte er nicht einmal auf, sondern schraubte stoisch weiter und murmelte nur wieder: »*Þetta reddast*.«

Ulrike war sich sicher, dass Helgi zu etwas Größerem bestimmt war. Zu schade, dass die Familie nicht über das nötige Geld verfügte, um ihn zum Studium nach Reykjavík zu schicken.

Sie sah zu Yngvi. Er kümmerte sich immer um die Pferde, die auf der anderen Seite des Stalls standen, fütterte und mistete aus. Die Pferde wurden um diese Jahreszeit ebenfalls über Nacht in den Stall gebracht, aber morgens wieder auf die Weide gelassen. Sie trotzten beinahe jedem Wetter, auch das wusste sie von Yngvi, doch nun hatte es seit Tagen geschneit, und das Futter war unter einer dichten Schneedecke vergraben. Yngvi war schon weiter mit seiner Arbeit als sie. Ihre Blicke trafen sich, und er schenkte ihr ein aufmunterndes Lächeln.

Ein Yngvi-Lächeln.

Nur ihm gelang es, sie mit einer einzigen Geste, einem schelmischen Hochziehen der Augenbraue, einem wie zufällig wirkenden Streifen des Arms, einem heimlichen Pusten in den Nacken, wenn er an ihr vorbeiging, einem flüchtigen Kuss auf die Wange zum Lachen oder Träumen zu bringen. Sie konnte es sich nicht erklären, wusste nicht, wie er es zustande brachte, doch bei ihm wirkte alles leicht, fühlte sie sich unbeschwert und geborgen. Er war niemand, der ein besonderes, auffälliges Talent für etwas hatte so wie Helgi, sondern war einfach in allem ausreichend gut. Er liebte die Tiere und konnte gut mit ihnen umgehen, er arbeitete auf dem Feld und im Gemüsegarten, war in der Lage, Gerätschaften und Schäden am Haus zu reparieren, las viel, war interessiert daran, was sich in der großen weiten Welt tat, war jederzeit zur Stelle, wenn jemand Hilfe brauchte, war allseits geschätzt und gemocht.

Auch wenn Yngvi kein Geschichtenerzähler war wie Helgi, so liebte Ulrike es, ihm zuzuhören. Dabei war es egal, worüber er sprach, es reichte ihr schon, seiner warmen, tiefen Stimme zu lauschen, und besonders schön war es, wenn sie sich in den seltenen Momenten, in denen sie allein waren, in der Küche nebeneinander aufs Sofa setzen und sich einfach nahe sein konnten. Dann lehnte sie sich an seine Brust und fühlte jedes knarzige Brummen in seinem Körper, wenn er sprach, und jedes Heben und Senken seines Brustkorbs beim Atmen. Und in diesen Augenblicken wünschte sie sich nichts sehnlicher, als dass es immer so bleiben könnte zwischen ihnen.

»Träumst du?«, rief Helgi ihr von der Stalltür aus zu.

Ulrike schreckte aus ihren Gedanken auf. Aus den Augenwinkeln nahm sie wahr, wie Yngvi seine Arbeit fortsetzte. Täuschte sie sich, oder grinste er?

»Nein, tue ich nicht«, widersprach sie und zog kokett die Augenbrauen hoch. »Aber du hast wohl nichts Besseres zu tun, als mich zu beobachten …«

Es schien, als würde Helgi erröten, im schummrigen Licht der Laternen konnte sie das natürlich nicht erkennen, doch sie sah, dass er den Blick eilig wieder zur Türangel wandte.

Plötzlich vernahm sie Getrappel, das immer lauter wurde. Auch Yngvi und Helgi hatten es gehört, denn beide schauten von ihren Tätigkeiten auf. Es musste ein Pferd sein, das sich im Galopp dem Hof näherte. Sie und Yngvi ließen ihre Mistforken fallen und liefen nach draußen, Helgi legte seinen Schraubenzieher zur Seite und kam ebenfalls mit. Das Pferd wechselte in den Tölt, und nun erkannten sie im Wind flatterndes Haar und einen wehenden Rock auf dem Schecken, dessen helle Fellflecken das wenige Licht, das vom Stall und vom sinkenden Mond kam, widerspiegelte.

»Lore!«, rief Ulrike und lief ihrer Freundin entgegen. »Was ist passiert?« Lores Schecke kam kurz vor Ulrike zum Stehen. Sie griff nach den Zügeln, klopfte den Hals des Hengstes, sah beklommen, wie sich ihre Freundin kraftlos vom Pferd gleiten ließ. Zum Glück war Yngvi rechtzeitig zur Stelle, um sie aufzufangen. »Lore!«, rief Ulrike wieder.

Sie spürte, dass sie in Panik geriet. Was war mit ihrer Freundin geschehen? Die Männer brachten Lore zum Wohnhaus, sie öffnete ihnen die Tür und suchte nach einer Decke. Aldís erfasste die Lage sofort und beeilte sich, den Ofen anzufeuern.

Sie setzten Lore, die wimmerte und zitterte, aufs Sofa, Helgi legte ihre Beine hoch, Yngvi schlug ihr die Decke um. Es entstand ein Moment der Hilflosigkeit. Lores dunkle Haare hingen zerzaust um ihr schmales, tränennasses Gesicht, sie hatte die Augen geschlossen, wirkte blasser als jemals zuvor. Sie trug nur ein Nachthemd, darüber einen Mantel. Besorgt sah Ulrike Yngvi an.

»Sie wird einen Schock haben«, sagte er.

Aldís blickte schweigend auf die bleiche, bibbernde Gestalt auf ihrem Sofa, setzte sich dann neben Lore, zog ihr die Schuhe von den Füßen und begann, sie warm zu rubbeln, massierte ihre Waden, dann die Oberschenkel. Helgi wies sie an, Kaffee aufzusetzen – starken – und Yngvi sollte *brennivín* aus der Kammer herbeischaffen. Er kam mit leeren Händen zurück.

»Es ist keiner mehr da.«

Aldís zog die Augenbrauen hoch, dann schickte sie ihn in Grímurs Zimmer. Wo ist Grímur eigentlich?, fragte sich Ulrike. Hätte er nicht ebenfalls im Stall sein sollen? Grímur war auf Guðmundarstaðir der Mann fürs Grobe, fürs Jagen der Wildgänse und Schneehühner und das Schlachten der Lämmer beispielsweise, was in Island überlebensnotwendig war, bestand doch der Hauptteil der Nahrung aus Fleisch und Fisch. Natürlich half Grímur im Winter trotzdem bei der Stallarbeit.

So sollte es jedenfalls sein.

Yngvi kam mit einer halb leeren Flasche aus Grímurs Zimmer zurück, hielt sie vielsagend hoch. Es wussten also doch alle Bescheid.

»Grímur liegt noch im Bett. Das hier habe ich darunter gefunden.«

Yngvi nahm eine Tasse und füllte sie zur Hälfte mit dem Schnaps. Ulrike ahnte, dass Kaffee den anderen Teil bilden würde. *Landkaffi*. Er vermochte Tote aufzuwecken.

Aldís schnalzte abschätzig mit der Zunge, sagte aber nichts. Ulrike hockte sich neben das Sofa und strich Lore über den Kopf. Sie öffnete die Augen, blieb aber stumm. Ihre klappernden Zähne waren das einzige gespenstisch anmutende Geräusch im Raum.

»Was ist passiert, meine Liebe?«, fragte Ulrike mit sanfter Stimme und griff nach Lores Hand. Unbewusst war sie ins Deutsche gewechselt. Lore hob den Kopf ein wenig an, die Augen flackerten. Also sprach sie weiter und streichelte die Freundin. »Alles ist gut«, murmelte sie, »du bist in Sicherheit, hier kann dir nichts geschehen.«

Sie bemerkte, dass Lores schlaff herabhängende Hand feucht war, ihre Finger waren blutverschmiert. Erschrocken sah sie auf, direkt in Aldís' dunkle Augen. Sie murmelte etwas, das Ulrike nicht verstand, doch Yngvi erhob sich nickend und verließ den Raum. Eine Weile später vernahmen sie ein Brummen und Schimpfen, das aus Grímurs Zimmer kam. Yngvi musste seinen Bruder geweckt haben. Dann gab Aldís ihr und Helgi ein Zeichen, Lore aufzurichten, und Ulrike setzte sich hinter sie, um ihren Rücken zu stützen. Helgi holte den Kaffee und schenkte ihn in die Tasse mit dem Branntwein, Aldís versuchte vorsichtig, Lore das Getränk einzuflößen. Die ersten Tropfen erreichten den Mund nicht, hinterließen braune Spuren auf Lippen und Kinn, bevor sie auf den Spitzenkragen des Nachthemds fielen. Doch dann erregte etwas anderes ihre Aufmerksamkeit: Lores Lippen bebten, aber der Mund öffnete sich, und sie trank! Zunächst zog sie ihre Stirn in Falten, kräuselte die feine Nase, doch als ihre Zunge den Geschmack erkannte, schluckte sie, ein-, zwei-, dreimal. Sie blinzelte, blickte verwirrt und erschöpft in den Raum, aber dann sah sie Ulrike an, und ihre Züge entspannten sich.

»Gott sei Dank«, entfuhr es ihr, und sie umarmte ihre Freundin erleichtert.

Aldís setzte einen Kessel mit Wasser auf, während Helgi die Waschschüssel holte. Sie wollten Lore wohl ein wärmendes Fußbad bereiten.

»Wo bin ich?«, fragte Lore mit heiserer Stimme, räusperte sich, schaute sich um, erkannte die anderen Bewohner von Guðmundarstaðir. »Ah, ich habe es geschafft. Ich bin nicht tot.«

»Warum solltest du tot sein?«

Ulrike war entsetzt, lehnte Lore nun mit dem Rücken gegen das Sofa, legte den Arm um die Freundin. Doch statt einer Antwort brach Lore in Tränen aus und vergrub das Gesicht an ihrer Brust. Wieder sah Ulrike Aldís Hilfe suchend an. Die Bäuerin wirkte sehr ernst, hob an, etwas zu sagen, aber in dem Moment kamen Yngvi und Grímur in die Küche. Verschlafen fuhr sich Grímur durch das Haar.

»Was ist los?«, fragte er.

»Das wissen wir noch nicht«, erwiderte Ulrike, doch Aldís schien etwas zu ahnen.

»Reitet nach Miðhús«, sagte sie in einem Tonfall, der

darauf schließen ließ, dass dies nicht die erste Krisensituation in ihrem Leben war. »Nehmt euch jemanden von Seylukot und Hruni mit. Vielleicht auch Hallgrím, den Pfarrer.«

Grímur und Yngvi blickten betreten drein. »Ich komme mit«, sagte Ulrike schnell.

»Nein, Kind. Das sollen die Männer machen«, entgegnete Aldís ruhig, aber bestimmt.

Es lief Ulrike kalt über den Rücken. Was erwarteten sie in Miðhús zu finden? Warum mussten sie dafür Männer der anderen Höfe mit dabeihaben? Es gab nur zwei Möglichkeiten. Entweder weil sie vermuteten, dass von Snorri eine Gefahr ausging, oder aber, dass er …

»Lore, sag mir, was auf Miðhús geschehen ist!« Ulrike hob den Kopf ihrer Freundin an, hielt deren Gesicht mit beiden Händen fest, sodass diese sie ansehen musste. Doch Lore schüttelte nur müde den Kopf. »Hör zu, es ist wichtig«, beharrte Ulrike. »Du musst es mir jetzt sagen.« Eine eiskalte Hand schien nach Ulrikes Herz zu greifen. Sie hatte Angst. Um ihre Freundin, aber auch um Yngvi. Sie musste wissen, was die Brüder auf dem benachbarten Hof erwartete. Sie spürte, dass auch die Augen der anderen auf Lore gerichtet waren. »Was … ist … geschehen?«, fragte sie betont langsam und deutlich.

Und endlich nickte Lore. »Er hat mich bedroht«, setzte sie an. »Snorri. Schon gestern.« Sie holte tief Luft, trank einen weiteren Schluck des *landkaffi*, den Aldís ihr hinhielt. »Er war betrunken. Wieder einmal. Sonst hat er meist in der Stube gesessen und geschimpft, geflucht, gebrüllt, aber irgendwann ist er dann immer zur Ruhe gekommen und in seinem Sessel eingeschlafen. Gestern war es schlimmer.« Sie stockte.

»Was war gestern?«

Lore schluckte schwer. »Er kam zu mir.« Sie stöhnte auf, rieb sich über die Stirn. Ulrike strich ihr beruhigend über den Rücken, Aldís hatte sich auf Lores andere Seite gesetzt. Lore starrte auf ihre Hände, als sie weitersprach. Sie zitterten. »Ich stand an der Spüle, hatte noch das Geschirr vom Abendessen abzuwaschen. Sonst gehe ich schon immer hoch in mein Zimmer, wenn Snorri so betrunken ist, aber er mag es nicht, wenn das schmutzige Geschirr lange herumsteht. Plötzlich stand er hinter mir. Ganz dicht. Ich roch seinen stinkenden Atem in meinem Nacken. Er legte die Hände auf meine Schultern, seine Stimme wurde ganz weich, als er etwas sagte, das ich nicht verstand. Er presste seinen Körper gegen mich.«

In dem Moment fing Lore an zu würgen. Geistesgegenwärtig griff Yngvi nach der noch leeren Waschschüssel, in die das heiße Wasser gefüllt werden sollte. Lore erbrach sich, würgte noch ein paarmal, bevor sie sich am ganzen Leib bebend wieder in Ulrikes Arme kauerte, als ob sie sich vor der ganzen Welt verstecken wollte. Wortlos brachte Yngvi den Zuber nach draußen, und obwohl Aldís kein Wort verstehen konnte, schien sie doch zu ahnen, was auf dem Nachbarhof vorgefallen war. Sanft strich sie Lore über das Knie. Erneut warf Aldís ihr einen stummen Blick zu.

»Was ist dann passiert?«, fragte sie leise.

Sie spürte, wie sich ihr Magen zusammenzog. Was hatte Snorri ihrer Freundin noch angetan?

Stockend sprach Lore weiter: »Ich habe ihm die Bratpfanne auf den Kopf geschlagen, so fest ich konnte. Dann habe ich ihn weggeschubst und bin nach oben in mein Zimmer gerannt.« Sie holte tief Luft. Ihre Lebensgeister schienen langsam zurückzukommen, denn ihre Wangen nahmen endlich wieder eine leicht rosa Farbe an. »Es war gar nicht schwer«, bemerkte sie emotionslos. »Er … Er fiel nach hinten um. Einfach so.« Sie leerte den Inhalt der Tasse in einem Zug. »Ich habe mich gewehrt«, sagte sie, und es klang ein wenig verwundert, aber auch stolz. »Ich habe mich endlich gewehrt.« Dann besann sie sich. »In meinem Zimmer habe ich mich verbarrikadiert, habe abgeschlossen und zur Sicherheit noch die schwere Kommode vor die Tür geschoben. Ich dachte, das reicht. Ich dachte, er würde einschlafen wie sonst immer und am nächsten Morgen wäre alles wieder wie zuvor. Und tatsächlich blieb es zunächst auch ruhig. Nach einer Stunde habe ich mich umgezogen und ins Bett gelegt. Was sollte ich auch sonst machen?« Sie zuckte mit den Schultern. »Schlafen konnte ich natürlich nicht.« Lore räusperte sich, und Helgi nahm ihr die Tasse ab und reichte ihr ein Glas mit Wasser, das sie dankbar entgegennahm. »Ich muss aber wohl doch eingenickt sein, denn irgendwann weckte mich ein Poltern von unten aus der Küche. Es klang, als würden Dinge durch die Küche geworfen. Ich hörte ein Scheppern wie von herabfallenden Töpfen, dann das Klirren von Glas, dann Snorris Stimme, die erst weinerlich klang, dann immer lauter wurde. Ich verstand kaum etwas von dem, was er rief, nur dass die Elfen ihn doch holen sollten. Und immer wieder Vilma, Vilma. Es war entsetzlich. Er klang furchtbar verzweifelt.« Sie trank einen großen Schluck Wasser.

»Was ist dann geschehen?«, fragte Ulrike atemlos.

»Seine Stimme wurde immer schriller, bis ich sie gar nicht mehr erkannt habe. Seine Schritte waren auf der Treppe zu hören. Ich bekam Angst, suchte nach einem

Ausweg, doch da war es schon zu spät. Er rüttelte an der Tür, warf sich dagegen. Ich glaubte nicht, dass er die Kommode von draußen würde beiseiteschieben können, aber er konnte die Tür trotzdem zerstören, das Holz splitterte bereits. Er hämmerte mit beiden Fäusten wie von Sinnen dagegen. Mir blieb nur das Fenster, denn ich glaubte nicht, dass ich ihn ein weiteres Mal hätte überrumpeln können. Zum Glück lagen unten ein paar Heuballen, das war meine einzige Chance, aus dem ersten Stock zu entkommen. Ich dachte nicht lange nach, öffnete das Fenster und sprang.«

»Dabei hast du dir wohl die Hand verletzt«, murmelte Ulrike und deutete auf das Blut an Lores Fingern.

Die Freundin nickte. »Ich rannte barfuß durch den Schnee zum Stall, habe meinen Bersi gegriffen. Dort waren auch meine Arbeitsstiefel und Snorris alter Mantel, den er im Winter immer bei der Stallarbeit überzieht.«

»Und Bersi hat dich dann hergebracht.«

»Er ist ein treues Pferd und kennt den Weg ja mittlerweile.« Lore nickte bedächtig.

Ulrike übersetzte für die anderen.

»Vilmas Todestag«, murmelte Aldís, woraufhin alle betreten dreinblickten.

Das war es also gewesen, was Snorri so zu schaffen gemacht hatte.

Mit einer Kopfbewegung gab Aldís ihren Söhnen zu verstehen, dass sie sich nun wie besprochen auf den Weg nach Miðhús machen sollten. Helgi, Ulrike und sie selbst würden bei Lore bleiben.

»Du bleibst vorerst hier, Mädchen«, sagte Aldís. »Am besten, du schläfst jetzt ein bisschen.« Sie hakten Lore unter und brachten sie in Ulrikes Zimmer. Helgi holte noch ein paar Decken. Ulrike half ihrer Freundin ins Bett, deckte sie sorgsam zu, so wie ihre Mutter es früher bei ihr getan hatte, wenn sie krank gewesen war. Sie saß noch eine Weile auf dem Bettrand, streichelte Lore gedankenverloren über den Kopf. Es dauerte nicht lange, bis die Freundin in einen unruhigen Schlaf fiel.

Erst spät am Nachmittag kamen die Brüder aus Miðhús zurück. Sie wirkten erschöpft, selbst der sonst so fröhliche Yngvi war wortkarg und genehmigte sich einen Schnaps, bevor er erzählen mochte, was geschehen war.

Aldís und Ulrike, die in der Zwischenzeit einen großen Topf stärkender *kjötsúpa* gekocht hatten, setzten sich an den Tisch. Grímur schüttelte nur immer wieder den Kopf, rieb sich mit Daumen und Zeigefinger über die Augen. Yngvi war der Erste, der schließlich Worte für das Erlebte fand.

»Lore wird nicht mehr zurückkönnen«, begann er.

»Warum?«, fragte Ulrike, und eine bange Vorahnung breitete sich in ihr aus. »Habt ihr Snorri gefunden?«

Yngvi sah ihr ernst in die Augen, nickte langsam. »Ja.« Seine Stimme war nur ein Flüstern. »Im Treppenhaus, oben.« Er räusperte sich. »Snorri hat sich am Deckenbalken erhängt.«

9

Obwohl sie Tobias gleich nach ihrer Ankunft auf Guðmundarstaðir eine WhatsApp-Nachricht geschickt hatte, um mitzuteilen, dass sie gut angekommen waren, hatte Katharina vor dem Zubettgehen noch schnell zu Hause angerufen. Das war mit dem Schwips von dem Branntwein schon eine gewisse Herausforderung gewesen, und Tobias hatte gleich belustigt festgestellt, dass seine Frau betrunken war.

Katharina streckte sich in ihrem gemütlichen Bett, sie hatte so gut geschlafen wie lange nicht mehr. Tageslicht zwängte sich durch die Spalten, die die Stoffrollos am Fenster nicht abdeckten. Wie spät mochte es sein? Sie tippte auf acht, neun Uhr und griff nach ihrem Handy, das neben ihr auf dem Sekretär lag. Sie traute ihren Augen nicht. Es war erst sechs Uhr und schon derart hell. Sie setzte sich auf, schob die Jalousie nach oben. Gleißendes Sonnenlicht blendete sie. Stella muss sich keine Sorgen machen, dass wir zu spät zu unserer Golden-Circle-Tour aufbrechen, dachte sie und schwang sich aus dem Bett. Sie fühlte sich voller Energie, griff nach ihren Sachen und machte sich bereit für eine herrliche heiße Dusche – ganz in Ruhe, ohne Streit aus dem Kinderzimmer, ohne die allmorgendliche Hektik. Was ging es ihr gut!

Mit noch feuchten Haaren tapste sie kurz darauf die Treppe hinunter. Sie hatte an Bärbels Tür geklopft, aber keine Antwort erhalten. Entweder war ihre Mutter also schon unten, oder – was unwahrscheinlich war – sie schlief noch. Katharina hatte sich dafür entschieden, bereits ihre Outdoorklamotten anzuziehen – Zip-off-Hose und Thermoshirt.

Als sie in die gemütlich warme Küche trat, schlug ihr der köstliche Geruch von Kaffee entgegen. Wie erwartet, saß ihre Mutter bereits am Küchentisch mit einer Tasse vor sich. Stella wuselte an der Arbeitsplatte herum, schmierte Brote, die sie in eine Lunchbox steckte. Sie sah auf, schob sich energisch eine Haarsträhne hinter das Ohr und wünschte ihr einen guten Morgen. Dann musterte sie sie von oben bis unten.

»Na, das sieht ja schon gut aus«, sagte sie grinsend.

Hörte sie einen belustigten Unterton in Stellas Stimme? Stella spöttelte anscheinend gern. Sie trug schwarze, eng anliegende Skiunterwäsche, die ihre gute Figur hervorhob. Über einem Stuhl hingen eine Trekkinghose und ein Wollpullover. Ihr Rucksack stand geöffnet neben ihr.

»Danke«, erwiderte Katharina höflich. »Und du bereitest dich für die Gletschertour vor?«

Stella nickte, während sie eine Gurke in Scheiben schnitt. »Ich muss gleich los. Papa ist aber auch schon wach und gerade im Bad. Er ist ein Frühaufsteher wie ich.« Stella lächelte. Sie sieht hübsch aus, dachte Katharina. »Mama hingegen braucht morgens immer etwas länger, sie ist eine Nachteule.«

»Und dein Bruder?« Katharina war gespannt, nach welchem Elternteil Einar schlug und ob er von der Art her seiner Schwester ähnelte oder ganz anders war. So wie sie und Ben.

Stella zog unwillkürlich die Augenbrauen hoch. »Der mag's gerne gemächlich.« Sie stopfte ihre Brotdosen in den Rucksack, zog sich im Stehen die Wanderhose über. »Was das Aussehen betrifft, kommt Einar eher nach unserem Vater und ich nach unserer Mutter. Ich finde es immer wieder verwunderlich, dass Geschwister so unterschiedlich aussehen können.« Sie zuckte mit den Schultern. »Und euch hat die Helligkeit geweckt?«

»Ein bisschen schon«, gab Katharina zu. »Ich hätte sonst bestimmt noch länger geschlafen, aber Mama ist sowieso immer früh auf den Beinen, nicht?«

»Stimmt«, sagte ihre Mutter.

»Du hast ja auch Kinder, zwei kleine Jungs, richtig?« Stella legte den Kopf in den Nacken, stürzte den letzten Schluck Kaffee hinunter. Dann stellte sie die Tasse in die Spülmaschine.

»Ja.«

»Die halten dich bestimmt gut auf Trab. Da kannst du Schlaf sicher gut gebrauchen.«

Katharina fragte sich, woher Stella das wusste, hatten doch weder sie noch ihr Bruder Kinder. »Ich habe jedenfalls sehr fest geschlafen und fühle mich richtig munter«, gab sie diplomatisch zurück.

»Ich muss los.« Stella warf sich den Rucksack über die Schulter und griff sich ihren Wollpullover. »Mama hat Einar für halb acht bestellt, meine ich. Viel Spaß euch!«

»Danke, dir auch«, wünschten sie und ihre Mutter zurück.

Stella und Ellen gaben sich beinahe die Klinke in die Hand, denn als Stella die Küche verließ, kam Ellen herein. Sie wirkte verschlafen, schlurfte zum nächstbesten Stuhl und ließ sich darauf niedersinken.

»Bitte entschuldigt, aber ich brauche morgens erst mal einen Kaffee, bevor ich funktioniere.« Sie griff nach einem Becher und schenkte sich aus der auf dem Tisch stehenden Thermoskanne ein. »Dagur hat eben einen Anruf bekommen, er muss noch mal nach dem Fohlen sehen. Es trinkt wohl nicht richtig und hat Durchfall. Wahrscheinlich wird er dann bei unserem Ausflug nicht dabei sein.«

In dem Moment erschien Dagur in der Tür, er winkte zur Begrüßung in den Raum und verschwand gleich wieder im Flur. Wenig später hörten sie die Haustür ein zweites Mal ins Schloss fallen.

»Das ist ja schade«, hörte Katharina ihre Mutter sagen, und dann, wie es ihre Art war: »Können wir uns irgendwie nützlich machen?«

Mama kann einfach nicht stillsitzen und genießen, dachte Katharina. Sie ist es gewohnt, alles selbst in die Hand zu nehmen. Ob sie auch mal so werden würde?

Ellen stellte ihre Tasse ab und ging zu einem Regal, dem sie ein paar Teller entnahm. »Ihr könnt ja schon mal den Tisch decken, wenn ihr mögt. Besteck findet ihr in dieser Schublade. Einar hat versprochen, ein paar Gebäckstücke aus Reykjavík mitzubringen, da gibt es in Island viel Leckeres. Wir sind ein ziemlich süßes Völkchen, wie ihr bestimmt schon festgestellt habt.« Ellen lächelte, während sie Aufschnitt und Gläser mit selbst gemachter Marmelade auf den Tisch stellte. Rhabarber und Blaubeere. »Ich dachte, wir genehmigen uns ein ordentliches Frühstück, damit wir danach gestärkt zu unserem Ausflug aufbrechen können. Einverstanden?«

»Klingt perfekt«, sagte ihre Mutter.

Ellen stellte eine Packung Eier neben den Herd und

zog eine große Pfanne aus der Schublade darunter. Dann griff sie nach einem Set stapelbarer Aufschnittdosen.

»Bärbel, magst du uns Wurst und Käse anrichten?«

Ihre Mutter nickte und erhob sich geschwind. Katharina konnte ihr ansehen, dass sie froh war, etwas zu tun zu haben.

Ellen holte das dunkle Brot aus dem Schrank, das sie schon zur Suppe gegessen hatten. »Obwohl das *rúgbrauð* leicht süß schmeckt«, erklärte sie, »essen wir es auch zu Herzhaftem, wie ihr ja gestern Abend schon gemerkt haben werdet. Ich habe es selbst gebacken.« Sie reichte Katharina ein langes Messer. »Schneidest du ein paar Scheiben ab?«, bat sie und begann, Eier in die Pfanne zu schlagen.

In dem Moment knirschte der Kies auf dem Hof, ein Auto hielt neben dem Haus. Katharina sah aus dem Fenster. Es war ein silberner SUV. Geländegängigkeit gehört hier wohl zum guten Ton, dachte sie amüsiert. Tatsächlich hatte sie in ihrem Reiseführer gelesen, dass ein Allradfahrzeug in Island notwendig war, wenn man nicht nur in der Stadt oder auf der – in sehr gutem Zustand befindlichen – Ringstraße fahren wollte. Die Pisten im Inland, die ominösen F-Straßen, die durch das Hochland führten, waren Schotterwege mit allerlei Hindernissen – neben Schlaglöchern und Steinschlag waren manchmal sogar Flussdurchquerungen zu bewältigen. Die Benutzung dieser Straßen wurden von Mietwagenfirmen häufig ausgeschlossen, und Katharina war froh, dass sie hier nicht selbst fahren musste.

»Einar kommt«, sagte Ellen erfreut, als ein dunkelhaariger junger Mann aus dem Auto stieg.

Er nahm mehrere Papiertüten vom Rücksitz, bevor er

ins Haus kam. Wenig später betrat er die Küche. Er sieht gut aus, stellte Katharina fest. Einar war groß gewachsen und schlank. Sein lockiges braunes Haar wirkte, als wollte es sich nicht recht bändigen lassen, obwohl es kurz geschnitten war. Seine braunen Augen strahlten eine ähnliche Ruhe und Wärme aus, wie es Katharina schon bei Dagur aufgefallen war. Stella hatte recht gehabt, als sie meinte, dass ihr Bruder nach ihrem Vater käme. Einar war Dagur wie aus dem Gesicht geschnitten, eine jüngere Version des Vaters. Feine Fältchen zogen sich um seine Augen und Mundwinkel, ein Zeichen dafür, dass er gerne lachte. Und doch umgab ihn eine gewisse Ernsthaftigkeit, wenn nicht gar Melancholie, die Katharina jedoch an nichts Konkretem festmachen konnte. Es war mehr ein Eindruck.

»Freut mich, euch kennenzulernen«, sagte Einar in fließendem Deutsch, nur mit einem leichten Akzent.

Er stellte die Tüten auf dem Tisch ab und begrüßte ihre Mutter und sie mit einem herzlichen Lächeln. Hielt er ihre Hand eine Sekunde zu lange, oder bildete sie sich das nur ein? Jetzt wandte er sich zu seiner Mutter um und gab ihr einen Kuss auf die Wange.

»Nimm dir einen Kaffee«, sagte Ellen und nickte zum Tisch rüber.

Einar setzte sich Katharina gegenüber und nahm sich einen Becher. Sie wollte ihm die Thermoskanne reichen, doch im selben Augenblick griff auch Einar danach, sodass sich ihre Hände berührten. Kurz sahen sie einander an, und Katharina fühlte sich, als würde ein Stromschlag durch sie hindurchschießen.

Was war das denn?

Verlegen sah sie auf das Brot, das auf einem Brett vor ihr lag, und fuhr fort, Scheiben abzuschneiden.

»Ich hab *kleinur* mitgebracht«, bemerkte Einar, während er länglich geformtes Schmalzgebäck aus einer der Papiertüten nahm und auf eine Kuchenplatte legte, die Ellen aus dem Wohnzimmer geholt hatte. »Und *snúður*, das sind diese Schnecken mit Schokoguss, und last, but not least, *vínarbrauð*, Wiener Brot. Warum das so heißt, kann ich euch nicht sagen, aber vielleicht kennt ihr es aus Dänemark, das haben wir uns von den Dänen abgeguckt.« Er grinste jungenhaft. »Sehr lecker.«

»Und pures Hüftgold, möchte ich wetten«, sagte sie. Alle lachten. »Sieht aber köstlich aus!«

Ihr lief beim Anblick der mit Pudding gefüllten Plunder und der anderen Leckerbissen das Wasser im Mund zusammen.

»Dann lasst uns mal loslegen.«

Ellen hatte das Rührei in eine Schüssel gefüllt und kam damit an den Tisch.

»Du bist Immobilienmakler und lebst in Reykjavík?«, fragte Katharina, während sie nach einer der besonders verlockend aussehenden Schokoschnecken griff.

Einar nickte und nahm die Schüssel mit dem Rührei. »Möchtest du?«

»Gerne.«

Er schob ihr etwas Ei auf den Teller, bediente dann ihre Mutter, die neben ihm saß, Ellen und sich selbst. »Ja, das stimmt, ich bin Makler. Allerdings hätte ich nie gedacht, dass ich das mal machen würde.«

»Wieso nicht?« Katharina beugte sich interessiert vor. »Gefällt dir die Arbeit nicht?«

»Doch, schon. Aber ich hatte eigentlich angefangen, Biologie zu studieren, wollte Lehrer werden oder was im Naturschutz machen. In den Semesterferien habe ich beim Vater eines Freundes in dessen Maklerbüro gejobbt und bin dabeigeblieben.«

»So ist das manchmal«, sinnierte sie und dachte daran, dass auch ihr Vater Biologe gewesen war.

»Tief im Herzen bin ich aber eigentlich ein Naturbursche.«

»Warum bist du dann in die Stadt gezogen?«, fragte sie weiter.

»Das habe ich mich auch immer gefragt«, warf Ellen ein.

»Meine damalige Freundin und spätere Frau, Jórunn, wollte gerne in Reykjavík leben.« Für einen kurzen Moment schlich sich eine Spur Traurigkeit in Einars Gesicht, dann zuckte er mit den Schultern und sprach weiter. »Mir gefällt's, ich habe alles in der Nähe. Die meisten Wohnungen und Häuser gibt es schließlich in Reykjavík zu vermitteln. Wenn ich mal raus in die Natur will, ist das auch nur ein Katzensprung.«

Das klingt logisch, dachte Katharina. Aber hatte Ellen nicht erzählt, dass Einar seit Kurzem in einem richtig stylishen Junggesellenapartment lebte und dass das nicht so recht zu ihrem bodenständigen Sohn passte? Genau das empfand sie jetzt auch. Einar war gut gekleidet, aber eher lässig-unaufgeregt, alles andere als schnöselig. Und offenbar hatte er mit seiner Frau zuvor in einer anderen Wohnung gelebt. Ob sie noch da war? Immer in seiner Nähe?

Was geht mich das an?, schalt Katharina sich umgehend. Einar tat ihr leid, ohne Frage war er ihr sympathisch, und auf unerklärliche Weise konnte sie Jórunn bereits jetzt nicht leiden. Wie seltsam, sie kannte Einars Ex-Frau noch nicht einmal und auch Einar erst seit wenigen Minuten. Sie hätte gerne mehr über Einars Trennung erfahren, aber es schien, als ob er nicht darüber sprechen wollte, und sie konnte ja schlecht nachfragen.

»Was machst du so?«, fragte Einar jetzt sie.

»Ich bin Gynäkologin und habe zwei Söhne.«

»Einen Mann auch?«

Sie runzelte die Stirn. »Ja, natürlich, einen Mann auch.«

»So natürlich ist das gar nicht.«

In einer beinahe hilflos wirkenden Geste fuhr Einar sich durchs Haar. Wieder umgab ihn für einen kurzen Augenblick ein Hauch von Wehmut.

Katharina hätte sich am liebsten gegen den Kopf geschlagen. Sie sprach hier mit einem Mann, der unter seiner Trennung litt, und sagte, dass sie *natürlich* verheiratet sei.

Wie dämlich kann man eigentlich sein?

»Tut mir leid«, setzte sie kleinlaut hinterher, aber Einar winkte ab.

»Keine Sorge, alles gut. Du hast sicher viel um die Ohren mit solch einem anspruchsvollen Job und zwei Kindern.«

»Ja, schon«, antwortete Katharina wahrheitsgemäß.

»Dann bist du wahrscheinlich froh, jetzt mal ein bisschen Urlaub machen zu können?«

»O ja«, erwiderte sie, und es kam aus tiefstem Herzen.

Während sie und Einar noch ein bisschen über die unterschiedlichen Lebensweisen in Deutschland und Island sprachen, plauderten ihre Mutter und Ellen angeregt miteinander.

»Was meint ihr«, setzte Ellen dann an und besah sich die geleerten Teller ihrer Gäste, »sollen wir jetzt erst einmal aufbrechen? Wir packen die Reste in meinen großen Korb, dann haben wir später ein feines Picknick.«

»Gute Idee«, meinte Bärbel. »Soll ich noch einen Kaffee aufsetzen?« Sie stand bereits wieder.

»Das wäre prima«, antwortete Ellen, und mit ihr erhoben sich auch Einar und sie selbst.

»Wollen wir mein Auto nehmen?«, fragte Einar. »Ich glaube, der ist bequemer als deine Klapperkiste.«

»Hey, nichts gegen meinen geliebten Lieferwagen«, widersprach Ellen und versetzte ihrem Sohn einen freundschaftlichen Knuff. »Aber ja, mit deinem Wagen hätten wir es bestimmt angenehmer.«

»Aber nachher musst du uns unbedingt deine Töpferstube zeigen«, warf Bärbel ein, »und vielleicht …«

»Ganz sicher«, versprach Ellen enthusiastisch. »Ich bin ja so gespannt!«

Damit warf sie Katharina einen vielsagenden Blick zu. Dass Ellen Teile von Bärbels Service reproduziert hatte, sollte eine Überraschung für ihre Mutter sein. Katharina klopfte das Herz vor Aufregung, was diese dazu sagen würde.

Sie hatten dem winzigen Ort Skálholt eine Stippvisite abgestattet, in dem eine überdimensioniert wirkende Kirche stand. Als Ellen auf ihr Erstaunen hin erklärte, dass Skálholt lange Bischofssitz war und große Bedeutung für die isländische Geschichte besaß, passte es ins Bild. Sie hatten sich jedoch nicht lange dort aufgehalten, sondern beschlossen, noch vor dem großen Touristenansturm weiterzufahren.

Tatsächlich war im Geothermalgebiet Haukadalur, zu dem diverse Springquellen gehörten, schon relativ viel los. Dennoch ergatterten sie einen guten Platz dicht am Strokkur, dem Geysir, der am häufigsten und ziemlich regelmäßig ausbrach. Es gelang Katharina sogar, Fotos zu schießen, auf denen keine anderen Menschen zu sehen waren.

Einar kam zu ihr. »Ab mittags ist hier der Teufel los«, erklärte er.

»Immer?«, fragte Katharina.

Irgendwie machte die Gegenwart dieses Mannes sie nervös. Obwohl er Ruhe und Freundlichkeit ausstrahlte. Er wirkte wie jemand, mit dem man Pferde stehlen konnte oder … Womöglich war es genau das, was sie anzog und gleichzeitig erschreckte. Einar schaute sie an, und schnell sah sie wieder auf Strokkur, der in diesem Augenblick erneut ausbrach. Es war faszinierend zuzusehen. Wie es in dem Wasserloch brodelte, hin- und herwogte, schäumte, wie sich eine große Blase bildete, die wieder in sich zusammenfiel, sich kurz darauf erneut aufblähte und schließlich mit gewaltiger Kraft durch den unglaublichen Druck, der im Boden unter ihren Füßen herrschen musste, barst. Wie das Wasser meterhoch in die Luft schoss und sich schließlich über die umgebende Erde ergoss. Nur, um sogleich wieder von Neuem mit dem Schauspiel zu beginnen.

»Vielleich nicht im Winter«, beantwortete Einar ihre Frage.

»Bist du öfter hier?«

»Nur wenn Besuch da ist.« Er sah sie lächelnd an, bevor er wieder versonnen auf den Geysir blickte. »Der Große Geysir ist übrigens da drüben.« Er zeigte auf ein Wasserloch am Rande des Rundwegs, aus dem es stark dampfte. Das war hier allerdings keine Besonderheit, denn es gab in Geothermalgebieten immer heiße Quellen, und auf ihrem Rundweg in Haukadalur waren sie bereits an weiteren Geysiren vorbeigekommen, die jedoch eher gemächlich vor sich hin blubberten. Kein Vergleich zum mächtigen Strokkur und dennoch beeindruckend. So etwas hatte Katharina noch nie zuvor gesehen. »Er ist der Namensgeber aller Geysire«, sprach Einar weiter. »Aber er bricht kaum noch aus. Die Menschen haben ihn wohl zu sehr geärgert.«

»Inwiefern?«

»Früher wollte man ihn ein bisschen kitzeln und hat haufenweise Schmierseife in ihn hineingekippt. Das wurde zum Glück irgendwann verboten.«

»Was Menschen so alles tun …«

Einar sah Katharina ernst an, bevor sein Blick zurück auf das Wasserloch fiel. »Ziemlich viel Blödsinn auf jeden Fall.«

Und plötzlich umgab ihn wieder dieser Anflug von Traurigkeit. Am liebsten hätte sie ihn in die Arme genommen. In die Arme genommen? Was dachte sie da? Sie kannte diesen Mann doch gar nicht.

In diesem Moment schoss erneut die Wasserfontäne in den Himmel. Ein Raunen ging durch die Menge, und obwohl sie bereits eine ganze Weile hier standen und dies schon der dritte oder vierte Ausbruch war, den sie beobachteten, waren auch sie erneut ergriffen von dem Spektakel. Selbst Ellen und Einar, die mit den Naturschauspielen ihres Landes vertraut waren, blickten ehrfürchtig nach oben.

»Wir sollten ein Foto mit uns allen machen, wenn er wieder ausbricht«, schlug Ellen vor, woraufhin sie sich alle mit dem Rücken zum Geysir stellten und warteten.

Einar musste seinen Arm lang machen, um sie und auch die zu erwartende Wasserfontäne aufs Bild zu bekommen. Was bedeutete, dass sie sehr nahe aneinanderrücken mussten. Wirklich *sehr* nahe. Sie spürte Einars Hand an ihrer Schulter, legte den Arm um seinen Rücken. Es war eine harmlose Situation, eine vollkommen unschuldige Geste, und doch elektrisierte die Berührung sie regelrecht. Sie fühlte sich umgeben von Einars Wärme, was ein längst vergessen geglaubtes Kribbeln in ihr auslöste – das schlechte Gewissen folgte prompt.

Was tust du hier bloß? Was ist nur los mit dir?

Als das Foto geschossen war, löste sie sich eilig aus der Runde, drängte zum Weitergehen. Sie musste sich dringend bewegen, unbedingt fort von hier. Doch Ellen musterte kritisch das Selfie auf dem Handy ihres Sohnes.

»Kati, du runzelst die Stirn, das müssen wir wohl noch üben.«

»Aber nicht mehr hier«, widersprach sie und schickte sich an, den Rundweg fortzusetzen.

»Es wird sich bestimmt noch die ein oder andere Gelegenheit ergeben«, sagte Ellen und hakte sie lachend unter. »Man fühlt sich klein daneben, nicht?«, bemerkte sie mit einem Nicken zurück über die Schulter.

»O ja.«

»Das ist Island«, sagte Einar. »Es zeigt die Erde in ihrer ursprünglichsten Form. Hier kann man sich am besten vorstellen, wie das alles mal entstanden ist.«

Er hatte recht. Die Hitze, der Druck unter der Erde, das Lavagestein, der Schwefeldampf zeugten vom Leben der Erde, von ihrer Geschichte. Katharina war zutiefst beeindruckt von diesem Ort, er rührte etwas in ihr an. Langsam glaubte sie zu verstehen, warum Island derart boomte, was all die Menschen hier wollten. Sie wollten Einsamkeit und Ruhe, und sie wollten die Erde erleben, die Landschaft, die sich durch Vulkanausbrüche und Erdbeben immer wieder veränderte, die karg und abweisend schien und dennoch vielfältig war.

Sie gingen weiter, vorbei an den anderen siedend heißen Schwefelquellen und Minigeysiren, bis sie alle sich wieder losreißen konnten und meinten, ausreichend Fotos gemacht zu haben.

»Lasst uns weiterfahren«, sagte Ellen. »Stella meinte, wir sollten noch einen kleinen Abstecher machen zu einem Ort, an den die meisten Touristen nicht kommen. Oder den sie nicht zu würdigen wissen.«

Sie stiegen ins Auto und fuhren über eine Schotterstraße, bis sie einen Wald erreichten.

»So viele Bäume wie hier habe ich bisher in Island noch nirgendwo gesehen«, entfuhr es Bärbel.

»Haukadalsskógur ist eines der größten zusammenhängenden Waldgebiete Islands. Hat irgendein Däne in den Dreißigerjahren des letzten Jahrhunderts angelegt und es dann der isländischen Forstverwaltung geschenkt«, erklärte Ellen, die neben Katharina auf der Rückbank des SUV saß. Ihrer Mutter hatten sie den bequemen Beifahrersitz gelassen. Sie kamen an einem kleinen Tümpel vorbei. »Hier ist übrigens eine heiße Quelle, in der man baden kann. Was man ja oben bei den Geysiren auf keinen Fall tun sollte. Da würde man schön gekocht werden.« Sie lachte auf. »Hier ist es allerdings ziemlich matschig drum herum, weiß nicht, ob das so ein Vergnügen ist. Ich habe es jedenfalls noch nie ausprobiert.

»Sieht nicht besonders einladend aus«, meinte Einar.

»Kennt ihr denn irgendwelche heißen Quellen, in

denen man baden kann und die nicht von Touristen überlaufen sind?«, fragte Katharina und lehnte sich interessiert vor.

»Na klar«, erwiderte Einar und sah verschmitzt nach hinten. »Wir haben sogar eine in Guðmundarstaðir.«

»Wirklich?«

»Ja, ein Stück hinter dem Hof, in den Hügeln. Es wird sich bestimmt eine Gelegenheit ergeben, sie den beiden zu zeigen, nicht, Mama?«

Ellen nickte. »Ganz sicher. Es ist eine nette kleine Wanderung dorthin. Man könnte auch reiten.«

»Reiten kann ich nicht«, erwiderte ihre Mutter und winkte hektisch ab. Sie würde es auch nicht versuchen wollen, war sich Katharina sicher.

Sie selbst würde schon gerne mal wieder einen Ausritt wagen. Als Kind war sie ein-, zweimal in den Reiterferien gewesen und hatte eine Zeit lang Reitstunden genommen. Wie so ziemlich jedes junge Mädchen hatte auch sie eine Pferdephase gehabt, aber dann festgestellt, dass sie im Grunde ihres Herzens viel zu viel Angst vor den beeindruckenden Tieren hatte. Die niedlichen Islandpferde reizten sie jedoch. Sie standen in dem Ruf, besonders gutmütig zu sein, außerdem waren sie nicht sehr groß, man konnte also nicht so tief fallen.

»Du erwähntest gestern, dass ihr Pferde hättet«, sagte sie zu Ellen.

Sie hatte bisher keine gesehen. Jedenfalls nicht in Hofnähe. Auf den umliegenden Weiden gab es schon welche, aber die waren zum Teil derart weit von Guðmundarstaðir entfernt, dass Katharina überhaupt nicht einzuschätzen vermochte, wohin die Tiere gehörten.

»Ja, wir besitzen zwei Pferde«, erklärte Ellen. »Smári

und Blíða. Smári ist ein braunwindfarbener Wallach, also braun mit blonder Mähne. Weil er ein kleines weißes Abzeichen hat, das an Klee erinnert, haben wir ihm diesen Namen gegeben. Smári bedeutet Klee. Blíða ist eine gescheckte Stute mit ganz weißem Kopf und hellblauen Augen. Ihr Name bedeutet so viel wie Wärme, Zuneigung. Und sie ist eine ganz Liebe. Auf ihr kann wirklich jeder reiten.« Sie warf Bärbel einen verschmitzten Blick zu, den diese jedoch ignorierte. »Außerdem haben wir noch fünf Schafe. Sie sind momentan alle draußen. Wenn der Winter sehr hart ist, holen wir sie rein. Neben meiner Werkstatt und dem Shop ist noch ausreichend Platz für sie im Stallgebäude.«

»Stella hätte es gerne, wenn unsere Eltern noch mehr Pferde anschaffen würden«, ergänzte Einar.

»Könnt ihr alle reiten?«, fragte Katharina.

»Eigentlich schon«, sagte Ellen. »Ich mache es nur kaum, ergibt sich einfach nicht. Stella und Dagur hingegen reiten sehr viel aus.«

»Und du?«, fragte Katharina Einar.

»Ich mache es manchmal, wenn ich zu Hause bin.« Sie fuhren durch eine Senke, und Einar musste sich auf die Straße konzentrieren. Dann sprach er weiter: »Ich hätte Lust mal wieder auszureiten.«

Ellen nickte. »Das machen wir auch in den nächsten Tagen. Wir zeigen euch unsere heiße Quelle. Sie war früher für die Bewohner von Guðmundarstaðir wie eine natürliche Badewanne. Und meine Mutter hat den Schlamm daraus anfangs für ihre Töpferarbeiten genutzt.«

»Tatsächlich?«, fragte Bärbel ungläubig. »Ging das denn damit?«

Ellen nickte. »So halbwegs. Sie hat viel ausprobiert

und auch sehr schöne Keramiken geschaffen. Es muss allerdings extrem aufwendig gewesen sein. Ich bin wirklich froh, dass ich heutzutage an guten, reinen Ton komme. Tatsächlich arbeite ich aber auch hin und wieder mit Materialien aus der Natur.«

»Wie spannend! Das würde ich gerne mal sehen.«

Ellen warf ihrer Freundin einen begeisterten Blick zu. »Ich werde euch alles zeigen. Und eine kleine Töpfersession mit euch abhalten.«

»Das wäre wunderbar«, erwiderte Bärbel enthusiastisch.

Sie fuhren eine leichte Anhöhe hinauf, die sich zu einem eingezäunten Platz öffnete, auf dem eine kleine weiß gestrichene Holzkirche stand. Man hörte einen Fluss rauschen. Es war idyllisch, es war ruhig. Keine anderen Menschen weit und breit.

»Hier gab es mal ein Gut, zu dem die Kirche gehörte«, erklärte Ellen. »Haukadalur, das Habichtstal, war vom Beginn der Landnahme, wie die Besiedlung Islands genannt wird, bis ins Mittelalter eines der geistigen Zentren des Landes. Hier wurde die erste Schule gebaut und viele bedeutende Persönlichkeiten unserer Vergangenheit erhielten hier ihre Ausbildung. Kann man sich heute kaum noch vorstellen, was?« Die anderen nickten. »Zu diesem kleinen Hügel dort«, sie zeigte in die Richtung, »gibt es noch eine nette Geschichte. Wie zu beinahe allem in Island.« Sie lachte. »Wir lieben unsere Geschichten. Und wenn man sich mal ein paar Jahrhunderte zurückversetzt, als die Menschen noch viel einfacher lebten und der Natur mit all ihren Launen ausgesetzt, aber auch von ihr abhängig waren, kann man sich schon vorstellen, wie die Erzählungen um Elfen, Trolle und was weiß ich nicht alles, entstanden sind. Es war ein hartes Leben, eigentlich eher ein ständiges Ringen ums Überleben.«

»Was ist das für eine Geschichte?«, fragte Bärbel.

»Der Hügel heißt Bergþórsleiði, das heißt Grab des Bergþór. Bergþór war ein freundlicher Troll, der mit dem Bauern von Haukadalur befreundet war. Er bat den Bauern, ihn nach seinem Tod hierherzubringen und zu begraben. Als der Bauer eines Tages den Wanderstab des Trolls fand, wusste er, dass sein Freund tot war. Er brachte ihn wie gewünscht hierher und begrub ihn neben dem Bach. Angeblich stammt der Eisenring an der Kirchentür von seinem Wanderstab, auch die vermeintliche Eisenspitze soll sich mal im Besitz der Kirche befunden haben.«

Ellen zuckte mit den Schultern, es war nicht auszumachen, wie viel sie selbst von der Erzählung hielt.

»Nette Geschichte«, meinte Bärbel.

Sie spazierten einmal um die Kirche, die verschlossen war, herum und trafen sich dann wieder beim Auto.

»Sollen wir weiter?«, fragte Einar.

Alle waren einverstanden, und wenig später erreichten sie den Gullfoss, was so viel wie goldener Wasserfall hieß. Sie wanderten um ihn herum, blieben immer wieder andächtig stehen, schauten den kraftvollen Wassermassen zu, wie sie dröhnend die mächtigen Felsenstufen hinunterrauschten. Katharina und ihrer Mutter fiel es schwer, sich von dem imposanten Anblick loszureißen.

Einar kam an ihre Seite. »Es ist schön hier, nicht wahr?«, bemerkte er.

»Mmh«, machte sie nur, unfähig zu antworten.

So langsam packte sie die Faszination Islands.

»Als wir Kinder waren, wollte ich immer herfahren«, sprach er weiter. »Dabei haben wir auch einen fantastischen Wasserfall in der Nähe von Guðmundarstaðir, den Urriðafoss. Aber dieser ist noch gewaltiger. Diese zwei Stufen, die beinahe rechtwinklig zueinander stehen …« Er hielt inne, als ein Windstoß Gischt zu ihnen herüberwehte, die zart auf der Haut prickelte. Schweigend beobachteten sie, wie sich ein Regenbogen bildete.

»Es ist wunderschön«, flüsterte Katharina.

Sie spürte, dass Einar sie beobachtete, bevor auch sein Blick wieder zu den herabrauschenden Wassermassen wanderte. »Im Sommer wird es hier auf dem Vorsprung durch Gischt und Sonne ganz grün.«

»Das Gestein wirkt in diesem Licht beinahe golden. Kommt da der Name her?«, fragte Katharina.

»Könnte sein«, meinte Einar. »Oder wenn abends bei Sonnenuntergang ein rotgoldener Schimmer auf ihm liegt. Es gibt auch zum Gullfoss ein paar Geschichten. Eine liefert eine ganz andere Erklärung, wie der Wasserfall zu seinem Namen gekommen ist.« In diesem Moment klingelte sein Handy. Er stöhnte auf, sah auf das Handy. »Arbeit, entschuldige bitte.« Dann sagte er etwas auf Isländisch, bevor er sich abwandte und ein paar Schritte entfernte.

Katharina lauschte noch eine Weile dem Klang der fremden Sprache und wunderte sich, wie anders sich Einars Stimme anhörte, wenn er Isländisch sprach. Sie sah zu ihrer Mutter und Ellen hinüber, die noch ein Stück weitergegangen waren zu einem in den Gullfoss hineinragenden Vorsprung, von wo aus sie aufs Wasser schauten. Für einen Moment überkam sie die Sehnsucht nach ihrem Mann, ihren Kindern. Sollte sie das alles nicht lieber mit ihnen erleben? Andererseits würden Hannes und Matteo den Wasserfall und die Geysire, auch die Vulkane und Gletscher cool finden, die karge Landschaft aber langweilig. Vermutlich musste man erst eine gewisse Reife erreichen, um die Schroffheit als einzigartig würdigen und genießen zu können. Wie würde es Tobias gefallen? Sie kramte nach ihrem Handy, schoss eilig ein paar Fotos und ein Selfie von sich vor dem Wasserfall und schickte es mit einigen Herzen nach zu Hause. *Wie geht es euch?*, tippte sie. *Umarme euch ganz fest.*

Einar tauchte wieder neben ihr auf, er hatte sein Gespräch beendet. »Entschuldige«, sagte er noch mal.

»Kein Problem. Immobiliengeschäfte?«

»Ja, jemand möchte sich eine Eigentumswohnung in Reykjavík ansehen.«

»Musst du zurück?«, fragte Katharina.

Sie merkte, dass etwas in ihr nicht wollte, dass er ging. Sie fühlte sich wohl in seiner Nähe. Kaum dass sie dies gedacht hatte, bekam sie wieder ein schlechtes Gewissen.

»Nein«, antwortete Einar. »Wir haben einen Termin für morgen Vormittag gemacht.«

Das bedeutet also, dass er morgen nicht bei uns sein kann, überlegte Katharina, und plötzlich breitete sich Enttäuschung in ihr aus. Würde sie Einar vielleicht gar nicht mehr während ihres Aufenthalts in Island wiedersehen? Warum machte ihr das überhaupt etwas aus?

»Schade«, murmelte sie.

»Finde ich auch«, gab Einar zurück, »aber unseren Ausritt müssen wir unbedingt noch machen.«

»Das wäre schön.« Langsam gingen sie weiter, bis sie zu Ellen und Bärbel aufgeschlossen hatten. »Wie ist jetzt der Gullfoss zu seinem Namen gekommen?«, nahm sie den Faden wieder auf.

»Ach ja.« Einar räusperte sich. »Angeblich lebte auf

einem Hof hier in der Nähe mal ein Bauer, der eine Truhe mit Gold besaß. Er wollte nicht, dass einer seiner Erben das Gold nach seinem Tod bekam, und warf es daher in den Wasserfall. Seitdem heißt er angeblich Goldener Wasserfall.«

»Egoist«, bemerkte Katharina, und sie lachten beide.

Sie fuhren weiter auf dem Golden Circle, passierten den Laugarvatn, einen großen See, an dem sich eine heiße Quelle befand, die von einem Schwimmbad genutzt wurde, kamen schließlich nach Thingvellir, einem für Island enorm wichtigen Ort, wie Ellen nicht ohne Stolz erklärte.

»Hier treffen sich seit 930 die Goden des Landes, es ist sozusagen das erste isländische Parlament. Am Fuß der Almannagjá, der Allmännerschlucht«, sie zeigte zu den steil aufragenden Klippen zu ihrer Linken, »beim Althing wurden Gesetze erlassen, man hat Streit geschlichtet und so weiter. Durch die Felsen gab es eine Echowirkung, sodass der Sprecher weithin gehört werden konnte. Man traf sich alljährlich für zwei Wochen im Juni oder Juli, die Senke bot genügend Platz, damit alle ihr Lager aufschlagen konnten. 1944 wurde an diesem Ort die Republik verkündet. Noch heute werden hier wichtige Jahrestage gefeiert.« Ellen hielt inne, gab ihren Zuhörern Zeit, die Informationen sacken zu lassen. Katharina ließ den Blick über die weite Ebene schweifen. Beinahe vermochte sie das Hufgetrappel der Pferde und das Stimmengewirr der zahllosen Menschen, die vor Hunderten von Jahren hier ihre Versammlungen abgehalten hatten, zu hören. »Zudem ist dies auch geologisch ein interessanter Ort«, setzte Ellen ihren Vortrag fort. »Es handelt sich nämlich um eine Grabenbruchzone zwischen der Nordamerikanischen und der Eurasischen Platte. Hier, westlich der Almannagjá, wandert die Nordamerikanische Platte immer weiter nach Westen, während sich hinter der Hrafnagjá, der Schlucht da hinten«, sie zeigte auf eine weit entfernt liegende Felskette, die die Ebene auf östlicher Seite begrenzte, »die Eurasische Platte Stück für Stück weiter nach Osten bewegt.«

»Weißt du, wie viel sie sich jedes Jahr auseinanderschieben?«, fragte Katharina fasziniert.

Ellen schüttelte den Kopf, aber Einar konnte weiterhelfen. »Etwa acht Millimeter, meine ich. Die Senke ist etwa sieben Kilometer breit. Tatsächlich gibt es ein paar Spalten im Boden, die gerne als Fotomotiv verwendet werden. So als ob man mit einem Fuß auf der einen und mit dem zweiten auf der anderen Platte stehen würde. Ist streng genommen nicht ganz korrekt, weil ja die ganze Ebene der Spalt ist. Aber lustig.«

Sie setzten sich langsam in Bewegung, Ellen und Bärbel gingen voran.

»So ein Foto muss ich auch haben«, sagte Katharina lachend. »Das wird meinen Jungs gefallen.«

Einar sah sie an. »Ich wollte auch immer Kinder haben.« Er zuckte mit den Schultern. »Es hat nicht sollen sein.«

»Aber dafür ist es doch noch nicht zu spät ...«

»Ich weiß nicht. Man braucht halt auch die richtige Partnerin.«

»Und die Frau, die du dafür gehalten hast, war es dann doch nicht?«, fragte sie vorsichtig.

Sie war sich nicht sicher, ob Einar mit ihr über das Thema sprechen wollte oder ob ihm die Bemerkung mit den Kindern unbeabsichtigt herausgerutscht war.

»Offenbar nicht.« Er klang resigniert. »Im Nachhinein ist es wohl besser so. Jórunn und ich haben wahrscheinlich nie zueinander gepasst.«

»Warum nicht?«, fragte sie und schob eilig nach: »Du musst natürlich nicht darüber reden, wenn du nicht willst.«

»Ich weiß.« Der Weg wurde immer schmaler. Zu beiden Seiten erhoben sich hohe Felswände. »Aber vielleicht muss es einfach mal alles raus. Und mit dir kann man gut reden, scheint mir.« Sein Lächeln wirkte beinahe scheu.

Vielleicht weil du weißt, dass ich bald wieder fort sein werde, dachte Katharina, und es stimmte sie wehmütig. Zu gerne hätte sie Einars Kompliment genau in der Bedeutung aufgefasst, wie er es gesagt hatte.

»Im Grunde habe ich es schon immer gespürt«, begann er nachdenklich, »habe es nur viel zu spät erkannt oder wollte es nicht wahrhaben. Sie bestand auf einer Wohnung in Reykjavík, ich wollte lieber etwas auf dem Land oder als Kompromiss in einem Vorort finden. Ihr waren Prestige und Ansehen wichtig, dazu passte der Immobilienmakler besser als der Biolehrer und Umweltschützer. Und letztlich kristallisierte sich heraus, dass sie eigentlich keine Familie wollte.«

»War das schlussendlich der Trennungsgrund?«

»Eine Kombination aus allem. Aber das war schwerwiegend für mich. Jedenfalls zu dem Zeitpunkt. Inzwischen sehe ich es nicht mehr als so tragisch an.« Hilflos zuckte er mit den Schultern.

»Wie lange wart ihr zusammen?«

»Sieben Jahre.« Er seufzte. »Ich ahne, was du als Nächstes fragen wirst. Warum ich nicht vorher gemerkt habe, dass unsere Ansichten beim Thema Kinder so weit auseinandergehen.«

Katharina nickte. »Gerade das ist doch etwas, das man frühzeitig abklärt, hätte ich gedacht.«

»Wohl wahr. Aber irgendwie hat sich das nie richtig ergeben. Am Anfang schien es zu früh, solch gewichtige Dinge anzusprechen, und irgendwann war es zu spät. Ich war vermutlich auch schlichtweg zu verliebt, um mir darüber einen Kopf zu machen, und habe einfach vorausgesetzt, dass sie schon wollen wird … Erst nach und nach ist mir klar geworden, dass sie das anders sehen könnte. Am Anfang hat sie gesagt, dass sie beruflich fest im Sattel sitzen möchte, dann sollten erst noch ein paar Stufen auf der Karriereleiter erklommen werden. Das habe ich natürlich unterstützt. Aber kurz nach unserer Hochzeit habe ich sie direkt auf Kinder angesprochen, weil meiner Meinung nach nun der richtige Zeitpunkt gekommen war. Da hat es richtig zwischen uns geknallt. Sie meinte, ich würde sie unter Druck setzen. Ich konnte es nicht fassen. Im Laufe des Streits warf sie mir an den Kopf, dass ich sie nur geheiratet hätte, um Kinder in die Welt setzen zu können, und dass sie überhaupt nie welche gewollt habe. Im Nachhinein glaube ich, dass dies der entscheidende Grund für den Bruch war. Paradoxerweise hat Jórunn die bald folgende Scheidung als Bestätigung für ihre These gesehen.« Er schüttelte traurig den Kopf. »Alles sehr unschön. Ich sehe diese Trennung als das größte Scheitern meines Lebens an.«

»Das tut mir sehr leid.« Katharina griff nach Einars Arm, er legte seine Hand auf ihre und sah sie nachdenklich an. »Ihr seid seit zwei Jahren getrennt, richtig?«

Das war das Jahr, in dem sie ihren Vater verloren hatte.

Das Jahr, in dem sie und Tobias vor dem Abgrund gestanden hatten. Er hatte ein für ihn fantastisches Jobangebot bekommen, für das er drei Jahre ins Ausland gehen sollte, nach China, ausgerechnet. Tobias war nicht abgeneigt gewesen. Sie hingegen hatte sich gefragt, was aus ihr und den Kindern werden sollte. »Kommt doch mit«, hatte Tobias unbekümmert vorgeschlagen. Ohne die Konsequenzen zu bedenken, die dieser Umzug für sie, ihre Zukunft in der Praxis, überhaupt ihr gesamtes Selbstverständnis haben würde. Was sie jedoch am meisten gekränkt hatte, war das Gefühl, dass Tobias sich mehr Sorgen darüber gemacht hatte, ob er hinterher wieder problemlos in seiner Band würde einsteigen können. Makabererweise hatte der Tod ihres Vaters ihnen die Entscheidung abgenommen. Tobias hatte gespürt, wie sehr sie und die Jungs ihn nun brauchten, war in der Zeit danach unglaublich fürsorglich, lieb und rücksichtsvoll gewesen. Vielleicht hatte er erkannt, dass ihm die Familie doch mehr bedeutete als die Karriere oder ein neues Abenteuer. Schlussendlich hatte er das Angebot abgelehnt und schien sich mehr oder minder damit abgefunden zu haben. Aber für eine Weile hatte ihre Beziehung auf Messers Schneide gestanden.

Einar nickte mit gesenktem Blick, nicht überrascht darüber, dass Katharina es wusste. »Ja.«

»Denkst du, ihr könntet noch mal zusammenkommen?«

Einar blickte auf. »Eigentlich nicht. Es ist zu viel passiert. Zu schlimme Verletzungen auf beiden Seiten.« Sie lösten sich wieder voneinander. »Und ich glaube, wir waren jeweils in ein Bild des anderen verliebt, eine Vorstellung, die wir voneinander hatten, die jedoch nicht der Realität entsprach.«

»Das ist wahrscheinlich immer die Gefahr. Man unterliegt leicht einer Illusion«, sagte Katharina. »Du bist ein wundervoller Mann. Du wirst sicher bald eine andere Frau kennenlernen.«

Der Blick, den Einar ihr zuwarf, ließ ihre Knie weich werden.

Dezember 1949

Die Beerdigung von Snorri Petúrsson fand zwei Tage später statt, am 23. Dezember. Es war der Tag des heiligen Þorlákur Þórhallsson, des isländischen Schutzpatrons. Eigentlich ein wichtiger Feiertag, der überall im Land begangen wurde, aber man wollte Snorri noch vor Weihnachten unter die Erde bringen. Alle Familien der anliegenden Höfe kamen in die kleine Kirche, auch Snorris Sohn, der in Reykjavík lebte, die Tochter konnte den weiten Weg aus den Vereinigten Staaten natürlich nicht in so kurzer Zeit bewältigen. Weil Aldís und ihre Söhne Snorri am nächsten gestanden hatten, halfen sie mit, auf Miðhús den Leichenschmaus vorzubereiten. Snorris Sohn hatte Rochen besorgt, der traditionell an diesem Tag mit Kartoffeln gegessen wurde. Auch *brennivín* wurde ausgeschenkt. So verbanden die Anwesenden das traurige Ereignis mit der sonst festlichen *Þorláksmessa*, sinnierten über die Widrigkeiten des Lebens.

Keiner jedoch schien sonderlich überrascht über das Ende, das Snorri genommen hatte, wussten sie doch von Snorris leidvollen Tragödien, die ihn gebrochen hatten. Beinahe alle betrachteten Lore mit mitleidigen Blicken – sie war bei der Beerdigung gewesen, hatte sich danach aber zurückgezogen. Es gab natürlich Gerede, dennoch schien ihr niemand die Schuld an dem Unglück zu geben. Man stimmte im Gegenteil darin überein, dass Lore zur falschen Zeit am falschen Ort gewesen war. Sie hatte darunter zu leiden gehabt, dass Snorri keinen Ausweg mehr für sich gesehen hatte.

Nach dem Essen kehrten alle wieder zu ihren Höfen zurück – schließlich wollten die Tiere auch an Feiertagen versorgt und die alltäglichen Arbeiten verrichtet werden. Miðhús stand nun leer. Keiner wusste, was mit dem Hof geschehen sollte, denn Snorris Kinder würden nicht in ihr Elternhaus zurückkehren. Vorerst vereinbarten die Nachbarn untereinander, wer welche Tiere mit zu sich zu nahm, bis eine Entscheidung gefunden war. Lore weigerte sich, je wieder einen Fuß auf den Hof zu setzen. Und niemand verlangte das von ihr. In stillem Einverständnis suchten Ulrike und Yngvi Lores Habe zusammen und ließen sie bei sich unterkommen.

Am Abend lagen sich die Freundinnen gegenüber in Ulrikes Bett. Irgendwie ist es schön, die engste Vertraute bei sich zu haben, dachte Ulrike. Ein kleines Stück Heimat, das an Weihnachten bei mir ist.

»Wie geht es dir jetzt?«, fragte Ulrike.

Lore dachte eine Weile nach, bevor sie antwortete. »Gut, tatsächlich.«

Ulrike blickte sie erstaunt an. »Das freut mich ja, aber …«

»Du hättest etwas anderes erwartet«, stellte Lore nüchtern fest.

»Schon.«

»Ich weiß, es … Es klingt seltsam«, begann Lore stockend, »aber ich habe das Gefühl, dass ich … Ich kann das schlecht in Worte fassen …« Sie sah an Ulrike vorbei, ihr Blick ging ins Leere. »Man könnte vielleicht sagen, dass ich durch die ganze Sache … mit Snorri …

etwas für mich gelernt habe. Dass ich mich weiterentwickelt habe.«

»Inwiefern?«

Lore kaute gedankenverloren auf ihrer Unterlippe, bevor sie antwortete. »Ich habe noch nie darüber gesprochen … Du weißt, dass ich nach dem Krieg aus Ostpreußen flüchten musste.« Ulrike nickte stumm. »Ich habe dir erzählt, dass wir ein Gut bei Hirschberg hatten?« Erneut nickte Ulrike. »Aber ich habe dir nicht gesagt, wie wir es verlassen haben.« Sie rieb sich über die Oberarme, zog fröstelnd die Decke bis zum Kinn. »Es war Januar, der letzte Kriegswinter. Die Rote Armee kam näher, und immer wieder kamen auch Flüchtlinge aus dem Osten. Wir ahnten, dass wir ebenfalls würden fliehen müssen, aber es war unter Todesandrohung verboten, die Gegend zu verlassen. Immer noch hieß es, dass sich das Blatt wenden und wir siegreich aus dem Krieg hervorgehen würden.« Lore schnaubte verächtlich. »Meine Mutter und ich packten trotzdem heimlich das Allernötigste zusammen, um bereit zu sein, und legten dies ebenso unseren Angestellten ans Herz. Bereit für was auch immer. Eines Morgens wurden wir von energischem Klopfen geweckt, jemand brüllte ›Räumbefehl‹. Wir weckten meine kleine Schwester und unsere Bediensteten, zogen mehrere Schichten an Kleidung an, warfen alle Taschen und Säcke auf unseren Pferdewagen, spannten unsere beiden wertvollsten Pferde an und sahen zu, dass wir wegkamen. Meine Mutter schrieb noch einen Zettel für meinen großen Bruder, dass wir den Hof verlassen mussten und vorübergehend bei Verwandten in Bütow in Pommern unterzukommen versuchten. Wir dachten ja noch, dass wir bald wieder in die Heimat zurückkehren könnten.« Sie lachte niedergeschlagen auf. »Wir hofften, dass mein Bruder aus dem Krieg kommen und uns suchen würde. Mein Vater war ein paar Wochen zuvor gefallen.« Lore schluckte schwer, bevor sie weitersprach. »Es war bitterkalt, minus zwanzig Grad, es lag hoher Schnee. Auf den Straßen waren bereits unzählige Menschen unterwegs, viele aus dem Nachbarort, ein paar Kilometer östlich, dort waren die Russen bereits eingefallen. Wir hörten Schüsse hinter uns, sahen den Feuerschein über dem brennenden Dorf. Die Pferde rutschten im Schnee aus, Wagen blieben stecken, überall weinten und schrien Menschen. Viele erfroren. Man ließ die Toten einfach am Straßenrand liegen. Die Erde war zu hart, um sie zu verscharren.« Lore verstummte.

Ulrike kroch zum anderen Bettende und legte sich neben sie, strich ihr zärtlich über das Haar.

»Was war dann?«, fragte sie leise, denn sie spürte, dass Lore ihre Geschichte jetzt weitererzählen musste.

Lores Gesicht wurde aschfahl. »Auch meine kleine Schwester hat es nicht geschafft.« Sie vergrub das Gesicht in ihren Händen, wurde von Schluchzern geschüttelt. Seit sie sich kannten, war dies das erste Mal, dass Ulrike die Freundin weinen sah. Und auch sie selbst hatte sich lange keine Tränen mehr gestattet. Sie beide hatten eine Mauer um ihre Herzen gebaut, um das Erlebte ertragen zu können. Doch Ulrike wusste, dass sie besser als ihre Freundin in der Lage war, diesen inneren Schutzwall zu überwinden. Sie streichelte Lore weiter, als würde diese stoische Bewegung das aufgewirbelte Innere beruhigen können. Schließlich sprach Lore leise weiter: »Mehrmals wurden die Flüchtlingstrecks beschossen, die Rote Armee holte uns ein, viele Frauen wurden vergewaltigt oder gleich getötet. Direkt vor unseren Augen! Meine Mutter versuchte, mich vor zwei Soldaten zu beschützen, hat mich in den Wald gescheucht und sie abgelenkt. Ich solle rennen, sagte sie, egal, was auch passiere. Ich hörte Schreien, dann einen Schuss, sah mich nur kurz um, und da lag sie. Ich wusste, dass ich keinen Mucks von mir geben durfte, biss mir in die Hand. Meine Mutter hatte mir aufgetragen zu rennen, und das tat ich. Ich rannte und rannte. So lange, bis ich nicht mehr konnte. In der Nacht kam ich in einer Scheune unter, am nächsten Tag lief ich weiter. Ich traf auf andere Flüchtende. Eine Frau mit einer Tochter in meinem Alter entdeckte mich, wir zogen gemeinsam weiter. Allein zu sein, wäre noch unerträglicher gewesen. Irgendwo versteckte uns ein Bauer, der Mitleid hatte. Längst hatten wir nichts mehr außer dem, was wir am Leib trugen. Ich war so hungrig, dass ich an nichts anderes mehr denken konnte als daran, etwas zu essen zu bekommen.«

Wieder hielt Lore inne.

»Erzähl mir alles«, ermutigte Ulrike sie, und Lore nickte.

»Meine Beine spürte ich nicht mehr, sie gingen immer weiter, als wären sie aufgezogen, kein Teil mehr von mir. Wie durch ein Wunder kamen wir in eine Stadt, in der ein Zug mit Viehwaggons stand. Er war voller Menschen. Wir sprangen auf, es war ganz egal, wohin er fuhr, wir wollten nur weg. Es war eng und eiskalt, alle hatten Angst. Es herrschte eine gespenstische Stille, niemand wagte etwas zu sagen. Der Zug fuhr los, wurde immer wieder aufgehalten. Hinter uns grollte der Donner der Geschütze. Ich weiß nicht, wie lange wir unterwegs waren, nur dass wir irgendwann in Belgard, in Pommern, ankamen. Ich überlegte kurz zu versuchen, auf eigene Faust zu unseren Verwandten nach Bütow zu gelangen, verwarf den Gedanken aber wieder. Ich wollte so weit nach Westen wie möglich. Ich glaubte auch nicht mehr, dass ich jemals nach Hirschberg würde zurückkehren können, weil ich die vielen Menschen sah, die alle ihre Heimat verloren hatten. Wir werden den Krieg verlieren, das ist doch absehbar, dachte ich, und die Sieger werden uns die Niederlage spüren lassen, so wie sich unsere Leute aufgeführt haben …«

»Jetzt bist du so weit westlich wie möglich«, sagte Ulrike. Es sollte aufmunternd klingen.

»Das stimmt wohl.« Lore sah auf.

Ulrike reichte ihr ein Taschentuch, mit dem sie sich die Augen trocknete und sich schnäuzte.

»Weiter weg sind eigentlich nur noch die Vereinigten Staaten.«

»Aber die sind unerreichbar.«

Ulrike zuckte mit den Schultern. »Wie ging es weiter?«

»Ich habe wieder einen Zug erreicht, der ging nach Stettin. Die Frauen, mit denen ich unterwegs war, wollten nach Lübeck zu Verwandten. Weil ich kein anderes Ziel hatte, bin ich einfach bei ihnen geblieben. Und irgendwann sind wir da, Gott sei Dank, angekommen. Ich fühlte mich jedoch nicht sehr willkommen, die Stadt war bereits voller Flüchtlinge. Ich kam eine Weile bei ihren Verwandten unter, doch dann wurde es denen zu viel. Sie hatten ohnehin kaum was und mussten mit einem Mal noch drei Mäuler stopfen.«

»Sie haben dich weggeschickt?«

»Ja. Dann habe ich mich durchgeschlagen. Zuerst hat man mich auf einen Bauernhof verfrachtet, dann in einer ehemaligen Schule untergebracht. Alles in allem ziemlich aussichtslos. Und überall, wo wir Flüchtlinge hinkamen, hat man gespürt, dass die Leute uns verachteten und so schnell wie möglich wieder loswerden wollten. ›Dreckspolen‹ hat man uns genannt und ›verlaustes Pack‹.«

»Wie furchtbar.«

»Also ergriff ich die Gelegenheit, als ich die Anzeige für Arbeitskräfte in Island sah.« Lore versuchte ein Lächeln. »Und nun bin ich hier. Ich bin immer nur weggelaufen … Aber jetzt habe ich mich mal gewehrt.«

»Was wirst du nun tun? Wieder nach Deutschland zurückkehren?«

»Nein. Niemals. Vielleicht bleibe ich hier, vielleicht ziehe ich weiter. Aber zurückgehen werde ich nicht. Der Ort, der mein Zuhause war, existiert nicht mehr. Ebenso wenig wie mein altes Leben. Mein Land, meine Heimat. Ich gehöre nirgendwohin.« Sie räusperte sich, spannte dann die Schultern an. »Es sei denn, ich finde irgendwann meinen Bruder wieder … Aber erst mal brauche ich eine andere Stelle. Damit sie mich nicht zurückschicken.«

»Wir werden etwas finden.«

Ulrike streichelte der Freundin liebevoll über den Arm. Ihre Stimme klang dabei sicherer, als sie sich fühlte.

Für das Weihnachtsessen an Heiligabend hatten die Frauen stundenlang in der Küche gestanden. Es gab Fischsuppe als Vorspeise, dann *hangikjöt* mit Kartoffeln, Erbsen und *uppstúfur*, einer weißen Soße, und zum Nachtisch *möndlugrautur*, Milchreis.

Am Vorabend hatten sie gemeinsam ein grün gestrichenes Holzgestell, das Grímur und Yngvi vom Dachboden heruntergeschleppt hatten, mit Zweigen der umliegenden Büsche verziert. Nun leuchtete es im Lichterglanz der Kerzen, behängt mit Süßigkeiten und ein paar bunten Glaskugeln, und sah beinahe aus wie ein echter Weihnachtsbaum. Sie waren in der Kirche gewesen und saßen gemeinsam an dem langen Esstisch. Aldís hatte zur Feier des Tages eine weiße Tischdecke darübergelegt, einen silbernen Kandelaber mit sieben Kerzen in der Mitte platziert und das Geschirr hervorgeholt, das nur zu ganz besonderen Anlässen aufgelegt wurde. Ulrike erinnerte sich, diese Tassen am Tag ihrer Ankunft benutzt zu haben. Sie waren zierlich und sicher sehr wertvoll – insbesondere in einem Land, das die meisten seiner Güter aus dem Ausland bezog.

Seit dem Schlachten im Herbst hatten sich die Männer damit abgewechselt, das Feuer im Räucherhäuschen am Leben zu erhalten. Diese langwierige Arbeit bescherte ihnen nun geräuchertes Lammfleisch, das eineinhalb Stunden ohne Salz gekocht worden war und herrlich schmeckte. Es war zart und würzig, wie Ulrike es bereits kennengelernt hatte, und die weiße Soße verlieh dem Fleisch eine besonders cremige, salzig-süße Note. Als der Milchreis gereicht wurde, war Ulrike eigentlich bereits satt, doch er schmeckte fantastisch, und es tat unglaublich gut, sich nicht mäßigen zu müssen. Zudem sagten ihr alle, dass man beim Milchreis auf keinen Fall aufgeben dürfe, da es sich dabei um einen wichtigen Brauch in Island handelte. Sie stellte fest, dass sie glücklich war, und auch Lore wirkte gelöst wie nie seit ihrer Zeit in Island. Sie verstand sich gut mit den Brüdern und auch mit Aldís.

Ulrikes Gedanken wanderten zu ihrer Familie nach Lübeck, und sie wurde jäh von Wehmut ergriffen. Sie hatte einen langen Brief geschrieben und nach Hause geschickt, in den Umschlag hatte sie auch ein paar isländische Süßigkeiten gesteckt. Auf eine Karte oder ein Päckchen von zu Hause wartete sie jedoch vergeblich. Sie hatte erst zwei Briefe von der Mutter erhalten, die Post ginge öfter mal auf dem weiten Weg verloren, hatte man ihr gesagt. Als Yngvi bemerkte, dass sie traurig war, machte er Scherze und warf ihr aufmunternde Blicke zu, bis sie wieder fröhlich war. Und er brachte sie an diesem Abend noch oft zum Lachen. Nein, sie hatte es wirklich gut getroffen, und wünschte, dass dieser Tag niemals enden würde.

Plötzlich biss sie auf etwas Hartes in ihrem Milchreis und spuckte es zurück auf den Löffel. Eine Mandel!

»Und nun?«, fragte sie belustigt in die Runde, woraufhin alle lachten und in die Hände klatschten.

»Du bekommst ein Geschenk«, sagte Helgi und stand auf, um ein kleines Päckchen zu holen, das offenbar in der Vorratskammer versteckt gewesen war. »Jedes Jahr hat ein anderes Familienmitglied den Auftrag, das Mandelgeschenk zu besorgen. Diesmal war ich dran. Ich hatte gehofft, dass du die Mandel bekommen würdest.« Seine Augen funkelten vor Aufregung. »Ich … wir alle … hoffen, es gefällt dir.«

Gespannt zog Ulrike die Schleife auf, faltete gerührt das Papier auseinander. Dann hielt sie ein kleines Büchlein in den Händen. *Die Poesie Islands* stand darauf.

»Das ist wundervoll, vielen lieben Dank!«, rief sie, stand auf, ging zu Helgi hinüber und umarmte ihn, dann Aldís, Grímur und Yngvi. Sie hatte sie alle in dieser kurzen Zeit liebgewonnen. Glücklich sah sie jeden am Tisch an, drückte auch ihre Freundin Lore. Es fühlte sich an, als wäre dies ihre neue Familie.

»Uns anderen hätte das Buch sicher auch nicht geschadet«, witzelte Yngvi, »aber es ist schon gut, dass du es bekommen hast.«

Ulrike meinte, einen spöttischen Unterton in seiner Stimme zu vernehmen. Es war schon ein recht persönliches Geschenk, das Helgi da im Namen der Allgemeinheit besorgt hatte.

»Es gibt noch weitere Geschenke«, sagte Aldís, die zur Feier des Tages ihre Tracht trug. Sie erhob sich, verzog das Gesicht und stützte sich am Tisch ab. Ihre Hüfte machte ihr zu schaffen, inzwischen trat die Arthritis auch in den Knien auf, sie verursachte starke Schmerzen beim Gehen. Aldís war in den vergangenen Monaten sehr gealtert, doch sie gab sich alle Mühe, den körperlichen Abbau zu verbergen, so gut es ging. Trotz der Schmerzen strahlte sie an diesem Weihnachtstag eine ansteckende Lebensfreude aus. Aufgeregt wie ein Kind setzte sie sich auf das Sofa neben den Weihnachtsbaum. »Kommt, kommt«, bat sie und winkte sie alle zu sich.

Das erste Geschenk reichte sie Ulrike. Es war ein selbst gestrickter Pullover, ein *lopapeysa*, den die Bauern außer im Sommer bei praktisch jedem Wetter in Island trugen. Er war beige mit buntem Muster um Halsausschnitt, Schultern und am Bündchen.

»Mein erster eigener *lopapeysa*«, rief Ulrike glücklich.

Es musste unheimlich viel Arbeit gemacht haben, ihn anzufertigen. Dankbar drückte sie die Bäuerin an sich. Die Söhne erhielten Bücher und schenkten auch ihrer Mutter welche – Liebesromane, die Aldís so gerne las.

Helgi erklärte Ulrike und Lore, dass Isländer sehr viel lasen und sich zu Weihnachten Bücher schenkten oder tauschten.

»Dafür gibt es sogar einen Namen«, meinte er, *jólabókaflóð*, Weihnachtsbücherflut.

Für Lore hatte Aldís auf die Schnelle eine Mütze gestrickt, worüber diese ganz entzückt war. Für die Freundin war dieses Weihnachtsfest sicher eines der schönsten seit Jahren, und Ulrike freute sich zu sehen, dass sie mit ihrer Gastfamilie um sich viel fröhlicher und zufriedener wirkte. Die Brüder untereinander schenkten sich kleine Täfelchen Schokolade oder Lakritz, etwas, das alle liebten, sich aber nur selten leisteten. Ulrike hatte den Männern Socken gestrickt, etwas Besseres war ihr nicht eingefallen, und für Aldís und Lore hatte sie aus dem Ton von der heißen Quelle kleine Skulpturen geformt. Zum ersten Mal war ihr beim Brennen kein Teil gesprungen. Stolz sah sie zu, als die zwei ihre Geschenke auspackten. Lore hatte sie eine Taube mit ausgebreiteten Flügeln getöpfert, als Erinnerung an die Heimat und als Zeichen von Freiheit und Frieden. Die Freundin weinte, als sie den Vogel in den Händen hielt. Aldís bekam die Skulptur eines jungen Mädchens mit langen Haaren, das sich gedankenverloren einen Zopf flocht. Mit ihr hatte sich Ulrike besonders viel Mühe gegeben, hatte stundenlang mit einem angespitzten Stäbchen die Feinheiten des Gesichts und des Zopfes herausgearbeitet. Ihr gefiel der verträumte Blick des Mädchens, das durch die Geschichten über das *huldufólk* inspiriert war, die sie, seit sie in Island angekommen war, immer wieder gehört hatte. Sie hoffte, dass es nicht anstößig war, sich ein Bild von Elfen zu machen, doch ihre Sorge war unbegründet, denn Aldís war sichtlich gerührt.

Von Lore hatte Ulrike einen goldenen Armreif erhalten, den sie an ihr noch nie gesehen hatte. Es musste sich um ein Familienerbstück halten, das sie während der Flucht hatte retten können, was Ulrike umso mehr zu Herzen ging. Ergriffen umarmten sich die beiden Freundinnen, wünschten sich ein gesegnetes Weihnachtsfest und viele weitere in Frieden und mit lieben Menschen um sich.

Nun lagen keine Geschenke mehr unter dem Baumgestell. Ulrike war ein wenig verwundert darüber, dass die Brüder sie gar nicht bedacht hatten. Bei Grímur überraschte sie das nicht sonderlich, er war schlichtweg zu stoffelig, aber von Yngvi und auch Helgi hätte sie schon etwas erwartet.

In diesem Moment klatschte Yngvi in die Hände, grinste und warf seinen Brüdern auffordernde Blicke zu. »Na, dann wollen wir unsere liebe Künstlerin mal nicht länger auf die Folter spannen, was?«

Alle lachten fröhlich, nur Ulrike wusste nicht, was los war. Helgi kam zu ihr und band ihr mit geschickten Fingern ein Tuch um die Augen, sodass sie nichts mehr sehen konnte. Sie spürte Yngvi an ihrer Seite, der ihre Hand nahm, dann gingen sie gemeinsam zur Tür, wo Lore ihr in die Schuhe half und in den Mantel. Sie verließen das wohlig warme Haus, stapften hinaus in den Schnee und die Kälte. Neben sich hörte sie die aufgeregten und belustigten Stimmen der anderen. Wo gingen sie mit ihr hin?

Sie waren rechts um das Wohnhaus herumgelaufen, mussten sich nun in der Nähe des Räucherhäuschens befinden, was ihr der charakteristische Geruch aus getrocknetem Dung, Kräutern und salzigem Fleisch verriet, das tagelang darin gehangen hatte. Doch sie gingen weiter, daran vorbei. Ulrike meinte, dass sie bald den kleinen Birkenhain erreichen müssten, der zum Schutz des Hofes vor dem beständigen Wind ein paar Jahre zuvor neben dem Wohnhaus angelegt worden war. Als Yngvi ihr davon erzählt hatte, war sie erstaunt gewesen, dass die Bäume noch immer so klein waren. Es schien, als trauten sie sich nicht zu wachsen, duckten sich verschämt an den Boden, damit sie den Wind nicht gegen sich aufbrachten. Sie hörte die Zweige knarzen, als eine Böe aufkam, bemerkte, wie der Boden unter ihren Füßen unebener wurde, sich immer häufiger Gesteinsbrocken unter dem Schnee verbargen, die Ebene leicht anzusteigen begann.

Plötzlich öffnete jemand den Knoten des Tuches und zog es mit einer schwungvollen Bewegung von ihren Augen. Sie musste ein paarmal blinzeln, bevor sie etwas im Schein der Petroleumlampe, die Helgi trug, erkennen konnte. Sie standen direkt vor den Hügeln und dort, geschützt zwischen zwei Felsen befand sich eine Art Erhebung aus Lehm und Erde mit Grassoden bedeckt. Vorne gab es ein Loch, das mit einem Zinndeckel verschlossen war, der von einem ausrangierten Topf zu stammen schien. Dann entdeckte Ulrike einen Schornstein, ebenfalls aus Sand und Lehm geformt, aus dem ein Stück Metallrohr herausschaute.

Freudige Erregung machte sich in ihr breit. Konnte es sein, dass …?

»O nein!«, rief sie entzückt. »Ich kann es nicht glauben. Ihr habt mir einen Brennofen gebaut!« Tränen der Rührung stiegen ihr in die Augen.

Die Brüder nickten stolz.

»Helgi hat die Planung übernommen, Grímur die Materialien besorgt, und ich habe das gute Stück dann gebaut«, erklärte Yngvi, sichtlich erfreut über ihre Reaktion.

»Das ist unglaublich, einfach großartig!« Ulrike rang nach Worten. »So etwas Besonderes hat noch nie jemand für mich gemacht.«

Sie nahm einen nach dem anderen in die Arme, gab jedem der Brüder einen Kuss auf die Wange, Yngvi drückte sie, so fest sie konnte, an sich.

»Schau dir den Ofen an«, sagte Yngvi und strich ihr eine Haarsträhne aus dem Gesicht, wie er es hin und wieder tat, wenn sie allein waren. »Ich hoffe, wir haben an alles gedacht.« Er ging in die Hocke, öffnete den Zinndeckel.

»Ein Zweikammerofen!« Ulrike kam aus dem Staunen nicht mehr heraus. Im unteren Drittel des Brennofens befand sich ein Gitter, an das sich eine Zwischenebene anschloss, darunter würde man das Feuer entzünden. Die Brüder hatten dort schon ein paar Holzscheite sowie Quader getrockneten Schafsdungs aufgeschichtet. Das Töpfergut konnte über eine Klappe an der Seite auf die Zwischenebene in den Ofen gestellt werden. »Woher wusstet ihr das alles? Wie habt ihr das hinbekommen?«

»Nun, wir sind geschickt und haben dir zugehört«, erwiderte Yngvi. »Du hast erzählt, dass es besser ist, wenn die Flammen die Gefäße nicht direkt berühren, gerade zu Beginn des Brennvorgangs, damit der Ton nicht zerspringt, deswegen haben wir uns das so überlegt. Also, eigentlich hat sich vor allem Helgi die Gedanken gemacht und ein paar Bücher gewälzt.« Er wandte sich zu seinem jüngsten Bruder um, der sich im Hintergrund hielt, bescheiden, wie er war. »Ich habe ihm nur weitergegeben, was ich von dir erfahren habe. Nach deinen

Vorgaben hat er eine Zeichnung erstellt, wir haben den Ofen so gebaut, und da steht das Ergebnis.«

Sein jungenhaftes Lächeln brachte Ulrikes Herz wieder einmal zum Hüpfen. Das und die Tatsache, dass er und seine Brüder ihr diesen Ofen gebaut hatten.

»Das ist so wundervoll, vielen, vielen Dank euch allen!«

Ergriffen stand sie vor ihrem Weihnachtsgeschenk, dem schönsten, das sie sich jemals hätte wünschen können.

»Dann kann es ja bald losgehen«, sagte Grímur zufrieden, zündete sich eine Zigarette an und machte sich auf den Weg zurück in die behagliche Küche von Guðmundarstaðir.

Am Weihnachtstag ließ man die Arbeit ruhen, so gut es ging, versorgte nur die Tiere, dann wurde wieder emsig gekocht, und zum Mittagessen standen Schneehuhnsuppe, Gans und *laufabrauð*, Laubbrot, auf dem Tisch – kleine, sehr dünne Teigfladen, in die fantasievolle Muster gestochen wurden, die an Blätter erinnerten. Sie wurden anschließend in heißem Fett ausgebacken. Es kribbelte Ulrike in den Fingern, mit dem Töpfern und Brennen zu beginnen, doch sie wusste, dass sie sich damit bis zum Frühjahr würde gedulden müssen. Es war einfach zu kalt. Sie würde zu viel Brennstoff benötigen, um den Ofen auf die benötigte Temperatur aufzuheizen, und sie konnte sich auch nicht vorstellen, die nächsten Tage draußen in der Eiseskälte zu verbringen, um alle paar Minuten nach dem Rechten zu sehen. Zudem brauchte sie mehr Ton von der Quelle, zu der sie zurzeit nicht kam. Sie begann zwar, nach den ersten Versuchen zu erahnen, dass der Schlick niemals die Dichte und Stabilität erreichen würde wie der Ton, mit dem sie und ihre Mutter in Deutschland gearbeitet hatten, aber aufgeben wollte sie auf keinen Fall. Und jetzt erst recht nicht, nachdem ihr die Brüder den Brennofen gebaut hatten! Aber nun würde sie erst einmal in aller Ruhe das Weihnachtsfest genießen und sich später um alles Weitere Gedanken machen.

Das Essen war wieder einmal köstlich gewesen, vielleicht spielten sie gleich Karten oder lasen in ihren neuen Büchern. Doch Grímur hatte andere Pläne.

»So!« Krachend ließ er seine Pranken auf den Tisch fallen und erhob sich. »Wünschen wir auch unseren Freunden ein schönes Weihnachtsfest.«

Ulrike und Lore sahen sich erstaunt an. Freunde? Erwarteten sie noch Besuch? Wollten sie irgendwohin? Ulrike zuckte mit den Schultern, sie wusste auch nicht mehr als ihre Freundin.

Wie in stillem Einvernehmen stand Aldís auf, holte einen großen Teller aus dem Schrank, auf den sie Reste des Festtagsessens gab, von jedem Gericht etwas. Yngvi und Helgi sahen schweigend zu, dann erhoben auch sie sich und zogen sich ihre Jacken über.

»Kommt«, sagte Yngvi, als Ulrike verdutzt an seiner Seite erschien. »Wir besuchen das *huldufólk.*«

»Wie denn das?«

»Das wirst du schon sehen.«

Sie zogen sich Schuhe und Mäntel an und traten nach draußen. Wie in einer festlichen Prozession liefen sie nun hintereinander über den Innenhof, angeführt von Aldís, die den mit Essen gefüllten Teller vor sich hertrug. Sie passierten die Scheune und hielten vor den drei Felsen, die Ulrike bereits bei ihrer Ankunft aufgefallen waren und bei denen sie seitdem immer wieder mal stehen blieb, weil sie derart beeindruckend waren. Aldís murmelte ein paar Worte, die wie ein Gruß, aber auch wie eine Bitte klangen. Fragend sah Ulrike Yngvi an, der neben ihr stand. Er machte eine Handbewegung, die so viel wie »erkläre ich dir später« bedeutete. Dann wurde der Teller am Fuß der Steine abgestellt, und schon war der ganze Spuk vorüber. Die Familie begab sich auf den Rückweg.

»Ah, das ist der Brauch, von dem du mir schon erzählt hast, nicht?«, sagte Ulrike zu Yngvi, der so dicht neben ihr lief, wie es der Anstand zuließ.

Ihr Körper reagierte auf die heimliche Berührung ihrer Hände, die feinen Härchen auf ihrem Unterarm stellten sich auf, als wollten sie eine Verbindung zwischen ihnen beiden schaffen. Sie warfen sich einen scheuen Blick zu, und Ulrike fragte sich, ob die anderen trotz ihrer Zurückhaltung etwas mitbekamen.

»Ja, ein alter Brauch«, erklärte er. »Man glaubte früher, dass das *huldufólk* zu bestimmten Zeiten im Jahr seine Wohnungen verlässt und dann für die Menschen sichtbar werden kann.«

»Und die Weihnachtszeit ist eine solche Gelegenheit?«

Yngvi nickte. »Mittsommer auch und Silvester. Für den Fall, dass die Elfen währenddessen auf den Höfen vorbeischauen, hält man alles besonders sauber und sorgt für ausreichend Licht.«

»Und man gibt ihnen etwas von seinem Festessen ab«, ergänzte Lore nüchtern, die vor ihnen lief und das Gespräch anscheinend mitbekommen hatte. Jetzt hakte sie sich bei Ulrike ein.

»Genau. Unsere Huldumänner und Huldufrauen leben

schon lange bei uns, wir glauben, dass der mittlere Felsen, der die anderen beiden überragt, ihre Kirche ist.«

Ulrike wusste auch das schon.

»Und das daneben sind ihre Wohnhäuser?«, fragte Lore zunehmend amüsiert.

»Ja. Wir bringen ihnen am Weihnachtstag Essen, damit sie uns gewogen bleiben.«

»Gewogen? Wieso?«

»Sie sind nicht immer friedlich«, gab Yngvi ungerührt zurück. »Es gibt allerhand üble Geschichten.«

»Verstehe, dann geht man lieber auf Nummer sicher. Ich gehe jede Wette ein, dass der Teller morgen leer ist.«

Yngvi merkte, dass Lore sich über das Thema ein wenig lustig machte und sagte ernst: »Ihr könnt von Glück sagen, dass ihr heil aus dem Hochland zurückgekommen seid.«

Ulrike wusste, dass dies ein wunder Punkt für Yngvi war. »Das sind wir«, versicherte sie ihm und drückte sanft seine Hand.

Sie wollte die Anwesenheit von Wesen, die man nicht sehen konnte, nicht völlig ausschließen. Island mit seiner Einsamkeit und Weite, der rauen Natur und der geheimnisvollen Landschaft war zu mysteriös. Wer konnte schon mit Sicherheit sagen, ob es einfach Pech gewesen war, dass das Schaf in die Felsspalte gerutscht war und sie sich bei der Suche nach ihm heftig den Kopf angeschlagen hatte, oder ob Elfen es festgehalten hatten? Wer wusste schon, ob Nebel Yngvis Vater damals die Orientierung geraubt hatte, sodass er in genau derselben Felsengruppe Schutz gesucht hatte wie sie, oder ob Irrlichter des *huldufólk* ihn dort hingelockt hatten. Im Gegensatz zu ihr hatte er sein Leben dort gelassen.

Yngvis und ihr Blick trafen sich, was erneut einen wohligen Schauer durch ihren ganzen Körper schickte. Für den Bruchteil einer Sekunde vergaß sie alles um sich herum. Zu gerne hätte sie noch länger so verweilt, doch sie hörten Hufgetrappel, und ein Mann kam auf den Hof geritten. Er trug einen dicken Rucksack mit sich, der ihn jedoch nicht daran hinderte, noch im Gehen schwungvoll von seinem Pferd abzuspringen. Ulrike hatte den Reiter bereits ein paarmal gesehen, es war Grímurs bester Freund Haukur. Gesprochen hatte sie allerdings nur wenig mit ihm. Sie wunderte sich, dass die beiden sich so gut verstanden, denn Haukur war ein ganzes Stück älter als Grímur.

»*Gleðileg jól!*«, rief er in die Runde, frohe Weihnachten.

Er nickte den anderen zu, klopfte Grímur auf die Schulter und folgte ihm ins Haus. Der Rest der Familie ging den beiden nach.

Ulrike war es inzwischen gewohnt, dass bei Besuch Kaffee aufgesetzt wurde, und übernahm das ganz selbstverständlich, während Lore Tassen auf den Tisch stellte und alle anderen sich um den Esstisch setzten. Aldís schob Haukur einen Teller hinüber, auf dem ein paar übrig gebliebene Fladen lagen. Er griff dankbar zu und biss herzhaft hinein. Nach drei Happen hatte er das Gebäckteilchen verschlungen und leckte sich die fettigen Finger ab. Dann hievte er seinen schweren Rucksack auf den Tisch. Er zog ein paar Bücher heraus, es waren Romane und Krimis.

»Könnt ihr was damit anfangen?«

»Aber sicher.« Helgi freute sich und griff nach einer abgegriffenen Detektivgeschichte, die offenbar schon durch viele Hände gegangen war. »Die wollte ich schon lange lesen.«

Aldís entdeckte einen Liebesroman, der sie interessierte und dessen Einband neuer wirkte. »Warte mal«, sie erhob sich schwerfällig, »ich schaue mal, was ich für euch so habe.«

Auch Helgi ging in sein Zimmer und kam mit einem Stapel, den er mit beiden Händen hielt, zurück.

Haukur nahm die Bücher von Aldís und Helgi dankbar entgegen. Mit einem interessierten Blick musterte er Lore. »Seit sich die Leute Bücher leisten können, sind sie verrückt danach. Ihr solltet meine Eltern sehen. Für eine spannende Geschichte vergessen sie alles.«

»Sie haben ja genügend Kinder, die die Arbeit erledigen können«, fügte Grímur grinsend hinzu.

Aldís kam mit dreien ihrer Liebesromane zurück. »Bitte schön, mit lieben Grüßen an Anna und die Mädchen.«

Haukur lachte, als er die Titel las. »Da werden sie sich freuen.« Schlürfend trank er seinen Kaffee. »Wie gefällt es euch in Island?«, fragte er, an Lore und Ulrike gewandt.

»Sehr gut.« Ulrike antwortete zuerst, weil sie vermutete, dass Lore erst darüber nachdenken musste, was sie auf die Frage erwidern wollte. »Ich fühle mich sehr wohl hier auf Guðmundarstaðir.«

»Die Arbeit ist nicht zu hart?« Haukur wirkte skeptisch.

»Nein, überhaupt nicht.« Sie merkte, wie sie das Kinn vorreckte, in dem Gefühl, sich verteidigen zu müssen. Bisher hatte sich noch niemand beschwert. Jedenfalls nicht ihr gegenüber.

»Sie ist eine große Hilfe«, ergänzte Aldís, »wir sind

sehr froh, Ulrike zu haben.« Liebevoll tätschelte sie Ulrikes Hand.

»Ich denke, es war die beste Entscheidung, die wir treffen konnten«, sagte auch Yngvi, und die Brüder nickten bestätigend.

Haukur schien zufrieden. »Es ist ein großer Hof, viel zu tun«, murmelte er. »Ihr habt es gut hinbekommen.«

Anerkennend sah er sich um, doch Ulrike bemerkte, wie Yngvi und Aldís die Stirn runzelten.

»Was meinst du?«, fragte Grímur.

Nachdenklich trank Haukur einen Schluck. »Ich kann mich noch gut an euren Vater erinnern. Es war ein Schock, als Arnar nicht mehr da war. Ihr wart noch zu jung, um einen Hof zu übernehmen«, er blickte von einem Bruder zum nächsten, »ich kann mich gut erinnern, wie unsere Eltern oft überlegt haben, auch gemeinsam mit anderen Nachbarn und Aldís, wie es mit Guðmundarstaðir weitergehen soll. Aber ihr habt es geschafft!«

»Wir hatten viel Hilfe«, gab Aldís zu. »Aber wir haben zusammengehalten. Unsere Söhne und ich, aber auch die Nachbarschaft. Wie wir es seit Generationen tun.«

Haukur nickte. »Das stimmt. Es ist eine gute Sache, dass bei der Heuernte und zum Scheren oder Schlachten alle mithelfen. Auch wenn viele junge Leute dem Land den Rücken zugekehrt haben.« Er spielte wohl darauf an, dass viele Frauen, sich mit Amerikanern eingelassen hatten wie Snorris Tochter. Und dass es junge Männer wie Frauen nach Reykjavík zog, wo sie sich ein besseres, einfacheres Leben erhofften, oder Arbeit suchten in den neu errichteten Fischfabriken, das hatte Ulrike auch schon mitbekommen. Haukur griff nach dem dritten *laufabrauð*.

»Die sind gut«, murmelte er schmatzend, während sie ihm Kaffee nachschenkte. »Und nun hast du drei starke Männer an deiner Seite, Aldís. Wenn es damals schon ein Programm wie dieses gegeben hätte …« Er sah zu Ulrike und Lore. »Ihr müsst wissen, ich bin nämlich Vertreter des Bauernverbands in Suðurland. Und dieses Programm, mit dem ihr hergekommen seid, soll ja die Bauern im Land unterstützen, den Arbeitskräftemangel ausgleichen … Na ja.« Er spülte den letzten Bissen Laubbrot mit Kaffee nach. »Ich bin froh, dass alles zur gegenseitigen Zufriedenheit läuft.« Mit seinen grauen Augen fixierte er nun Lore. »Aber was machen wir mit dir? Du hattest nicht so viel Glück.«

Lore nickte. »Das stimmt.«

»Was willst du jetzt machen? Zurück nach Hause?«

Lore gelang es nicht, ein verächtliches Schnauben zu unterdrücken, doch sie fing sich schnell wieder. »Ich habe kein Zuhause mehr«, erwiderte sie leise. »Ich würde lieber hierbleiben. Meinen Vertrag erfüllen.«

Geld verdienen, genug zu essen haben, ergänzte Ulrike im Stillen.

Haukur kratzte sich am Kopf. »Es ist so: Hier unten in Suðurland ist der Bedarf an Kräften zurzeit abgedeckt. Es gäbe ein paar Höfe im Norden, die jemanden suchen, aber das ist sehr weit weg.« Er blickte kurz zu Ulrike, verstand offensichtlich, wie wichtig ihr und Lore ihre Freundschaft war, dann sah er wieder Lore an. »Könntest du dir auch etwas ganz anderes vorstellen?«

Lore runzelte die Stirn. »Schon. Aber was denn?«

»Etwas in Reykjavík? Als Haushaltshilfe? Bei einer Zahnarztfamilie?«

Ulrike bemerkte, wie Lores Augen aufleuchteten. Die

Stadt, ein großes Haus, Familienanschluss, das wäre bestimmt etwas für sie. Es passte viel mehr zu ihr als die Arbeit auf einem einsamen Hof bei einem alten, vergrämten Mann.

»Das könnte ich mir sehr gut vorstellen«, gab sie zurück und setzte sich noch aufrechter hin.

Haukur sah auf Lores Hände, die zwar von der Arbeit bei Snorri rau und rissig geworden, aber doch schmal und feingliedrig waren.

»Gut.« Er rieb sich über das Kinn. »Meine Schwester Birta war viele Jahre dort angestellt, aber nun hat sie geheiratet und will zu ihrem Mann ziehen, dem elenden Teufel.« Er warf Grímur einen vielsagenden Blick zu. »Weiß Gott, ob sie sich das richtig überlegt hat. Aber was soll man machen?« Er zuckte mit den Schultern und trank seinen Kaffee aus. »Die Zahnarztfamilie ist sehr nett, sie hat drei kleine Kinder. Die würdest du beaufsichtigen, außerdem ein bisschen putzen und so. Das Haus vorzeigbar halten eben. Eine Köchin haben sie sogar auch noch.«

Lore strahlte. »Das klingt großartig, die Stelle würde ich sehr gerne annehmen. Aber …«, sie zögerte, »… wollen sie nicht lieber eine Isländerin einstellen?«

Haukur schüttelte den Kopf. »Nicht unbedingt. Es gibt zwar genug junge Frauen, die in die Stadt wollen, aber die Familie ist sehr … sagen wir mal gesellig. Sie hat Bekannte und Verwandte, die weit verstreut leben. Die Kinder sollen möglichst mehrsprachig aufwachsen. Da kämst du gerade recht.«

Einmal mehr staunte Ulrike darüber, dass sie als Deutsche, als die ehemaligen Feinde, so gut aufgenommen wurden, und wie weltoffen die Isländer trotz – oder vielleicht gerade wegen – ihrer abgeschiedenen Lage waren.

Lore nickte glücklich. »Wie wundervoll.«

»Na, dann ist das abgemacht. Du fängst im Januar, gleich im neuen Jahr, an.«

Ohne eine Antwort zu erwarten, erhob Haukur sich, stopfte die Bücher in seinen Rucksack und stapfte zur Tür. Grímur begleitete ihn hinaus, die beiden wollten offenbar noch eine Zigarette miteinander rauchen.

Glücklich sah Lore Ulrike an. »Ich freu mich so! Ich bin mir sicher, jetzt wird alles gut.«

Das wünschte Ulrike ihrer Freundin von ganzem Herzen.

10

Voller neuer Eindrücke und sehr erschöpft kamen sie am späten Nachmittag wieder auf Guðmundarstaðir an. Umso freudiger war die Überraschung, dass Dagur bereits das Abendessen vorbereitet hatte. Es gab *plokkfiskur*, ein Fisch-Kartoffel-Gericht. Als Dessert hatte er *lummur* geplant, kleine, mit Haferflocken zubereitete Pfannküchlein, die schlicht mit Zimt und Zucker oder mit Marmelade oder Sahne gegessen wurden.

»Die haben wir früher immer für Stella und Einar backen müssen, und die beiden haben jedes Mal so viele gegessen, dass ihnen schlecht geworden ist«, witzelte Dagur.

»Das stimmt überhaupt nicht«, widersprach Einar, und alle lachten.

Tobias und die Jungs riefen an. Bärbel sprach auch kurz mit Katharinas Männern, es klang so, als liefe zu Hause alles bestens. Sicherlich verwöhnten ihre Schwiegereltern Hannes und Matteo.

Einar verabschiedete sich nach dem Essen, um zurück nach Reykjavík zu fahren. Doch er hatte versprochen, bald wiederzukommen. Er schien sich bei seinen Eltern und auf Guðmundarstaðir sehr wohlzufühlen.

Und dann lud Ellen sie und Katharina in ihr Atelier ein. Sie gingen durch den Flur in den hinteren Teil des Erdgeschosses, wo sich eine schmale Tür befand, die sie direkt in Ellens Werkstatt führte.

»Das haben sich unsere Vorväter gut überlegt«, sagte Ellen, »so mussten sie nicht über den Innenhof gehen, wenn sie in den Stall wollten und das Wetter mal wieder zu garstig war.« Sie betraten den hell getünchten Raum, rechts befanden sich zwei der unverkennbaren Stallfenster, die zum Innenhof zeigten. Man blickte über grüne Wiesen auf weich geschwungenen Hügeln in die Ferne, wo sich irgendwo das Meer anschloss. An der rückseitigen Wand gab es keine Fenster, dort befand sich ein großer Brennofen, auf robusten Holzregalen standen Rohgefäße zum Trocknen und solche, die offenbar bereits gebrannt waren. Die zahlreichen Kratzer, Farb- und Lehmflecken auf einem großen Tisch legten Zeugnis ab von der Arbeit, die auf ihm verrichtet wurde. An der Kante waren Haken angebracht, an denen allerhand Werkzeuge hingen, ein Metallbecher mit feineren Instrumenten stand in einer Ecke. Neben dem Tisch an der Wand hing ein altes, tiefes Emaillewaschbecken mit hohem Hahn. Gleich neben dem Durchgang in den nächsten Raum stand die Töpferscheibe, davor zwei Hocker, daneben eine kleine Ablage mit einer Plastikschüssel, Schwamm und Lappen. »Fürs Töpfern braucht man ganz viel Wasser«, erklärte Ellen mit einem Nicken in Richtung Schüssel und Lappen. »Und Geduld«, ergänzte sie fröhlich.

»Dann bin ich raus«, hörte sie Katharina hinter sich scherzen.

»Ach was«, widersprach Ellen. »Töpfern hat etwas sehr Meditatives, wenn man es schafft, sich vollkommen darauf einzulassen. Ich überlege, Kurse für gestresste Führungskräfte anzubieten. Und Eltern«, sagte sie. »Ich bin sicher, es wird dir guttun. Vielleicht versuchen wir es demnächst mal. Für morgen sind wir allerdings ausgebucht. Stella hat uns für einen Ausflug zum Jökulsárlón, das ist ein Gletschersee, eingeplant. Also, wenn ihr mögt.«

»Ist das dieser See, der auch als Diamond Beach bekannt ist?«, fragte Katharina. »Wo die Eisbrocken auf dem Wasser schwimmen und auf dem schwarzen Sand liegen und wie Diamanten glänzen?«

Ellen nickte. »Genau. Stella meinte, sie könnte uns auf einer Bootstour mit einschleusen.«

»Das wäre großartig!« Katharinas Augen wurden groß.

»Prima, dann schreibe ich ihr gleich, dass wir dabei sind. Ich weiß nämlich nicht, wann sie nach Hause kommt. Kann spät werden.«

Ellen führte sie in einen weiteren weiß gestrichenen Raum, der von Stallfenstern auf beiden Seiten erhellt wurde. Hier war die offizielle Eingangstür, durch die Besucher vom Innenhof aus in den Shop kamen.

Das Ladenlokal verfügte über einen antik anmutenden Tresen direkt neben dem Eingang, zwei Regale mit unterschiedlichsten Töpfereien in allen Farben und Formen. Etliche Services reihten sich an Einzelstücke wie Vasen, Schälchen und kleine Skulpturen – Fabelwesen und Tiere. Ellen bot zudem selbst gemachte Marmeladen und Liköre an.

Jetzt ging sie hinter den Tresen und holte einen Karton hervor, stellte ihn neben die Kasse, winkte lächelnd Katharina zu sich. Was hatten die beiden für ein Geheimnis? Eine Vorahnung stieg in Bärbel auf.

Ellen sagte feierlich: »Deine Tochter und ich haben da mal etwas für dich vorbereitet …« Sie grinste Katharina an. »Noch einmal: Herzlich willkommen in Island, schön, dass ihr da seid!«

Bärbel stiegen Tränen in die Augen, die sie mühsam wegblinzelte, als sie im Karton eine Schüssel entdeckte – im selben Dekor wie ihr Service! Überaus vorsichtig, den eigenen Händen nicht trauend, nahm sie sie heraus, wendete sie hin und her und strich sanft mit den Fingern über die Blüten und Blätter. Ihre Hände zitterten vor Rührung. Ellen packte einen Teller aus und hielt ihn ihr hin. Sie fühlte sich beinahe wie damals, als sie diese Keramiken zum ersten Mal in den Händen gehalten hatte.

»Ist das …?«, begann sie und konnte nicht weitersprechen.

»Ja, das Service ist jetzt wieder vollständig«, sagte Ellen. »Katharina hat mir erzählt, welche Stücke im Laufe der Jahre zu Bruch gegangen sind, und ich habe mich bemüht, sie zu reproduzieren.«

Dankbar schaute Bärbel von einer zur anderen und sah, dass ihre Tochter ebenfalls feuchte Augen hatte. Es erfüllte sie mit tiefer Zuneigung, dass Katharina ähnlich ergriffen war wie sie selbst. »Wie viele Stücke hast du gemacht, außer der Schale und dem Teller?«

»Vier weitere Teller, eine Schüssel und eine Servierplatte. »Dann hast du genug, falls mal wieder was kaputtgeht«, ergänzte Ellen augenzwinkernd.

»Herzlichen Glückwunsch zum Geburtstag, Mama«, hauchte Katharina. »Nachträglich.«

Überwältigt vor Liebe und Dankbarkeit umarmte Bärbel ihre Tochter fest und innig. »Vielen, vielen Dank für dieses unglaubliche Geschenk und dafür, dass du so eine wundervolle Tochter bist!«

»Danke, dass du so eine tolle Mutter bist«, gab Katharina schniefend zurück. »Und Oma.«

Eine Weile standen sie so da, und Bärbel spürte, wie

froh sie war, dass Katharina, Ben und Ellen sie zu dieser Reise überredet hatten. Dass sie diese Verbundenheit mit ihrer Tochter erleben durfte. Bei ihrer seit Langem vermissten Freundin sein konnte. Was für ein großes Glück sie doch hatte! Ich sollte dankbar sein, dachte sie, für alles, was ich habe – für meine Familie, mein Haus, meinen Garten, meine Gesundheit, die wundervollen Jahre, die ich mit Werner habe verbringen dürfen. Sie sollte weiterhin offen und neugierig durch die Welt gehen, sich nicht verschließen und dem hinterhertrauern, was verloren war.

Als Katharina sich von ihr löste, wandte Bärbel sich Ellen zu. Auch sie umarmten sich. »Vielen, vielen Dank, dass du diese Stücke noch einmal für mich getöpfert hast. Das war bestimmt eine Menge Arbeit. Ihr habt mir eine unglaubliche Freude bereitet.«

Ellen schob sie ein Stück von sich weg, legte ihr eine Hand auf die Wange. »Gern geschehen«, sagte sie lächelnd. »Und weißt du, was? Ich bin so richtig froh, dass wir uns wiedergefunden haben. Schön, dass deine Tochter den ersten Schritt gewagt hat.«

Ja, das war wirklich schön. Auf einmal fühlte sie sich Werner so stark verbunden wie seit seinem Tod nicht mehr. Es war, als stünde er neben ihr, hätte ihr zufrieden den Arm umgelegt und würde gemeinsam mit ihr die kleinen Kunstwerke bestaunen, die Ellen geschaffen hatte. Wie damals auf dem Kunsthandwerkermarkt. Sie wünschte, dieses Gefühl würde für immer anhalten.

Am nächsten Morgen schwang sie die Beine aus dem Bett, kaum dass sie die Augen geöffnet hatte. Energiegeladen und unternehmungslustig wie schon lange nicht mehr ging sie ins Bad und zog sich dann an. Im Haus schien es noch ruhig sein. Sie hatten sich für halb acht zum Frühstück verabredet, etwa vier Stunden dauerte die Autofahrt zum Jökulsárlón. Als sie in die Küche kam, saß Dagur schon mit einer Tasse Kaffee hinter der Zeitung.

»Guten Morgen«, begrüßte sie ihn. »Fährst du heute in die Praxis?« Sie holte auch sich eine Tasse, setzte sich zu ihm und schenkte sich einen Kaffee ein.

»Guten Morgen, Bärbel. Ja, jeden Montag, Dienstag und Donnerstag bin ich in Reykjavík, sofern es nicht irgendwo einen Notfall gibt.«

Er faltete seine Zeitung zusammen und legte sie beiseite. In dem Moment ritt Stella am Fenster vorbei.

»Eure Tochter war schon so früh reiten?«, fragte Bärbel ungläubig.

Dagur nickte. »Wir sind zusammen los. Sie hat noch eine größere Runde drangehängt.« Er trank einen Schluck Kaffee, als wäre es das Natürlichste auf der Welt, morgens in aller Herrgottsfrühe vor der Arbeit zu einem Ritt durch das Gelände aufzubrechen. Aber ja, in Island ging das, da war zu dieser Jahreszeit um sechs Uhr ja schon helllichter Tag. Wie es einem wohl im Winter erging? »Ich muss ja gleich weg«, ergänzte Dagur.

»Macht ihr das öfter?«

»Morgens ausreiten, meinst du?« Bärbel nickte. »Schon gerne.«

»Und im Winter?«

»Dann eher nicht. In den dunklen Monaten wird das Leben in Island ein wenig runtergefahren.« Er schmunzelte.

»Ist das schwierig?«

Dagur zuckte mit den Schultern. »Man gewöhnt sich

dran. Und die Jahreszeit hat auch Vorteile, man trifft sich bei Freunden zu Hause, macht Spiele, kocht zusammen … Man hat nicht das Gefühl, ständig etwas tun zu müssen. Alles geht ein wenig … besonnener zu.«

»Klingt auch gut.«

»Du solltest es mal versuchen.«

»Was denn?«

»Das Reiten. Smári und Blíða sind nette Pferde.«

»Auf gar keinen Fall.«

»Die isländische Landschaft erschließt sich einem vom Rücken der Pferde aus noch einmal auf eine ganz andere Art und Weise.«

»Das mag sein …«

»Keine Sorge, niemand zwingt dich«, sagte Dagur beruhigend.

In dem Augenblick erschienen Katharina und Ellen in der Küche, kurz darauf auch Stella. Da hab ich ja noch mal Glück gehabt, dachte Bärbel. Auf einem Pferd zu sitzen, das konnte sie sich wirklich nicht vorstellen.

Stella hatte nicht zu viel versprochen: Sie verbrachten einen wunderbaren Tag am Gletschersee Jökulsárlón. Schon der schwarze Lavastrand war beeindruckend, die Eisblöcke, die darauf lagen, schimmerten in der Sonne wie Kristalle. Bärbel konnte sich nicht sattsehen, wäre am liebsten noch länger dortgeblieben, doch Stella hatte ihnen über ihre Beziehungen Plätze auf einem Boot organisiert, mit dem sie direkt in die Lagune hineinfuhren. Sie umschifften die abgebrochenen Eisblöcke des Gletschers, die Skulpturen ähnelten, und Bärbel musste an die Geschichten von Elfen und Trollen denken, die sie gehört hatte. Dieser Ort hatte etwas Magisches. Sie und

Werner hatten viele Länder bereist, aber so etwas hatte sie noch nie zu Gesicht bekommen. Zwischen den Eisbrocken tauchten hin und wieder Robben auf, die das Boot interessiert beäugten.

»Die Natur erschafft doch die schönsten Dinge«, flüsterte sie bewegt.

Katharina nickte und legte den Kopf an ihre Schulter. Beinahe so wie früher, als sie noch ein kleines Mädchen gewesen war.

Den Rückweg ließen sie langsamer angehen, hielten hier und da, wenn ihnen am Wegesrand etwas Interessantes auffiel. Stella konnte ihnen viel erzählen und tat es auf eine ansprechende und mitreißende Art und Weise. Ellens sonst leicht spröde wirkende Tochter war in ihrem Element. Beim schwarzen Strand Reynisfjara mit dem Felsentor Dyrhólaey legten sie einen längeren Stopp ein, bewunderten die gezackten Felsformationen im Wasser sowie die Basaltstelen, bevor sie auf die andere Seite der Bucht fuhren und vom Leuchtturm aus noch einmal den Blick von oben genossen.

»Es zieht Nebel auf«, sagte Stella, die nicht wie alle anderen aufs Meer sah, sondern den Blick auf die Berge hinter ihnen gerichtet hatte. Tatsächlich, dort hatten sich bedrohlich wirkende Wolken aufgetürmt. »Bald wird's hier ungemütlich. Lasst uns nach Hause fahren.«

Sie behielt recht, innerhalb einer Stunde war das Auto von dichtem Nebel umgeben. Zum Glück hatte Ellen Erfahrung mit den isländischen Wetterverhältnissen und steuerte Dagurs Land Rover sicher zurück nach Guðmundarstaðir.

Erschöpft von den vielen Eindrücken gingen sie alle früh schlafen.

Als Ellen am nächsten Morgen vorschlug, einen Tag Pause einzulegen, war Bärbel erleichtert, und als sie fragte, ob sie ein wenig gemeinsam töpfern wollten, mehr als begeistert.

»Das wäre wundervoll!«

Auch Katharina nickte zufrieden, und nach einem reichhaltigen Frühstück mit *lummur* und Rührei – Dagur und Stella waren schon arbeiten – folgten sie Ellen in die Töpferstube. Es war ein sonniger Morgen, Ellen schob einen Stein vor die Ladentür und ließ sie offen stehen.

»Vielleicht kommt ja ein Kunde vorbei«, sagte sie munter.

Unten an der Hauptstraße war ein Schild angebracht, das auf die Töpferei hinwies: *Ellen's Pottery*.

»Kommen öfter Interessenten hierher?«, fragte Bärbel.

Ellen nickte. »Ja, schon. Was mich selbst manchmal überrascht, Guðmundarstaðir ist ja schon ein wenig abgelegen. Aber wahrscheinlich sind Islandreisende es gewohnt, lange Wege fahren zu müssen.«

»Ich habe bisher nicht sehr viele Hinweise auf Keramikwerkstätten in Island gesehen«, überlegte Katharina.

»Das stimmt, es gibt hier lange nicht so viele wie in Dänemark, Schweden oder auch in Großbritannien«, stimmte Ellen zu.

»Deine Stücke sind etwas ganz Besonderes, erst recht im Vergleich zu dem ganzen massenproduzierten Zeug aus den Souvenirläden«, sagte Bärbel.

Mit Schaudern erinnerte sie sich an die Geschäfte voller Kram und Kitsch, die sie in Reykjavík gesehen hatten. Manches mochte ein nettes Andenken sein, aber gegenüber den Dingen, die hier in Ellens Regalen standen, waren sie seelenlos. Sie nahm vorsichtig eine kleine blaugrüne Figur aus dem Regal, ein junges Mädchen mit langen Haaren, das verträumt zu Boden blickte und sich gedankenverloren einen Zopf flocht.

»Meine Elfe«, erklärte Ellen. »Sie wird sehr gerne gekauft.« Sie zuckte mit den Schultern. »Ich muss sie oft anfertigen, und sie wird jedes Mal ein wenig anders. Mit ihr hat meine Mutter damals angefangen, das Original steht bei uns im Wohnzimmer.«

»Mit der Elfe hat alles angefangen?«

Bärbel konnte den Blick nicht von der zierlichen Skulptur abwenden, etwas in deren Mimik und ihrer Körperhaltung fesselte sie.

Ellen nickte. »Meine Mutter kam 1949 mit vielen anderen jungen Frauen zum Arbeiten nach Island. Eigentlich sollte der Aufenthalt nur ein Jahr dauern, aber viele sind geblieben, so auch meine Mutter. Sie hat sich verliebt und mit dem Töpfern angefangen, wie sie es von ihrer Mutter in Lübeck gelernt hatte. Sie war eine regelrechte Pionierin, hat viel ausprobiert und versucht, heimischen Ton zu verwenden. Wie ich heute weiß, ist das nicht ganz unkompliziert. Die ersten Stücke, die sie gestaltet hat, waren Figuren. Fabelwesen und Tiere, die sie in Island zum ersten Mal gesehen hatte, aber auch Erinnerungen an Flora und Fauna des Festlands, ihrer Heimat. Und eben solch eine Elfe.«

»Es muss schwierig gewesen sein für deine Mutter, sich in einem so andersartigen Land einzuleben«, bemerkte Katharina nachdenklich.

»Bestimmt. Aber ich glaube, meine Mutter hat sich von Anfang an in Island wohlgefühlt. Als ich vor Jahren noch mal mit ihr in Lübeck war, hat sie sich mit ihrer Vergangenheit ausgesöhnt. Einiges war wiederaufgebaut worden, anderes abgerissen und etwas Neues errichtet. Eine hübsche Stadt. 1949 war in ihrer Heimat ja noch vieles zerstört. Mama erzählte, dass die Trümmer und vor allem die Perspektivlosigkeit sie gelähmt hätten. Island sei ihr wie das verheißene Land vorgekommen, obwohl die Verhältnisse damals noch recht rückständig gewesen sein müssen, zumindest außerhalb von Reykjavík. Aber ihr gefiel die schier endlose Weite und der Zusammenhalt der Menschen, die ihr toleranter und offener vorkamen als in ihrem Heimatland. Dinge, die in Deutschland zu der Zeit noch immer ein absolutes Tabu waren, zum Beispiel ein uneheliches Kind zu bekommen, waren in Island überhaupt kein Problem. Als wir Lübeck besuchten, war ihr alles viel zu eng. Das lag nicht an Lübeck selbst, Mama wäre nach ihren Jahren in Island in keiner Stadt mehr zurechtgekommen, nehme ich an.« Ellen führte sie zurück in die Werkstatt, den Hocker, der unter dem Tresen gestanden hatte, nahm sie mit. »Sie hat Island sehr geliebt.«

»Was ist aus ihr geworden?«, fragte Bärbel.

Sie setzten sich an den Tisch.

»Sie hat lange hier auf Guðmundarstaðir gelebt und sich später eine Eigentumswohnung in Selfoss gekauft, nicht weit weg von hier. Das hab ich euch ja schon erzählt.« Ellen zuckte mit den Schultern. »Verrückt eigentlich, wenn man bedenkt, dass meine Eltern früher hier mit uns fünf Kindern gelebt haben. Platz war genug da.«

»Das war eine andere Zeit«, meinte Bärbel.

»Ja, das ist richtig. Sie wollte uns Privatsphäre geben. Und das war auch ganz gut so. Sie war trotzdem oft bei uns.« Ihre Augen nahmen einen sehnsüchtigen Glanz an, vermutlich dachte sie an die Zeit zurück, als ihre Kinder klein waren. »Sie hat sich in der Wohnung sehr wohlgefühlt und hatte viele Bekannte von früher in der Nähe. Dort hat sie bis zum Schluss gelebt.« Ellen ging zum Schrank, aus dem sie ein Gefäß nahm, in dem luftdicht verschlossen ein zylinderförmiger Tonklumpen steckte, den sie auf den Tisch legte. »Ich schlage jetzt den Ton auf«, erklärte sie und zeigte auch gleich, wie das ging. Mit beiden Händen hob sie den Klumpen hoch und ließ ihn mit Schwung auf die Tischplatte knallen. Das wiederholte sie ein paarmal, bevor sie einen Draht mit Holzgriffen nahm und ihn in drei Stücke teilte, für jeden eines. Dann holte sie Wasser und legte ein paar Schwämme bereit. »Ist leider kalt«, sagte sie entschuldigend. »Überall im Haus haben wir heißes Wasser, nur im ehemaligen Stall haben wir es noch nicht geschafft, Leitungen zu verlegen. Im Winter ist es hier eisig. So, und nun lasst eurer Fantasie freien Lauf. Für den Anfang schlage ich vor, ein schlichtes Gefäß zu töpfern.«

Sie feuchteten ihre Hände an und begannen, ihre Klumpen walken, so wie Ellen es vormachte. Der Ton fühlte sich kalt an und ein bisschen wie Knete. Nur dass man viel mehr Kraft brauchte, um ihn zu formen.

»Stellst du all deine Arbeiten an der Töpferscheibe her?«, fragte Katharina.

Ellen nickte. »Die meisten, das heißt alles, was ich in größeren Mengen produziere. Die Oberflächen werden gleichmäßiger. Mit den Händen zu formen ist auf Dauer ziemlich anstrengend und aufwendiger.« Sie feuchtete die Hände erneut an. »Die Klumpen werden durchs Aufschlagen und Kneten zu einer homogenen Masse«, erklärte sie. »Und die Luft entweicht.« Kritisch besah sie sich alle drei Tonklumpen, nickte dann zufrieden. »Das

Anfeuchten bewirkt, dass der Ton nicht brüchig wird. Nimmt man zu viel Wasser, wird er allerdings zu weich und klebt an den Händen.«

»Klingt schwierig«, meinte Bärbel, und versuchte, mit dem Daumen eine Kuhle in die Mitte ihres Klumpens zu drücken und gleichzeitig mit den Handflächen den Seitenwänden eine Form zu geben.

»Das sieht doch schon ganz gut aus«, bemerkte Ellen aufmunternd. »Aber es geht gar nicht darum, ein perfektes Gefäß herzustellen. Es soll Spaß machen. Lasst uns einfach ein bisschen experimentieren.«

Katharina war ebenfalls dabei, aus ihrem Klumpen ein Schälchen zu formen. Ihre Zungenspitze blitzte zwischen den Lippen hervor, das untrügliche Zeichen dafür, dass ihre Tochter sich anstrengte.

»Es sieht bei dir viel einfacher aus«, sagte sie zu Ellen.

»Na ja, ich mache das ja schließlich nicht zum ersten Mal«, erwiderte die Freundin lachend. »Es hat ein paar Jahre gedauert, bis ich die Routine und das Geschick entwickelt hatte.«

»Puh«, machte Katharina, schlug mit der flachen Hand auf ihren unförmigen Klumpen, der immer noch nicht wirklich wie ein Schälchen aussah, und begann von vorne. »Ich glaube, ich hätte nicht die Nerven dafür.«

»Ja, man braucht Geduld.« Ellen grinste. »Ich hab euch gewarnt. Der Ton zwingt einen zur Ruhe, Hektik und Eile mag er gar nicht. Gibt man ihm nicht die Zeit, die er braucht, bereut man das irgendwann. Wenn beispielsweise Luft zwischen die Schichten gerät, entsteht Spannung, und das Getöpferte kann beim Brennen platzen. Dasselbe kann passieren, wenn man die Töpferware nach dem Brennen nicht langsam genug auskühlen oder vorher lufttrocknen lässt. Ich hab mal nach dem Brennen die Ofentür zu schnell geöffnet, dadurch war der ganze Brand hin.«

»Du meinst, alles, was im Ofen war, ist kaputt gewesen?«, hakte Katharina entsetzt nach.

Ellen nickte. »Ja, jedes einzelne Stück hatte einen Sprung.«

»Wie deprimierend.« Katharina sah mit hochgezogenen Augenbrauen auf das Ding vor ihr.

»Man lernt daraus. Und ich fand es immer angenehm, eine Arbeit zu haben, die mich entschleunigt. Genau das Richtige für gestresste Mütter übrigens.« Sie zwinkerte Katharina zu. »Manche machen Yoga oder gehen Laufen als Ausgleich, ich habe mich an die Töpferscheibe gesetzt.«

»Und manche machen gar nichts«, ergänzte Katharina murmelnd.

»Es kommt mir vor, als würde ich Teig kneten.«

Bärbel besah sich ihr Schälchen und war eigentlich ganz zufrieden. Die Form war ihr gut gelungen, die Oberfläche einigermaßen glatt, nur der Rand noch nicht. Ellen zeigte ihr, wie man ihn mit Daumen und Zeigefinger und ein wenig Wasser perfektionieren konnte. Sie nannte es Verdichten.

»Der Vergleich passt. In einen Kuchen muss man auch viel Liebe stecken. Und wenn er mit Hefe gemacht wird, braucht er ebenfalls Ruhe und Zeit.«

»Dann kannst du bestimmt auch gut backen«, sagte Bärbel.

Ellen lachte. »Nein, kurioserweise überhaupt nicht. Zumindest muss alles, was mit Hefe zu tun hat, Dagur machen.« Sie hörten ein Auto auf den Hof fahren, und

Ellen blickte aus dem Fenster. »Ah, Kundschaft.« Sie erhob sich und wusch sich die Hände am Waschbecken. »Aber wir können nachher ja mal einen Skyrkuchen backen. Das bekomme ich hin.«

Sie verschwand in ihrem Laden. Kurz darauf hörten sie Ellen etwas auf Isländisch sagen, dann jemanden, der auf Englisch antwortete.

»Ich geb's auf«, sagte Katharina resigniert. »Ich bleibe wohl doch eher beim Yoga. Oder beim Nichtstun.«

»Du darfst dich nicht gleich geschlagen geben.«

»Weiß ich selbst. Aber manche Dinge liegen einem halt nicht.«

»Du bist immer so enorm ehrgeizig.« Ihrem Gesichtsausdruck konnte Bärbel ansehen, dass das nicht das gewesen war, was Katharina gerade hören wollte.

»Und das soll mir jetzt was sagen?«, erwiderte sie gereizt. »Dass ich weitermachen soll, obwohl es mich frustriert?«

Katharina fühlte sich ganz offensichtlich angegriffen, und Bärbel versuchte zurückzurudern.

»Nein, nur dass noch kein Meister vom Himmel gefallen ist …«

»Pfff«, machte Katharina.

»So war das nicht gemeint.« Bärbel hob beschwichtigend die Hände. »Eigentlich wollte ich damit nur sagen, dass du nicht zu streng mit dir sein solltest. Dass es vielleicht gut ist, wenn du auch mal lockerlässt.«

»Aha.« Katharina klang ratlos.

»Du hast alles erreicht, was du wolltest, nicht?« Bärbel nahm Katharinas Hand, auch wenn ihr klar war, wie schmutzig ihre eigene war. »Du bist eine fantastische Frau, du kannst stolz auf dich sein. Ich bin auf jeden

Fall sehr stolz auf dich.« Sie sah, wie gerührt ihre Tochter war. »Ich meine nur … Es schadet vielleicht nicht, wenn du lernst, ab und zu mal Fünfe gerade sein zu lassen. Ich weiß, das ist schwierig in deiner Situation, aber … Es muss nicht immer alles perfekt sein.«

Katharina seufzte, legte ihre andere Hand auf Bärbels. Sie mussten beide schmunzeln, als sie den braun-grauen Händestapel betrachteten.

»Ich weiß wohl, dass ich mehr loslassen, mich entspannen müsste. Aber ich habe keine Ahnung, wie.«

»Vielleicht mit einem Hobby wie Töpfern oder mit Sport …«

»Ich war in einem Yogakurs angemeldet und bin fast nie hingegangen. Es war jede Woche wieder ein Termin, der wahrgenommen werden musste. Ich schaffe das einfach nicht alles.« Mutlos ließ Katharina den Kopf hängen.

»Ach, mein Schatz.« Bärbel stand auf, ging zu ihrer Tochter, nahm sie in den Arm und gab ihr einen Kuss auf den Kopf. »Es ist eine anstrengende Lebensphase, ich weiß. Aber es wird wieder besser, ganz bestimmt.«

»Ich hoffe es.« Katharina versuchte ein Lächeln. »Der Urlaub ist auf jeden Fall schon mal ein guter Anfang.«

In dem Moment kam Ellen wieder zu ihnen.

»Na, wie ist die Stimmung?« Sie sah, wie Mutter und Tochter sich umarmten. »Keine Sorge, es gibt verschiedene Techniken, werft nicht gleich die Flinte ins Korn. Vielleicht machen wir uns beim nächsten Mal an die Wulsttechnik. Oder fangen gleich an zu drehen.« Ihr Blick fiel auf die Gefäße. »Fertig?«, fragte sie, ohne den Zustand der Stücke weiter zu kommentieren. Sie nickten beide. »Dann werden wir sie mal zum Trocknen stellen. Ich fürchte nur, dass sie bis zu eurer Abreise nicht durchgetrocknet sein werden. Da müsst ihr wohl noch mal wiederkommen.« Sie platzierte die drei Schälchen im Trockenregal neben dem Brennofen. »Habt ihr auch so einen Bärenhunger? Lasst uns was Leckeres kochen. Einar hat geschrieben, dass er heute Nachmittag keine Termine hat und gleich mal vorbeischauen will. Ich schlage vor, wir machen eine Lachsquiche, dazu Salat. Einverstanden?«

»Das klingt köstlich«, stimmte Bärbel zu und merkte, wie ihr Magen sich voller Vorfreude regte.

Sie bereiteten eine Quiche auf einem fertigen Blätterteigboden vor. Als sie im Ofen war, putzten sie und Katharina Salat, Ellen bereitete für den Skyrkuchen einen Mürbeteig vor. Anschließend wurden Eier, Zucker und der isländische Quarkjoghurt vermischt und mit frischen Blaubeeren auf dem Boden verteilt. Sie nahmen die Lachsquiche aus dem Ofen und schoben den Kuchen hinein. Im nächsten Moment erschien Ellens Sohn in der Tür. Er küsste seine Mutter auf die Wange und umarmte Bärbel und Katharina.

Bärbel mochte Einar, er hatte etwas Herzliches und Verbindliches an sich, war lebensfroh wie seine Eltern und doch ein wenig in sich gekehrter. Ihr gefiel, dass er ein gutes Verhältnis zu seiner Familie hatte. Schade, dass es mit seiner Freundin nicht geklappt hat, dachte Bärbel, aber als Außenstehender wusste man ja nie, wie es im Inneren der anderen aussah und woran genau es gehapert hatte.

Sie ließen sich Quiche und Salat schmecken und freuten sich auf den Kuchen, den es am späteren Nachmittag geben würde, wenn er abgekühlt war. Einar fragte danach, wie sie den Vormittag verbrachten hatten, und lachte, als

Katharina von ihrem missglückten Töpferversuch berichtete. Die beiden schienen sich gut zu verstehen, plauderten und scherzten miteinander. Bärbel freute sich, ihre Tochter so fröhlich und entspannt zu sehen.

»Was habt ihr für heute noch geplant?«, fragte Einar und legte das Besteck auf den leeren Teller.

Sie sahen sich fragend an. »Wir haben noch nichts weiter geplant«, meinte Ellen. »Es gäbe natürlich allerhand Möglichkeiten …«

»Ich hätte mal wieder Lust auszureiten, hab ich ja schon gesagt. Vielleicht mag mich jemand begleiten.« Er schaute von einer zur anderen. »Wir könnten zu unserer Quelle.«

»Worauf hättet ihr denn Lust?«, fragte Ellen sie und Katharina.

»Ich würde mir schon gerne die heiße Quelle ansehen«, sagte Bärbel, »aber reiten möchte ich nicht. Ich könnte mir auch vorstellen, noch ein bisschen weiterzutöpfern. Also, wenn das ginge.«

»Es hat dir Spaß gemacht, wie schön!« Ellen klatschte in die Hände. »Natürlich geht das.«

»Also, ich würde schon gerne mal wieder reiten«, sagte Katharina zögerlich. »Aber ich hab das ewig nicht mehr gemacht …«

»Kein Problem, das schaffst du!« Einar wirkte erfreut.

»Prima, dann macht ihr jungen Leute doch das, und wir beide«, Ellen blickte zu ihr herüber, »werden uns ein wenig kreativ betätigen. Aber vergesst das Badezeug nicht«, ergänzte sie. »Ein Bad in unserer heißen Quelle ist ein fantastisches Erlebnis!«

Januar 1950

Helgi brachte sie mit Snorris Auto, das seit dessen Tod von niemandem mehr angerührt worden war, nach Reykjavík. Am Vorabend hatte es noch geregnet, doch zum Morgen hin waren die Temperaturen gefallen, und die Wassertropfen hatten sich in Schneeflocken verwandelt. Nun, da sie sich auf der Bergseite hinter Hveragerði befanden, peitschte ihnen auch noch Wind entgegen, der Schnee und Sand aufwirbelte. Ulrike hätte sich wohler gefühlt, wenn Yngvi am Steuer gesessen hätte oder Grímur, aber sie waren unabkömmlich gewesen. Grímur hatte seinem Freund Haukur am Vortag einen Besuch abgestattet und es vorgezogen, über Nacht zu bleiben, als sich die Wetterverhältnisse dermaßen verschlechterten. Und Yngvi war zum Bauern von Árbær gerufen worden, dessen Pferde samt Wagen in einen morastigen Graben gerutscht und dort stecken geblieben waren. Er musste mithelfen, das Gespann wieder herauszuziehen. Was für ein Leichtsinn, bei dem Wetter mit dem Pferdegespann loszuziehen, dachte Ulrike, doch im Grunde ging es ihnen nicht anders. Sie mussten Lore nach Reykjavík bringen, denn sie sollte dort ihre neue Stelle antreten. Also half es nichts, auch sie konnten sich nicht im warmen Haus verbarrikadieren.

Helgi wirkte unsicher. Wahrscheinlich war er noch nicht häufig gefahren, erst recht nicht im Schneesturm.

Seine Nervosität übertrug sich auf Ulrike, sie hatte sich zudem auf einen Tag mit Yngvi in der Hauptstadt gefreut, und nun musste sie mit der Begleitung des jüngeren Bruders vorliebnehmen. Er war ohne Frage ein netter Kerl, aber er war eben nicht Yngvi. Wenn sie Lore bei dem Zahnarzt und seiner Familie abgesetzt hatten, war noch eine lange Einkaufsliste abzuarbeiten, die sie und Aldís schon vor einigen Tagen begonnen hatten zu erstellen.

Es war das erste Mal seit ihrer Ankunft, dass sie wieder nach Reykjavík kamen, und es war ein seltsames Gefühl.

»Wir sind nun schon ein halbes Jahr hier«, sagte sie zu Lore, die neben ihr auf der Rückbank saß. »Und in einem halben Jahr ist unsere Zeit in Island schon wieder vorbei.«

Lore musterte Ulrike. »Möglicherweise.«

Obwohl ihre Freundin nach wie vor nicht der leidenschaftlichste Mensch war, den sie kannte, hatte Ulrike doch in den vergangenen Tagen eine neue Zuversicht an ihr bemerkt. Die steife Preußin Eleonore von Schwanitz war in Guðmundarstaðir regelrecht aufgeblüht, wirkte längst nicht mehr so verschlossen, wie sie es gewesen war, als sie sich kennengelernt hatten. Sie saß – wie sie es immer tat – mit geradem Rücken und zurückgezogenen Schultern neben ihr auf der Rückbank und blickte in das Schneetreiben hinaus.

»Schön, dass du dich auf die neue Stelle freust.«

Lore lächelte zaghaft. »Es kann nur besser werden, nicht?« Immerhin, sie sieht nach vorne, dachte Ulrike. Als ob Lore ihre Überlegungen erraten hätte, ergänzte sie: »Ja. Ich denke, mir wird das besser liegen als der einsame Hof. Obwohl es komisch sein wird …«

Lore ließ den Satz zwar in der Luft hängen, dennoch

ahnte Ulrike, was die Freundin meinte. Daheim in Ostpreußen war sie diejenige gewesen, deren Familie Personal gehabt hatte, nun würde sie die Angestellte und anderen zu Diensten sein müssen.

»Ob der Zahnarzt reich ist?«

»Wahrscheinlich, wenn er sich ein Kindermädchen beziehungsweise eine Haushaltshilfe und eine Köchin leisten kann.«

»Aber so unverschämt reich kann er nicht sein«, erwiderte Ulrike keck, »sonst könnte er sich ein Kindermädchen *und* eine Haushaltshilfe neben der Köchin leisten.«.

»Da hast du recht«, sagte Lore, »wahrscheinlich leiern ihm Frau und Kinder noch den letzten hart verdienten Pfennig aus den Rippen.« Sie zog eine Augenbraue hoch.

Und dann fingen sie an zu kichern, gelöst und albern, als wären sie normale junge Mädchen ohne traurige Vergangenheit.

Der Sturm hatte nachgelassen, als Helgi den Wagen in einer Villengegend mitten in Reykjavík vor einem beeindruckenden zweistöckigen Steinhaus, das an einem See lag, zum Stehen brachte. Der Schneegriesel war einem feinen Regen gewichen.

»Der See heißt Tjörnin«, sagte Helgi und wischte sich mit dem Ärmel den Schweiß von der Stirn. Er hatte den ganzen Weg über kein Wort gesagt.

Der Arme, dachte Ulrike, die Fahrt muss für ihn die reinste Tortur gewesen sein.

Unschlüssig saßen sie noch eine Weile im Wagen, dann öffnete Helgi die Wagentür, und sie stiegen alle aus. Helgi holte Lores abgewetzten Lederkoffer aus dem Kofferraum und trug ihn über den Kiesweg und die drei Stufen zur Haustür hinauf. Er hob den schweren Türklopfer und ließ ihn zweimal sachte auf das Holz sinken. Ob man drinnen überhaupt etwas gehörte hatte? Doch tatsächlich öffnete sich die Tür, und eine blasse junge Frau, deren dunkle Haare zu einem festen Dutt zusammengefasst waren, erschien im Türspalt. Sie trug ein schwarzes Kleid mit weißer Schürze, es musste die Haushaltshilfe sein, Haukurs Schwester. Einen Moment wirkte sie überrascht, doch dann trat Lore nach vorne, streckte die Hand aus und stellte sich in holprigem Isländisch vor. Birta warf einen Blick auf die Hand, ohne sie zu ergreifen, nickte dann knapp, wandte sich um und bedeutete ihnen, ihr zu folgen. Sie führte sie in einen Salon, der sich gleich auf der rechten Seite der Diele befand und auf den Tjörnin zeigte. Schüchtern blieben sie auf dem dicken Teppich stehen, wagten es nicht, auf einem der beiden dunkelgrün bezogenen Chippendale-Sofas Platz zu nehmen, während Birta jemanden holen wollte. Wahrscheinlich den Zahnarzt oder dessen Frau, vermutete Ulrike.

Sie sah sich um. Auf dem dunklen Couchtischchen lag eine weiße Spitzendecke, auf der sich ein zierliches, hübsch geformtes Porzellanschälchen mit Blümchenmuster und Goldrand befand, in dem Plätzchen lagen. An der hinteren Wand stand ein zum Tisch passender Büfettschrank, daneben eine Stehleuchte mit blumigem Lampenschirm, ein Radio auf einem Beistelltisch. Der Raum wirkte, als würde er selten benutzt. Auf der Fensterbank entdeckte Ulrike einen gläsernen Aschenbecher, an dem eine Pfeife lehnte. Daher der Rauchgeruch, dachte sie.

Plötzlich ertönte Getrappel auf der Treppe, und kurz darauf stürmten drei Kinder mit rot glänzenden Wangen in die gute Stube – zwei Mädchen mit langen Haaren und ein Junge, alle weißblond. Sie mussten im Alter zwischen fünf und zehn Jahren sein, Ulrike erinnerte sich sogleich an ihre Geschwister. Eine Welle der Wehmut drohte sie zu überkommen, wurde jedoch sogleich wieder verdrängt, da sich das jüngste der Kinder, das kleine Mädchen, hinter dem Rücken seiner größeren Schwester verstecken wollte. Es hielt einen zerknautschten Teddybären an sich gedrückt, dem ein Auge fehlte. Ohne nachzudenken, ging Ulrike in die Hocke und hielt dem Kind einen Riegel Lakritzschokolade hin, den sie am Morgen als Reiseproviant eingepackt hatte. Das Mädchen nahm dankbar an, das Eis war gebrochen.

Ulrike gab auch den anderen beiden einen Riegel und stellte ihnen Lore vor, die sich – etwas steif, wie es ihre Art war – zu den Kindern hinunterbeugte. Hinter ihnen erschien nun Birta, die mit ihrem dunklen Kleid und den streng zurückgekämmten Haaren einen starken Kontrast zu den unbekümmert wirkenden Geschwistern bildete. Kaum zu glauben, dass es sich bei dieser Frau um Haukurs Schwester handelte. Er, der stets beschwingt und gelöst war, keinem Fest abgeneigt, und sie, die einen Stock verschluckt zu haben schien. Ob sie nach Feierabend entspannter wurde? Hoffentlich wurde nicht erwartet, dass Lore sich auch so gab. Aber nach preußischer Erziehung sahen die Kinder glücklicherweise nicht aus.

Eine schlanke junge Frau, die die Haare zu einem flotten Bob geschnitten trug und mit einem schmalen Bleistiftrock und einer taillierten Bluse nach der neuesten Mode gekleidet war, kam ins Zimmer. Sie trug amerikanische Nylonstrümpfe, die Ulrike bisher nur auf Reklameschildern in der Stadt gesehen hatte. Ihr zartes Gesicht sowie die feingliedrigen Hände zeugten davon, dass sie aus gutem Hause stammte und wenig Erfahrung mit schwerer körperlicher Arbeit hatte. Doch die Hausherrin zeigte überraschenderweise keinerlei Standesdünkel und begrüßte sie herzlich.

»*Velkomin*«, sagte sie, dann sprach sie an Lore gewandt auf Englisch weiter: »Ich bin Ava, ich komme aus den Vereinigten Staaten. Du musst Eleonore sein.«

»Lore«, korrigierte ihre Freundin freundlich.

»Das sind unsere Kinder Ólaf, Anna und Rebekka.« Liebevoll tätschelte sie die Köpfe der Kleinen. »Mein Mann Ragnar ist noch in der Praxis. Du wirst ihn heute Abend kennenlernen. Servier doch bitte den Kaffee, Birta.«

Haukurs Schwester verschwand nickend aus dem Raum. Ava bedeutete den Gästen, sich zu setzen, und sie redeten eine Weile über dieses und jenes. Ava erzählte, wie es sie nach Island verschlagen hatte, und wies Lore nebenbei in ihre Aufgaben ein. Sie würde in erster Linie für die Betreuung der Kinder zuständig sein, insbesondere, wenn Ava oder ihr Mann nicht zugegen waren, für die Reinhaltung des Hauses und die Bewirtung von Gästen. Lore würde an zwei Tagen im Monat freihaben, an denen sie tun und lassen konnte, was sie wollte. Birta würde sie noch drei Tage einarbeiten, danach wäre sie auf sich gestellt.

Dann war der Moment des Abschieds gekommen. Ava hielt sich diskret im Hintergrund, als Lore und Ulrike sich umarmten.

»Ich wünsche dir von Herzen alles, alles Gute«, flüsterte Lore ihrer besten Freundin zu, den Tränen nahe. Wieder einmal mussten die beiden sich trennen. Wie es mit ihnen wohl weitergehen würde? »Ich hoffe, du fühlst dich hier wohl.« Sie sprachen Deutsch, sodass niemand sie verstand.

»Das werde ich bestimmt«, erwiderte Lore und hielt Ulrikes Hände fest in ihren. »Sie scheinen alle sehr nett zu sein, und ich muss gestehen, dass ich mich auf das Leben in der Stadt freue. Zumal in solch einer kleinen, reizvollen wie dieser.«

Ulrike nickte. Das konnte sie gut verstehen. »Du schreibst mir ganz oft, ja?«

»Das mache ich. Und an meinen freien Tagen treffen wir uns mal. In Ordnung?«

»Das wäre fantastisch.«

Ava und Lore geleiteten Helgi und Ulrike nach draußen. Ulrike sah, wie Lore noch eine Weile in der Tür stand und ihnen nachwinkte, bis sie mit dem Auto um die nächste Ecke gebogen waren.

»Was wollen wir jetzt machen?«, fragte Helgi. Er wirkte wieder so nervös wie auf der Herfahrt.

»Nun, Aldís hat uns doch eine ordentliche Einkaufsliste mitgegeben.«

Helgi nickte. »Möchtest du noch ein bisschen durch die Stadt schlendern?«

»Das würde ich sehr gerne.«

»Es wird wohl am besten sein, wenn wir zum Hafen fahren und den Wagen dort abstellen.«

Sie brauchten nicht lange, um den Hafen zu erreichen, und Ulrike stand nachdenklich am Kai. Hier war sie vor auf den Tag genau sieben Monaten angekommen. Und von hier aus würde sie in fünf Monaten wieder nach Deutschland abfahren. Seufzend drehte sie sich vom Wasser weg und bemerkte, dass Helgi sie aufmerksam betrachtete.

»Hast du Hunger?«, fragte er.

Erst jetzt spürte sie, dass ihr Magen etwas vertragen konnte. Ein Stück weiter fanden sie ein Café, in dem sich jeder ein Fischbrötchen und eine Tasse Kaffee gönnte. Danach liefen sie die Straßen Reykjavíks auf und ab, um Aldís' Liste sowie die Wünsche der Brüder und ihre eigenen abzuarbeiten. Bald schon trugen sie Taschen gefüllt mit Süßigkeiten, Obst, Kleidungsstücken und neuem Werkzeug – alles Dinge, die in der Umgebung von Guðmundarstaðir nur schwer zu bekommen waren – mit sich. Da entdeckte Ulrike ein Geschäft, in dessen Schaufenster kunstvoll geformte Vasen und Becher aus Glas standen, die in Grün, Blau und Rot schimmerten. Kleine rote Wimpel mit weißem Kreuz dekorierten die Auslage und wiesen darauf hin, dass die angebotenen Stücke aus Dänemark stammten. Begeistert drückte sie sich die Nase an der Scheibe platt.

»Vielleicht stehen deine Werke eines Tages auch in einem Laden hier auf dem Laugavegur«, sagte Helgi und trat hinter sie, um ihr über die Schulter zu sehen.

Sie spürte seinen Atem in ihrem Nacken, seine plötzliche Nähe war ihr unangenehm. Nie zuvor hatte sie sich in seiner Anwesenheit unwohl gefühlt, aber er hatte auch noch nie so dicht bei ihr gestanden. Bei der Arbeit im Stall vielleicht oder in der Küche, aber das war etwas anderes gewesen, dies hier war … sehr viel vertraulicher.

»Das ist nett von dir«, sagte sie freundlich und drehte sich vom Schaufenster weg. »Wir haben alles erledigt, nicht?« Sie wartete eine Antwort nicht ab. »Dann sollten wir zurück zum Auto gehen. Es wird spät.«

Ulrike wollte sich zum Gehen wenden, doch Helgi stellte die Taschen ab und legte ihr seine Hände auf die

Schultern, sodass sie ihn ansehen musste. Sie fühlten sich schwerer an als erwartet. Erneut perlte Schweiß auf Helgis Stirn. Was war mit ihm?

»Ich liebe dich«, hauchte Helgi so leise, dass Ulrike zunächst glaubte, sich verhört zu haben. Doch Helgi wiederholte es, mutiger diesmal. »Ulrike Petersen, du bist die wunderbarste Frau, die ich je getroffen habe. Ich liebe dich. Und ich möchte dich bitten, meine Frau zu werden.«

»Was?«, entfuhr es ihr.

Entsetzt schlug sie sich auf den Mund. Ihre Gedanken rasten hin und her. Das war also der Grund dafür gewesen, warum Helgi schon den ganzen Tag über derart nervös gewesen war. Nicht die Fahrt, sondern … sie … Mit so etwas hätte sie niemals gerechnet. Er war immer nett zu ihr gewesen, das schon, ja, aber mit ihm ihr Leben zu verbringen konnte sie sich ebenso wenig vorstellen, wie dass er seines mit ihr teilen wollte.

Oder doch? Falls sich nichts anderes bietet, sollte ich es tun?

Kaum war ihr diese Überlegung durch den Kopf geschossen, tat sie sie sogleich wieder ab. Es war schändlich, so zu denken. Selbst wenn der Mann, den *sie* liebte, ihr nur selten zeigte, dass er ihre Gefühle erwiderte, und sie nicht wusste, wie es mit ihnen weiterging, würde sie nicht einfach dessen Bruder als Mittel zum Zweck nutzen. Es war nun mal, wie es war: Sie fühlte sich Helgi nur freundschaftlich verbunden.

»Es … Es tut mir leid«, begann sie zögernd, »aber das kann ich nicht.«

»Warum nicht? Ich würde alles für dich tun. Wir könnten in die Stadt gehen, wenn du willst. Ich muss nicht auf Guðmundarstaðir bleiben, weißt du? Ich könnte mir hier eine Arbeit suchen, du könntest töpfern und deine Tassen verkaufen. Wir würden ein schönes Leben führen. Ich habe etwas gespart …«

Ulrike bedeutete ihm zu schweigen. Beklemmung breitete sich in ihr aus. Noch nie zuvor hatte sie Helgi eine Sache ähnlich energisch vertreten sehen.

»Das ist es nicht.« Sie sah Helgi in die Augen, konnte dessen verzweifeltem Blick jedoch nicht lange standhalten. Er würde es nicht begreifen, wenn sie nicht deutlicher wurde. Schwer holte sie Luft. »Ich liebe dich nicht, Helgi. Ich mag dich wie einen Bruder, aber nicht mehr und nicht weniger.«

Entmutigt ließ er die Hände sinken. »Ich wusste es. Ich wusste, dass du Yngvi verfallen bist. Ich wäre gut zu dir, weißt du? Besser als Yngvi es jemals sein könnte.«

»Lass uns nach Hause fahren«, erwiderte sie, ohne weiter auf Helgis Bemerkung einzugehen.

Doch sie entdeckte die Entschlossenheit in seinen Augen und erkannte, dass er in diesem Moment eine weitreichende Entscheidung getroffen hatte.

11

Nun wurde Katharina doch ein wenig mulmig zumute. Sie würde nach zwanzig Jahren mal wieder auf einem Pferd sitzen. Und sie würde aller Wahrscheinlichkeit nach mit einem fremden Mann in einer heißen Quelle baden. War das irgendwie seltsam? Anrüchig? Sie schob den Gedanken beiseite. Sie machte mit dem Sohn ihrer Gastgeber einen Ausflug, was war schon dabei? Und trotzdem spukte es in ihrem Kopf herum. Eine Stimme tief in ihr drinnen warnte sie.

Es könnte gefährlich werden …

»Blödsinn.« Energisch schüttelte sie den Kopf.

»Was ist Blödsinn?« Einar hatte Blíða für sie gesattelt und war gerade dabei, die Gurte festzuziehen.

»Äh … nichts.« Katharina rieb sich ertappt die Stirn.

»Hast du etwa gerade über das Reiten nachgedacht?«

»Wie? Ach so, ja … ja, genau«, stammelte sie.

Mist. Einar musste ja denken, dass sie vollkommen neben der Spur war. Doch er schien ihre Verwirrung nicht zu bemerken.

»Du musst dir wirklich keine Sorgen machen. Blíða ist wunderbar. Du kannst ihr getrost alles überlassen. Setz dich in den Sattel, genieß die Landschaft und lass sie machen.«

»Hm, wenn das so einfach wäre. Ich war noch ein halbes Kind, als ich das letzte Mal geritten bin. Und auch ein ganzes Stück leichter.« Sie verzog den Mund, als sie über ihre Schwangerschaftskilos nachdachte, die sie nicht wieder losgeworden war. Und das, obwohl sie ihren schwangeren Patientinnen tagaus, tagein genau dieses predigte: Essen Sie nicht mehr als sonst, ernähren Sie sich gesund. Und hören Sie nicht auf, sich zu bewegen. Moderater Sport ist gut und wichtig für Sie und Ihr Kind. Bei anderen fiel es einem immer leichter … Und überhaupt sprach nie jemand von der Zeit danach, wenn man ständig hungrig und übermüdet war und es schlichtweg nicht schaffte, sich etwas Vernünftiges zu kochen. »Ich komme wahrscheinlich nicht mal mehr hoch.«

»Ach was. Komm her. Fuß hier rein«, er hielt Katharina den linken Steigbügel hin, »rechts und links vom Sattel festhalten, hochziehen …«

Einar schob ein bisschen nach. Es hätte ein intimer, peinlicher Moment sein können, doch das war es nicht. Einar ließ das alles ganz selbstverständlich erscheinen, und sie fühlte sich, einmal oben angekommen, wie im siebten Himmel. Alles war wieder da, die Haltung – Rücken gerade, Bauch rein, Schultern runter, Fersen runter, Zügel durch die Finger fädeln, Hände entspannt – wie auch das Gefühl. Katharina war erfüllt von dem unbeschwerten Glück, das entstand durch die Verbindung mit dem warmen, freundlichen Tier und der erhabenen Position, mit dem Wind, der einem um die Nase pustete, mit der Sonne im Gesicht und dem typischen Pferdegeruch. Sie konnte es kaum abwarten, dass es losging.

Einar warf sich den Rucksack mit Handtüchern über die Schultern, schwang sich auf Smári – was mit Sicherheit um einiges eleganter aussah als bei ihr – und gab seinem Pferd ein leichtes Zeichen mit dem Druck seiner

Schenkel. Smári setzte sich sofort in Bewegung, Blíða trottete hinterher, ohne dass Katharina etwas tun musste. Einar hatte recht gehabt, es war ganz einfach. Nach ein paar Schritten hatte sie sich auch wieder an das gleichmäßige Schaukeln gewöhnt, als wäre es erst Wochen und nicht Jahre her, dass sie das letzte Mal auf einem Pferd gesessen hatte.

Einar sah sich um, lächelte, nickte ihr bestätigend zu, ritt vor ihr die Auffahrt hinunter. Verstohlen musterte sie ihn – seine wirren Locken, die kräftigen Schultern, den muskulösen Oberkörper. Katharina konnte nicht verhindern, dass ihr Blick noch ein Stück tiefer wanderte, zu Einars Gesäß und den langen Beinen, die in Jeans und Halbstiefeln steckten.

Wie es wohl ist, von ihm berührt zu werden, in seinen Armen zu liegen?

Erschrocken über die eigenen Gedanken zuckte sie zusammen. Blíða hob kurz den Kopf, als wollte sie überprüfen, ob alles in Ordnung war. Weil keine Anweisungen folgten, trottete sie beruhigt weiter.

Sie kamen zu der kleinen Straße, die von der Ringstraße kommend nach Guðmundarstaðir und weiter an dem See vorbeiführte, an den sich ein weiterer anschloss. Sie ritten nicht in Richtung Hauptstraße, sondern hielten sich linker Hand.

»Komm neben mich«, rief Einar und winkte Katharina zu sich heran. »Hier ist nicht sehr viel los.«

Katharina schloss auf. »Was kommt da noch?« Sie nickte in die Richtung, der sie folgten.

»Es gibt zwei weitere Höfe und ein paar Sommerhäuser. Früher gab es noch mehr Gehöfte im Tal. Aber die meisten Bauern haben aufgegeben, sind in die Stadt gezogen oder haben umgesattelt. Im wahrsten Sinne des Wortes. Es sind viele Reiterhöfe entstanden in den letzten Jahren, die Touren mit unseren weltweit beliebten Islandpferden anbieten. Der Besitzer von Miðhús, das ist das letzte Bauernhaus, bevor das Hochland anfängt, hat einen Großteil seiner Weiden für den Tourismus umgewandelt und Hütten draufgesetzt, die er vermietet. Er lebt ganz gut davon, hört man.«

»Alles verändert sich.«

»Ja. Wie sagt man? Nichts ist so beständig wie die Veränderung.« Einar verzog den Mund. »Trifft auch auf die Landwirtschaft zu.«

»Ihr macht jetzt ja auch was anderes.«

»Stimmt. Papa ist Tierarzt und Mama hat ihre Töpferei. Eine Generation früher gab es hier noch riesige Schafherden. Auch Pferde.«

Stumm ritten sie eine Weile nebeneinanderher, wobei jeder seinen Gedanken nachhing. Ein leichter Wind blies ihnen entgegen, der die Oberfläche des Sees kräuselte. In der Ferne lag der Vulkan Hekla, von einem Wolkenring umgeben, vor und links neben ihnen tauchten grüne Hügel auf, zwischen denen die Straße verschwand. Zu hören war nur das Klappern der Hufe ihrer Pferde und leises Vogelgezwitscher. In der Luft lag eine Verheißung nach Frühling, zaghaft zeigten sich zwischen grünen Knospen erste zartgelbe Blüten von Sumpfdotterblumen und rosa Wiesenschaumkraut am Wegesrand.

»Es ist wunderschön«, sagte Katharina. Sie genoss die Idylle, atmete tief durch. »Es muss traumhaft gewesen sein, hier aufzuwachsen.«

Einar lachte leise. »Hat alles seine Vor- und Nachteile. Für einen jungen Menschen kann es auch fürchterlich sein, der Natur ausgeliefert und vom Partyleben abgeschnitten zu sein. Aber nein, ich liebe es auch.«

Katharina überlegte, wie sie es als Jugendliche empfunden hätte, auf dem Land zu leben. Sie hatte immer in der Großstadt gewohnt. »Wahrscheinlich weiß man Ruhe und Weite nicht sehr zu schätzen, wenn man jung ist. Dafür muss man wohl erst mal reifer werden.« Sie grinste.

»Ist es so nicht mit allem, was man direkt vor der Nase hat?«, fragte Einar. »Viele Menschen sehnen sich nach dem Meer. Aber genießt jemand, der am Meer lebt, es ebenso sehr wie einer, der es nur im Urlaub sieht?«

Katharina zuckte mit den Schultern. »Wahrscheinlich nicht. Möchtest du irgendwann zurück nach Guðmundarstaðir?«

»Da müsste ich mich zuallererst mit Stella einigen.« Gespielt panisch riss er die Augen auf. »Sie liebt die Gegend und würde am liebsten einen Ferienhof mit Reitmöglichkeiten aus Guðmundarstaðir machen, glaube ich. Ich könnte mir vorstellen, dass es tatsächlich funktioniert und sie es gut hinbekommen würde. Meine Schwester ist zwar im privaten Umfeld … wie soll ich sagen … nicht immer einfach, aber mit Kunden und Pferden kann sie erstaunlich gut umgehen. Wenn sie es schafft, unsere Eltern dazu zu überreden, ihre Pläne umzusetzen, wäre für mich hier kein Platz mehr, fürchte ich.«

»Wieso denn? Ihr versteht euch doch ganz gut. Jedenfalls wirkt es sehr harmonisch bei euch …«

Katharina verstummte. Das sagten Fremde und Freunde von ihrer Familie auch. Aber sie alle wussten nicht, was im Hintergrund ablief und dass Hannes und Matteo sich zofften, sobald der Besuch wieder aus der Tür war.

»Schon … Aber ich weiß nicht.«

»Du hast erzählt, dass du tief im Herzen ein Naturbursche geblieben bist. Da könntest du potenziellen Feriengästen bestimmt auch viel zeigen und erklären.«

»Wahrscheinlich schon. Außerdem könnte ich ihnen leckere Gerichte vorsetzen, ich koche nämlich gern.« Einar wirkte nachdenklich. »Aber im Moment bin ich mir nicht im Klaren darüber, wohin die Reise gehen soll.« Er sah ihr in die Augen, es war ein Blick, der etwas in ihrem tiefsten Inneren anrührte. Was das war, konnte sie nicht sagen, nur dass es ein Ziehen in ihrer Magengrube verursachte. Weil sie nicht wusste, was sie sagen sollte, nickte sie nur. »Da vorne biegen wir ab.« Einar zeigte auf einen schmalen Trampelpfad, der sich neben einem kleinen Bach zwischen mit Flechten überwachsenen Felsbrocken und sanften grünen Hügeln hindurchschlängelte. Sie ritt wieder hinter Einar. Es ging etwas bergan, die beiden Pferde schritten dennoch trittsicher hintereinanderher. Die Ruhe und das gleichmäßige Schaukeln hatten etwas Meditatives. Sie dachte an Ellen, die genau dasselbe über ihr Handwerk gesagt hatte. Arbeit und Entspannung gleichzeitig, wie praktisch. Das konnte sie von ihrem Job nicht behaupten. Sie liebte es, Ärztin zu sein, Frauen helfen zu können, Krankheiten zu heilen und Schwangerschaften zu begleiten. Aber entspannen konnte sie dabei wahrlich nicht. Und zu Hause erst recht nicht. Das war definitiv etwas, das ihr fehlte. Ob sie wohl einen Reitverein finden würde, der sie in ihrem Alter noch nahm? Vielleicht sogar mit Islandpferden … Aber das kostete Zeit und Geld. Töpfern? Das schien nicht unbedingt ihr Ding zu sein, wie sie vorhin festgestellt hatte. Sie seufzte. Es war schwieriger als gedacht, und letztlich würde sie das Ganze bestimmt doch wieder fallen lassen.

»Was ist los?«

Sie musste geseufzt haben, das hatte sie gar nicht gemerkt. Einar hatte es anscheinend gehört und sich zu ihr umgedreht. Er war so aufmerksam.

Ich wünschte, Tobias wäre auch ein Stück sensibler und würde mal mitbekommen, was mit mir los ist, warum ich gestresst bin.

»Alles gut.« Sie winkte ab. »Hab nur an zu Hause gedacht. Und ob ich da wieder mit dem Reiten anfangen könnte. Aber ich glaube, das wird nichts.«

»Warum nicht? Keine Zeit?«

»Genau. Das alte Spiel.«

»Wenn ich etwas gelernt habe aus der Vergangenheit, dann …«, setzte Einar an, doch er verstummte.

»Dann was?«

Er zögerte, bevor er weitersprach. »Dass jeder seine Freiräume braucht und man sich die auch lassen sollte.«

»Wohl wahr.« Es war erschreckend, wie gut Einar sie zu verstehen schien. Unwillkürlich fragte sie sich, wie es gewesen wäre, wenn sie ihn früher kennengelernt hätte. Vor Tobias. Und bevor er mit Jórunn zusammengekommen war. Sofort überkam sie ein schlechtes Gewissen, und eilig verwarf sie den Gedanken wieder. »Es bleibt nur leider wenig Raum für Freiraum.« Innerlich lächelte sie über das Wortspiel, doch bedauerlicherweise entsprach es exakt der Realität.

Sie ritten um einen Hügel herum, trafen wieder auf den plätschernden Bach, bevor es erneut leicht bergan ging. Einar, der vor ihr oben ankam, hielt an und lenkte Smári zur Seite. Blíða kam neben ihm zum Stehen. Der Anblick, der sich Katharina hier bot, raubte ihr den Atem. Unter ihnen war wieder der Bach zu sehen, links und rechts davon ersteckten sich Wiesen, die etwas entfernt in Sandflächen übergingen. Da hindurch schlängelte sich ein in viele Arme aufgefächerter Flusslauf. Es war wunderschön. Doch das Bemerkenswerteste befand sich direkt unter ihnen: ein brodelnder Tümpel, aus dem es zischte und dampfte. Die heiße Quelle. Eine aus Natursteinen gemauerte Rinne leitete Wasser ab zu einem Becken, das halb versteckt hinter Felsbrocken lag, die eine Art natürlichen Sicht- und Windschutz bildeten.

»Das ist es wohl, euer hauseigenes Schwimmbad«, scherzte sie. »Was für ein Traum!«

Einars Blick war voller Stolz. »Komm, lass uns hinuntergehen und ein Bad nehmen.«

Er ließ sich vom Pferd gleiten, nahm Smári beim Zügel und begann den Abstieg. Sie tat es ihm nach. Beim Näherkommen entdeckte sie, dass es weiter hinten noch einen Zu- und einen Ablauf vom kleinen Bach gab. Hier wurde dem Wasser der heißen Quelle wohl noch Kaltwasser zugeleitet. Was für eine grandiose Einrichtung der Natur! Sie nahmen den Pferden die Trensen ab und ließen sie einfach grasen.

»Sie laufen nicht weg?«

»Nein.« Einar schüttelte lächelnd den Kopf. »Sie sind brav.«

Katharina besah sich das kleine Becken, in das Stufen führten. »Eure Vorfahren haben es auch schon genutzt?«

»Bestimmt. Seit ich lebe, ist es jedenfalls da. Meine Eltern haben es nur vor ein paar Jahren neu einfassen lassen. Es gibt jetzt ein paar bequeme Absätze zum Sitzen und sogar eine Unterwasserliege. Du musst sie unbedingt ausprobieren!«

»Das würde ich sehr gerne.«

»Wenn du möchtest, kannst du dich dort hinter den Felsen umziehen.«

Katharina hatte ihren Badeanzug bereits zu Hause angezogen, aber nahm das Angebot dankend an. Wenig später ließ sie sich in das Wasser gleiten, das sie warm und wohlig umfing. Sie fand die geschwungene, ins Wasser gemauerte Liege, von der Einar vorgeschwärmt hatte, Kopf und Beine lagen leicht erhöht. Sie lehnte sich an und schloss die Augen. Es war so himmlisch! Nie wieder würde sie aufstehen. Sie hörte, dass Einar ins Becken stieg, blinzelte kurz, hob die Hand als Zeichen, dass sie ihn bemerkt hatte, erhaschte einen schnellen Blick auf seinen gut gebauten Oberkörper und schloss die Augen hastig wieder, denn sie hatte Angst, dass sie ihn sonst zu sehr anstarren würde. Er sah einfach zu gut aus! Es war durch nichts zu erklären und schon gar nicht zu entschuldigen, wie ihr Körper auf ihn reagierte. Das Herz schlug ihr bis zum Hals, beinahe glaubte sie, dass Einar es hören müsse, und sie fühlte sich … ja, als würden da Schmetterlinge in ihrem Bauch herumflattern wie beim Verliebtsein.

Mein Gott! Schmetterlinge? Verliebt sein? Was ist nur los mit mir?

Erschrocken über sich selbst öffnete sie die Augen und richtete sich auf. Ihr Blick wanderte zu Einar hinüber, der von ihren inneren Turbulenzen glücklicherweise nichts mitbekommen zu haben schien. Er hatte sich auf einem Absatz bequem eingerichtet, die Arme verschränkt und die Augen geschlossen. Nur seine behaarte Brust, sein Gesicht und ein Teil der Haare schauten aus dem Wasser hervor. Sie konnte den Blick nicht abwenden, und es kam ihr eine schockierende Erkenntnis: Sie fühlte sich zu Einar hingezogen. Es war nicht mehr zu leugnen. Sie wollte ihn berühren, über sein Haar streichen, die Wangen, sich an seine Brust lehnen, und ... Alles Weitere wagte sie sich nicht vorzustellen, sie durfte es einfach nicht. Bloß gut, dass Einar keinerlei Anstalten gemacht hatte, ihr näherzukommen, denn sie wüsste nicht, ob sie in der Lage wäre, ihn abzuweisen. Die Art und Weise, wie er sie angesehen hatte, hatte jedenfalls bei ihr den Eindruck hinterlassen, dass er sie mochte, womöglich begehrte.

Trotz der angenehmen Wärme des Wassers liefen ihr kalte Schauer über den Rücken. Das eben noch so entspannende Bad hatte nichts Beruhigendes mehr, ganz im Gegenteil. Sie ließ sich tief ins Wasser sinken, spürte, wie es über ihrem Kopf zusammenschlug, blieb so lange unten wie möglich. Doch sie beging den Fehler, die Augen zu öffnen, für einen kurzen Moment nur, aber er reichte aus, um alles nur noch schlimmer zu machen. Prustend kam sie wieder an die Oberfläche.

Mit einer Mischung aus Verwunderung und Heiterkeit schaute Einar sie an. »Was machst du denn?«

»Ich ... Ich weiß nicht ...«, stammelte sie. »Ich wollte mal wissen, wie das Becken unter Wasser aussieht. Schätze ich.«

Am liebsten wäre sie im Boden versunken. Wie ungeschickt konnte man eigentlich sein als erwachsene Frau? Andererseits war es ja gut, dass sie sich in Einars Gegenwart derart dämlich benahm, dann war zumindest die Gefahr geringer, dass er auch etwas für sie empfinden könnte.

Auch etwas empfinden ... Verdammt, verdammt, verdammt. Reiß dich zusammen, Katharina!

»Ach so. Willst du raus?«

»Nein, nein. alles gut.«

Sie robbte zurück auf ihre Liege, richtete sich ein und schloss die Augen erneut. Meine Güte, ist das peinlich, dachte sie, ich benehme mich ja wie ein Teenager. Wäre alles nicht so schlimm, wenn du nicht verheiratet wärst, kam die andere Stimme aus den Tiefen ihres Kopfes. Sie beschloss, am besten gar nicht mehr zu denken, und sich auf das Wasser, den Wind, der ihre Nase kitzelte, und die Sonne, die ihnen ins Gesicht schien, zu konzentrieren. Den penetranten Schwefelgeruch, der in Island vor allem in der Nähe heißer Quellen allgegenwärtig war, versuchte sie zu ignorieren.

»Ich würde dir gerne noch etwas anderes zeigen, wenn du magst«, sagte Einar nach einer Weile.

Katharina sah auf, ihre Hände waren ganz schrumpelig geworden. »Gerne.«

Solange ich nur noch ein bisschen in deiner Nähe sein kann …

»Wenn wir ein Stück weiterreiten, kommen wir zu den Ausläufern des Hochlands. Da gibt es einen Ort, der womöglich noch paradiesischer ist als der hier. Es ist nicht sehr weit …«

»Das klingt großartig«, stieß sie hervor.

Einerseits wollte sie nichts lieber, als all diese verwunschenen Orte mit Einar zu erkunden, andererseits ahnte sie, dass sie immer tiefer ins Verderben geriet, je länger sie bei ihm war. Vernünftig wäre es, auf direktem Wege umzukehren und zurück nach Guðmundarstaðir zu reiten.

Einar nickte, stieg aus dem Wasser und griff nach einem Handtuch, das er sich um die Schultern warf. Dann nahm er seine Sachen und verschwand auf der anderen Seite der Felsen. Sie schloss ein letztes Mal die Augen, genoss das warme Wasser und gab sich ihren Träumereien hin.

Sie wollte nicht vernünftig sein.

Sie ritten weiter in Richtung Fluss, dem Trampelpfad folgend, bevor sie irgendwann abbogen. Ein Weg war hier nicht mehr erkennbar, die von Moos und Gras überwachsenen Hügel und Felsen wichen zunehmend einem trister wirkenden graubraunen Lavafeld mit großen Gesteinsbrocken. Wieder einmal bewunderte Katharina die Trittsicherheit der Pferde, die stoisch einen Huf vor den anderen setzten. Dann ging es steil bergan, und sie klammerte sich mit den Beinen an Blíðas Bauch, hielt sich in deren Mähne fest. Schließlich erreichten sie eine steinige weite Fläche, die am Horizont von einer Bergkette begrenzt zu sein schien.

»Die Hochebene«, erklärte Einar mit einer weit ausladenden Geste und brachte Smári zum Stehen, sodass sie mit Blíða aufschließen konnte.

»Unglaublich. Eben noch war alles grün und sanft, und nun …«

»Das ist Island. Viele Landschaften auf kleinstem Raum.«

»Man kann sich kaum vorstellen, dass hier jemals etwas wachsen könnte. Es sieht aus wie in einer Wüste.«

Einar nickte. »Das Hochland ist ein Phänomen. In geschützten Lagen mit genügend Wasser wachsen zum Teil sehr seltene Arten wie das Arktische Weidenröschen und Flechten, die relativ anspruchslos sind. Und im Sommer wird es tatsächlich stellenweise richtig grün. Wenn du genauer hinsiehst, erkennst du, dass die Vegetation bereits an Fahrt aufnimmt. Keine großartigen Gewächse, aber eben doch so, dass die Bauern ihre Schafe und Pferde seit Generationen im Frühjahr ins Hochland bringen, weil sie dort gutes Futter finden und die Weiden unten sich erholen können.«

Katharina schüttelte den Kopf, weil ihr das so unwahrscheinlich vorkam. »Das wäre was für meinen Vater gewesen.« Einar blickte sie fragend an. »Er war Biologe, eigentlich Meeresbiologe. Aber ich sehe ihn direkt vor mir, wie er mit der Lupe vor den Felsen hocken und das Moos untersuchen würde.« Sie musste schmunzeln.

»Ein schönes Bild. Vermisst du ihn sehr?«

»Schon. Aber inzwischen tut es weniger weh.« Sie hatten alle ihren Schmerz zu bewältigen. »Für meine Mutter ist es schwieriger. Sie ist, als er vor zwei Jahren starb, regelrecht in ein Loch gefallen. Langsam fängt sie sich wieder.«

»Wenn man so lange verheiratet war, ist es eigentlich nicht verwunderlich, dass man sich erst mal wieder neu sortieren muss nach der ersten Trauerphase.«

»Wahrscheinlich. Sie war immer eine Frau, die ihr Leben im Griff hatte, fröhlich und unternehmungslustig war. Sie ist noch verhältnismäßig jung, ich wünsche ihr, dass sie wieder etwas findet, das sie erfüllt.«

»Das wird sie bestimmt. Gib ihr Zeit. Und den ersten Schritt habt ihr doch schon getan mit dieser Reise.« Einar lächelte mitfühlend.

»Das stimmt. Es war gut, dass wir hergekommen sind.« Und ich mich gegen alle Widerstände durchgesetzt habe, dachte sie im Stillen.

Einar blickte in die Richtung, in die sie reiten wollten. »Wollen wir das Tempo mal etwas anziehen? Wie wär's mit ein bisschen Tölt?«

»Gerne.« Katharina war schon gespannt auf diese besondere Gangart der Islandpferde.

»Dann mal los. Mir einfach hinterher. Blíða macht das schon.«

Und tatsächlich, kaum dass Smári sich in Bewegung gesetzt hatte, passte Blíða sich dem Rhythmus des anderen Pferdes an. Katharina genoss den Ritt nur noch. Tölten war toll. Viel angenehmer als das holprige Traben oder auch das schnelle Galoppieren, bei dem man schon sehr sicher im Sattel sein musste. Der Wind löste Haarsträhnen aus ihrem Zopf und ließ sie um ihr Gesicht flattern, die Sonne wärmte ihre Wangen. Um sie herum war nichts als unendliche Weite, ein Gefühl unbegrenzter Freiheit erfasste sie. Der Kopf war angenehm leer, keine Gedanken, keine Sorgen konnten sie hier und jetzt quälen. *Das größte Glück der Erde liegt auf dem Rücken der Pferde*, der Spruch stimmte. Sie spürte es in genau diesem Moment.

Wehmut erfasste sie, als Einar schon bald wieder das Tempo verlangsamte. Vor ihnen tauchten zwei schwarzbraune Findlinge auf, bei denen er kurz anhielt, um sich zu vergewissern, dass bei ihr alles in Ordnung war. Die Felsen bildeten eine Art Eingang zu einer Senke, der sie nach unten folgten, bis sie sich zu einer breiteren Schlucht öffnete, in die sie hineinritten. Unten angekommen, ließ sich Katharina sprachlos aus dem Sattel gleiten. Hier sah es vollkommen anders aus als oben auf der Hochebene. Ein Fluss schlängelte sich durch die Senke, an dessen Ufer Pflanzen wucherten. Das Wasser staute sich in einem kleinen Weiher, bevor es weiterfloss.

»Was für ein traumhafter Ort.«

»Ja, nicht? Hier bin ich als Jugendlicher oft hergekommen, wenn ich meine Ruhe haben wollte.«

»Hast du auch Freundinnen hierhergebracht?«

Kaum dass sie die Frage ausgesprochen hatte, war sie ihr schon unangenehm. Eigentlich war sie nicht so neugierig und direkt. Normalerweise ließ sie die Menschen von selbst erzählen, aber bei Einar war es anders, warum auch immer. Aus irgendeinem Grund brachte er sie dazu, mit Fragen und Bemerkungen herauszuplatzen, die ihr hinterher unpassend erschienen.

Doch Einar lachte nur sein freundliches, entspanntes Lachen, das Katharina einfach unwiderstehlich fand. »Das ist mal vorgekommen, ja. Aber eigentlich war ich früher sehr schüchtern. Ich hab mich die meiste Zeit zwischen meinen Büchern und CDs vergraben.«

»Kann ich mir gar nicht vorstellen«, sagte sie. »Du bist so ein …« *Attraktiver Mann* hatte ihr auf der Zunge gelegen, aber diesmal konnte sie sich glücklicherweise noch rechtzeitig bremsen. »… netter Mensch«, sagte sie stattdessen, doch das klang belanglos in ihren Ohren.

»Danke«, antwortete Einar. »Vielleicht ja deswegen. Komm mal mit.« Er winkte sie zu sich und lief um eine Felsengruppe. Katharina traute ihren Augen nicht, als sich vor ihnen eine Höhle auftat, mit einer unbeschreiblichen Aussicht auf die Oase um sie herum. »Willkommen in Flókis Höhle.«

»Flóki?«

Sie setzten sich auf einen Vorsprung, und Einar erzählte ihr die Geschichte des Geächteten, der hier der Legende nach einen Großteil seines Lebens verbracht haben sollte.

»Ich könnte mir vorstellen, in dieser Gegend zu leben«, sagte Katharina, nachdem Einar geendet hatte. »Nur nicht im Winter.«

»Und nicht allein«, ergänzte Einar leise.

Plötzlich wurde ihr Einars Nähe bewusst, spürte sie deutlich die Wärme, die sein Körper ausstrahlte, weil sie so dicht beieinandersaßen, und wie die feinen Härchen an ihren Armen sich aufstellten.

Ihre Schultern berührten sich, ihre Blicke trafen sich. Katharina verlor sich in seinen Augen. Und mit einem Mal konnte sie es ganz deutlich erkennen – Einar empfand etwas für sie, wollte sie. Und das Schlimme daran war, sie wollte ihn auch.

»Was wohl unsere Mütter gerade machen?«, fragte sie. »Ob sie kreativ sind?«

Etwas Blöderes hätte ihr kaum einfallen können, aber immerhin rettete es die Situation.

»Bestimmt.« Einar wandte sich ab, starrte auf den kleinen See, der friedlich dalag. Er räusperte sich. »Sollen wir nachsehen?«

Katharina nickte, fühlte Bedauern in sich aufsteigen. Doch zurückzureiten war das einzig Richtige. Und so verließen sie Flókis Höhle und all die Geschichten, die sich um sie rankten. Die erzählten und jene, die noch in den Sternen standen.

Februar 1950

Meine liebe Ulrike,
wie lange habe ich dich auf ein Lebenszeichen von mir warten lassen, das tut mir schrecklich leid! Aber du weißt ja, was man sagt: Hört man von jemandem nichts, geht es ihm gut. Und das stimmt. Es geht mir tatsächlich so gut wie lange nicht mehr. Jetzt denkst du sicher, dass es sich seltsam für mich anfühlen muss, als Haushaltshilfe für Leute zu arbeiten, an deren Stelle ich noch vor wenigen Jahren gestanden habe. Und ja, damit hast du mit deinem großen Einfühlungsvermögen, das ich immer an dir bewundert habe, selbstverständlich recht. Ich musste mich erst daran gewöhnen, auf der anderen Seite zu stehen, aber ich habe schon auf der Flucht lernen müssen, dass meine Herkunft keine Rolle mehr spielt. Seitdem gehörte ich lediglich zur großen Gruppe der Vertriebenen, und die waren alle gleich. »Habenichtse« nannte man uns. Unter anderem.

Jetzt habe ich wieder etwas. Eine Stellung, ein vernünftiges Gehalt, ausreichend Essen und Trinken, ein Dach über dem Kopf. Ich bin umgeben von freundlichen Menschen, die es gut mit mir meinen. Zudem scheint es so etwas wie Standesdünkel in Island nicht zu geben. Vielleicht ist es das isländische Du, das alle gleichrangig wirken lässt. Ragnar sympathisiert sogar mit den Kommunisten. Kannst du dir das vorstellen? Und Ava liebt Kunst und

Kultur. Beide gehen gerne ins Theater oder zu politischen Veranstaltungen, dann bin ich mit den Kindern allein, die übrigens ganz entzückend sind. Ava ist oft bei Vernissagen und kauft immer wieder Vasen und Figuren aus dieser Glaskunstboutique auf dem Laugavegur.

Wenn du wieder töpferst, musst du mir unbedingt etwas mitbringen. Ich habe Ava die kleine Taube gezeigt, die du mir zu Weihnachten geschenkt hast, und sie war hingerissen davon! Hast du inzwischen deinen Brennofen ausprobieren können? Bestimmt hast du viel zu tun, aber ich hoffe, dass du ab und zu zum Töpfern kommst. Du hast ein großes Talent!

Wie geht es dir denn? Und den anderen? Ich rede nur von mir, aber es ist in den vier Wochen, die ich nun hier in der Tjarnargata lebe, unglaublich viel passiert. Kannst du dich an Jón Gunnarsson erinnern, den Matrosen von der Esja, *dem du am Ende der Gangway meinen Namen genannt hattest? Ihn habe ich wiedergetroffen, als ich Besorgungen zu machen hatte. Er hat mich zu einem Kaffee eingeladen. Er ist wirklich sehr nett. Ich glaube, er macht mir den Hof …*

Ulrike ließ den Brief sinken. Ich wusste es doch, schoss es ihr durch den Kopf. Denn selbstverständlich konnte sie sich an den schmucken Seemann erinnern, der sich rührend um Lore gekümmert hatte, als es ihr an Bord schlecht gegangen war. Er war so oft wie möglich in ihrer Nähe gewesen. Es war so sicher wie das Amen in der Kirche, dass Jón Lore verehrte. Aber wie stand es um Lore? War sie bereit für die Liebe nach allem, was sie mit Männern erlebt hatte? Wäre sie selbst bereit für die Liebe?

Helgi hatte, nachdem sie aus Reykjavík zurückgekehrt waren, nur noch das Nötigste mit ihr gesprochen, und Yngvi war er aus dem Weg gegangen. Wenige Tage später hatte er Guðmundarstaðir ohne eine Erklärung verlassen. Natürlich hatte Aldís den schwelenden Konflikt und die Unzufriedenheit ihres Jüngsten gespürt, und Ulrike war innerlich zerrissen darüber gewesen, ob sie ihr reinen Wein einschenken sollte oder nicht. Sie hatte Angst, dass man sie als Unruhestifterin, als diejenige, die die Brüder entzweit hatte, vom Hof jagen würde. Doch irgendwann hatte sie es nicht mehr ausgehalten. »Aldís«, hatte sie gesagt und ihrer Gastmutter eine Hand auf den Arm gelegt, während ihr Herz so stark in der Brust geklopft hatte, dass sie meinte, man müsste es hören. »Helgi ... Ich weiß, warum er fortgegangen ist.« Sie hatte tief durchgeatmet, bereit, im nächsten Moment ihre Sachen packen zu müssen. »Ich bin schuld«, hatte sie mühsam hervorgebracht. »Er wollte mich heiraten, aber ich ...« Hilflos hatte sie mit den Schultern gezuckt. Aldís hatte nur genickt, »*Já, já*« gemurmelt und nichts weiter getan. Es war eben nicht ihre Art, viele Worte zu verlieren.

Seitdem befand Ulrike sich in einer Art Schwebezustand, in dem sie sich darauf einstellte, gehen zu müssen. Es war schwer zu ertragen, zumal sie die Familie liebgewonnen hatte. Sogar den brummigen Grímur, aber auch den sanftmütigen Helgi mit dem tiefsinnigen Gemüt. Selbst wenn sie sich immer sicherer wurde, dass ihre Entscheidung richtig gewesen war – mit Helgi wäre sie niemals glücklich geworden. Ulrike kam es vor, als hätte Yngvi sich seit ihrer Offenbarung gegenüber Aldís von ihr zurückgezogen. Trotzig zuckte sie mit den Schultern. In weniger als vier Monaten war ihre Zeit auf Guðmundarstaðir vorbei. Dann wären sie sie los, und Helgi würde bestimmt auf den Hof zurückkehren.

Sie nahm den Brief wieder auf. Er endete damit, dass Lore Anfang März zwei Tage freihaben würde. Die Familie hatte Ulrike eingeladen, mit dem Autobus nach Reykjavík zu kommen und bei ihr zu übernachten. Was für eine großartige Idee! Es wäre wunderbar, ihre Freundin wiederzusehen und ein bisschen Abstand zu allem zu bekommen. Bestimmt hatte Aldís nichts dagegen, schließlich hatte Ulrike, seit sie auf Guðmundarstaðir war, ohne Murren alle Tätigkeiten, die man ihr aufgetragen hatte, ausgeführt. Und hatte nie um einen freien Tag gebeten, obwohl er ihr zustand. Wohin hätte sie gehen, was hätte sie unternehmen sollen? Nun hatte sie ein Ziel. Ja, sie wollte gleich an Lore schreiben, und dann würde sie sich neuen Ton von der Quelle holen, damit sie ihrer Freundin und der Hausherrin etwas Schönes mitbringen konnte.

Wie sie geahnt hatte, nickte Aldís kommentarlos, als Ulrike sie fragte, ob sie in zwei Wochen für zwei Tage zu Lore fahren könne. Und weil ihre Arbeit für den Moment erledigt war, beschloss sie, Glampi zu satteln und zur heißen Quelle zu reiten. Es war zwar kalt, und ein eisiger Wind pfiff über die Ebene, aber es war trocken, und hin und wieder wagte sogar die Sonne kurz zwischen den rasch vorbeiziehenden weißen Wolken hindurchzublitzen. Ulrike ließ den Blick über die Weite, die sich vor ihr erstreckte, schweifen. Nicht zum ersten Mal erfüllte sie der Anblick, der sich ihr von der kleinen Anhöhe bot, auf der sich Guðmundarstaðir befand, mit einem unbändigen Glücksgefühl, das Ulrike sich nicht erklären konnte. Die

Arbeit war hart, das Leben auf dem Land karg, das isländische Wetter unerbittlich. Und dennoch – es war einfach schön. Nicht nur im Sommer, wenn alles grün war, eine warme Brise in der Luft lag, die den Duft von Wildkräutern, Meer, Pferden und Freiheit mit sich brachte. Auch der Winter hatte seinen reizvollen Seiten. Wie an diesem Tag, wenn eine dünne Schneeschicht über allem lag, die die längst vertrockneten Grashalme mit feinen Kristallen umhüllte. Die Sonne brachte sie zum Funkeln. Der ihr nun schon so vertraute See lag starr und schweigend da und schimmerte in diesem besonderen Zwielicht beinahe hellblau. Und selbst wenn es wie aus Kübeln schüttete, schneite oder stürmte und sich die Familie nach getaner Arbeit im Licht der Ölleuchte vor dem wärmenden Feuer des Ofens am Küchentisch versammelte, Karten spielte, strickte oder las, selbst in diesen Momenten war Island für Ulrike vor allem eins: wunderschön.

Plötzlich stand Yngvi neben ihr. Er stand einfach da und sagte kein Wort. Das war etwas, das Ulrike bei den Isländern – vor allem bei den Männern – schwierig fand. Sie redeten gar nicht darüber, wie es in ihrem Inneren aussah. Die paar Male, in denen Yngvi sich ihr geöffnet hatte, ließen sich an einer Hand abzählen. Als sie sich gemeinsam vor dem Unwetter in Flókis Höhle geflüchtet und sich geküsst hatten. Nach dem Schafabtrieb, als sie ihm ihre Liebe gestanden hatte. Zu Weihnachten, als er ihr den Brennofen gebaut hatte. Danach hatte es kaum noch Momente gegeben, in denen sie gespürt hatte, wie nahe sie sich waren. Wo war das alles hin? War alles wieder verflogen? Hatte er es sich anders überlegt? Oder hatte sie sich doch getäuscht? Trieb Yngvi gar ein Spielchen mit ihr?

Weil Yngvi nur stumm neben ihr stand, auf den See schaute und weiterhin keine Anstalten machte, etwas zu sagen oder zu tun, wandte sie sich wieder ihrem Pferd zu. Zog den Sattelgurt noch einmal nach und befreite ein paar Mähnenhaare unter dem Sattelblatt.

»Wie gefällt es dir auf Guðmundarstaðir?«, fragte Yngvi unvermittelt, ohne sich dabei zu ihr umzudrehen.

Sie wurde von Angst erfasst. Sollte sie nun doch fortgeschickt werden?

»Gut«, gab sie zurück und hörte selbst, wie heiser ihre Stimme klang. »Sehr gut sogar«, ergänzte sie, nun mutiger geworden. »Das weißt du doch.«

Wenn Yngvi etwas zu sagen hatte, sollte er es bitte schön auch aussprechen. Sie würde ihm keine Brücke bauen.

Er ging nicht auf ihre Antwort ein, wandte sich ihr nun jedoch zu. Seine wundervollen grünblauen Augen wirkten wie von einem Schleier umgeben.

»Und Island?« Er scharrte mit dem Fuß. »Jetzt, da du auch den Winter kennst, meine ich?«

Was sollte das denn jetzt?

»Ich kenne noch nicht den ganzen Winter …«, begann Ulrike in dem Versuch, einen Scherz zu machen, verstummte dann aber, als sie sah, wie sich Yngvis Stirn in Falten legte. Verlegen schaute sie auf ihre Füße. »Ja«, besann sie sich schließlich. »Ja, ich mag Island auch im Winter. Und ich mag Guðmundarstaðir. Und euch. Euch alle, deine Mutter, Grímur, dich. Und Helgi.« Hilflos zuckte sie mit den Schultern und beschloss, dass Angriff doch die beste Verteidigung war. »Es tut mir leid, dass er wegen mir den Hof verlassen hat. Aber was hätte ich denn machen sollen? Er hat mich gefragt, ob ich ihn heirate. Und … Das konnte ich einfach nicht.«

Yngvi wirkte erleichtert, dennoch blieb er nervös, sah an ihr vorbei ins Leere. »Nein, das konntest du nicht.«

Er hielt inne, vergrub die Hände tief in den Hosentaschen. Ulrike konnte sehen, wie er sie darin zu Fäusten ballte.

»Wenn ihr mich deswegen fortschicken wollt, dann sag es lieber gleich«, platzte sie heraus. »Damit ich mir was anderes suchen kann.«

Überrascht blickte Yngvi auf, sah sie fragend an. Dann schien ihm zu dämmern, was sie meinte.

»Nein, nein«, winkte er ab, »so war das nicht gemeint. Meine Güte, du glaubst doch nicht im Ernst, dass wir dich loswerden wollen?«

Er verzog das Gesicht, so absurd schien ihm die Vorstellung zu sein.

»Na ja, immerhin ist es wegen mir zum Streit zwischen euch gekommen. Wegen mir ist Helgi weggegangen.«

Nun lachte Yngvi. Er war zurück, der fröhliche, gelassene Yngvi. »Nein. Helgi ist für Größeres bestimmt. Du weißt doch, wie viel Wissen er hat. Helgi hat schon immer damit geliebäugelt, dem Hofleben zu entkommen und, wie soll ich sagen, es ist das Beste so. Für alle. Guðmundarstaðir ist zu klein für drei Männer. Für drei Familien. Wir werden ihn so gut wie möglich unterstützen, damit er in Reykjavík etwas aus sich machen kann. Und was das andere Thema angeht …« Yngvi sah ihr tief in die Augen, sodass es sie schauderte, nahm die Hände aus den Taschen und fasste nach ihren Armen, zog sich jedoch gleich wieder zurück, kaum dass er sie berührt hatte. Es war, als hätte er sich verbrannt. »Wolltest du zur Quelle?«

»Ja, ich wollte mir etwas Ton holen, damit ich Lore

und Ava etwas mitbringen kann, wenn ich im März hinfahre.«

»Nimmst du mich mit … zur Quelle?«

»Wenn du willst.«

Was war das nun wieder? Ulrike wurde aus diesem Mann nicht schlau.

»Warte kurz.« Eilig verschwand Yngvi im Stall und kam wenig später mit dem aufgetrensten Lykill wieder heraus. »Na, dann los!«

Er schwang sich auf den Pferderücken und galoppierte los. Ulrike sah zu, dass sie hinterherkam.

In rasantem Tempo waren sie die kleine Straße bis zum Trampelpfad galoppiert. Nur übers Geröll zwischen den Hügeln waren sie langsam und bedächtig geritten. Kurz hielten sie an der dampfenden Quelle an, doch Yngvi hatte vorgeschlagen, den Ton auf dem Rückweg mitzunehmen und erst noch einen Abstecher zu Flókis Höhle zu machen. Ulrike war einverstanden gewesen. Und nun standen sie wieder hier, in dieser kleinen, geheimen Oase, in der der schmale Fluss leise vor sich hin plätscherte, an den Ufern von Eis umrahmt, das hin und wieder abbrach und mitgetrieben wurde. Sie waren abgestiegen, überließen Lykill und Glampi sich selbst, die unter der Schneedecke nach Fressbarem suchten, mit den dampfenden Nüstern Schnee aufwirbelten und hin und wieder zufrieden schnaubten. Sie sogen den Frieden, den dieser Ort ausstrahlte, in sich auf, genossen die Nähe des jeweils anderen.

»Was ich vorhin noch sagen wollte …«, hob Yngvi an, während sein Blick weiter unverwandt auf das Wasser gerichtet blieb. Er atmete tief ein und wieder aus, bevor er weitersprach. »Warum konntest du Helgi nicht heiraten?«

Verwundert schaute Ulrike Yngvi an. »Das weißt du nicht?« Yngvi presste die Lippen aufeinander, als er verlegen ihren Blick erwiderte. Sie begriff, dass sie die Mutigere von ihnen beiden war und den ersten Schritt tun musste. *Wieder einmal.* Sie fasste nach Yngvis Hand, drückte sie sanft und lächelte ihm aufmunternd zu. Ja, schien alles in ihr zu rufen. »Weil ich *dich* liebe, du Narr. Dich und niemanden sonst! Willst du etwa behaupten, du hättest das noch immer nicht verstanden?«

Erleichtert strahlte Yngvi sie an. Nun ließen sich seine Gefühle doch nicht mehr verbergen. »Ich hatte es gehofft … aber niemals für möglich gehalten, dass du wunderbare Frau, du stolze Hanseatin, Künstlerin … mich einfachen Bauernsohn lieben könntest.«

»Zunächst mal bin ich all das gar nicht. Und außerdem habe ich noch nie einen Mann getroffen, der so liebenswert, mitfühlend, freundlich, schlau und aufgeschlossen ist wie du. Du hast mich, die ewig Hungrige aus Feindesland, mit offenen Armen aufgenommen. Dafür werde ich dir und deiner Familie auf ewig dankbar sein. Na schön, du könntest ein bisschen mehr zeigen, was in deinem Inneren vorgeht, aber … Ach, egal, jetzt küss mich endlich!«

Ulrike zog Yngvi zu sich heran, strich ihm sanft über die Wangen und das Haar, sah ihm fest in die Augen. Ihr Körper spannte sich an, sie lehnte sich an Yngvis starke Brust, schien mit seinem Oberkörper zu verschmelzen, bis sich auch ihre Lippen berührten, weich und warm wurden sie eins. Ein sanftes Prickeln breitete sich in Ulrike aus, erfasste sie vollkommen. Ihre Umgebung erlebte sie nur noch wie durch einen Nebelschleier, das Plätschern des Flusses schien leiser geworden zu sein, das unablässige Pusten des Windes in ihren Haaren vereinigte sich mit Yngvis Händen, die sich darin verfangen hatten. Es gab nur sie beide, nur diesen Moment, und sie wünschte, dass er niemals endete. Alles fühlte sich vollkommen richtig an – der Mann, der Ort, dieses Leben. Es war, als wäre sie nach Hause gekommen.

Sie liebte Yngvi, und sie liebte Guðmundarstaðir, und hier wollte sie bleiben bis ans Ende ihrer Tage.

12

Gedankenverloren knetete Bärbel ihren Ton, wie Ellen es ihr gezeigt hatte. Sie hörte, wie die Freundin nebenan auf Englisch mit einem Ehepaar sprach, das den Abstecher von der Ringstraße genommen hatte, um sich in Ellens Lädchen umzusehen. Erstaunlich, wie oft hier jemand vorbeikam. Und meistens wurde auch etwas gekauft, vor allem Mitbringsel.

Sie schlug den Ton auf die Tischplatte, dann knetete sie wieder. Es war eine beruhigende Tätigkeit, die sie mit einem gewissen Glücksgefühl erfüllte. Es wunderte sie selbst, dass sie lieber hier in diesem ehemaligen Stall saß und werkelte, als einen Ausflug zu unternehmen und die Umgebung zu erkunden. Früher hatte sie bei ihren Reisen nicht genug von Land und Leuten aufsaugen können, ständig waren Werner und sie auf Achse gewesen. Heute war das anders. Sie war so froh, dass sie sich überwunden hatte mitzufahren. Sie hatte ihre alte Freundin wiedergefunden, sie unternahm etwas mit ihrer Tochter, sie kam mal raus. Und sie hatte offenbar ein neues Hobby für sich entdeckt.

Die Glocke an der Ladentür klingelte, die Kunden verließen das Geschäft, und Ellen kam zurück in die Werkstatt. »Ein nettes Pärchen. Sie waren aus Wales.«

Bärbel nickte versonnen. »Da sind Werner und ich auch mal gewesen. Wales mit seiner sanften, hügeligen

Landschaft und den freundlichen Menschen hat uns genauso gut gefallen wie Cornwall.« Sie dachte an die Reise zurück. Im schnuckeligen Café einer Apfelplantage hatten sie Mittagspause gemacht und sich anschließend mit dem dort hergestellten Cider eingedeckt. Dem besten Cider, den sie je getrunken hatten. »Haben sie etwas gekauft?«

»Zwei kleine Elfen.« Ellen lächelte schulterzuckend. Es schien sich zu bewahrheiten, dass die Fabelwesen am besten gingen. »Willst du heute mal etwas Neues versuchen?«

»Gerne.«

»Ich denke, du bist reif für die Scheibe.« Ellen wies hinter sich.

»Meinst du wirklich?«

Ellen nickte. »Lass es uns probieren. Ich bin mir sicher, dass du es lieben wirst.« Sie zogen Bärbels Hocker zur Töpferscheibe, Ellen setzte sich davor. Bärbel beobachtete genau, was Ellen nun tat. Sie feuchtete die Drehscheibe mit einem wassergetränkten Schwamm leicht an. »Nebelfeucht muss sie sein.« Schwungvoll klatschte sie einen Tonklumpen in die Mitte des Scheibenkopfes. Dann legte sie beide Hände um den Ton. »Wenn man den Motor anstellt, muss man immer mindestens eine Hand am Ton haben. Hier unten ist das Fußpedal.« Bärbel schaute unter den Tisch. »Damit kann man die Geschwindigkeit steuern. Am Anfang drücke ich es ganz runter, damit die Scheibe noch stillsteht. Jetzt die Hände gut anfeuchten«, sie tunkte ihre Hände in die Wasserschüssel, schüttelte sie kurz ab, dann legte sie sie wieder um den Tonklumpen. »Der Ton muss immer schön feucht sein, damit er nicht an den Händen klebt und sich gut formen lässt. Los geht's.« Sie nahm den Druck vom Pedal, und die Scheibe setzte sich mit einem surrenden Geräusch in Bewegung. Mit dem Handballen drückte Ellen gegen den Brocken. »Damit er synchron läuft«, erklärte sie, »rotationssymmetrisch nennt man das in der Fachsprache.« Sie lächelte. »Die ersten Schritte sind das Zentrieren und Verdichten. Dafür zieht man den Ton mit beiden Händen hoch und drückt ihn mit beiden Daumenballen wieder runter. So.«

Es sah so einfach aus, doch Bärbel konnte sich vorstellen, dass man sehr viel Übung brauchte, bis der Ton sich so verhielt, wie man es wollte.

»Das Ganze wiederholt man ein paarmal. Nun kann man den Ton aufbrechen.« Ellen befeuchtete erneut die Hände, eine nach der anderen. »Dafür drückst du beide Daumen in die Mitte, während du mit den Handflächen außen gegenhältst.« Sie sah Bärbel an. Ihre Handhaltung hatte sich ganz leicht verändert. »Du musst nun die Hände so legen, dass der Ton praktisch in sie hineinläuft. Man drückt nur so weit mit den Daumen, dass noch genügend Bodendicke bleibt.«

Bärbel verfolgte, wie der eben noch unförmige Klumpen Gestalt annahm, im Inneren eine Wölbung entstand und die Seitenwände glatter wurden. »An diesem Punkt kann man gut die Breite des Gefäßes definieren«, sprach Ellen weiter. Bärbel beobachtete fasziniert, wie sich der Ton wie von selbst in die Breite zog und das, was eben noch eher einem Teelichthalter geähnelt hatte, nun zu einem Schälchen in der Größe eines Kuchentellers geworden war. Allein durch die Hände und die Rotation der Scheibe! »Nun wird der Boden ›massiert‹. Zeige- und Mittelfinger der rechten Hand verharren am Boden, die Finger der linken Hand geben von außen einen gewissen Gegendruck. Generell gilt: Die rechte Hand gibt die Form, die linke die Stabilität.« Sie drückte das Pedal etwas mehr hinunter, sodass die Scheibe langsamer lief.

»Verstehe«, sagte Bärbel.

»Jetzt kommt das Hochziehen. Dafür darf die Scheibe nicht zu schnell rotieren, wegen der Fliehkräfte.« Ellen blickte zu Bärbel und verzog den Mund. »Dann kann das gute Stück ganz schnell auseinanderreißen, und man fängt von vorne an.«

»Auweia. Ist dir das schon passiert?«

»Aber sicher.« Ellens Hände lagen weiterhin ruhig am Gefäß, während die Zeigefinger die Wände nach oben schoben. »Zwischendurch immer mal wieder innehalten und den Rand verdichten.« Daumen und Zeigefinger der linken Hand bildeten eine Art Zange, die den oberen Rand von beiden Seiten stützten, während der Daumen der rechten über die Oberkante glitt. Sie wiederholte die Arbeitsschritte ein paarmal, bis aus dem flachen Schälchen eine Art Müslischale geworden war.

»Toll.«

Bärbel war beeindruckt, andererseits schwirrte ihr der Kopf von den ganzen Arbeitsschritten. Ob sie sich das alles merken konnte?

»Gefällt dir die Schale?«, fragte Ellen.

»Und wie!«

»Gut.« Mit einem flachen Werkzeug zog Ellen die Seiten glatt, mit einem anderen trennte sie die Schale von der Scheibe. Ein unangenehmes Quietschen ertönte. »Das ist das Abdreheisen«, erklärte sie.

»Ah«, machte Bärbel unwillkürlich.

»Ja, das ist kein schönes Geräusch. Aber damit löse ich die Ränder von der Scheibe. Das ist wichtig, damit ich das Gefäß gleich gut vom Boden abbekomme.« Ellen hielt die Scheibe an und wischte sie mit dem Schwamm sauber, bevor sie ihn erneut eintunkte und etwas Wasser auf die Fläche träufelte. Sie griff nach dem Draht mit den Holzgriffen und zog ihn langsam und vorsichtig unter die Schale, schob sie so zum Scheibenrand und fing sie dort geschickt auf. Sie stellte das neue Stück auf ein Brett neben sich, dann schaltete sie die Scheibe aus, erhob sich und ging zum Waschbecken. »So, jetzt bist du dran.«

»Puh«, machte Bärbel und atmete tief durch. »Ich kann mich an gar nichts mehr erinnern.«

Ellen lächelte. »Ja, es sind viele Arbeitsschritte. Erst mal setzt du dich, drückst das Pedal ganz durch und schaltest die Scheibe an. Dann feuchtest du dir die Hände an, danach schlägst du den Tonklumpen in die Mitte der Scheibe.« Bärbel tat wie ihr geheißen. »Nun legst du die Hände an den Ton und lässt den Fuß locker, du brauchst volle Geschwindigkeit.« Bärbel legte die Hände an den Ton, nahm den Fuß vom Pedal, und flugs setzte sich die Drehscheibe in Bewegung. Doch sie war auf die Wucht nicht vorbereitet, sodass ein Stück Ton durch ihre Hände flutschte. Ellen lachte. »Das gehört dazu. Stell dich besser darauf ein, dass das jetzt noch ein paarmal passieren wird.« Sie klopfte das Tonstück mit dem Klumpen zusammen, legte ihn wieder auf die Scheibe. »Noch mal.« Bärbel brachte die Scheibe erneut zum Laufen, doch jetzt wusste sie, was sie erwartete. »Nun kommt das Zentrieren und Verdichten.«

Bärbel versuchte es, doch wieder glitt ihr Ton über ihre Hände. »Ach, Mensch!«

Ellen übernahm diesen Arbeitsschritt für sie. »Danach wird es einfacher.«

Und tatsächlich. Es gelang Bärbel, den Ton aufzubrechen und eine Grobform zu erstellen. Sie konnte sich vorstellen, dass Katharina den Klumpen längst ärgerlich auf die Tischplatte geknallt hätte, ihre Tochter hatte keine Geduld für so etwas, schon als Kind hatte sie nicht gerne gebastelt. Doch sie selbst fühlte sich regelrecht herausgefordert und genoss es, den Ton zu spüren und ihn zu modellieren. Obwohl es alles andere als einfach war, nahm sie eine beruhigende Wirkung wahr. Ihre Gedanken waren ganz auf das Hier und Jetzt fokussiert. Nach einer Weile bemerkte sie, dass sie den Dreh im wahrsten Sinne raushatte, wurde mutiger, experimentierte. Das Ergebnis war ein Gefäß, das unten schmal und nach oben hin breiter wurde.

»Gut sieht das aus«, lobte Ellen. »Was willst du eigentlich machen?«

»Vielleicht eine Vase«, überlegte sie.

»Eine Vase ist gut. Dann versuch den Ton noch etwas weiter hochzuziehen«, schlug Ellen vor. »Ein bisschen geht noch. Bloß nicht zu schnell, sonst gibt es Risse.«

Bärbel seufzte. »Dann muss man wieder von vorne anfangen?«

Ellen nickte. »Ja. So ist das beim Töpfern. Es kann jederzeit etwas schiefgehen. Besonders ärgerlich ist es, wenn das beim Brand passiert, wenn eigentlich alles fertig ist.«

»O nein.«

»Töpfern erfordert eben ganz viel Ruhe und Geduld. Von Anfang bis Ende.«

»Das wäre nichts für meine Kinder«, murmelte Bärbel.

»Für meine auch nicht«, ergänzte Ellen. Es klang ein wenig wehmütig.

»Dann wird niemand mal dein Geschäft übernehmen?«

»Höchstwahrscheinlich nicht. So ist das eben. Die Kinder gehen ihre eigenen Wege. Und das ist ja auch richtig.«

»Aber du hast das Handwerk von deiner Mutter übernommen.«

»Stimmt. Und die von ihrer.« Ellen lächelte geistesabwesend. »Ihre Geschwister konnten damit nichts anfangen, ebenso wenig wie meine ...«

»Aber du schon. Das wird deine Mutter sicher gefreut haben.«

»Ja. Das war etwas, das uns verbunden hat.«

»Hattet ihr ein gutes Verhältnis?«

Ellen wiegte den Kopf. »Normal, würde ich sagen. Aber es war etwas Besonderes, mit ihr gemeinsam zu töpfern. Sie hat schnell mein Talent erkannt, und ich habe die Zeit, die ich dadurch mit ihr allein hatte, genossen. Wenn man zu fünft ist, muss man ja ständig um die Aufmerksamkeit der Eltern buhlen. Zumal sie damals noch viel Arbeit auf dem Hof hatten.«

»Fünf Kinder, das ist eine Menge. Was ist aus deinen Geschwistern geworden?«

»Alles Mögliche.« Ellen ließ ihr herzliches Lachen erschallen. »Sie sind über die halbe Welt verstreut. Meine beiden ältesten Brüder leben in Reykjavík, der dritte Bruder hat eine deutsche Frau geheiratet und ist nach Nürnberg gezogen. Und meine Schwester lebt in den Staaten. Wir sehen uns nur selten. Sie heißt übrigens mit erstem Vornamen Esja. Wie das Schiff, mit dem meine Mutter damals nach Island gekommen ist. Und wie ein Höhenzug bei Reykjavík. Da hat sie es besser getroffen als ich.«

»Wieso? Ellen ist doch auch ein sehr schöner Name.«

»Schon, aber jetzt verrate ich dir ein Geheimnis: Ellen ist nicht mein erster Vorname.«

»Wie meinst du das?« Gespannt beugte Bärbel sich vor.

»In Island ist es nicht selten, dass man zwei Vornamen vergibt. Und mein erster … nun, er lautet Hekla. Hekla wie der Vulkan hier in der Nähe. Der erste Vulkan, den meine Mutter je gesehen hat. Sie haben mich nach einem feuerspeienden Tor zur Hölle benannt. Ist das zu fassen?« Wieder lachte Ellen, und es kam aus tiefstem Herzen.

»So sehr zu Ausbrüchen neigst du ja nun wirklich nicht.«

»Sehe ich auch so. Deswegen benutze ich nur meinen zweiten Vornamen, Ellen. Außer bei offiziellen Stellen natürlich.«

»Immerhin hast du deinen Kindern vernünftige Namen gegeben. Oder gibt es da auch Geheimnisse?«

»Nein. Wir haben Stella und Einar böse Überraschungen erspart. Wir wollten ihnen Namen geben, mit denen sie überall auf der Welt klarkommen. Es hätte ja schließlich sein können, dass es sie in die alte Heimat ihrer Großmutter zieht.«

Bärbel wurde wieder ernst. »Aber das tut es nicht?«

»Stella wird garantiert niemals Island verlassen. Bei Einar bin ich mir nicht so sicher. Er liebt unser Land sehr, aber es steckt auch ein Weltenbummler in ihm.«

»Wollte eigentlich keines deiner Geschwister auf Guðmundarstaðir bleiben?«

»Ich weiß nicht recht, es hat sich einfach anders ergeben. Aber vermutlich hing ich tatsächlich am meisten an dem Hof.« Ellen blickte auf den Gegenstand auf der Scheibe. »Ich glaube, du solltest jetzt aufhören, sonst werden die Wände zu dünn. Nur noch die Seiten abziehen, dann das Gefäß von der Scheibe lösen.«

Bärbel hielt die Scheibe an. Eine Weile blickten beide stumm auf die konische Vase, etwas ungleichmäßig hier und da, aber immerhin!

»Deine erste Vase«, sagte Ellen. »Gut gemacht!« Sie nahm ihr die Vase vorsichtig ab und trug sie und dann ihre Schale zum Trockenregal hinüber. »Das dauert jetzt ein paar Tage.«

»Das macht nichts …« Bärbel würde ihr Gefäß nicht mit nach Hause nehmen können.

»Wie gesagt, da hilft nur eins: Du musst wiederkommen«, erklärte Ellen fröhlich.

»Das wäre wundervoll!«, erwiderte Bärbel und meinte es ganz genau so.

Sie saßen mit einem Kaffee und einem Stück Skyrkuchen vom Vortag in der Küche, als Stella nach Hause kam. Erschöpft fläzte sie sich auf die Bank, legte die Beine hoch, griff nach einer der auf dem Tisch stehenden Tassen und der Thermoskanne.

»Wie war dein Tag, Schatz?«

»Anstrengend. Bjarni hat seine Leute einfach nicht im Griff. Eigentlich hat er überhaupt keine Ahnung von dem, was er tut.«

Ellen stieß einen Seufzer aus. »Hast du dich wieder mit Bjarni gestritten?«

»Du hast den Nagel auf den Kopf getroffen.«

»Was war es diesmal?«

»Ach … Sein Hof ist viel zu groß, da sind zu viele Leute, die auch noch ständig wechseln, zu viele Ausritte … Bjarni übertreibt. Er sollte mal ganz dringend einen Gang runterschalten. Seine Pferde sind gestresst!«

»Es ist nicht dein Hof, Süße. Du kannst ihm da nicht reinreden. Schließlich arbeitest du noch nicht mal direkt für Bjarni, sondern für Gísli Tours.«

»Ich weiß ja«, gab Stella zerknirscht zu. »Aber ich könnte ihm zig Sachen sagen, wie es bei ihm besser laufen würde.« Sie schlug mit der flachen Hand auf den Tisch.

»Könntest du nicht selbst einen Reitbetrieb leiten?«, fragte Bärbel arglos.

Ellen, die gerade einen Salat fürs Abendessen aus dem Kühlschrank holte, wandte sich interessiert um.

»Könnte ich bestimmt. Die Frage ist nur, wo.«

»Eigentlich keine schlechte Idee«, überlegte Ellen. »Mit Pferden kannst du richtig gut umgehen. Vielleicht kannst du ja erst mal bei einem der Reitställe in der Gegend mit einsteigen.«

»Ach, Mama, du kennst mich doch. Dann leg ich mich mit den Besitzern an und flieg gleich wieder raus. Gísli kennt mich und nimmt mich so, wie ich bin. Aber mit allen anderen Arbeitgebern krieg ich früher oder später Probleme. Wenn, dann würde für mich nur was Eigenes funktionieren.« Sie zuckte mit den Schultern. »Wo steckt denn Katharina?«

»Sie und Einar sind mit den Pferden unterwegs«, erklärte Ellen und legte ein Netz mit Kartoffeln und Schälmesser auf den Tisch, anschließend zog sie eine Fleischkeule aus dem untersten Fach des Kühlschranks. »Das ist geräuchertes Lamm, *hangikjöt*«, sagte sie, als sie Bärbels fragenden Blick bemerkte. »Hat Dagur gestern von einem Bauern mitgebracht. Sehr beliebt bei den Isländern.« Sie bat Stella, dünne Scheiben von der Keule zu schneiden.

Stella nickte und holte sich ein Schinkenmesser. »Ist Einar schon wieder auf Guðmundarstaðir? Hat er nichts zu tun?« Sie schnitt die erste Scheibe ab. »Hat sich eigentlich Jórunn mal wieder gemeldet?«

»Bei uns nicht«, sagte Ellen stirnrunzelnd. Anscheinend missfiel ihr die Wendung, die das Gespräch nahm. »Aber du bist ja ihre Freundin. Wenn, würde sie vermutlich dich kontaktieren.«

»Oder eben Einar.«

»Das denke ich eher nicht.«

»Schade. Sie waren so ein schönes Paar.«

»Ja, das finden *wir*. Aber sie haben halt nicht richtig zueinandergefunden.«

»Man steckt nicht in den anderen Menschen drin«, ergänzte Bärbel und begann, die Kartoffeln zu schälen.

Ellen nickte und schüttete nachdenklich Tiefkühlerbsen in einen kleinen Topf.

»Manchmal erkennen Menschen aber auch einfach nicht, was das Beste für sie ist«, widersprach Stella.

Ellen seufzte. »Lass es sein, Stella. Es steht uns nicht zu, darüber zu urteilen, was gut für jemanden ist oder nicht. Dein Bruder hat sehr nach der Trennung gelitten, und ich bin froh, dass es ihm langsam wieder besser geht.«

Stella verstummte und presste die Lippen zusammen. Es war mehr als deutlich, dass sie anderer Meinung war. Stoisch schnitt sie das Fleisch.

»Es war wirklich schön, heute wieder mit dir zu töpfern, Ellen«, versuchte Bärbel, das Thema zu wechseln. »Ich glaube, wenn ich zu Hause bin, werde ich einen Töpferkurs belegen.«

»Das solltest du«, gab Ellen dankbar zurück. »Es liegt dir, das sieht man.«

»Danke!«, erwiderte sie ehrlich erfreut. In dem Moment öffnete sich die Tür, und Katharina und Einar kamen herein. Sie erkannte ihre Tochter beinahe nicht wieder, so glücklich wirkte sie. Sie hatte Farbe bekommen, ihre Augen blitzten vor Freude, und sie strahlte über das ganze Gesicht. »Hallo, ihr beiden«, begrüßte sie die Ankömmlinge munter. »Ihr hattet einen schönen Ausflug, was?«

Katharina umarmte sie. »O ja. Die Pferde sind so toll! Einar hat mir die heiße Quelle gezeigt und Flókis Höhle. Da musst du unbedingt mal hin, Mama!«

»Aber bestimmt nicht auf einem Pferd«, winkte sie schnell ab.«

»Man kommt auch zu Fuß hin«, entgegnete Ellen. »Hab ich ja schon gesagt. Es lohnt sich wirklich.«

»Definitiv«, ergänzte Katharina. »Aber du würdest dich auf Blíða bestimmt genauso wohlfühlen wie ich. Sie ist wirklich ein Schatz.«

Bärbel bemerkte, wie Katharinas Blick zu Einar wanderte. Oh, durchfuhr es sie. Sie bekam es nicht richtig zu fassen, aber etwas in der Atmosphäre zwischen den beiden schien sich verändert zu haben. War es die Art, wie ihre Tochter Ellens Sohn ansah oder wie dicht er auf einmal bei ihr stand? Sie wusste es nicht, aber es erinnerte sie an etwas, etwas längst vergessen Geglaubtes. Und das sorgte dafür, dass sich eine dumpfe Beklommenheit in ihrer Magengegend ausbreitete. Aus den Augenwinkeln nahm sie wahr dass Stella die Augenbrauen auf eine Weise hochzog, die ausdrücken mochte, dass ihr nicht gefiel, wie gut Einar und Katharina sich verstanden.

»Ich bezweifle das«, sagte Bärbel, »aber es freut mich, dass ihr einen netten Nachmittag hattet.«

»Und wie war es hier?«

»Wir haben getöpfert, es hat mir sehr viel Spaß gemacht.«

»Deine Mutter ist schon richtig gut«, ergänzte Ellen.

Einar und Katharina setzten sich mit an den Tisch, und alle berichteten von ihren Erlebnissen, später kam auch Dagur dazu. Das Lammfleisch schmeckte köstlich und war butterzart. Dazu hatte Ellen eine weiße Soße zubereitet, die an Béchamelsoße erinnerte, und die Kartoffeln karamellisiert. Eine ziemlich ungewöhnliche Kombination, die jedoch erstaunlich gut harmonierte, wenn man sich erst mal darauf eingelassen hatte.

Sie fühlte sich nach dem Essen und diesem wundervollen Tag wie im siebten Himmel und lehnte sich mit ihrer Tasse Kaffee genüsslich zurück. Tatsächlich konnte sie trotz des abendlichen Kaffees gut schlafen. Ob es an der vielen frischen Luft lag? Oder an dem *brennivín*, den Dagur ihr auch an diesem Abend wieder vorsetzte? Er brannte längst nicht mehr so in der Kehle wie noch beim ersten Mal, und freudig erwartete Bärbel die Wärme, die in Kürze ihre Füße erreichen würde.

Das Leben konnte so schön sein.

Mai 1950

Ulrike ließ ihre Hände über den glatten Ton gleiten, während ihr Fuß rhythmisch auf- und abwippte, um die Töpferscheibe anzutreiben, die Yngvi ihr nach ihren Vorgaben gebaut hatte. Die eintönige Bewegung, die ihr rechtes Bein ausführen musste, war ungewohnt und anstrengend. Doch sie genoss es unendlich, das vertraute Schleifen der Scheibe zu hören und zu spüren, wie sich der feuchte Klumpen unter ihren Fingern formte und zu etwas Schönem wurde. Unwillkürlich dachte sie an ihre Mutter und die Geschwister. Sie hatte ihnen geschrieben, dass sie sich in Island sehr wohlfühlte und mit dem Töpfern angefangen hatte. Ihre Mutter hatte geantwortet – dieser Brief war zum Glück nicht verloren gegangen –, sich darüber sehr gefreut und gefragt, wann sie nach Hause kommen werde. Sie sei dabei, das Lebensmittelgeschäft wiederaufzubauen und könnte ihre Hilfe gut gebrauchen, hatte sie geschrieben.

Der Brief lag seit einer Woche auf Ulrikes Nachttisch, doch sie hatte noch keine Muße gefunden, darauf zu antworten. Was sollte sie auch schreiben? Sie wollte nicht nach Lübeck zurück. Aber nun bekam sie jedes Mal ein schlechtes Gewissen, wenn sie das dachte. Konnte sie die Mutter und die Geschwister sich selbst überlassen? Könnte sie überhaupt in Island bleiben? Ihr Vertrag sah schließlich vor, dass der Aufenthalt auf ein Jahr befristet blieb.

Yngvi hatte ihr mit einem Gatter in der hintersten Ecke des Stalls einen Bereich abgetrennt, in dem sie nun in jeder freien Minute töpferte. Es war nicht besonders hell dort – das Tageslicht, das durch die Stallfenster und die offene Tür hereinfiel, und eine flackernde Öllampe mussten reichen. Und mehr als ein Stuhl, ein schmaler, ausgemusterter Tisch, den Yngvi auf dem Dachboden entdeckt hatte, und die Töpferscheibe passten nicht hinein. Doch es war ihr Reich, und sie war glücklich. Wenn ich hier im Winter säße, könnten die Schafe mir bei der Arbeit zuschauen, dachte sie so manches Mal.

Oftmals wollten ihr abends die Augen nach getaner Arbeit zufallen, dennoch setzte sie sich regelmäßig an den Tisch oder die Scheibe, fertigte Figuren und inzwischen auch einfache Gebrauchsgegenstände. Bloß gut, dass die Schafe jetzt wieder im Hochland weideten und das anstrengende Füttern sowie das Ausmisten wegfielen, trotzdem war immer noch genug zu tun in Haus und Garten. Und zum Glück war es nun abends wieder lange hell, sodass der Tag mehr Stunden zu haben schien.

Ulrike war froh, dass sie inzwischen eine Möglichkeit gefunden hatte, an reinen Ton zu kommen. Damit ging es wesentlich besser als mit dem von der Quelle. Als sie Anfang März bei Lore in Reykjavík gewesen war, hatte sie eine Figur und einen Krug mitgebracht. Ava war außer sich vor Begeisterung gewesen. Sie hatte versprochen, ihr Ton zu besorgen, wenn Ulrike ihr im Gegenzug etwas töpferte – mal war es eine Statue, mal ein Schälchen oder ein Wandteller. Das tat sie nun, und von den Resten konnte sie hin und wieder sogar kleine Geschenke für Familie und Nachbarn herstellen, sodass sich ihre Kunst auch in der Umgebung herumgesprochen hatte. Zum vollständigen Glück fehlten ihr noch Farbe und eine Glasur, damit sie ihre Werke nach ihren Vorstellungen gestalten konnte und sie wasserdicht wurden. Doch Glasuren gab es nur im Ausland, und sie waren teuer. Vielleicht konnte Ava sie eines Tages besorgen, bis dahin würde sie alle farbigen Muster, die ihr in den Kopf kamen, aufzeichnen.

Es hatten sich schon viele Zeichnungen angesammelt, darunter Bilder von Gräsern, Lupinen und wildem Thymian, Gesteinsformationen oder abstrakte Farbverläufe. Alles Inspirationen, die ihr die isländische Natur schenkte. Oft ritzte sie Verzierungen in den angetrockneten Ton, da ließ sich gestalterisch eine Menge machen. Sie verwendete immer wieder auch andere Materialien wie zum Beispiel feines Lavagestein als Dekoration, was sehr hübsch aussah. Die Leute waren begeistert von ihren Keramiken und schätzten es, dass Bestandteile aus ihrer Region verarbeitet wurden. Durch das Brennen wurden die Gegenstände immerhin schon mal fest, was großartig war, denn das gab ihr die Möglichkeit, Gebrauchsgegenstände herzustellen, solange sie keine Flüssigkeiten halten mussten.

Ulrike dachte, was für ein Glück sie gehabt hatte, dass Ava so viel für Kunst übrighatte und sie unterstützte. Was für eine wundervolle Fügung, dass Lore in die Zahnarztfamilie gekommen war! In erster Linie natürlich für Lore … Es war ein in jeder Hinsicht schöner und erfolgreicher Aufenthalt bei der Freundin in Reykjavík gewesen. Lore und sie hatten viel Zeit miteinander verbracht, waren durch die Straßen der Stadt geschlendert, hatten sogar ein Kino und ein Tanzlokal besucht. Dort waren sie mit Jón verabredet gewesen, dem Matrosen von der *Esja*. Es war unübersehbar gewesen, dass er völlig vernarrt in Lore war. Und obwohl Ulrike sich ein wenig wie das fünfte Rad am Wagen vorgekommen war, gönnte sie ihrer Freundin ihr Glück von Herzen.

Yngvi kam über den Hof gehuscht und lenkte ihre Aufmerksamkeit von der Schale für Ava, mit der sie gerade begonnen hatte, ab.

»Hallo, meine Liebe, wie kommst du voran?«

Er hauchte ihr einen Kuss auf die Lippen, dann grinste er. Irgendetwas versteckte er hinter seinem Rücken.

»Gut. Was hast du da?«

»Etwas für dich. Aber so wie ich das sehe, hast du gar keine Hand frei dafür.« Yngvi tat, als würde er unverrichteter Dinge wieder abziehen wollen.

»Halt, halt«, rief sie und streckte ihm die lehmverschmierten Hände entgegen. Mit gespielt entsetzter Miene wich er zurück. »Gib schon her, was mein ist, sonst wirst du es bereuen.«

Yngvi lachte und legte einen Brief auf eine noch saubere Ecke des Tisches, dann zog er sie schnell in seine Arme. Lachend küssten sie sich.

»Na schön«, sagte er, und sie lösten sich wieder voneinander. »Lore hat dir geschrieben.«

»Oh, gib her!« Eilig schrubbte sie sich die Hände in einer Wasserschüssel und trocknete sie hastig an ihrer Schürze ab. Sie nahm den Brief, riss den Umschlag auf, überflog die ersten Sätze und ließ sich auf den Stuhl sinken. »O mein Gott …«, murmelte sie.

»Was ist denn?«, fragte Yngvi. »Was ist passiert?«

Ulrikes bestürzter Gesichtsausdruck wandelte sich langsam zu einem zaghaften Lächeln. »Ich glaub's ja nicht … Unsere liebe Lore …«

»Nun sag schon!«

»Lore ist … Lore ist schwanger!«

»Was? Das ist ja schön!«, rief Yngvi, zog sie von ihrem Stuhl, umarmte sie, hob sie ein Stück in die Luft. »Von ihrem Matrosen?«

»Das nehme ich doch stark an«, erwiderte sie verdutzt.

Natürlich freute sie sich für die Freundin, aber andererseits … Sie wurde ernst. Yngvi setzte sie wieder ab.

»Was hast du?«

»Sie sind nicht verheiratet. Wird Lore nicht Probleme bekommen? Zudem arbeitet sie doch gerade erst ein paar Monate für Ava und Ragnar …«

Yngvi war sichtlich verwirrt. »Probleme? Ein Kind ist doch etwas Wundervolles! Sie werden schon einen Weg finden. Lore kann es sicher mitbetreuen, wenn sie möchte.«

»Wirklich? Ist das so in Island? In Deutschland würde man eine unverheiratete schwangere Frau sehr schief ansehen.«

»Warum denn?«

Ulrike konnte nicht fassen, dass die Isländer in dieser Hinsicht so viel gelassener sein sollten als ihre Landsleute. »Ich weiß nicht. Das ist einfach so. Schon immer gewesen, denke ich.« Sie zuckte mit den Schultern. »Wenn man ein Kind bekommt, muss man verheiratet sein. So ist das eben. Ich denke, Lore wird besorgt sein.« Sie las weiter und erfuhr, dass Lore vor Scham noch nicht einmal mit Jón gesprochen hatte. Sie vermutete lediglich, schwanger zu sein, und wollte den werdenden Vater nicht unnötig beunruhigen. Und sich selbst erst einmal darüber klar werden, was sie nun tun sollte. »Ich bin offenbar die erste Person, der sie die Schwangerschaft anvertraut.« Ulrike ließ den Brief sinken.

»Du solltest ihr sofort schreiben, dass sie mit Jón sprechen muss. Und dann mit Ava. Sie braucht sich keine Sorgen zu machen, es wird sie niemand deswegen verstoßen.« Er wurde nachdenklich. »Liebt sie Jón denn und er sie?«

»Ich glaube, schon, sie wirkten sehr glücklich miteinander, als ich sie im März zusammen gesehen habe. Lore meinte, sie würden so viel Zeit miteinander verbringen wie möglich. Sie habe sich noch nie derart … aufgehoben gefühlt.«

»Das heißt für unsere liebe Lore schon ziemlich viel.« Yngvi lachte, dann wurde er wieder ernst. »Vielleicht solltest du ihr nicht schreiben, sondern zu ihr fahren. Die Post braucht zu lange.«

»Wie meinst du das?«

»Na, du könntest gleich morgen früh den Bus nehmen und abends wieder zurückfahren.«

»Meinst du wirklich?« Ulrike konnte es kaum glauben. Ein Glückgefühl breitete sich in ihrem Körper aus.

Yngvi nickte. »Ja.«

»Vielleicht passt es ihr nicht. Sie wird kaum gerade morgen ihren freien Tag haben. Womöglich ist sie nicht mal im Haus?«

»Einen Versuch ist es doch wert.«

»Ja, das wäre großartig!«

»Also, so machen wir es.« Yngvi sah aus dem Fenster. »Und wenn du wieder zurück bist, bringe ich dir das Autofahren bei. Wir haben immer noch Snorris Auto, und es würde vieles erleichtern, wenn du ….«

Ulrike ließ Yngvi nicht ausreden, jubelnd sprang sie ihm um den Hals. »Du bist der allerbeste, liebste und fabelhafteste Mann der Welt!«

Sie küssten sich lange und intensiv, wieder breitete sich

dieses Prickeln in ihrem Körper aus, das sie erst kannte, seit sie mit Yngvi zusammen war. Als sie sich voneinander lösten, wurde Yngvi ernst, strich ihr zärtlich eine Haarsträhne aus dem Gesicht, sah ihr tief in die Augen.

»Und du bist die klügste, schönste, beeindruckendste und zauberhafteste Frau, die ich je kennengelernt habe.« Er ging vor ihr auf die Knie. »Rike, ich liebe dich über alles und möchte für immer an deiner Seite sein, mein Leben mit dir verbringen und dich lieben und ehren bis ans Ende unserer Tage. Möchtest du meine Frau werden?«

Vor Glück stiegen Ulrike Tränen in die Augen, alles in ihr vibrierte, ihre Knie wurden weich, sie fürchtete, dass die Beine unter ihr nachgeben könnten.

»Ja, ja, natürlich will ich!«

Überglücklich fielen sie einander in die Arme.

Unschlüssig lief Ulrike in der Nähe des Tjörnin auf und ab. Eine unerklärliche Unsicherheit erfasste sie. Sollte sie Lore wirklich unangemeldet besuchen? Was würde die Familie dazu sagen? Yngvi hatte gemeint, dass sie ja erzählen könne, dass sie Besorgungen in Reykjavík zu erledigen habe. Mit Sicherheit hätte niemand etwas dagegen, wenn sie auf einen Kaffee bei ihrer Freundin vorbeikäme, wenn sie sich schon mal in der Stadt aufhielt. Sie warf einen Blick auf die Uhr am Dom, halb elf. Vielleicht war Lore sogar allein zu Haus, denn die Kinder befanden sich bestimmt in der Schule, Ragnar musste in der Praxis sein, und Ava hatte möglicherweise Besorgungen zu machen. Um vier ging ihr Bus zurück. Jetzt oder nie, dachte sie, straffte die Schultern und lief auf das hübsche Steinhaus der Zahnarztfamilie zu.

Als eine Frau in einem schwarzen gestärkten Kleid mit

spitzenverzierter Schürze und streng zu einem Dutt zurückgebundenen Haaren öffnete, glaubte Ulrike zuerst, Haukurs Schwester sei zurückgekehrt. Ein Schreck durchfuhr sie, bis sie erkannte, dass es sich um Lore handelte. Die Freundinnen fielen sich in die Arme.

»Wie schön, dich zu sehen«, sagte Lore, den Tränen nahe. »Wie kommt's, dass du hier bist? Ach, komm erst mal rein. Wir sind gerade allein, Ava trifft sich mit einem Galeristen …« Die Art, wie sie den Satz betonte und in der Luft hängen ließ, ließ Ulrike unweigerlich etwas Anrüchiges vermuten. Fragend zog sie eine Augenbraue hoch, doch Lore ging nicht weiter darauf ein. »Kaffee?«, fragte sie stattdessen und ging bereits voran in die Küche. »Setz dich.« Emsig klapperte Lore mit Geschirr und Kaffeekanne, wie um sich beschäftigt zu halten. Und obwohl sie Ulrike den Rücken zuwandte, konnte sie sehen, dass Lores Hände zitterten. Beim Einschenken verschüttete sie etwas Kaffee. »Verdammt«, schimpfte sie und fing gleichzeitig zu weinen an.

Erschrocken sprang Ulrike auf, nahm die Freundin erneut in die Arme, drückte sie fest an sich. »Komm her, meine Liebe.«

Lore wurde von Schluchzern geschüttelt, eine Strähne löste sich aus dem sorgsam gewundenen Dutt. Ulrike wartete, bis sie sich ein wenig beruhigt hatte, bevor sie Lore zu einem Stuhl führte, sich vor sie hockte.

»Ich weiß nicht, was ich tun soll«, wimmerte Lore. »Mein Leben ist ein einziges Unglück. Endlich dachte ich, ich würde mal wieder auf die Beine kommen, und jetzt das …« Sie schlug sich mit der flachen Hand auf den Bauch. »Nur ein Moment Unachtsamkeit … Dieser verfluchte Matrose! Er hat mich umgarnt, nach allen Regeln der Kunst. Mir das Blaue vom Himmel versprochen. Ich hätte mich niemals auf ihn einlassen sollen …«

»Nun mal langsam«, versuchte Ulrike, die Freundin zu beruhigen, auch wenn sie sie verstehen konnte. »Ich habe euch doch zusammen gesehen. Ihr habt euch gut verstanden. Glaubst du nicht, dass Jón dich liebt?«

Lore blickte Ulrike aus rot verweinten Augen an. »Wie naiv bist du eigentlich? Die Kerle sind doch alle gleich.«

Die Bemerkung traf Ulrike bis ins Mark, troff sie doch voller Spott und Verachtung und zeigte ihr nur einmal mehr, wie wenig sie von Männern und der Liebe wusste. Sie hatte nur ihren gesunden Menschenverstand – aber der hatte sie eigentlich noch nie im Stich gelassen.

»Mag sein, dass ich keine Ahnung von so etwas habe«, widersprach sie, »aber ich habe bemerkt, wie Jón dich angesehen hat. Du nicht? Das bedeutet doch etwas. Hast du denn mittlerweile mit ihm gesprochen?«

»Nein.« Lore schüttelte den Kopf, zupfte ein Taschentuch aus ihrem Ärmel und wischte sich damit über Augen und Nase. Sie beruhigte sich ein wenig. »Tut mir leid, was ich eben gesagt habe. Das war nicht so gemeint.«

»Schon gut. Du bist zurzeit verständlicherweise etwas angespannt.«

»Ragnar und Ava werden mich rauswerfen, wenn sie von der Schwangerschaft erfahren. Und Jón lässt mich mit Sicherheit sitzen.«

»Vielleicht auch nicht. Das wirst du erfahren, wenn du mit ihm sprichst. Ebenso mit deinen Arbeitgebern.«

Lore stieß abschätzig Luft aus. »Niemand will eine unverheiratete Mutter mit ihrem Bastard um sich haben.«

»Yngvi meinte, dass …«

»Du hast mit Yngvi darüber gesprochen?«

»Ja.« Obwohl es sich ganz natürlich angefühlt hatte, Yngvi in die Sache mit einzubeziehen – es hatte sich ja auch als gut erwiesen, weil er eine vollkommen andere Sichtweise mitgebracht hatte –, bekam sie nun ein schlechtes Gewissen. »Er war dabei, als ich deinen Brief gelesen habe, und ich war so aufgeregt, dass ich gleich mit deiner Neuigkeit herausgeplatzt bin, bitte entschuldige.«

Lore zuckte mit den Schultern. »Spielt ja eigentlich auch keine Rolle.«

»Gut.« Ulrike war erleichtert. »Aber was ich sagen wollte, Yngvi sieht in deiner Schwangerschaft überhaupt kein Problem. Er meint, in Island sei jedes Kind willkommen, egal ob ehelich oder unehelich geboren.«

»Wirklich?« Lore blickte genauso ungläubig drein, wie sie selbst es am Tag zuvor getan haben musste.

Sie nickte. »Du musst unbedingt mit Jón sprechen. Und dann müsst ihr gemeinsam überlegen, wie es weitergehen soll.«

»Und wenn er mich dann nicht mehr will … wäre es immerhin nicht so schlimm«, überlegte Lore. »Ich wäre keine Aussätzige wie in Deutschland.«

»Richtig. Man würde dir sicherlich helfen. Und, wer weiß, vielleicht heiratet er dich ja.« Kurz lag ihr auf der Zunge Lore von Yngvis Heiratsantrag zu berichten, dann verkniff sie es sich doch, weil es ihr unpassend erschien. »Wann siehst du ihn wieder?«

»Er ist gerade auf See, auf einer Fahrt nach Hamburg …« Lore seufzte leise. »Er wird noch ein paar Tage weg sein. Das halte ich nicht aus.«

»Kannst du ihn nicht anders erreichen?«

Mit einem Mal schlug Lore sich gegen die Stirn. »Er hat mir eine Nummer gegeben, damit ich ihn im Notfall auf dem Schiff erreichen kann.« Sie sprang auf, und Ulrike hörte ihre Schritte auf der Treppe. Wenig später kam sie mit einem Zettel in der Hand zurück. »Ich werde ihn anrufen, komm mit.« Sie ging den Flur entlang, zog Ulrike hinter sich her.

»Ihr habt ein Telefon im Haus?«

Lore lächelte schief. »Die Vorzüge eines Lebens in der Stadt.«

13

Sie waren früh aufgebrochen, was sich wieder mal als gut erwiesen hatte, denn auf dem Parkplatz beim Reykjadalur, was so viel wie rauchendes Tal hieß, standen bereits einige Fahrzeuge, an denen sich Menschen für eine Wanderung bereit machten. Sie schnürten im offenen Kofferraum sitzend ihre Stiefel oder schulterten vollgestopfte bunte Rucksäcke. An diesem Tag wollten sie die Wanderung zu dem warmen Fluss unternehmen, von dem Ellen bei ihrer Ankunft gesprochen hatte. Schon hier nahm Katharina den Schwefelgeruch wahr, der ihr aus den zahlreichen dampfenden und brodelnden Erdlöchern entgegenwaberte. Ellen lief voraus zu einer kleinen, hölzernen Fußgängerbrücke, die einen sprudelnden Bach überspannte. Katharina konnte nicht anders als ins Wasser zu greifen und nach der Temperatur zu fühlen: Es war kalt.

»Der warme Fluss findet sich erst oben in den Bergen«, erklärte Ellen. »Wenn das nicht so wäre, würden noch viel mehr Menschen herkommen. All die, die keine Lust auf eine Wanderung haben.«

Der Weg war gut befestigt, ab und zu fanden sich Hinweisschilder und kleine Holzabsperrungen am Rand – es wurde vor brüchigem Boden oder Verbrennungen an den heißen Quellen gewarnt.

»Wie weit ist es eigentlich bis zum warmen Fluss?«, fragte Bärbel.

»Etwa drei Kilometer.«

Eine Weile liefen sie schweigend nebeneinanderher. Katharina war erleichtert, dass Stella eine eigene Tour hatte und auf den Ausflug nicht mitkommen konnte. Irgendwie war ihr Einars Schwester mit ihrer forschen Art nicht ganz geheuer – von Anfang an nicht, wie sie sich eingestehen musste –, aber besonders schlimm war es am Abend zuvor gewesen. Da hatte sie die ganze Zeit das Gefühl gehabt, dass Stella sie kritisch beäugte, und sich gefragt, ob sie irgendwas falsch gemacht hatte. Ganz anders war es mit ihrem Bruder. Mit ihm hatte sie sich angeregt unterhalten, später hatten sie Handynummern ausgetauscht, um für den heutigen Abend noch etwas auszumachen.

Sie fühlte sich ohne Frage wohl in Einars Gegenwart, entspannt und fröhlich wie lange nicht mehr, hatte nicht ständig den Eindruck, sich und alles andere unter Kontrolle halten zu müssen. Und sie hatte die tiefgründigen Gedanken genossen, die sie einander bei ihrem Ausritt mitgeteilt hatten, ebenso wie seine körperliche Nähe beim Abendessen, die Wärme, die seine Haut ausstrahlte, die zufälligen Berührungen. Seine Anwesenheit löste etwas in ihr aus, das sie lange nicht mehr gespürt hatte, ein längst vergessen geglaubtes Kribbeln im Bauch und ein Flattern des Herzens.

Geistesabwesend stapfte sie zwischen Ellen und ihrer Mutter den Anstieg hinauf. Sie vermisste Einar, wie sie zugeben musste. Und genau das rief ein schlechtes Gewissen in ihr hervor. Energisch schüttelte sie den Kopf in dem Versuch, die wirren Gefühle und Gedanken loszuwerden.

Ellen blieb stehen, als sie die Anhöhe erreicht hatten,

sie wandten sich um, genossen die Aussicht. Sie ähnelte der, die sich ihnen am Tag ihrer Ankunft geboten hatte, reichte aber weiter über die Ebene von Hveragerði, weil sie sich noch höher befanden. Das Besondere war, dass sie sich diesen Blick selbst erwandert, sich nicht von einem Auto hatten herauffahren lassen. Der Schwefelgeruch war hier oben schwächer, und Katharina schloss die Augen für einen Moment, sog die frische, klare Luft tief ein.

Weiter ging es um eine Biegung, linker Hand fiel eine Schlucht tief hinab, rechts und in der Ferne sah man Berge, die hier und dort mit zarten hellgrünen Moosteppichen überzogen waren. Bald erreichten sie einen kleinen Wasserfall, dann ging es ein Stück bergab. Nach jeder Kurve bot sich ihnen eine neue beeindruckende Aussicht, nie wurde es langweilig. Kleine Bachläufe zogen sich durchs Gras, über allem lag ein leichter Nebel, der sich aus den zahlreichen Erdlöchern speiste, aus denen es mal stärker, mal schwächer dampfte und brodelte. Wenn der Weg sie direkt an einer größeren heißen Quelle vorbeiführte, legte sich ein angenehmer warmer Schleier Wasserdampf auf ihre Gesichter. Der Schwefelgeruch war hier wieder derart intensiv, dass ihr beinahe übel wurde. Er war in Island allgegenwärtig, beim Duschen, ja selbst beim Zähneputzen kam einem der Geruch aus der Leitung entgegen. Es war nicht ungesund, keineswegs, aber man musste sich doch daran gewöhnen.

Und dann endlich hatten sie ihr Ziel erreicht: den warmen Fluss. Sie befanden sich nicht allein dort, aber zum Glück war es auch nicht übermäßig voll. Es gab hölzerne Uferbefestigungen, die den Einstieg erleichtern und wohl auch das Ufer schützen sollten, einfache Sichtschutzwände dienten als Umkleiden, aus Steinen hatte man Stufen ins Wasser gebaut. Was für ein romantischer Ort!

Jetzt müsste Tobias hier sein …

»Früher war das alles noch naturbelassen«, erklärte Ellen mit einem Anflug von Bedauern in der Stimme. »Aber es sind zu viele Menschen hier herumgeturnt, das hat der Pflanzenwelt geschadet. So weiß jeder, wo er hintreten darf.«

Es war kurios zu sehen, dass die Menschen auf den Wegen in Jacken und zum Teil Mützen gemummelt waren, um sich vor den nicht besonders hohen Temperaturen und gegen den Wind zu schützen, während man es im Wasser anscheinend gut in Badesachen aushalten konnte. Katharina sah zu ihrer Mutter hinüber, die das Spektakel ein wenig misstrauisch beobachtete. Sie selbst kannte dieses Phänomen ja schon von der heißen Quelle von Guðmundarstaðir.

»Weiter oben ist das Wasser noch etwas wärmer«, erklärte Ellen.

»Dann lasst uns ein Stück gehen«, stimmte Bärbel zu. »Da ist vielleicht auch weniger los.«

Als sie angekommen waren, zogen sie sich hinter einer der Holzwände im beißenden Wind aus. Katharina konnte sich gut vorstellen, wie eisig es sein würde, wenn sie das warme Wasser wieder verließen, und beschloss, ihr Haar trocken zu lassen. Dann ließ sie sich in die sanfte Strömung des Reykjadalsá, so hieß der Fluss im Rauchtal, gleiten und spürte beinahe sofort, wie die wohlige Wärme des Wassers in ihren Körper zog, ihre Muskeln in den verkrampften Waden und Schultern lockerte. Sie streckte sich aus, mit dem Kopf an einen Stein gelehnt. Was für ein Erlebnis, das Wasser um sich herum plätschern zu hören und zu fühlen, den Wind zu spüren, der sachte die Nase kitzelte und die Gräser am Ufer streifte. Es war wie eine Badewanne, nur mitten in der Natur! Eine unglaubliche Erfahrung, wie schon am Tag zuvor. Sie brannte darauf, ihren Kindern davon zu berichten und Fotos zu schicken, schloss die Augen und genoss den Moment.

Als sie spätnachmittags wieder auf Guðmundarstaðir eintrafen, waren sie alle drei geschafft. Vom Tag in der überwältigenden Natur, von der frischen Luft, der Wanderung, dem angenehmen Bad, sodass sie sich erst einmal ein Stündchen hinlegen mussten. Sie waren sich einig darüber, dass danach nicht mehr viel stattfinden würde, und beschlossen, dass ein einfaches Abendessen reichte. Ellen bereitete einen Pizzateig vor, der noch eine Weile gehen musste, und sie ließen es sich mit Kaffee und isländischem Gebäck in Ellens gemütlicher Küche gut gehen. Katharina hatte sich auf die Bank gekuschelt und die Füße hochgelegt, eine Decke über den Beinen, sie plauderten über Gott und die Welt. Draußen zogen weißgraue Wolken über den Himmel, ließen hin und wieder etwas Hellblau durchschimmern. Sie hatten Glück mit dem Wetter gehabt, doch Frühling war anders in Island als zu Hause. Wenn es in Deutschland schon sehr warme Tage gab, die Bäume bereits in frischem Grün standen, zahlreiche Blumen ihre bunten Blüten der Sonne entgegenstreckten, war es hier noch ziemlich kahl. Damit muss man auch klarkommen, dachte Katharina.

»Wie ist es deiner Mutter ergangen, als sie nach Island gekommen ist?«, fragte sie Ellen.

Ellen nahm einen Schluck Kaffee, wirkte nachdenklich. »Ich weiß es eigentlich gar nicht«, antwortete sie nach einer Weile. »Es wird nicht immer leicht gewesen sein. Sie hat allerdings öfter erzählt, dass Island so vollkommen anders war als das, was sie kannte. Sie hat die Weite und die Freiheit sehr genossen, sie kam ja aus einer zerstörten Welt. Obwohl es auf dem Land damals noch sehr einfach zuging, schien ihr Island als ein Ort, an dem alles möglich war.« Sie lächelte. »Irgendwie verrückt.«

»Und doch verständlich«, murmelte Bärbel.

In dem Moment fuhr der silberne SUV vor, kurz darauf wurde die Küchentür aufgestoßen, und ein sichtlich verstörter Einar kam hereingestolpert. Er fuhr sich durchs Haar, sah sich um, wirkte gehetzt.

»Mama, wir müssen reden«, sagte er ohne eine Begrüßung zu seiner Mutter. »Jórunn hat sich gemeldet. Sie will, dass ich den Hof ihrer Mutter verkaufe.«

»Dann komm!« Ellen stand auf und ging zur Tür.

Beim Hinausgehen nickte Einar ihnen zu, für einen Sekundenbruchteil blieb sein Blick an Katharina hängen. Er runzelte die Stirn, fuhr sich erneut fahrig durchs Haar und wirkte so verletzlich, dass sie ihn am liebsten in die Arme genommen und getröstet hätte. Seine sensible Art weckte etwas in ihr, einen Schutzinstinkt.

Oder mehr …

Sie räusperte sich, erhob sich von der Sitzbank und knete den Pizzateig noch einmal durch. Sie brauchte jetzt etwas zu tun.

Ellen kam nach einer Weile ohne Einar zurück. »Er ist bei den Pferden«, erklärte sie entschuldigend. »Es ist schrecklich mit ansehen zu müssen, wie sehr ihn alles, was mit Jórunn zu tun hat, noch immer völlig aus der Bahn wirft.«

Sie ließ sich auf einen Stuhl sinken, griff nach ihrer Tasse und schenkte sich Kaffee nach.

»Möchte er allein sein?«, fragte Katharina zögerlich.

Sie spürte, dass sie möglicherweise einen Fehler machte, sich in eine kaum abschätzbare Situation brachte. Ich sollte es lassen, dachte sie, Einar muss allein damit klarkommen. Und doch konnte sie nicht anders.

Ellen schaute sie ahnungslos an. »Ich denke, er könnte Ablenkung gut gebrauchen.« Sie lächelte dankbar. »Vielleicht könnt ihr ja noch einen kleinen Ausritt vor dem Abendessen machen.«

Katharina fühlte sich schlecht. Sie wollte bei Einar sein. Nichts wollte sie in diesem Moment mehr als das. Sie nickte, wusch sich die Hände und ging zur Tür, doch sobald sie das Haus verlassen hatte und Einar entdeckte, der am See bei Smári stand, den Kopf an dessen Hals gelehnt und ihn liebevoll unter der blonden Mähne kraulend, tat ihr Herz einen Satz, war das Prickeln auf ihrer Haut wieder da. Und als Einar aufsah und lächelte, als er sie auf sich zukommen sah, da verliehen ihr die Schmetterlinge im Bauch Flügel, und alle mahnenden Stimmen verstummten von jetzt auf gleich.

»Geht's dir etwas besser?«, fragte sie und stand ihm unschlüssig gegenüber.

»Isländische Männer reden eigentlich nicht so gerne über ihre Gefühle«, entgegnete er und tätschelte Smári den Hals.

»Du bist vielleicht eine Ausnahme …«

Einar grinste schief. »Scheint mir auch so. Ich konnte nie gut verbergen, was in mir vorgeht. Jedenfalls nicht vor meiner Familie.«

Katharina fühlte sich geschmeichelt, offenbar sah er sie

schon als dazugehörig an. »Ich auch nicht.« Sie dachte an ihre Kinder, deren aktuelle Stimmungen sie allein an einem Naserümpfen oder Stirnrunzeln ausmachen konnte. »Vielleicht ist das einfach so in Familien.«

»Ich glaube nicht. Stella jedenfalls meint immer, ich sei wie ein offenes Buch.«

»Sie ist ganz anders als du.« Es war mehr eine Feststellung als eine Frage, doch Einar nickte. »Sie hätte es am liebsten, wenn du und Jórunn, wenn ihr zusammengeblieben wärt, oder?«

»Pfff«, machte Einar. »Ich damals auch. Aber es sollte nicht sein, und jetzt ist es auch mal gut.« Er strich Smári über den Rücken. »Ich wünschte nur, sie würden mich alle einfach mal in Ruhe lassen. Jórunn vor allem, aber auch meine Schwester. Was soll das, dass sie sich jetzt bei mir meldet, damit ich den Hof ihrer Mutter verkaufe?«

»Na ja, du bist Immobilienmakler.«

»Da gibt es doch genügend andere, die das erledigen könnten.«

»Wahrscheinlich kennt sie sonst keinen so gut. Und dir vertraut sie vermutlich.«

Eigentlich stand ihr nichts ferner, als ausgerechnet diese Jórunn zu verteidigen. Die sie nicht leiden konnte, ohne sie zu kennen. Aber dies war einfach die logische Erklärung.

»Und dann erzählt sie mir nebenbei noch, dass sie schwanger ist.«

»Oh.«

»Mit mir wollte sie keine Kinder, aber mit ihrem neuen Typen geht das.«

Er kniff die Lippen zusammen. Es war mehr als deutlich, dass der Stachel noch immer tief in ihm saß.

»Das tut mir leid.« Intuitiv fasste sie Einar am Oberarm. Die Art und Weise, wie er sie daraufhin ansah, durchzuckte sie wie ein Blitz. Ihre Stimme klang belegt, als sie fragte: »Sollen wir noch einen kleinen Ausritt machen vor dem Essen?«

Einar nickte. »Gerne. Und morgen nehme ich mir frei und zeige dir Island von einer ganz besonderen Seite. Lass uns ins Hochland fahren.«

Allein?

»Meinst du, unsere Mütter …«

Einar lachte. »Auf eine anstrengende Hochlandtour haben sie bestimmt keine Lust.«

Die Art, wie Einar das sagte, und die Aussicht darauf, einen Tag mit ihm allein zu verbringen, jagte einen heißkalten Schauer durch ihren Körper.

»Aber ist es für das Hochland nicht zu früh im Jahr?«, fragte sie.

»Keine Angst, das, was ich dir zeigen möchte, ist auch jetzt schon gut zu erreichen«, erwiderte er. »Zumal wir einen ziemlich milden Winter hatten.«

»Klingt gut!«

Einar war über Nacht geblieben, hatte in Stellas Wohnzimmer auf der Couch geschlafen, seine Schwester war später am Abend nach Hause gekommen. Wie zu erwarten gewesen war, waren Ellen und Bärbel nicht von der Idee einer anstrengenden Wandertour angetan – schon gar nicht zu dieser Jahreszeit. Sie nahmen sich vor, einen kleineren Ausflug zu machen und es sich gut gehen zu lassen. Sie überlegte, ob sie sich mehr um ihre Mutter kümmern, mehr bei ihr sein sollte. Schließlich war dies ihre gemeinsame Reise. Doch Bärbel war in den vergangenen Tagen regelrecht aufgeblüht, sie brauchte sie augenscheinlich nicht. Ihre Augen funkelten vor Unternehmungslust, sie wirkte zufrieden und ausgeglichen und unterhielt sich angeregt mit allen, sogar mit Stella.

Katharina war heilfroh, dass Stella am Vormittag wieder eine Fahrt mit einer Reisegruppe hatte, sodass sie nicht mit ihr und Einar mitkommen konnte. Sie hatte sich allerdings nicht verkneifen können, wiederholt darauf hinzuweisen, dass die allermeisten Hochlandstraßen um diese Jahreszeit noch gesperrt waren, als Einar erklärte, was er vorhatte. Er wollte ihr die drei Wasserfälle Hjálparfoss, Granni und Háifoss zeigen und das Wikingergehöft Stöng besuchen, das 1104 bei einem Ausbruch der Hekla begraben worden war. »Die Route ist akzeptabel«, hatte Stella letztlich zugeben müssen.

Ihr Bruder hatte auf ihr besserwisserisches Gehabe ohnehin nicht mehr reagiert.

Einar wartete schon an seinem Wagen, als sie nach dem Frühstück mit Rucksack und Wanderstiefeln in der Hand aus dem Haus kam. Katharina freute sich auf die Tour, konnte aber schlecht einschätzen, wie schwierig sie tatsächlich werden würde. Einar zwinkerte ihr fröhlich zu und öffnete galant die Beifahrertür.

Sie stiegen ins Auto und fuhren den kleinen Hügel, auf dem sich Guðmundarstaðir befand, hinunter. Anstatt die Richtung zur Ringstraße einzuschlagen, hielten sie sich links, ließen das Gehöft und die beiden Seen hinter sich. Katharina erhaschte einen kurzen Blick auf den Trampelpfad, der zur heißen Quelle führte und nun einsam und ruhig dalag. Schweigend beobachtete sie, wie die Landschaft an ihnen vorbeirauschte. Irgendwann führte die

Straße an einem Fluss entlang, in der Ferne sah sie den schneebedeckten Gipfel eines Berges.

»Die Hekla«, erklärte Einar. »Im Isländischen sind die Vulkane weiblich, das habt ihr sicher schon mitbekommen.« Er grinste wie so oft, und sie nickte. »Jedenfalls geht es dahinter zu den Landmannalaugar, einem beliebten Wandergebiet. Übersetzt heißt Landmannalaugar in etwa warme Quellen der Leute vom Land, und da gibt es eine Menge zu sehen. Die Landschaft ist traumhaft, gilt als eine der schönsten Gegenden Islands. Vom Vulkan Bláhnúkur hat man eine fantastische Aussicht, es gibt zahlreiche Wanderwege. Man könnte zum Beispiel zur Brennisteinsalda wandern, das ist ebenfalls ein Vulkan, dessen Hänge aufgrund des Gesteins in den schönsten Farben leuchten. Man kann ein Obsidian-Lavafeld begehen und an Fumarolen vorbeimarschieren. Oder wir könnten die Landmannahellir, die Höhle der Leute vom Land, besichtigen.«

»Das klingt alles großartig«, sagte Katharina schwärmerisch und malte sich aus, wie sie mit Einar durch die einsame, karge Landschaft wandern würde.

»Wenn du magst, können wir das nachher noch machen. Die Tour zu den Wasserfällen wird nicht länger als den Vormittag dauern.«

»Sehr gerne.« Katharina freute sich auf den ereignisreichen Tag. Sie würde jedes Detail in sich aufsaugen.

Sie begannen am Hjálparfoss, folgten dann einer Schotterstraße zum Nachbau des Wikingergehöfts, das sehr interessant war. Sie schoss unzählige Fotos, die sie gleich an ihre Mutter und ihre Familie zu Hause schickte. Von Stöng folgten sie der Piste weiter und machten einen Abstecher zur Schlucht Gjáin, durch die sich malerisch der Fluss Rauðá schlängelte. Er ergoss sich in mehreren kleineren Wasserfällen über Stufen in die Tiefe.

Katharina konnte sich nicht sattsehen, und auch Einar, der bestimmt schon einige Male an dieser Stelle gestanden hatte, wurde ganz ruhig.

»Es ist unglaublich schön«, sagte sie beeindruckt. »Wie ein kleines Paradies inmitten dieser kargen Lavawüste.«

»Ich habe nicht zu viel versprochen, oder?«

»Nein, absolut nicht.«

»Sollen wir in die Schlucht hinuntergehen?«

»Ja.«

Es war ein stellenweise sehr steiler Abstieg, und sie war froh, dass es nicht regnete. Der Weg war zwar angelegt, aber die Stufen waren uneben, auf dem Erdboden konnte man leicht ausrutschen. Unten im Tal liefen sie auf einem schmalen Pfad am Fluss entlang, der vom Wasserfall gespeist wurde, immer dem Rauschen nach. Katharina dachte an Hannes und Matteo, und dass sie sich hier ständig Sorgen machen würde, dass sie abrutschen und ins Wasser fallen könnten, wären sie dabei. Es gab ein paar erhöhte Stufen, Einar reichte ihr die Hand, die sie dankbar ergriff. Sie war warm und weich, und er hielt sie den Bruchteil einer Sekunde zu lange fest. Verlegen sah sie zur Seite. Zum Glück hatten sie beide zum Schutz vor der hochspritzenden Gischt ihre Regenjacken übergeworfen und die Kapuzen tief ins Gesicht gezogen, sodass sie einander nicht in die Augen sehen konnten.

Eine Weile später standen sie direkt vor dem Gjárfoss, der oben durch einen Felsen geteilt wurde, bevor sich die beiden Ströme wieder vereinten und in einen kleinen Tümpel rauschten, wobei die umliegenden Felsen mit einem hauchzarten Feuchtigkeitsfilm überzogen und zum

Glänzen gebracht wurden. Als die Sonne hinter ihnen für einen Moment aus den blassgrauen Wolken hervorlugte, bildete sich ein Regenbogen. Es war einfach umwerfend. Katharina fehlten die Worte.

»Sieh mal, jetzt erscheint sogar ein zweiter Regenbogen«, sagte Einar.

»Es ist wundervoll. Unglaublich«, flüsterte sie, schob die Kapuze ein Stück nach hinten, um besser sehen zu können. Es war ihr ganz egal, dass ihre Haare feucht wurden, ihre Wangen und Lippen waren es längst.

Als ob Einar spürte, wie gerührt sie war, legte er ihr einen Arm um die Schultern. Es fühlte sich vollkommen natürlich an, harmlos, freundschaftlich, und sie lehnte sich an seine Schulter, genoss den Fels in der Brandung, der er für sie in diesem Moment war. Sie blieben eine Weile so stehen, rührten sich nicht, aus Angst vor dem, was passieren oder auch zerstört werden könnte. Doch es war offensichtlich, dass sie vertraut miteinander waren. Katharina ließ sich berauschen und gab jeden Widerstand auf, als Einar sie zu sich umdrehte, vorsichtig seine Hände an ihre Wangen legte, sie ansah, wie um ihre Erlaubnis zu erbitten. Sie konnte nicht anders, ihr Körper war ein einziges Vibrieren, jede Faser war aufs Äußerste gespannt. Stumm nickte sie, öffnete leicht den Mund. Als ihre Lippen sich berührten, war es wie eine Explosion, die sie erfasste und mit sich riss. Sie war verloren. Sie schwelgte in den wilden, unkontrollierten Gefühlen, die sich in ihr ausbreiteten und die sie so unendlich lange nicht mehr gespürt hatte. Die Leidenschaft ist mir in unserer Ehe abhandengekommen, schoss es ihr durch den Kopf. Warum ist es mit Tobias nicht mehr so?

Tobias!

Erschrocken zuckte sie zurück. Was tat sie hier bloß?

»Lass uns zurückgehen«, sagte sie leise, wartete nicht auf eine Antwort, sondern ging schnell voraus.

Tränen traten ihr in die Augen, die sie hastig wegwischte. Tobias, was tat sie ihm an? In ihrem Rücken spürte sie, wie Einar mit etwas Abstand nachkam. Sie beschleunigte ihre Schritte, bis sie am Parkplatz angelangt waren, sprachen sie kein Wort mehr. Ebenso wortlos stiegen sie ins Auto ein, doch Einar ließ den Motor nicht an.

»Es tut mir leid«, sagte er schließlich. »Ich weiß nicht, was über mich gekommen ist.« Voller Reue sah er sie an. »Du bist verheiratet, hast Kinder … Nichts liegt mir ferner, als das kaputt zu machen.«

Katharina war erleichtert. Sie mochte Einar, sehr sogar. Mehr als sie es sollte. Aber sie wollte auch nicht, dass etwas zwischen ihnen stand.

»Ich weiß nicht, was in mich gefahren ist.« Ihre Stimme war nur noch ein Flüstern. »Ich liebe meinen Mann, aber …« Sie zögerte. War es richtig, die Wahrheit zu sagen? Ja, beschloss sie. Sie musste selbst versuchen zu verstehen, was eben geschehen war. Und vielleicht gelang ihr das, wenn sie offen darüber sprach. »Aber ich glaube, ich habe mich auch in dich verliebt …« Sie schluckte, blickte betreten auf ihre Finger, drehte selbstvergessen ihren Ehering. »Du bist so ein wundervoller, sensibler Mensch. Ich weiß nicht, was hätte sein können, wenn wir uns früher über den Weg gelaufen wären …«

Einar legte seine Hand auf ihre, lächelte sie warm an, als sie aufschaute und sich ihre Blicke trafen. »Wir werden es nie erfahren. Es ist, wie es ist. Aber du bist eine besondere Frau, Kati. Und dein Mann kann sich glücklich schätzen, dich an seiner Seite zu haben.« Sie wollte etwas erwidern, doch Einar fragte: »Fahren wir zum Háifoss?«

Katharina nickte stumm. Auf der Fahrt sprachen sie kein Wort miteinander. Sie schämte sich und spürte doch, dass das Knistern zwischen ihnen trotz der Geständnisse noch da war. Betreten blickte sie aus dem Fenster, während Einar sich auf die Straße konzentrierte.

Die Strecke zum Háifoss war den Aufwand wert. Allein der Anblick über die umliegenden Täler, der sich ihnen schon vom Parkplatz aus bot, war phänomenal. Mit welcher Macht sich der dritthöchste Wasserfall Islands in die Tiefe ergoss! Und das Beeindruckendste: Ein paar Meter weiter, hinter einem Felsvorsprung, zeigte sich schon der nächste Wasserfall.

»Das ist der Granni«, erklärte Einar. »Das bedeutet auf Isländisch ›Nachbar‹.«

Katharina war regelrecht elektrisiert von all den Sehenswürdigkeiten. Ein Gefühl, das durch die Gegenwart Einars nicht gerade gemindert wurde. Sie atmete tief ein und aus und war froh, als sie den Rückweg antraten.

»Sollen wir jetzt noch nach Landmannalaugar fahren?«

Wir sollten nach Hause fahren, dachte sie, innerlich hin- und hergerissen. Aber ich möchte noch nicht …

»Gerne«, erwiderte sie schließlich.

»Vorher noch eine kleine Stärkung gefällig?«, fragte Einar betont beiläufig.

Katharina sah auf die Digitaluhr am Armaturenbrett, es war bereits nach zwei Uhr. Sie hatten sich doch länger an den Naturschauspielen aufgehalten als erwartet. Wie auf ein geheimes Zeichen knurrte ihr Magen. Einar lachte sein herzliches Lachen, und sie setzten sich auf eine Picknickbank am Parkplatz. Er holte eine Thermoskanne aus seinem Rucksack sowie zwei Becher und Brotdosen mit

Sandwiches, Gurken und Tomaten, sogar Trockenfisch mit Butter. Katharina hatte Äpfel, Kekse und zwei Wasserflaschen eingepackt. Sie griffen beide beherzt zu und ließen sich den Snack schmecken.

»Wie esse ich den Fisch?«, fragte sie, nachdem sie ihr Brot verschlungen hatte und sich die Finger an einer Serviette abwischte.

Einar zeigte es ihr. »Du schmierst etwas Butter darauf und kaust dann ein wenig darauf herum.«

Katharina versuchte es. »Ganz schön zäh«, meinte sie.

Einar lachte und schloss die Box mit dem Fisch wieder. »Den heben wir uns für später auf. Kann man gut beim Wandern essen, wenn man unterwegs Hunger bekommt.«

»Kann ich mir vorstellen«, erwiderte sie grinsend.

Plötzlich blickte Einar sie ernst an.

Es ist noch nicht vorbei.

Er empfand etwas für sie, das konnte sie ganz genau in seinen Augen erkennen. Verlegen sah er zu Boden.

»Es wird spät. Fahren wir besser weiter«, bemerkte sie rasch und packte ihre Sachen zusammen. Sie durfte nichts riskieren. Es durfte zu keinem weiteren Kuss kommen. Einar verstand und brachte die Rucksäcke ins Auto. »Wo lang geht es jetzt?«, fragte sie, als sie wieder im Wagen saßen.

Einar zog eine Karte aus dem Handschuhfach. »Wir sind jetzt hier«, er zeigte ihr die Stelle, an der der Háifoss lag. Sie entdeckte auch die anderen Orte, die sie besucht hatten. »Wir fahren jetzt ein Stück zurück, biegen dann aber von der 26 hier ab.«

Er zeigte auf eine kleine graue Straße, genau so eine wie die, auf der sie sich befanden. Eine Schotterstraße. Katharina nickte, doch dann fiel ihr etwas auf.

»Aber das ist eine F-Straße«, sagte sie.

Die waren doch normalerweise erst ab Juni geöffnet.

»Mach dir keinen Kopf. Es ist nur ein kleines Stück bis Landmannalaugar. Die Straße ist ganz ähnlich wie diese.«

»Ich dachte, man dürfte sie vor einem bestimmten Datum nicht befahren.«

»Man darf schon. Sie gelten nur als unpassierbar über den Winter. Man sollte sie nicht unbedingt befahren, wenn man sich nicht auskennt. Aber das tue ich ja.«

Katharina biss sich auf die Lippe. Wahrscheinlich hatte er recht, sicher kannte er sich hier gut aus. Doch noch etwas nagte an ihr, und sie konnte es sich einfach nicht verkneifen nachzufragen.

»Aber die Straße führt am Vulkan Hekla vorbei. Ist das nicht gefährlich? Ich hab gehört, dass ein Ausbruch überfällig ist.«

Einar sah sie schräg von der Seite an. »Bisher ist sie ruhig. Und ich weiß schon, was ich tue«, wiederholte er. »Entspann dich. Du willst das Hochland doch richtig kennenlernen, wenn du schon mal hier bist, oder?«

Mit einem Mal wirkte er wie verwandelt, enthusiastisch und risikofreudig, beinahe draufgängerisch.

»War das eben etwa noch kein Hochland? Oder das Hinterland von Guðmundarstaðir?«

Einar schmunzelte. »Das sind nur die Ausläufer.«

Katharina wollte kein Spielverderber sein, und sie vertraute Einar ja …

»Okay«, sagte sie, wenn auch nicht ganz überzeugt.

»Dann geht es jetzt weiter ins Hochland.« Einar fuhr die Schotterpiste zurück, auf der sie gekommen waren. Sie folgten eine Weile der schmalen, aber asphaltierten 26, die Katharina schon von der Hinfahrt kannte. Dann bog Einar ab auf eine weitere Schotterpiste. Er drosselte das Tempo ein wenig, sie wurden aber dennoch leicht hin und her geschüttelt. Intuitiv drückte Katharina sich tief in die bequemen Ledersitze, obwohl der SUV gut auf der Straße lag. Allerdings passierten sie nun ein kreischend gelbes dreieckiges Warnschild, das anzeigte, dass die Straße nur mit einem geländegängigen Fahrzeug zu nutzen war. Besorgt sah sie zu Einar hinüber, der ihren Blick mit einem Lachen quittierte. »Alles gut!«, erklärte er gelassen. »Die Bedingungen sind prima. Es hat wenig geregnet in letzter Zeit und schon lange nicht mehr geschneit. Was in anderen Jahren durchaus auch mal im Sommer vorkommen kann.«

»Aha.« Ihr wurde etwas unbehaglich zumute. Die schwarze, karge Lavaebene zog sich bis zu den Bergen rechts und vor ihnen, sie lag einsam, aber friedlich in der Sonne. Hin und wieder sah man eine zartgrüne Spur von Moos. Sie verstand, worin die Faszination Islands lag, was die Menschen mit ihrem turbulenten Alltag, der ständigen Reizüberflutung zu Hause, auf dieser abgeschiedenen Insel hoch im Norden suchten und an ihr liebten: Es war die Ruhe, die unendlich scheinende Weite, die Stille. Die wilde Schönheit. Freiheit und Frieden. Und doch: Die Natur hier war nicht friedlich, sie war roh und bedrohlich, davon zeugten unter anderem diese Lavafelder, die bei einem Ausbruch der Hekla vor vielleicht gar nicht so vielen Jahren entstanden waren. Die todbringenden Magmamassen hatten alles unter sich begraben, was vorher an dieser Stelle gewesen war. Island war ein einziges Pulverfass.

»Gleich werden wir übrigens furten.«

»Wie bitte? Wir fahren durch einen Fluss?«

»Na klar. Ich wette, das hast du noch nie in deinem Leben gemacht, stimmt's?«

»Das ist richtig.« Und eigentlich hatte sie es bisher auch nicht vermisst. Dann kam ihr ein Gedanke. »Hattest du die Idee, nach Landmannalaugar weiterzufahren, eigentlich von Anfang an?«

Einar sah sie verschwörerisch von der Seite an und grinste. »Ja.« Katharina fragte sich, was das zu bedeuten hatte, doch Einar sprach schon weiter, als hätte er die Frage in ihrem Gesicht lesen können. »Ich hatte keine Lust auf Stellas Meinung dazu. Sie hätte uns bestimmt einen ihrer berühmt-berüchtigten Vorträge gehalten.«

»Wieso? Ist es doch gefährlich?«

»Ach was. Wie gesagt, die Bedingungen sind optimal, die Straßen in gutem Zustand. Außerdem kenne ich die Gegend wie meine Westentasche.«

Sie konnte es nicht ändern, ihr wurde von Minute zu Minute mulmiger zumute. »Warum hätte uns deine Schwester dann einen Vortrag gehalten?«

Einar seufzte, bevor er antwortete. »Du hast sie doch erlebt. Weil sie halt alles besser weiß.« Es klang bitter, als er weitersprach. »Sie weiß, wo es den besten Fisch zu essen gibt, welche Trekkingschuhe die richtigen sind und welches Auto das geländegängigste ist. Und selbstverständlich weiß auch nur sie, was das Beste für *mich* ist.«

»Jórunn?« Einars verbissener Blick auf die Straße war Antwort genug. Sie fuhren um ein Wasserloch herum. »Will Stella euch wieder verkuppeln?«

»Am liebsten schon. Aber dabei hat sie vergessen, dass es ihre ach so großartige Freundin war, die mich hat sitzen lassen. Und dass eben diese fantastische Freundin es gewesen ist, die mir das Herz so dermaßen gebrochen hat, dass ich am liebsten gestorben wäre. Sie war die Frau meines Lebens. Und es war hart, wirklich hart. Die schlimmste Erfahrung, die ich je gemacht habe. Aber jetzt ist es wieder gut. Zum Glück. Und ich will mit dieser Frau nichts, aber auch gar nichts mehr zu tun haben. Ich will wieder nach vorne sehen. Und das kann ich jetzt auch endlich.« Er schaute kurz zu ihr herüber, sie reagierte, ohne nachzudenken. Ganz wie von selbst wanderte ihre Hand zu Einar, strich ihm sanft über das Haar, den Nacken, schließlich die Wange. Spürte, wie seine feinen Bartstoppeln an ihrer Handfläche kitzelten und wie sich seine Gesichtszüge entspannten. Einen kurzen Moment schloss er die Augen, lehnte seinen Kopf an ihre Hand. Bis er sich wieder auf die Straße konzentrierte und sie sie wegzog.

Ich muss das lassen. Ich spiele noch immer mit dem Feuer.

Sie waren einfach zu reizvoll – diese mitreißenden, aufregenden Empfindungen, die Einar in ihr auslöste und die sie eine solch lange Zeit nicht mehr gespürt hatte. Die verschüttet worden waren von zu viel Alltag, zu viel Stress, zu viel Routine. Die sich umgewandelt hatten in eine andere Form von Liebe. Eine Liebe, die unaufgeregt war, in der keine Schmetterlinge mehr flatterten, weil man mit seinem Partner vertraut war, alle Makel, Untiefen kannte, ebenso wie jeden Zentimeter vom Körper des anderen. Es gab keine Geheimnisse mehr, und das beruhigte einerseits, verdrängte aber andererseits die Leidenschaft, das Herzrasen, das man erlebte, wenn man frisch verliebt war. Die Liebe wandelte sich über die Jahre um in etwas, das wunderschön war, weil es viel tiefer ging. Aber es musste dennoch am Leben erhalten werden, damit es nicht unterging, das erkannte sie nun.

Es kam ihnen ein Auto entgegen, also so schlimm konnte es nicht sein, auf dieser angeblich unpassierbaren Straße zu fahren, oder? Sie beruhigte sich ein wenig. Im Schneckentempo krochen sie auf der schmalen Straße aneinander vorbei, die Beifahrerin winkte ihnen zu.

Wie unangenehm …

Peinlich berührt wandte Katharina den Blick ab, betrachtete die Hekla neben sich, deren schneebedeckter Gipfel nun von Wolken umgeben war. Ein Abzweig führte direkt zu ihr, doch sie folgten der Piste weiter geradeaus, die immer enger zu werden schien. Nachdem sie eine kleine Anhöhe passierten, befanden sie sich plötzlich zwischen den Bergen, die sie anfangs nur aus der Ferne gesehen hatten. Ein Ausweichen wäre unmöglich, sollte ihnen erneut ein Auto entgegenkommen. Eine Wolke zog vor die Sonne, verdunkelte sie und ließ die Szenerie in einem gespenstisch wirkenden Zwielicht erscheinen. Sie fuhren weiter an plötzlich rötlich schimmernden Hügeln und mit weißen Flechten überzogenen Felshaufen, die beinahe wie Männchen aussahen. Oder Trolle. Das *huldufólk*.

»Man kann sich vorstellen, wie die nachts erwachen und durch die Gegend laufen«, meinte Katharina in bemüht leichtem Ton.

»Es ist einzigartig, nicht?«

»Ja.«

Einar nickte zufrieden und sah wieder konzentriert auf die Straße. Täuschte sie sich, oder hatte er gerade einen kritischen Blick zum Himmel geworfen? Es war tatsächlich dunkler um sie herum geworden, der Himmel hatte sich in der letzten halben Stunde so sehr bewölkt, dass die Sonne keine Chance mehr hatte. Beinahe ebenso unbemerkt hatten sie sich einer Hügelkette genähert, deren Gipfel verschneit waren.

Und dann lag sie direkt vor ihnen: die Furt, von der Einar gesprochen hatte. Der Fluss, der seit einer Weile immer wieder neben ihnen her mäandert war, fächerte sich in ein breites Delta auf und versperrte ihnen die Weiterfahrt. Ein Pfeil zeigte nach rechts, wo der Fluss allerdings besonders breit erschien, erst etwa hundert Meter entfernt konnte Katharina das gegenüberliegende, sichere Ufer und die Fortsetzung der Schotterpiste ausmachen. Ein weiterer Pfeil wies nach links, wo das Gewässer schmaler war und über eine Stufe plätscherte. Diese Route wirkte vertrauenerweckender, da sie kürzer war.

»Möchtest du erst zu der Höhle oder Wandern bei den Vulkanen?«

»Die Höhle ist über den linken Weg zu erreichen?«

Einar nickte. »Können wir aber auch auf dem Rückweg machen. Ganz, wie du magst.«

»Gerne erst zur Höhle.«

Eine kleine Furt reichte schließlich für den Anfang erst mal aus. Sozusagen zum Eingewöhnen.

Einar fuhr an, suchte die richtige Stelle und leitete den SUV sachte ins Wasser. Es war eine spannende Erfahrung, und Katharina freute sich darauf, ihren Lieben zu Hause nachher davon zu berichten. Im selben Augenblick begann es zu regnen. Zunächst tröpfelte es nur ein wenig auf die Windschutzscheibe, und sie vermutete zunächst, dass es sich um Wasser aus dem Fluss handelte, das hochspritzte, doch dann platschten von jetzt auf gleich dicke Tropfen auf das Autodach. Erleichtert registrierte Katharina, dass sie die andere Uferseite erreichten, nur stand ihnen noch ein zweiter Flussarm bevor, den sie vorher nicht gesehen hatte. Es regnete mittlerweile in Strömen, und sie befanden sich auf einer kleinen Erhebung zwischen zwei Flussläufen … Instinktiv klammerte sich Katharina an die Armlehnen, während Einar scheinbar ruhig ansetzte, auch die nächste Furt zu durchqueren, doch sein Gesicht hatte einen ernsten Zug angenommen, was alles andere als beruhigend wirkte.

»Sollen wir umkehren?«, fragte sie mehr, um überhaupt etwas zu sagen, als dass sie es wirklich für sinnvoll hielt.

»Nein«, entgegnete Einar harsch. »Wir können nicht auf diesem Inselchen hier wenden. Dann bleiben wir stecken. Es hilft nichts, wir müssen weiterfahren.« Er bemerkte wohl, dass seine scharfe Reaktion sie getroffen hatte und ergänzte etwas sanfter: »Bei der Landmannahellir kann man sich unterstellen. Es gibt dort sogar Hütten, vielleicht ist eine geöffnet. Wir werden den Wolkenbruch einfach abwarten.«

Katharina glaubte kaum, dass eine Hütte an einer noch für den Winter gesperrten Straße offen haben würde, verkniff sich jedoch in Anbetracht der angespannten Stimmung lieber jeglichen Kommentar. In ihren Ohren rauschte es vom Regen, der Fluss donnerte in seinem Bett vor ihnen, und beides vermischte sich zu einer grässlichen Kakophonie, die sie am ganzen Körper frösteln ließ. In Fahrtrichtung konnte Katharina praktisch gar nichts sehen, obwohl die Scheibenwischer hektisch hin- und herliefen, aus dem Seitenfenster immerhin die Silhouette der Berge. Einar ging es offenbar ebenso, denn er ließ sein Fenster herunter und steckte den Kopf nach draußen, um die Furt zu finden. Sein Haar war innerhalb weniger Sekunden klatschnass, Rinnsale liefen an seinen Wangen und den Hals hinunter, befeuchteten seinen Hemdkragen. Der Regen, nun vermischt mit Schneegriesel, prasselte unerbittlich ins Wageninnere. Langsam und vorsichtig steuerte Einar den SUV auf den Fluss zu, wobei er sich so weit wie möglich aus dem Fenster lehnte, um überhaupt etwas erkennen zu können. Dass sie im Wasser waren, bemerkte Katharina am Vibrieren des Wagenbodens. Nur wenige Minuten zuvor war der Fluss friedlich dahingeplätschert, nun glich er einem reißenden Strom! Plötzlich knallte etwas gegen das Chassis, vor Schreck erstarrten sie beide. Katharina stieß einen unterdrückten Schrei aus, im selben Augenblick ging der Motor aus.

»Nur ein Ast«, bemerkte Einar. »Ist von der Strömung mitgetrieben worden.« Er versuchte, den Motor wieder anzulassen, doch der gab nur ein klägliches Röcheln von sich, bevor er ganz erstarb. »Verdammt«, fluchte er und versuchte es erneut.

Nichts. Und sie standen mitten im Fluss.

»Was ist los?« Katharina bekam es mit der Angst zu tun.

»Der Motor hat Wasser angesaugt. Ist vielleicht hin.« Er drehte den Zündschlüssel ein weiteres Mal. Es passierte nichts. Sie befanden sich in einer lebensbedrohlichen Situation, so viel war sicher. »Verfluchter Mist.«

»Was machen wir jetzt?«, fragte sie atemlos.

»Wir könnten über die Fenster aussteigen und ans Ufer waten …«

»Du meinst, dass wir bei strömendem Regen durchs eiskalte Wasser laufen sollen?«

»Nein. Die Alternative wäre, im Auto sitzen zu bleiben und auf Hilfe zu warten. Das wäre vermutlich das Sinnvollste.« Er zuckte mit den Schultern.

»Hilfe, ja … Vielleicht sollten wir den ADAC anrufen oder wie auch immer das in Island heißt.«

Einars Untätigkeit begann Katharina zunehmend zu nerven. Tobias wüsste, was zu tun wäre, schoss es ihr durch den Kopf. Und selbst wenn nicht, würde er merken, dass ich Angst habe und mich in die Arme nehmen. Plötzlich kamen ihr längst vergessen geglaubte Erinnerungen in den Sinn. Wie sie auf ihrer Hochzeitsreise auf den Malediven eine Schlange im Zimmer gehabt hatten und Tobias gleich erkannt hatte, dass es sich um eine ungefährliche Wolfzahnnatter handelte. Er hatte sie nach draußen geschickt und dann dafür gesorgt, dass die Schlange zurück in ihren natürlichen Lebensraum fand. Wie auch immer er das bewerkstelligt hatte. Oder als sie mit einer Grippe zwei Wochen lang mehr oder minder apathisch das Bett gehütet hatte und er sie mit Medikamenten und Hühnersuppe versorgt, Fieber gemessen und Händchen gehalten sowie den Alltag mit Job und Kindern gemanagt hatte. Und wie er ihr bei den Entbindungen der Jungs beigestanden hatte. Er war ihr keine Minute von der Seite gewichen, hatte ihr sanft den Kopf gestreichelt, gemeinsam mit ihr geatmet und immer wieder Mut zugesprochen. Auch in der Zeit danach war er bei ihr gewesen, hatte ihr gezeigt, dass er sie als Mutter seiner Kinder bewunderte und als Frau weiterhin begehrte. Es war eine anstrengende Zeit gewesen, eigentlich noch viel schwieriger als jetzt, da Matteo und Hannes zumindest aus dem Gröbsten raus waren. Völlig fertig vor Übermüdung und Überforderung hatten sie sich oft gestritten und waren doch ein gutes Team geblieben. Wie sehr wünschte Katharina sich in diesem Augenblick Tobias an ihrer Seite!

Einar antwortete nicht auf ihren Vorschlag, trommelte nur mit den Fingern aufs Lenkrad. Wahrscheinlich konnten sie niemanden anrufen, jedenfalls keine offizielle Stelle. Was würde die Versicherung dazu sagen?

Schließlich zog Einar sein Handy hervor.

»Wen rufst du an?«

»Stella«, antwortete er schmallippig.

Seine Schwester anzurufen, musste ihn große Überwindung kosten. Katharina konnte sich vorstellen, dass sie nicht mit Vorhaltungen sparen würde. Sie lauschte dem Freizeichen, hörte wie Stella abnahm und Einar ihr – vermutlich – die Situation erklärte. Sie unterhielten sich logischerweise auf Isländisch, sodass sie nichts verstand. Es herrschte ein längeres Schweigen, bevor Stella antwortete. Ihre Stimme klang gefährlich bedächtig – wie die Ruhe vor dem Sturm.

»Und?«, fragte Katharina als Einar geendet hatte und nichts sagte.

Er sah sie nicht an, blickte stur gegen die Windschutzscheibe, an der noch immer Wassermassen hinunterliefen.

»Sie kommt mit Gísli. Der hat einen Hummer und kann uns rausziehen. Und bevor du fragst: Wir sollen im Auto sitzen bleiben.«

Mit einem Mal fand Katharina Einar gar nicht mehr so attraktiv. Gut aussehend, sympathisch, ja, aber auch er hatte offenbar seine Fehler. Es ging im Leben wohl darum, jemanden zu finden, mit dessen Macken man leben konnte, die idealerweise den eigenen ähnlich waren. Und das war bei ihr und Tobias der Fall.

Wie hatte sie jemals an ihnen beiden zweifeln können?

Gísli kam mit schwerem Gerät. Mit dem Hummer zog er problemlos Einars Wagen aus dem Schlamm. Der Regen hatte nachgelassen, friedlich lag die Ebene vor ihnen, der Fluss schien kein Wässerchen trüben zu können. Gísli schleppte den SUV zurück bis zur asphaltierten Straße, wohin ein Kumpel von ihm mit einem Abschleppwagen kam, der Einars Wagen in eine Werkstatt bringen würde. Es blieb abzuwarten, inwieweit der Motor Schaden genommen hatte. Gísli blieb während der gesamten Rettungsaktion wortkarg, wohingegen es aus Stella, in deren Jeep sie nun alle drei saßen, herausplatzte.

»Wie kannst du nur Anfang Mai auf eine Hochlandstraße fahren?«, fauchte sie ihren Bruder an. »Und hast du den Wetterbericht nicht angesehen? Ich erzähle all meinen Touris, wie wichtig das ist, und mein eigener Bruder hält sich nicht dran.« Fassungslos schüttelte sie den Kopf. »In den Bergen schmilzt der Schnee, die Flüsse führen also sehr viel mehr Wasser als sonst. Dazu der angesagte Regenguss …« Sie schnaubte.

»Nun reg dich ab«, widersprach Einar genervt. »Wir hatten einfach Pech. Vorher lief alles gut.«

»Ihr hattet einfach Pech? Dass ich nicht lache! Du wolltest doch bloß …«

Stella sah in den Rückspiegel zu ihr, sie saß auf der hinteren Bank. Es war klar, dass Einars Schwester etwas über sie hatte sagen wollen. Betreten starrte Katharina aus dem Fenster, während Stella ihren Satz auf Isländisch fortsetzte. Ein ärgerlich klingender Wortwechsel entbrannte zwischen Einar und Stella, von dem sie rein gar nichts verstand und an dessen Ende sich ein angespanntes Schweigen ausbreitete, das bis zum Ende der Fahrt andauerte.

Als sie in den Hof von Guðmundarstaðir fuhren, stand dort neben den Autos von Dagur und Ellen noch ein weiterer Wagen, aus dem just in diesem Moment eine schwangere Frau stieg. Ihr langes dunkelblondes Haar wehte im Wind. Zu einem schlichten roten Kleid, das sich über ihrem runden Bauch spannte, trug sie eine schwarze Lederjacke. Katharina ahnte, um wen es sich handelte. Sie hatte sich Einars Ex vollkommen anders vorgestellt, wobei sie nicht hätte sagen können, wie. Vielleicht weniger … auffällig. Das passte irgendwie nicht zu Einar. Andererseits wirkte Jórunn genau wie der Typ Frau, dem Männer verfielen.

»Jórunn«, stellte Stella sie unnötigerweise vor, und es klang sehr zufrieden.

Katharina fragte sich, ob Stella dieses Treffen arrangiert hatte. Aber wenn ja, aus welchem Grund? Ihre Freundin hatte doch einen Neuen, mit dem sie sogar ein Kind erwartete. Ein deutlicheres Zeichen dafür, dass sie mit ihrer alten Liebe Einar abgeschlossen hatte, gab es ja wohl kaum, oder?

»Einar …« Jórunn hatte eine Reibeisenstimme, die Katharina nicht erwartet hätte. Sie lief auf ihren Ex zu.

Einar wirkte verdattert, verstört, wenn nicht sogar verärgert. Doch seine Züge lösten sich, als Jórunn ihm sanft über die Wange strich und auf Isländisch auf ihn einredete.

»Sie hat endlich erkannt, was sie an meinem Bruder hatte.« Stella lächelte selbstgefällig. »Endlich kommt wieder zusammen, was zusammengehört.« Katharina fühlte eine Hand im Rücken. Stella schob sie vor sich her ins Haus. »Wir sollten die beiden allein lassen.«

Juni 1950

Die Sonne ließ sich zaghaft durch das Wolkendickicht blicken, um an diesem besonderen Tag die kleine weiß getünchte Kapelle im Nachbarort erstrahlen zu lassen.

Stolz und überglücklich lief Ulrike bei Lore eingehakt über den sandigen Weg, vorbei an den Bewohnern der umliegenden Höfe, die ihnen wohlwollend zunickten oder ein freundliches Lächeln schenkten. Alle hatten sie die mehr oder weniger beschwerliche Anreise auf sich genommen, hatten die Arbeit liegen lassen, um Yngvi und Ulrike sowie Lore und Jón an ihrem großen Tag zu begleiten. Grímurs Freund Haukur war mit einem Großteil seiner riesigen Familie gekommen, darunter seine Schwester Birta aus Reykjavík mit ihrem Mann sowie Ava und Ragnar mit den drei Kindern. Fröhlich winkten sie den Bräuten zu. Die weiteste Anreise hatten Jóns Verwandte gehabt, sie kamen von einem Hof im Norden. Seine Eltern lebten nicht mehr, und so waren zwei Onkel, eine Tante und zwei Cousinen an seiner Seite. Einen Wermutstropfen gab es, denn leider konnte Ulrikes Mutter mit den Geschwistern nicht dabei sein, die Schiffsüberfahrt wäre für sie unerschwinglich gewesen. Sie musste sich auch um das gerade wieder im Aufbau befindliche Geschäft kümmern, hatte aber versprochen, jeden Pfennig zu sparen, um ihre Tochter baldmöglichst auf der fernen Insel besuchen zu kommen.

Weil es keine Väter mehr gab und keine sonstigen Verwandten vonseiten der Bräute, würden Lore und Ulrike gemeinsam in die Kirche schreiten. Die beiden Männer warteten bereits drinnen, die anderen Gäste begaben sich nun ebenfalls ins Innere.

Lore zwinkerte ihr zu. »Jetzt tun wir es also.«

Ulrike lächelte zurück und erinnerte sich an ihr Gespräch vom Vortag.

»Bist du glücklich?«, hatte Lore sie gefragt, als sie sich in ihr Bett gekuschelt hatten. Jón und Yngvi waren bei Haukur untergebracht worden.

»Ja«, hatte sie mit dem Brustton der Überzeugung geantwortet und war sich noch nie einer Sache so sicher gewesen. »Und du?«, hatte sie unbekümmert zurückgefragt, es jedoch gleich bereut, weil die Freundin zögerte. »Aber du liebst Jón doch?«

»Lieben? Was bedeutet das schon? Jemanden zu lieben bedeutet, sich das Herz rausreißen zu lassen, wenn ihm etwas zustößt. Jemanden zu lieben bedeutet, angreifbar zu sein, verwundbar.« Sie hatte mit leerem Blick aus dem Fenster gesehen. »Ehrlich gesagt glaube ich nicht, dass ich jemals wieder jemanden lieben werde. So, wie ich meine Eltern geliebt habe oder meine Geschwister. Meine Heimat, unser Zuhause. Lieben ist zu gefährlich.« Sie hatte zu ihr gesehen, ein Lächeln versucht. »Aber ich mag Jón. Er ist nett, freundlich. Ich werde es gut bei ihm haben, da bin ich mir sicher. Besser als irgendwo sonst. Und dieses Land, es ist … friedlich. Alle sind nett zu mir. Ich kann bei Ragnar und Ava weiterarbeiten, bis das Kind kommt, sogar danach, haben sie gesagt. Aber vielleicht finden wir etwas anderes. Jón überlegt, die Schifffahrt an den Nagel zu hängen und in einer Fischfabrik anzufangen. Möglicherweise gehen wir auch zu seinen Verwandten nach Akureyri. Wobei ich lieber in Reykjavík bleiben würde.« Sie hatte mit den Schultern gezuckt. »Wir werden sehen.«

Es hatte alles so rational geklungen, was Lore gesagt hatte. Ganz anders als das, was sie für Yngvi empfand, ihre Beziehung war viel romantischer. Und ein bisschen hatte Jón ihr leidgetan, denn es war offensichtlich, dass er bis über beide Ohren in ihre Freundin verliebt war. Aber das, was Lore in ihm sah, war wohl das Beste, was sie zu geben imstande war.

»Lass uns gehen«, sagte Ulrike.

Die Orgel erklang, und sie schritten in die Kirche. Lore sah wunderschön aus in ihrem hellen, geblümten Sommerkleid, die dunklen Haare kunstvoll um den Kopf geflochten. In den Händen hielt sie einen Strauß aus Wiesenblumen. Ulrike hatte sich für blauviolette Lupinen entschieden. Sie trug das Brautkleid von Aldís, ein schmal geschnittenes Kleid aus weißem Baumwollstoff mit kunstvoll gestickter Spitze am Leibchen und den Ärmelbündchen. Ihre Mutter hatte es ihr genäht, als Aldís Arnar von Guðmundarstaðir geheiratet hatte. Ulrike hatte diese Geste sehr gerührt. Das Kleid war ein wenig zu kurz gewesen, doch sie hatten an den Seiten etwas Stoff herausgeschnitten und unten angenäht, weil sie schmaler als Aldís war. Unwillkürlich kamen ihr die Tränen.

Yngvi stand in seinem Sonntagsjackett und seiner einzigen noch nicht geflickten Hose vor dem Altar und sah sie an mit einem Blick, der von endloser Liebe sprach, von Bewunderung, Vertrauen, unermesslicher Freude und Hoffnung. Ulrike wusste, dass sie das Richtige tat. Ihn liebte sie mehr als sich selbst, mit Yngvi wollte sie alt werden. Sie konnte kaum die Augen von ihm abwenden. Aus den Augenwinkeln sah sie Jón in seiner schmucken Matrosenuniform, Lore stellte sich neben ihn. Sie trat neben Yngvi und fühlte sich mit einem Schlag sicherer.

Hinter ihnen setzten sich die Gäste, und Hallgrím, der Pfarrer, sagte ein paar Worte, von denen Ulrike nur die Hälfte mitbekam, dann kam der große Moment für Lore und Jón.

»Jón Ólafur Gunnarsson«, donnerte Hallgríms Stimme durch die Kapelle, »willst du Eleonore von Schwanitz«, er hatte Mühe, den für Isländer ungewöhnlichen Nachnamen auszusprechen, »die dir Gott anvertraut, als deine Ehefrau annehmen, sie lieben und ehren, Freud und Leid mit ihr teilen und ihr die Treue halten, solange ihr lebt, so antworte: Ja, mit Gottes Hilfe.«

Ulrike bemerkte, wie Jón Lores Hand fest drückte, als er mit vor Rührung zittriger Stimme sagte: »Ja, mit Gottes Hilfe.«

»Und willst auch du, weit gereiste Eleonore«, der alte Hallgrím ersparte sich dieses Mal den schwierigen Nachnamen, was bei Ulrike ein Kichern verursachte, das sich nur schwer unterdrücken ließ, »den guten Matrosen Jón als deinen Ehemann annehmen, ihn lieben und ehren, Freud und Leid mit ihm teilen und ihm die Treue halten, solange ihr lebt, so antworte: Ja, mit Gottes Hilfe.«

»Fehlt nur noch, dass er Jón als den verlorenen Sohn bezeichnet«, wisperte Yngvi Ulrike zu.

»Er kennt ihn doch gar nicht, oder?«, hauchte sie zurück.

»Nein.« Yngvi grinste.

»Ja, mit Gottes Hilfe.« Lore sprach sanft, und doch

hallte ihre Stimme in dem kleinen Kirchenraum wider und klang fremd.

Dann wandte sich der Pfarrer ihr und Yngvi zu. Er räusperte sich, dann tat er etwas Überraschendes: Er beugte sich vor und tätschelte Yngvi die Wange. Er kam ihnen so nahe, dass Ulrike den Alkohol in seinem Atem riechen konnte. Hatte sich Hallgrím etwa schon am Vormittag den einen oder anderen *brennivín* genehmigt? Ulrike erkannte, wie Yngvi schelmisch eine Augenbraue hochzog, sich aber sonst nichts anmerken ließ.

»Mein guter Arnar«, polterte er erneut los, »ich kenne dich schon dein ganzes Leben lang …«

Verwirrt sah Ulrike ihren Zukünftigen an, dann wanderte ihr Blick zu dem angeschickerten Gemeindepfarrer, dessen Verhalten allerdings niemanden zu befremden schien, und wieder zurück.

»Äh …«, machte sie leise. »Mein Verlobter heißt Yngvi.« Hallgríms verdutzter Blick war ein Bild für die Götter. Man konnte ihm regelrecht ansehen, wie er versuchte, sich einen Reim auf das zu machen, was sie, die Deutsche, da gerade zu ihm gesagt hatte. »Er heißt Yngvi, nicht Arnar«, versuchte Ulrike, Hallgrím auf die Sprünge zu helfen.

Und war umso verwirrter, als Yngvi plötzlich losprustete, dann begann auch Hallgrím zu lachen. Es schien, als könnte er damit das gesamte Kirchengebäude zum Beben bringen. Ein Tuscheln breitete sich in den Kirchenbänken hinter ihnen aus, das in Gelächter überging, wohl nachdem sich herumgesprochen hatte, was gerade vorgefallen war.

»Was ist so lustig?«, fragte Ulrike verdattert.

»Es ist urkomisch«, Yngvi hielt sich den Bauch. »Also,

es ist so: Yngvi ist mein zweiter Vorname. Der erste ist wie der unseres Vaters Arnar. Arnar Yngvi Arnarsson ist mein Name.« Er legte die Hände auf ihre Schultern. »Es tut mir so leid, dass wir dich derart verwirrt haben. Der älteste Sohn wird ja oft nach dem Vater benannt. Unseren Eltern war das aber zu anstrengend mit zwei Arnars im Haus. Nie wusste man, wer gemeint war. Deswegen wurde ich schon ganz früh Yngvi gerufen. Und dabei ist es geblieben.«

»Ach so!«

Ulrike entspannte sich wieder, wandte sich zu den Gästen um, zuckte entschuldigend mit den Schultern. Obwohl sie der Anlass dieses kollektiven Gelächters war, spürte sie doch, dass sie nun wirklich dazugehörte. Und dass ihre und Yngvis, nein Arnars, Hochzeit, den Leuten noch lange in Erinnerung bleiben würde. Ihre Kinder – so sie denn welche bekämen –, würden mit Nachnamen also nicht Yngvason oder Yngvadóttir heißen, wie sie gedacht hatte, sondern Arnarsson und Arnarsdóttir. Sie stellte sich vor, wie schön es wäre, mit Yngvi Kinder zu haben. Vielleicht würde sie einem von ihnen sogar ihr Töpferhandwerk weitergeben können. Einen Moment träumte sie sich fort, sah ein kleines Mädchen vor sich, das bei ihr in der Werkstatt auf einem Strohballen saß, einen Tonklumpen knetete und ihr schließlich eine kleine Figur entgegenhielt. Eine Woge von Liebe überkam sie für dieses Kind, das sie hoffentlich bald in ihrem Leben würde begrüßen dürfen.

Auf der anschließenden Feier ging es sehr fröhlich zu. Ob es an ihrem Fauxpas in der Kapelle lag oder an dem schönen Wetter konnte sie nicht mit Sicherheit sagen. Sie genoss es einfach. Sie tanzte mit ihrem geliebten Ehemann im Innenhof von Guðmundarstaðir zur Musik von Fiedel und Akkordeon, bis ihre Füße schmerzten. Sie aßen Lamm und Fisch und Kuchen, an Tischen, die sie draußen aufgestellt hatten, ließen sich beglückwünschen und hochleben. Es war der mit Abstand schönste Tag ihres Lebens.

Besonders freute Ulrike sich über das Geschenk von Ava und Ragnar – ein Stück Rohton, der für bestimmt zwanzig Tassen oder Figuren reichen würde, sowie zwei kleine Töpfchen Keramikglasur, mit denen ihre Werke endlich Farbe bekommen konnten.

»Du musst unbedingt mehr töpfern«, legte Ava ihr ans Herz. »Die Leute in der Stadt reißen uns deine Kunstwerke aus der Hand.«

Stolz nahm Yngvi Ulrike noch fester in die Arme. Es war wie ein Versprechen: Sie würden von nun an bis an ihr Lebensende füreinander da sein und gemeinsam den Hof bewirtschaften – und sie, Ulrike, würde sich ein zweites Standbein mit ihren Keramiken aufbauen. Die Liebe zwischen ihnen war einzigartig. Sie fühlte sich rundum gesegnet. Ja, sie hatte wirklich Glück gehabt in ihrem Leben.

14

Was war das für ein aufregender Tag gewesen! Das, was Katharina ihnen abends erzählt hatte, hatte Bärbel einen dicken Klumpen in der Magengegend beschert. Sie beide hatten noch lange mit Ellen und Dagur zusammengesessen, Einar war mit seiner Ex-Frau nach Reykjavík gefahren, und Stella hatte sich zu einem späten Ausritt abgesetzt – nicht ohne Katharina gegenüber schnippisch zu bemerken, dass man normalerweise ganz gut damit fuhr, wenn man gewisse Regeln beherzigte und hier und da auf den gesunden Menschenverstand vertraute. Meine Güte, hatte sie gedacht, so was kann doch mal passieren. Ihr war wieder eingefallen, dass sie und Werner auch mal mit ihrem Wohnmobil in einem Fluss stecken geblieben waren. Das war auf der Tour durch Marokko gewesen. Der Wadi Draa war nach heftigen Regenfällen überraschend vollgelaufen. Das Wasser hatte nicht besonders hoch gestanden, aber der Untergrund war schlammig gewesen, und sie hatten die Furt knapp verfehlt. Man hatte sie zwar schnell herausziehen können, aufregend war es dennoch gewesen.

Und nun war schon ihr letzter Tag in Island angebrochen. Am kommenden Morgen würde Ellen sie und Katharina zum Flughafen bringen, dann ging es zurück in die Heimat. Sie waren am Vormittag zu der heißen Quelle gewandert, hatten ausgiebig gebadet. Sie war fasziniert von der Vorstellung, dass Ellens Mutter dort in der Anfangszeit den Ton für ihre Töpferarbeiten hergenommen hatte. Nun saßen sie in der gemütlichen Küche von Guðmundarstaðir und verpackten die Teile des Service, die Ellen für sie angefertigt hatte, bruchsicher. Eine wehmütige Stimmung lag in der Luft.

»Es ist albern«, sagte sie, »aber ich bin den Tränen nahe. Obwohl … Ich bin so glücklich, dass ich mein Service wieder vollständig habe, und dass ich euch habe, dass ich hier so viel erleben durfte …«

Katharina drückte sie an sich.

»Wir hatten so eine schöne Zeit«, sagte Ellen und nahm Katharina einen Teller ab. »Nur meine Sorge um Einar treibt mich um. Tja, die Liebe … Liebe ist so zerbrechlich wie dieser Teller hier. Ein Moment Unachtsamkeit, und schon zerspringt er in Scherben.« Sie fuhr zärtlich über das Muster, bevor sie ihn auf das Packpapier legte. »Am Anfang steht die Idee von etwas, und mit ganz viel Liebe wird dann ein Kunstwerk daraus, eine zarte, empfindliche Beziehung. Aber nur die Idee, die Liebe, reicht nicht. Wie dieser Teller, braucht jede Beziehung ein gehöriges Maß an Arbeit, hat jede Ehe ihre Spuren, Farben, Formen und möglicherweise Risse, die gekittet werden wollen. Beides will mit Vorsicht und Respekt behandelt werden, weder das eine noch das andere sollte jemals für selbstverständlich genommen werden.« Sie schlug den Teller ins Packpapier ein und legte ihn in den Karton. »Die Risse und Narben machen uns und unsere Beziehungen doch aus. Wie blass und langweilig wären wir ohne sie.«

»Weise Worte.« Bärbel räusperte sich gerührt über Ellens Worte.

»Es gibt da eine japanische Reparaturmethode für Keramik, bei der Bruchstücke mit einem speziellen Lack geklebt werden, in den feinstes Pulvergold gerührt wurde. Die Bruchstellen werden so bewusst hervorgehoben und wertgeschätzt. Wenn dir mal wieder ein Stück aus meiner Kollektion kaputtgeht, reparieren wir das so, Bärbel«, sagte Ellen feierlich.

»Wollt ihr damit sagen …«, hob Katharina an, hielt dann jedoch inne. Bärbel sah ihre Tochter aufmunternd an, sodass sie langsam weitersprach. »Wollt ihr sagen, dass … dass es in euren Ehen auch nicht immer nur rosig zuging?« Die Art, wie sie das fragte, klang ungläubig.

»Natürlich ging es das nicht«, beeilte sie sich zu antworten. »Hast du das etwa gedacht?«

Ihre Tochter zuckte mit den Schultern. »Ja, schon. Bei euch wirkte immer alles perfekt. Du und Papa, ihr schient euch immer einig zu sein. Nie gab es Streit oder Unstimmigkeiten …«

Bärbel strich gedankenverloren über die Schüssel, die vor ihr stand. »So war es nicht«, sagte sie schließlich. Es war höchste Zeit, die Karten auf den Tisch zu legen. Sie musste sich erneut räuspern, bevor sie weitersprechen konnte. »Papa und ich hatten sehr wohl unsere schwierigen Momente.« Aus den Augenwinkeln registrierte sie, dass Ellen aufstand, drei Schnapsgläser und die Flasche *brennivín* auf den Tisch stellte, sich dann wieder setzte. »Ich glaube, dies ist ein guter Moment, um die Gläser zu füllen«, sagte Bärbel und lachte auf. Ellen nickte, schenkte allen ein, und sie tranken einen Schluck. »Natürlich hatten wir auch mit den alltäglichen Querelen zu tun, mit denen du dich jetzt herumschlägst«, fuhr Bärbel fort und schaute ihre Tochter an, die ernst blickte. »Papa und ich haben bloß immer versucht, Reibereien zwischen uns vor euch Kindern zu verbergen. Vielleicht war das ein Fehler, ich weiß nicht. Wir wollten euch halt nicht damit belasten. Es sollte bei uns immer schön harmonisch zugehen.« Sie leerte das Glas in einem Zug. »Aber das ist noch nicht alles. Wir hätten uns beinahe getrennt.«

»Was?«, entfuhr es ihrer Tochter.

Sie nickte langsam. Ellen wollte ihr Glas erneut füllen, doch Bärbel hielt die Hand darüber. Für den Moment hatte sie genug, merkte bereits, wie der Alkohol im Kopf ankam. »Ja, leider. Zwei Mal. Papa hatte mal was mit einer Wissenschaftlichen Mitarbeiterin. Keinen Sex, das hat er mir damals hoch und heilig versprochen, aber na ja, Gefühle schon. Es gab Flirtereien. Das sagte er jedenfalls.«

»Hast du ihm geglaubt?«, fragte Katharina. Bärbel überlegte, zuckte schließlich mit den Schultern. Das war den anderen Antwort genug. »Wie bist du dahintergekommen?«, fragte ihre Tochter weiter.

»Papa hatte sein Frühstück vergessen. Ich habe es ihm in die Uni gebracht, ganz die treusorgende Ehefrau. Sie waren beide in seinem Büro und wirkten seltsam vertraut, standen dicht nebeneinander, haben gelacht, Papa hatte seine Hand auf ihrem Rücken. Das hätte natürlich auch ganz harmlos sein können, aber ich hatte ein seltsames Gefühl dabei und habe ihn abends zu Hause direkt darauf angesprochen. Nach einer Weile hat er zugegeben, dass er sich mehr als sehr gut mit dieser Mitarbeiterin verstand …«

»Was war dann?« Katharina klang atemlos.

»Es war nicht einfach danach. Wir sind zu einer Paarberatung gegangen. Das war damals noch relativ unüblich, und Papa war es furchtbar peinlich. Niemand sollte davon erfahren. Aber ich habe darauf bestanden.«

»Hat es euch geholfen?«, fragte Ellen.

Sie atmete tief ein und aus. »Na ja. Wir haben dadurch gelernt, uns gegenseitig wieder mehr wahrzunehmen. Und mehr miteinander zu machen. Wir haben unseren ersten Hund angeschafft. Und etwas später unser erstes Wohnmobil.« Sie musste schmunzeln, denn damit hatten sie eine gemeinsame Leidenschaft entdeckt.

»Wann war das?«

»Als du etwa zehn Jahre alt warst.« Bärbel konnte sich erinnern, als wäre es gestern gewesen. Katharina war sprachlos, offenbar versuchte sie, sich an die Zeit zurückzuerinnern. »Du warst damals gerade in die fünfte Klasse gekommen, Kati«, half sie ihrer Tochter auf die Sprünge. »Wir waren zu der Zeit abends öfter weg …«

Nun nickte Katharina. »Jetzt fällt es mir wieder ein. Tante Gertrud war damals oft bei uns. Ben und ich haben uns darüber gewundert, dass ihr auf einmal so oft unterwegs wart, es aber nicht schlecht gefunden.«

»Da bin ich erleichtert.«

Doch es gab noch eine Sache, und sie fragte sich, ob sie weitersprechen sollte oder lieber nicht. Aber sie hatte bereits so viel erzählt, nun wollte sie den Rest auch nicht verschweigen.

»Darauf sollten wir uns noch einen *brennivín* genehmigen«, erklärte Ellen, und jetzt ließ Bärbel sich doch nachschenken. *»Skál!«* Sie prosteten sich zu.

Bärbel atmete erneut schwer ein und wieder aus. »Ich fürchte, das ist noch nicht alles.« Katharina und Ellen sahen auf. »Auch ich hatte mich mal in einen anderen Mann verliebt. Noch vor der Sache mit der Wissenschaftlichen Mitarbeiterin. In Werners besten Freund.« Jetzt war es raus. »Aber es ist nichts weiter gelaufen, wirklich nicht. Es war nur … Werner war viel auf Reisen, hat Vorträge gehalten, war überall gefragt und beliebt, und ich saß immer zu Hause … Hatte meinen Beruf als Lehrerin an den Nagel gehängt, um mich um die Kinder zu kümmern. Das war damals noch so, wurde stillschweigend vorausgesetzt, und ich hab's ja auch gern gemacht, aber … Ich habe mich wertlos gefühlt, allein, langweilig. Und Hagen, na ja, er war an meiner Seite, hat mir zugehört und mich aufgebaut. Er fand mich reizend und interessant, schenkte mir Aufmerksamkeit. Das war etwas, das ich damals von meinem Mann zu wenig erfuhr. Ich habe dann wieder angefangen zu arbeiten, zunächst für ein paar Stunden pro Woche. Das hat mir geholfen, ich habe nach und nach mein Selbstwertgefühl zurückbekommen und brauchte Hagen nicht mehr.«

Katharina lehnte sich in ihrem Stuhl zurück, rieb sich mit den Händen über das Gesicht. In dem Moment erklang die Klingel der Ladentür.

»Kundschaft, entschuldigt mich.« Ellen erhob sich eilig und verließ die Küche.

»Ich hoffe, du hast jetzt keinen schlechten Eindruck von deinen Eltern … von mir«, sagte sie besorgt.

»Nein, nein, gar nicht«, erwiderte ihre Tochter und fasste nach ihrer Hand. »Im Gegenteil. Es ist so menschlich.« Katharina blickte zur Seite, schien mit den Tränen zu kämpfen. »Ich hab immer gedacht, nur bei mir ist es schwierig. Ich hatte euch immer als Vorbild und wollte es genauso gut machen wie ihr.«

»Ach, Schatz.« Bärbel drückte ihre Tochter ganz fest an sich. »Ich glaube nicht, dass es auch nur eine einzige langjährige Beziehung gibt, die ohne Probleme ist. Wir müssen alle aufhören, uns selbst und anderen etwas vorzumachen.« Sie löste sich von Katharina, legte die Hände auf ihre Wangen und sah ihr in die Augen. »Du machst gerade dasselbe durch wie ich, nicht?« Erschrocken riss Katharina die Augen auf. »Du hast dich ein bisschen verliebt, oder? In Einar?«

Katharina senkte den Blick, schluckte schwer. »Das hatte ich«, murmelte sie schließlich. »Aber es ist vorbei.« Und dann erzählte sie ihr die ganze Geschichte.

»Das wird schon wieder«, sagte sie und strich ihrer Tochter liebevoll über das Haar, als diese geendet hatte.

Ihr kam ein Gedanke, doch bevor sie entschieden hatte, ob es in dieser Situation passend war, ihn auszusprechen, sagte Katharina mit schiefem Lächeln: »Vielleicht können Tobias und ich uns ja mal das Wohnmobil ausleihen und irgendwo hinfahren. Ein Wochenende oder so.«

»Genau das wollte ich auch gerade vorschlagen«, erwiderte Bärbel erleichtert.

»Dann wirst du es erst mal nicht verkaufen?«

»Nein«, sagte Bärbel mit fester Stimme. »Vielleicht hat dein Bruder ja auch mal Lust, es auszuleihen. Und überhaupt …« Sie ging kurz in sich, bevor sie weitersprach, doch das, was sie sagen wollte, fühlte sich richtig und gut an. »Ich denke, ich werde auch wieder damit losziehen. Ich habe Lust bekommen, noch etwas von der Welt zu sehen. Vielleicht nehme ich ein paar Fahrstunden, um mich sicherer zu fühlen, oder ich fahre am Wochenende auf einen Parkplatz zum Üben … Mit Sicherheit werden meine ersten Touren in Deutschland sein, ich könnte Tante Else in Heilbronn besuchen oder meine Cousine in Berlin, egal. Hauptsache, rumkommen und nicht zu Hause versauern. Es gibt so viel zu entdecken!«

»Das freut mich zu hören, Mama.« Katharina strahlte. »Das freut mich sehr.«

»Und auch in Island gibt es noch viel zu entdecken«, ergänzte Ellen, die zur Tür hereinkam und die letzten Worte aufgeschnappt hatte. »Ihr müsst unbedingt wiederkommen, auch gerne mit deiner Familie, Kati!«

»Das wäre wunderbar«, antworteten sie und Katharina wie aus einem Mund.

Wieder saßen sie in Ellens klapprigem Hochdachkombi, und es ging zurück zum Flughafen. Sie hatten sich auf Guðmundarstaðir von Stella und Dagur verabschiedet und ihnen nachgewinkt, bis sie aus ihrem Sichtfeld verschwunden waren. Schweigsam sahen sie aus den Fenstern.

Katharina, die auf der Rückbank neben dem Handgepäck saß, sog ein letztes Mal die isländische Landschaft in sich auf. Sie waren sich einig, dass dies kein Abschied für immer sein würde. Dennoch, sie musste an Einar denken, der sich jetzt vermutlich gerade mit seiner Jórunn vergnügte, der schwangeren Femme fatale, und keinen Gedanken mehr an sie verschwendete. Wie gerne hätte sie sich auch von ihm verabschiedet. Wie sehr hätte sie sich ein anderes Ende gewünscht, sie gönnte Jórunn den Sieg nicht. Seine Ex-Frau hatte Einar übel mitgespielt, das konnte Katharina ihr nicht verzeihen, so verrückt das auch war.

Sie liebte Tobias, das war ihr wieder klar geworden, und doch vermisste sie Einar jetzt schon auf eine unerklärliche Art und Weise. Wahrscheinlich vermisste sie einfach das Leichte, Unbekümmerte, Teenagerhafte, das sie mit Einar ein paar Tage erlebt hatte.

Sie passierten den Ort Hveragerði mit seinen Gewächshäusern und schraubten sich langsam die Anhöhe hinauf. Die Landschaft war viel grüner als bei ihrer Ankunft. Gab es in Island also doch noch so etwas wie Frühling? In Deutschland blühten wahrscheinlich schon viele Blumen in der schönsten Farbenpracht. Obwohl ihr Island mit seinem rauen Charme, seiner imposanten Kargheit gefiel, sehnte sie sich nach den grünen Bäumen, den bunten Blumen in ihrem Garten und der angenehm warmen Luft, die sie zu Hause erwartete. Nein, Island war für sie faszinierend und sicher eine weitere Reise wert, aber leben würde sie auf der Insel nicht wollen.

Ellen fuhr um eine weit gezogene Kurve. Es war sehr früh am Morgen, und daher waren kaum Autos unterwegs. Das würde sich sicher ändern, wenn sie sich der Hauptstadtregion näherten.

Als hätte ihre Mutter ihre Gedanken erraten, sagte sie: »Ich muss immer wieder an deinen Sohn denken, Ellen. Oder vielmehr an seine Ex-Frau.«

»Das ist lieb von dir«, erwiderte Ellen.

»Ich möchte nicht neugierig sein«, fuhr ihre Mutter fort, »aber will sie sich mit Einar versöhnen?«

»Es scheint, dass Jórunn Probleme hat. Sie hat Einar ja gebeten, einen Käufer für den Hof ihrer Eltern zu finden. Ich verstehe nicht, warum sie verkaufen will.«

»Vielleicht will sie mit ihrem neuen Freund dort nicht leben«, gab Katharina zu bedenken.

»Das könnte gut sein«, erwiderte Ellen. »Jórunn hat es nie aufs Land gezogen.«

»Sie könnten sich von dem Geld etwas in Reykjavík kaufen«, überlegte Bärbel.

Ellen zuckte mit den Schultern. »Oder aber es läuft nicht so gut zwischen den beiden.«

»Wie kommst du darauf?« Wieder war es ihre Mutter, die die Frage stellte, doch Katharina verfolgte das Gespräch neugierig.

»Es ist merkwürdig, dass sie so plötzlich bei uns aufgetaucht ist. Sie hat Einar gleich wieder um den Finger gewickelt!« Ellen klang ärgerlich. »So was macht man doch nicht, wenn man einen anderen hat.« Sie biss sich auf die Lippe.

Alle schwiegen eine Weile, hingen ihren Gedanken nach. »Denkst du«, hob Katharina vorsichtig an, »dass Einar … also, dass er und Jórunn wieder zusammenkommen könnten?«

Ellen seufzte. »Ich weiß nicht. Denkbar wäre es. Aber ich bin nicht sicher, ob ich es hoffen soll oder lieber nicht.«

Stumm fuhren sie weiter, bis sie den Flughafen erreichten.

Ellen lenkte den Wagen auf den Parkplatz, sie kletterten aus dem Auto, nahmen das Gepäck aus dem Kofferraum, liefen auf das Flughafengebäude zu – und waren überrascht, als sie eine vertraute Gestalt vor der Eingangstür entdeckten.

»Einar«, rief Ellen und winkte ihrem Sohn zu, der lässig auf sie zugeschlendert kam. Er nahm ihnen die Koffer ab, sodass sie nur noch ihr Handgepäck tragen mussten. »Was machst du denn hier?«

»Ich wollte mich noch von unserem Besuch verabschieden.«

Sie passierten die Schiebetüren und kamen in die Abfertigungshalle.

»Das ist aber nett von dir«, sagte Bärbel und warf Katharina einen verstohlenen Blick zu.

Sie reihten sich in die Schlange vor dem Check-in-Schalter ein. Nachdem sie ihr Gepäck abgegeben und ihre Boardingkarten erhalten hatten, war es an der Zeit, Abschied zu nehmen.

»Es war so fantastisch, dich wiedergesehen zu haben, Bärbel«, sagte Ellen mit Tränen in den Augen und drückte ihre Freundin fest an sich. »Ihr müsst unbedingt bald zurückkommen!«

»Das finde ich auch«, erwiderte ihre Mutter, ebenso ergriffen. »Das machen wir gerne, versprochen. Vielleicht sogar mit unserem Wohnmobil.«

»Das wäre fantastisch, dann könntet ihr eine Tour um die Insel machen!«, rief Ellen begeistert.

»Oder wir beide«, erwiderte Bärbel mit einem Lächeln auf den Lippen, das eine Abenteuerlust ausstrahlte, die Katharina lange nicht an ihrer Mutter gesehen hatte.

»Gute Idee«, sagte Ellen erfreut. Sie wandte sich Katharina zu. »Und es war sehr, sehr schön, dich kennengelernt zu haben. Wir hoffen alle, auch dich bald mal wiederzusehen. Vielleicht kannst du dann ja deine Familie mitbringen.«

»Das mache ich«, versprach sie mit einem zögerlichen Blick auf Einar. Doch ihm war kein Unbehagen anzumerken. Ellen lief mit ihrer Mutter vor zur Sicherheitsschleuse. »Bist du jetzt wieder mit Jórunn zusammen?«, fragte Katharina.

»Das hätte sie gerne«, erwiderte Einar, »aber nein.« Er streifte ihren Oberarm, bedeutete ihr stehen zu bleiben. Ihr wurde heiß und kalt, erst recht, als Einar ihr sanft eine Haarsträhne hinter das Ohr schob. Es war eine derart intime Geste, dass sie zurückfuhr. Sie mochte Einar sehr, aber sie hatte sich entschieden. Für Tobias, für ihre Familie. Nur ihr Körper hatte das noch nicht ganz begriffen, er reagierte auf die Berührung genauso wie beim letzten Mal: mit rasendem Herzen und Schmetterlingen im Bauch. Einar nickte verstehend und trat einen Schritt zurück. »Ich werde dich vermissen, Kati.« Er räusperte sich. »Aber ich weiß, dass es nicht sein soll. Du gehörst zu deinem Mann, und ich …«

»Was wirst du nun tun?«

Er sah eine Weile mit leerem Blick in das Getümmel um sie herum, dann schaute er sie wieder an. »Ich habe keine Ahnung.« Sein Mund verzog sich zu einem schiefen Lächeln. »Letzte Nacht habe ich kein Auge zugetan.« Unwillkürlich zog sie die Augenbrauen hoch, sie war sich nicht sicher, ob sie hören wollte, weswegen er nicht geschlafen hatte. Als Einar ihren Gesichtsausdruck bemerkte, musste er lachen. »Ich habe viel nachgedacht«, erklärte er. »Nachdem Jórunn gestern so überraschend auf Guðmundarstaðir aufgetaucht ist, war ich sehr durcheinander.« Darauf hätte sie wetten mögen. Einar sprach unbeirrt weiter. »Ihr Freund hat sie verlassen. Erst geschwängert und dann das Weite gesucht. Ist das zu fassen?« Er schüttelte verständnislos den Kopf. Sie war sich sicher, dass Einar so etwas niemals tun würde. »Und warte ab, das Beste kommt erst noch: Sie hat sich gleich wieder an den lieben, guten Einar erinnert.« Er schnaubte ärgerlich. »Sie hat wirklich geglaubt, dass sie nur mit dem

Finger zu schnipsen bräuchte, und ich käme wieder angerannt.«

»Das ist mies«, bestätigte Katharina leise.

»Ich hab sie zum Teufel gejagt.«

»Richtig so.«

»Weißt du, Kati«, er sah sie nun wieder ernst an, griff nach ihren Händen, »das hab ich nur durch dich geschafft. Du hast mir gezeigt, dass es anders geht. Auch wenn du das jetzt seltsam findest, aber durch dich hab ich verstanden, dass ich Jórunn nicht brauche. Dass das Leben schön ist und noch viel zu bieten hat. Und dass es möglich ist, alles zu haben: eine nette Beziehung, Kinder, ein Zuhause … Ich bin wieder offen geworden, und dafür danke ich dir.«

Sie war so verblüfft, dass sie einen Moment brauchte, um etwas zu erwidern. »Es ist gar nicht seltsam«, sagte sie. »Ich hab durch dich auch etwas begriffen.«

Sie musste nicht weitersprechen, denn Einars Blick sagte ihr, dass er wusste, was sie meinte.

Lächelnd umarmten sie sich, und sie registrierte erleichtert, dass die Berührung nun kein Herzklopfen mehr nach sich zog. Sie und Einar waren Freunde geworden. Nicht mehr und nicht weniger. Sie lösten sich voneinander und setzten sich langsam in Bewegung.

»Was wird deine Schwester zu all dem sagen?«, fragte sie.

»Ich hab vergangene Nacht lange mit ihr telefoniert. Ich denke, sie hat es endlich auch begriffen und wird mich von nun an mit Jórunn in Ruhe lassen.«

»Das freut mich für dich.«

Einar nickte lächelnd. »Allerdings hat sie schon wieder ein neues Projekt für mich. Sie hat sich in den Kopf gesetzt, ihren eigenen Reitstall zu eröffnen. Stella kann nicht gut mit Vorgesetzten, wie du ja schon bemerkt haben dürftest, aber dafür sehr gut mit Pferden.«

»Stimmt«, sagte Katharina lachend. »Einen eigenen Reiterhof zu eröffnen wäre absolut logisch.«

»Genau. Sie überlegt nun, Jórunn ihren Hof abzukaufen oder ihn nur zu pachten und dort eine Pension für Touristen aufzubauen und Reittouren anzubieten. Das mag sie sowieso am liebsten.«

Sie nickte zustimmend. »Das kann ich mir gut für sie vorstellen.«

»Noch lieber allerdings würde sie auf Guðmundarstaðir bleiben und dort das Ganze aufziehen.«

»Oh«, machte Katharina unwillkürlich. »Was denkst du, wie deine Eltern das finden?«

»Keine Ahnung, ehrlich gesagt. Stella will das heute Nachmittag mit ihnen besprechen.«

»Und wie stehst du dazu?«

»Stella hat mich gefragt, ob ich mit einsteigen will. Ich sei doch überhaupt kein Stadtmensch und viel besser fürs Landleben geeignet, als Immobilien zu verticken, hat sie gemeint, und damit wahrscheinlich gar nicht so unrecht. Sie schlug vor, dass ich für das leibliche Wohl und die Betreuung der Gäste zuständig sein könnte, weil ich doch so gerne koche.«

»Sie die Tiere, du die Menschen«, bemerkte Katharina, woraufhin Einar in Lachen ausbrach.

»Genau.« Er wurde wieder ernst. »Ich denke tatsächlich darüber nach, es fühlt sich gar nicht schlecht an. Wir müssten natürlich um- und anbauen. Wegen des Ladens und Mamas Werkstatt hätten wir ja gar keinen Platz, um Gästezimmer einzurichten. Stella schwebt ein Umbau der

Scheune vor, sie ist hoch genug, um eine Etage einzuziehen. Wie dem auch sei, ich werde nichts dergleichen unternehmen, wenn es in irgendeiner Verbindung zu Jórunn steht.«

»Es kommt für dich nicht infrage, ihren Hof zu übernehmen?«

»So sieht es aus.«

»Also läuft es auf Guðmundarstaðir hinaus …«

»Womöglich.«

»Das wäre bestimmt auch gar nicht schlecht für das Geschäft eurer Mutter.« Sie hatten Bärbel und Ellen erreicht, die beiden waren in ein Gespräch vertieft. »Es bleibt spannend«, beeilte sich Katharina zu sagen.

Dann nahmen sie sich alle ein weiteres Mal in die Arme. Nach der Kontrolle in der Sicherheitsschleuse warf Katharina einen Blick zurück durch die Glasscheibe, sah, wie Einar und Ellen miteinander sprachen, sich schließlich umwandten und im Getümmel verschwanden. Wie sich Einar wohl entschied? Ob Guðmundarstaðir bei ihrem nächsten Besuch noch genauso aussehen würde wie jetzt? Sie konnte es nicht abschätzen. Nun war es auch für sie an der Zeit, nach vorne zu sehen. Und sie freute sich auf zu Hause. Auf Matteo und Hannes und auf Tobias.

Nachwort

Die Ideen, die zur Entstehung eines Romans führen, können vielfältig sein. Reisen, Begegnungen und Gespräche spielen für mich eine sehr große Rolle. Wobei es manchmal nur kleine Details sind, die hängen bleiben. Vor der Arbeit an *Ein isländischer Frühling* sind mir zwei Dinge widerfahren, die einiges angestoßen haben. Auf einem Campingplatz in Wales, als ich gerade für *Ein Sommer unter Apfelbäumen* recherchierte, wurden wir von einer Dame im frühen Rentenalter angesprochen. Sie hatte gesehen, dass wir auch aus Deutschland waren, und war mit ihrem Mann in einem Wohnmobil unterwegs. Wie der Zufall es wollte, lebten sie in meiner Heimatstadt Bremen.

Wir kamen ins Gespräch, und sie erzählte eine kuriose Geschichte, die mich regelrecht fesselte. Sie waren auf dem Weg zu einer Kunsthandwerkerin, einer Töpferin, die eine Zeit lang in Bremen gelebt hatte. Sie hatten herausgefunden, dass sie inzwischen bei London wohnte und dort eine Töpferei samt Shop betrieb. Sie wollten sie besuchen und ihr Service, das sie damals erstanden hatten und von dem über die Jahre etliche Teile kaputtgegangen waren, ergänzen. Voilà, da war mein Aufhänger, und die Figur der Ellen war geboren!

Und dann war ich in Island. Das Land beeindruckte mich tief, auch wenn die Empfindungen zum Teil sehr ambivalent waren, doch es reichten ein paar Tage, um zu wissen, dass meine nächste Geschichte dort spielen musste. Island ist nicht für seine Keramiken bekannt, eher für die heißen Quellen, die mich sehr faszinierten. Wer sie schon mal gesehen hat, weiß, dass sie fürchterlich nach Schwefel riechen und häufig von einer Art Schlick umgeben sind, die an Lehm oder eben Ton erinnert. Ich konnte keinen ausgraben (dafür ist das Wasser dort viel zu heiß, über 100 Grad) und ausprobieren, wie gut er sich formen oder verarbeiten lässt. Aber ich wollte unbedingt beides miteinander verbinden, Island und die Geschichte der Töpferin.

Ich habe Töpferkurse besucht, unheimlich viel recherchiert, gelesen, gesucht, mit Keramikkünstlern gesprochen und dabei herausgefunden, dass es in Island einige Töpferstudios gibt, die mit isländischem Ton arbeiten. Ob man den Lehm der heißen Quellen benutzen kann, konnte ich bis zum Schluss nicht sicher klären. Falls jemand also weiß, dass es definitiv nicht funktioniert, möge er mir diesen kleinen Kunstgriff verzeihen, den ich mit der Freiheit der Fiktion, auf die man in einem Roman ja zurückgreifen darf, rechtfertige. Gleiches gilt für den Prozess zur Tongewinnung, der bei mir sehr verkürzt wird. Wer sich mit dem Töpferhandwerk auskennt, wird wissen, wie aufwendig er ist und wie viel länger es dauert, bis Ton aus der Natur »gereift« ist.

Bei der Recherche zu Island stieß ich auf die Erlebnisse der *Esja*-Frauen, denn dass im Juni 1949 auf eine Anzeige des isländischen Bauernverbands hin die ersten deutschen Frauen nach Island ausgewandert sind, entspricht der Realität und ist ein spannendes Kapitel deutscher Nachkriegsgeschichte, wie ich finde.

Ich hoffe, dass ich mit meiner Geschichte von Ulrike und Ellen, Katharina und Bärbel Ihnen, meinen Leserinnen und Lesern, Freude, ein gutes Gefühl und eine schöne Lesezeit bereiten konnte!

Herzlichst
Ihre Eva Seifert

Danksagung

Wie immer möchte ich allen lieben Menschen um mich herum danken, die mich bei der Verwirklichung meiner Geschichten ermutigen, unterstützen, begleiten und korrigieren. Als Erstes sei hier mein wunderbarer Mann erwähnt, der, ebenso wie meine Mutter, meine Romane zuerst zu lesen bekommt, alle Fassungen geduldig begleitet und mir mit Rat und Tat zur Seite steht.

Ein ganz besonderer Dank geht an Tina Heimer, die mich ausführlich und geduldig an ihren Erfahrungen und ihrem umfangreichen Wissen übers Töpfern teilhaben lassen hat!

Ich danke allen bei meinem Verlag Blanvalet, wo so viele Menschen Energie, Herzblut und Zeit in meine Romane investieren und man es immer wieder schafft, sie ins rechte Licht zu setzen. Hier sind insbesondere meine Lektorin Diana Keller und meine Textredakteurin Margit von Cossart zu nennen. Außerdem möchte ich mich bei Joachim Jessen und Franka Zastrow von der Literarischen Agentur Thomas Schlück bedanken.

Nicht zuletzt geht mein Dank an meine Familie, meine wundervollen Freundinnen, die Buchhändlerinnen und Buchhändler und meine treuen Leserinnen und Leser! Es ist mir eine große Freude, für euch zu schreiben!

Kleines Glossar der isländischen Begriffe

barn, börn	Kind, Kinder
brauð	Brot
brennivín (svarti dauði)	Traditioneller (oft selbst gebrannter) Kümmelschnaps, auch Schwarzer Tod genannt
Ég er frá Þýskalandi.	Ich bin aus Deutschland.
Ég heiti …	Ich heiße …
fjallagrasasúpa	Moossuppe
fjallagrös	Isländisch Moos
Gjörðu svo vel!	Guten Appetit!
Gleðileg jól!	Frohe Weihnachten!
Góðan daginn!	Guten Tag!
Hæ/Halló	Hallo

hangikjöt	Wörtlich Hängefleisch, geräuchertes Lammfleisch
harðfiskur	Trockenfisch
hellir	Höhle
helvíti	Hölle/verdammt
hestur, hestar	Pferd, Pferde
hræringur	(Hafer-)Grütze mit Skyr, Honig oder Zucker und Beeren vermengt
huldufólk	Übersetzt: verborgenes Volk, Elfen, Trolle
hver, hverir	heiße Quelle(n)
já	Ja
jólabókaflóð	Wörtl. Weihnachtsbücherflut, bezeichnet die Gewohnheit der Isländer, an Weihnachten viele Bücher zu verschenken
kaffi	Kaffee
kaupfélag	Wörtl. Kaufverein (genossenschaftlich organisierte Einkaufsläden)
kjötsúpa	Fleischsuppe
kleinur	Schmalzgebäckteilchen
Komdu!	Komm!
krækiber	Krähenbeere
landkaffi	Kaffee mit einem Schuss Selbstgebranntem

laufabrauð	Laub- bzw. Schneeflockenbrot: kleine dünne Teigfladen, in die fantasievolle Muster gestochen werden
lopapeysa	Traditioneller isländischer Wollpullover
lummur	Kleine, dicke Pfannkuchen
molakaffi	Kaffee, der mit einem Stück Würfelzucker im Mund getrunken wird
möndlugrautur	Mandel-Milchreis
nei	Nein
Þetta reddast	Das wird schon
plokkfiskur	Fischgericht
Þorláksmessa	Fest zum Namenstag des heiligen Thorlak (dt. Thorlakmesse)
rúgbrauð	Süß schmeckendes Roggenbrot
salerni	Toilette
sauðkind, -ur	Schaf, Schafe
Skál	Zum Wohl, Prost
snúður	Gebäck in Schneckenform mit Schoko- oder Karamellguss
sumar	Sommer
sykur	Zucker
takk fyrir	Vielen Dank
taktu	Nimm

uppstúfur	Weiße Soße, die gerne zum traditionellen Gericht *hangikjöt* gereicht wird
velkomin(n)	Willkommen
vínarbrauð	Wiener Brot: mit Pudding gefüllte Plunder

Drei Schwestern auf der Suche nach ihren Wurzeln und ein unvergesslicher Sommer, nach dem nichts mehr so sein wird, wie es einmal war …

400 Seiten. ISBN 978-3-7341-0643-9

Die drei Schwestern Beate, Mona und Christine planen nach dem Tod von Beates Ehemann eigentlich eine Weltreise. Doch dann bittet sie ihr Bruder Leonhard, zu dem sie lange fast gar keinen Kontakt hatten, zu sich nach Schweden. Er hat ein paar Briefe und ein Tagebuch im Nachlass der Eltern gefunden, die Fragen aufwerfen. Was hat es mit dem Tagebuch einer gewissen Maria aus dem Sommer 1969 auf sich? Wer ist Maria, und was hat sie mit den Geschwistern zu tun? Die drei Schwestern machen sich daraufhin auf in das malerische Küstenörtchen Djursholm. Nichtahnend, dass ihnen dort der Sommer ihres Lebens bevorsteht, nach dem nichts mehr so sein wird, wie es einmal war …